教育商會

교수
상회

《KOUSHU SHOKAI》

© Haruo YUKI 2019

All rights reserved.

Original Japanese edition published by KODANSHA LTD.

Korean translation rights arranged with KODANSHA LTD.

through JM Contents Agency Co.

이 책은 JMCA를 통해 일본의 KODANSHA LTD. 와 독점 계약하여

한국어판 출판권이 블루홀식스에 있습니다.

絞首商會

교수상회

유키 하루오 장편소설

김은모 옮김

블랙독6

"안전한 방패막이를 원하나? 자네가 아무 해도 끼치지 않을 인간이라고 보증해줄 의상, 그걸 입으면 누구도 자네가 폭탄을 가지고 있을 거라고 여기지 않을 의상을 원해?"
나는 고개를 끄덕였다. 그 사람은 갑자기 사자처럼 포효했다.
"그럼 무정부주의자라는 의상을 입게, 이 어리석은 자여!"
포효하는 소리에 방이 흔들릴 정도였다.

—길버트 키스 체스터턴, 『목요일이었던 남자』

일러두기
본문의 각주는 전부 독자의 이해를 돕기 위한 옮긴이 주입니다.

서장

"전쟁이 시작됐는데, 이건 바람직한 사태일까?"

한 남자가 의자에 앉아 무심하게 말했다.

석유등이 한 개 매달린 지하실. 열 명이 둘러앉아도 될 법한 커다란 원탁이 공간을 대부분 차지했다. 술집 아래의 이 지하실은 하수도보다 깊은 곳에 있어서 파리 시가지와는 한참 떨어져 있었다. 울퉁불퉁한 돌벽 때문에 지하실은 실제보다 더 좁아 보였다. 하지만 수많은 동란에 짓밟히며 다져진 터라 쉽사리 무너질 것 같지는 않았다.

동석자가 바로 대답하지 않자 남자는 말을 이었다.

"어떤 의미에서는 바람직하겠지. 아닌가?"

"그렇겠지."

옆에 앉은 사람이 짤막하게 대꾸했다.

"그렇지? 어차피 우리 일을 하려면 세계를 혼란에 한 번 빠뜨려야 하니까 미리 혼란스러워지는 게 나아."

다른 여섯 명은 스톤헨지의 돌기둥처럼 아무 말도 없이 예의 바르게 남자의 말을 들었다.

그들 모두 모국어 외에도 다른 나라의 말을 두 가지쯤 더 구사할 수 있지만 말하고 싶어지면 보통은 자신에게 편한 언어를 꺼냈다. 하지만 프랑스어에는 프랑스어로 대답하는 것이 예의라고 여겼으므로 일일이 대답하기보다는 잠자코 이야기가 끝나기를 기다리고 있었다.

"비행기의 등장도, 각국의 의회에 추락할 가능성이 없지는 않다는 점을 고려하면 환영해야겠지. 수많은 무기가 제조되어 수많은 사람이 죽어가는 현실은 우리에게 주어진 큰 기회야. 그러나 신이 우리를 어여삐 여겨서 이런 기회를 준 건 아니지. 이건 필연에 지나지 않아. 권력이 팽창하면 무기도 자연스레 증가할 수밖에. 전쟁은 일어날 수밖에 없었어. 그럼 우리는 어떻게 해야 할까. 일어나야 할 일을 일으켜야겠지."

"그러게."

얼굴만 봐서는 연령대를 알 수 없는 동양인이 영어로 말을 이어받았다.

"여기 모인 사람들의 출신국은 대부분 참전 중 아닌가? 나는 이번 전쟁이 사람들의 기대만큼 조속히 끝나지는 않을 거라고 봐. 미국도 조만간 참전할지 모르지. 병력이 투입되고 곳곳에서 폭탄이 폭발해. 그건 좋지만 장소가 너무 편중돼 있어. 왜 다들 유럽에서 그래야 한다고 생각하는 거지?

병사들도 마찬가지야. 전 세계에서 모여든 병사들이 독일을 중심으로 이곳저곳의 국경에서 밀치락달치락하고 있지. 그들이 모두 함께 전선에서 방향을 빙글 돌려서 밀치락달치락하고 오라고 명령한 자를 쏴버리면, 국경은 소멸되고 그걸 두고 다툴 필요도 없어진다는 걸 몰라. 우리가 해야 할 일은 해류에 변화를 가져오는 거야.

원래와 반대 방향으로 나아가는 사람들의 흐름을 바꿔야 해. 어려운 일이지만 진짜로 해류를 바꾸기보다는 쉽겠지.”

일곱 명 모두 두말하면 잔소리인 내용을 확인하고 만족한 듯 말없이 서로 고개를 끄덕였다.

그들의 행색은 미리 짠 것처럼 가지각색이었다. 청소부 차림을 한 사람 옆에, 극장에서 볼 법한 화려한 자주색 양복을 입은 사람이 앉아 있었다. 그렇듯 무질서한 복장은 오히려 그들의 사상이 고차원적으로 통합된 상태임을 나타냈다.

실제로 그들은 설령 알몸뚱이였어도 다르지 않았을 것이다. 그렇더라도 똑같이 원탁에 앉아 변함없는 열의를 품고 똑같은 이야기를 나누었으리라. 이 일곱 명은 알몸뚱이인데도 아랑곳없이 문명의 중대사를 논하는, 우스꽝스러우면서도 으스스한 분위기로 지하실을 가득 채웠다.

매부리코 러시아 남자가 찌푸린 얼굴로 말했다.

“나는 전쟁이 시작돼서 여러분이 너무 들뜬 건 아닌지 걱정되는데요. 뭔지 모르는 사이에 시작해 뭔지 모르는 사이에 끝나는 게 전쟁입니다.”

“그렇게 투덜댈 일도 아니잖나?”

말투에서 이탈리아어 억양이 느껴지는 밤색 머리 남자가 러시아 남자의 어깨에 손을 얹었다.

“자네 기분은 잘 알지만, 그동안 착실하게 자기 나라에서 폭탄을 터뜨려왔는데도 별 소득이 없었지. 수배돼서 도망자 신세가 되어야 했고 말이야. 그런데 결국 러시아가 전쟁에 휘말려서, 자네가 했던 것과는 비교도 안 될 만한 대폭발이 여기저기서 당연하게 일어나고 있잖아."

"그러니 국가는 없어져야겠지? 국가도, 군대도, 모든 권력도."

아까 발언했던 동양인이 그렇게 말했다.

"그야 물론 잘 압니다. 하지만 이번 전쟁에서 아무것도 해내지 못한다고 해서 낙담하면 안 된다는 뜻이에요. 결국은 착실하게 꾸준히 해나가는 수밖에 없어요."

"좀 더 낙관적으로 생각해도 나쁠 것 없겠지? 자네 말처럼 착실하게 꾸준히 해나갈 수밖에 없으니까."

맨 먼저 말을 꺼냈던 프랑스인이 그렇게 타일렀다. 매부리코 남자가 러시아에서 망명할 때 그가 도와주었으므로, 매부리코는 "뭐, 그럴지도 모르죠" 하고 순순히 대답했다.

"그러고 보니 무슈 르홍은 왜 안 내려오지?"

밤색 머리 남자가 물었다.

"내가 왔을 때는 손님과 싸우고 있었습니다. 술 취한 단골손님이 평소와 술이 다르다면서 불만을 늘어놓더군요."

마지막에 들어온 다른 러시아인이 알려주었다.

"그리고 자리가 다르다면서 원래 앉던 자리를 달라던가."

"관습이라는 건 어디에서나 곰팡이처럼 생겨나는 법이로군요."

금테 안경을 낀 대머리 영국 남자가 따분하다는 듯 말했다.

"그건 그렇다 치더라도 아직 모두 다 참석한 게 아니잖나. 무라야마 박사가 아직 안 왔어. 어떻게 된 거지, 하루카와?"

프랑스 남자가 몇 살인지 모를 동양인을 그렇게 불렀다.

"무라야마는 곧 올 거야. 아참, 사실 그는 일본으로 돌아가야 하나 봐. 그래서 오늘을 놓치면 당분간 만날 기회가 없겠지."

"그래? 뭐야, 하루카와. 좀 더 일찍 말했어야지. 꽃이라도 줘야 하는 것 아닌가?"

밤색 머리 남자가 장난스럽게 말했다.

"뭐, 이제부터는 누구에게나 이런 일이 생기겠지. 나는 한동안 유럽에 있겠지만 말이야. 무라야마는 일본에 큰 저택을 지을 생각이래. 일본에서는 이렇게 좁은 곳에서 모임을 열지 않아도 될지 모르겠군. 그의 경력과 지위라면 세계 어디서 누구를 초청해도 수상 쩍지 않을 테니, 잘 됐어."

"그래도 돌아간다니 참 아쉽군. 이것저것 듣고 싶은 이야기가 많았는데. 재미있는 연구를 한다면서?"

"저어, 다들 알고 나만 모르는 일이라면 미안합니다만."

매부리코 남자가 조심스레 말을 꺼냈다.

"무라야마 박사는 어느 무라야마 박사를 말하는 겁니까?"

①

살인사건

예를 들어 깨끗하게 정비된 네 간[1]너비의 길을 사이에 두고 비스듬히 맞은편에 서 있는 무가 저택은, 여태 옥내에 전기조차 끌어오지 않고 분세이[2] 무렵부터 1백 년 가까이 지진과 화재의 위기를 넘겨온 집의 전통을 단 하나도 바꾸려 하지 않는다.

한편 최근에 서양식과 일식을 절충해서 지은 2층짜리 이웃집은 혼응토[3]와 남양에서 수입된 중후한 목재의 직선과 곡선을 복잡하게 조합해, 불완전하나마 메이지 개화[4]로부터 50여 년의 세월을 기념하는 듯한 모습을 보여주고 있다. 그렇듯 어쨌거나 시대의 척도에 따라 순종적으로 늘어서 있으려 하는 주변의 집 수십 채 사이

---

1   길이의 단위로 약 1.82미터이다.

2   1818~1831년까지 사용된 일본의 연호.

3   시멘트에 모래와 자갈, 골재 따위를 적당히 섞고 물에 반죽한 혼합물.

4   1968~1912까지 이어진 메이지 시대에 서양 문명이 일본에 들어와 제도와 관습이 크게 변화한 현상을 가리킨다.

에서 무라야마 일가의 저택은 조화로움을 해친다.

저택 자체에는 악취미라는 둥 사치스럽다는 둥 두드러지게 비난을 받을 법한 특징이 없었다. 내화건축을 한 서양식 건물로 바닥면적이 5백 제곱미터에 이르는 훌륭한 저택이다.

그렇다면 왜 이질적인가. 무라야마 저택은 양식이라고 부를 만한 것을 일절 배제했기 때문이다. 장식은 거의 없고 그저 세로여야 할 부분을 세로로 가로여야 할 부분을 가로로 만든 건물이다.

건축주인 무라야마 가지타로는 두 달 전에 급사했다.

무라야마 저택의 정원에서 무라야마 고도 박사의 시체가 발견된 건, 하늘이 땅을 짓누를 듯 구름이 잔뜩 낀 4월 하순의 아침이었다. 햇빛은 나지 않았지만 밤의 그림자가 모조리 물러갈 만큼 밝아지자, 서생[5] 미야오 이치로는 2층에 있는 자기 방에서 나왔다. 그는 집이 아직 고요하다는 걸 확인한 후 잠옷으로 입는 유카타[6]를 단정하지 못하게 걸친 채 1층으로 내려갔다.

어젯밤은 몰래 외출했다가 새벽녘에 몰래 후문으로 들어왔다. 침대에 드러누웠지만 흥분이 가라앉지 않아 뜬눈으로 아침을 맞았다. 하녀가 아직 일어나지 않았으니 부엌에 가서 빵에 버터를 발라

---

5 남의 집에서 일을 해주면서 공부하는 사람.

6 목욕 후나 여름철에 주로 입는 두루마기 형태의 긴 무명 홑옷.

먹을 생각이었지만, 문득 우편함의 조간신문이 떠올라 현관으로 먼저 향했다.

멋대로 자라난 듯 아무렇게나 가지를 뻗은 단풍나무를 빼면 70제곱미터의 정원에는 포석이 깔려 있을 뿐이다. 현관 맞은편에는 훌륭한 철문이 있고, 그 주변으로는 키 5척 4촌[7]의 미야오가 완전히 가려지는 높이의 혼응토 담장이 둘러쳐져 있다. 3년쯤 전 무라야마 저택에 도둑이 든 후에 설치한 것이다.

이날 미야오는 정원을 바라보며 쓸데없는 생각을 할 만한 여유가 없었다. 그의 시선은 포석 중앙의 한 점에 못 박혔다. 세로 줄무늬가 들어간 양복을 제일 먼저 알아보고, 잠이 부족한 머리에 소용돌이치던 발칙한 생각은 싹 날아갔다. 미야오는 허겁지겁 그리로 달려갔다.

"으악!"

미야오는 엎드려 있던 사람의 어깨를 잡고 몸을 들어 올려 얼굴을 보았다. 무라야마 고도 박사는 이미 숨진 것이 확실했다.

50대가 눈앞인 고도 박사의 턱수염을 기른 얼굴은 창백했고, 입이 어중간하게 벌어져 있었다. 작고 동그란 금테 안경은 휘어졌다. 복부에 상처가 많았고 플란넬 셔츠와 양복에 검붉은 얼룩이 커다랗게 생겨서 출혈이 상당했음을 알 수 있었다. 미야오는 시체를

---

7   약 162센티미터.

포석에 다시 눕힌 후 고개를 들었다. 바로 옆에 박사가 늘 가지고 다니는 즈크[8]가방이 떨어져 있었다.

미야오는 더 이상 시체를 건드리지 않고 저택으로 뛰어갔다.

무라야마 저택에서 생활하는 사람은 몇 명 안 된다.

무라야마라는 문패를 대문 앞에 걸어두기는 했지만 집안사람 중에 그 성씨를 쓰는 사람은 현재 시체가 되어 정원에 누워 있는 무라야마 고도 박사뿐이다. 저택에 사는 사람들은 촌수로 따지면 다들 3촌 이상 거리가 있었다.

애당초 무라야마 가지타로가 죽은 후로, 고용인이 아니라 가족 대우를 받으며 생활했던 사람은 고도 박사를 포함해 두 명뿐이었다. 하지만 신조도, 생활 태도도 각자 달라서 무리하게 서로를 가족으로 받아들이려 하지는 않았다. 둘 다 세상살이에 나름대로 밝았고 무라야마 저택은 남들끼리 살기에도 충분히 넓었다.

박사는 누군가에게 살해당한 것이 분명했다. 하지만 미야오가 서둘러 복도를 걸어가며 생각해보건대, 박사를 죽일 만큼 박사와 사이가 안 좋았던 사람은 무라야마 저택 안에도 밖에도 없었다.

미야오는 망설임 없이 1층 안쪽 미나카미 도시코 부인의 방으로 가서 문을 두드렸다.

8　삼베나 무명실로 두껍게 짠 직물.

"도시코 씨, 도시코 씨. 접니다. 큰일 났어요. 어마어마한 일이 벌어졌다고요."

7시도 되지 않았으니 부인은 아직 자고 있을 시간이었다.

"뭐예요? 왜 그러는 건데요?"

목소리가 들리기까지 시간이 좀 걸렸지만 졸리는 기색 하나 없이 낮과 마찬가지로 위엄이 느껴졌다.

"정원이요. 아무튼, 대체 어떻게 해야 할지, 빨리 와주셔야."

"진정해요. 채비하고 있으니까 현관에서 기다려요."

"그럴 때가 아니라고요. 화급한 일입니다. 무라야마 박사님이 살해당하셨어요."

대답은 없었지만 곧 문이 열렸다.

미나카미 부인은 실내복인 흰색 원피스를 말쑥하게 입고 나왔지만 머리는 매만지지 못했고 눈꺼풀에는 주름이 남아 있었다. 키가 큰 부인은 장난을 용납하지 않겠다는 표정으로 미야오를 살짝 내려다보았다.

"고도 박사가 뭐 어쨌다고요? 방금 살해당했다고 했나요?"

"그, 뭔가에 배를 찔린 것 같습니다."

미야오는 부인이 문을 닫을 때 방을 훔쳐보았다. 작은 서양화와 채색사진[9]이 걸려 있어서인지 무라야마 저택에서는 그나마 인간다운 면모가 드러나는 편이었다. 유리가 끼워진 작은 서가와 흑단 협탁은 깔끔하게 정돈해놓았다. 하지만 침대 위에 아무렇게나 벗어 던진 네글리제에서, 정원의 시체처럼 일상과 동떨어진 일탈이 느껴져 미야오는 불손하게도 무심코 그쪽을 빤히 바라보았다.

부인은 미야오의 품위 없는 행동을 알아차린 듯했지만, 아무 말도 없이 먼저 복도를 걸어갔다.

현관문을 연 미나카미 부인은 숨을 삼키더니, 빠른 걸음으로 시체에 다가갔다.

"보세요, 여기서 이렇게 살해당하셨습니다. 제가 안아 올려서 확인했는데."

"보면 알아요. 이웃 사람이 들어서 좋을 것 없으니, 좀 조용히 해요."

부인도 냉정함을 잃었는지 시체 곁에서 꼼짝도 하지 않았다. 어떻게 해야 할지 망설이는 기색이었다.

"……제가 경찰에 전화하면 될까요? 하고 오겠습니다."

"네, 그래요, 그렇게 하죠. 전화하고……박사는 이대로 두는 편이 좋겠네요."

미야오는 전화가 있는 현관으로 향했다. 미나카미 부인은 하녀들을 깨우러 간 듯했다.

---

9 일본화에 사용하는 안료로 선명하게 채색한 흑백사진.

2

무라야마 고도 박사가 살해됐다는 소식은 도쿄의 모든 경찰에게 찌릿찌릿한 충격을 안겼다.

고도 박사가 생전에 경찰과 밀접한 관계에 있었기 때문이다. 고도 박사는 법의학 분야에서 손꼽히는 권위자였다. 도쿄 데이코쿠 대학의 교수이자 지문 판별법과 모발 감정법 등 서양의 최신 기술을 수입해 경찰에 소개했고, 그러한 기술로 얻은 증거를 실제 형사재판에서도 채택하게 되기까지는 고도 박사의 공이 컸다. 특히 혈액 관련 연구에서는 세계적으로도 선두를 달렸다.

니시카와 경감은 하루 아침에 한 달 분의 변고가 한꺼번에 밀려온 것 같은 심정이었다.

하필이면 아오야마, 오쓰카, 히로오 차량기지의 직원 1천여 명이 파업에 돌입해 도쿄 시영전철의 운행이 중단되는 소동이 일어난 날 아침이었다. 시내 교통 상황이 극심한 혼란에 빠져 각 경찰서가 단단히 긴장한 가운데 무라야마 고도 박사가 살해당했다는 급보가 들어온 것이다.

경감은 안색이 창백해진 관계자들을 집에서 쉬게 하고 현장 조사에 나섰다. 생전에 친교가 있었던 사람의 시신인 만큼 경감은 특별히 경의를 표한 후, 상처를 확인하는 검시관과 함께 포석에 누워 있는 시신 앞에 꿇어앉았다. 분명 수사에는 피해자 본인의 연구가 크게 활용될 것이다.

"칼이겠지."

"그렇겠죠. 푹푹 쑤셔서 내장을 휘저은 것 같은 인상입니다. 피가 꽤 많이 났어요."

복부는 흠뻑 적신 것처럼 피로 칠갑이 됐고, 어디를 어떻게 넘어졌는지 온몸 여기저기에도 희미하게 핏자국이 남아 있었다.

"오? 이건 뭘까요?"

검시관이 피가 스며든 양복 안주머니에서 작은 덩어리를 끄집어냈다. 검시관은 장갑 낀 손으로 그것을 문질러 보더니 경감 앞으로 쳐들었다.

구멍을 뚫어서 검은 끈을 꿴 나뭇조각이었다.

"부적 같은 걸까?"

"뭐, 다른 용도는 안 떠오르는군요. 이런 물건을 가지고 다닌 줄은 몰랐는걸요."

생전의 무라야마 고도 박사는 부적과 거리가 먼 성격이었다. 경감은 장갑을 끼고 낯익은 담갈색 즈크 가방을 집어 들었다. 평소 고도 박사가 들고 다녔던 이 가방에도 피가 묻어 있었다.

열어보자 어쩐지 이상했다. 외서 두 권, 필기구, 몇몇 서류, 열쇠 다발뿐인 가방 안쪽에 겉면보다 피가 더 많이 스며 있었다.

"이건 왜 이러나?"

"뭔가 피가 잔뜩 묻은 물건이 들어 있었던 것 아니겠습니까. 아니면 그렇게는 안 될 겁니다."

경감은 책 두 권 사이에 서양 종이가 끼어 있는 것을 보고 끄집어냈다. 펼쳐서 확인하자 영어라서 읽을 수는 없었지만 타자기로 작성한 편지 같았다. 역시 피가 묻었고, 특히 서른 줄 남짓 타자된 종이의 한복판이 검붉은 색으로 선명하게 물들어 있었다.

"묘하군. 왜 이 종이 한 장만?"

맨 아랫부분을 보자 문장이 도중에 끊겨서 아무래도 다음 내용이 있는 듯했다. 왜 편지가 어중간하게 한 장만 들어 있는 것일까.

수첩을 넘겨보자 일정은 거의 적혀 있지 않았다. 니시카와 경감이 알기로도 무라야마 고도 박사는 주로 자택과 대학 법의학 연구소를 왕복하는 생활을 했다.

하지만 오늘 날짜인 4월 25일 칸에 '오후 면담, 히라노 씨'라고만 적혀 있었다.

"경감님 서둘러 주변을 조사하는 편이 좋지 않겠습니까? 단서가 없지는 않겠죠."

형사 중 한 명이 뒤에서 말을 걸었다. 경감은 몸을 틀면서 자리에서 일어섰다.

"그래야지. 연구소와는 아직 연락이 안 됐나?"

고도 박사가 일하는 연구소에는 니시카와도 드나든 적이 있다.

"숙직 근무자가 전화를 받긴 했는데, 전철이 멈춘 탓인지 거의 아무도 출근하지 않은 모양이라 섣불리 이야기를 꺼낼 수 없겠더라고요."

"얼른 사람을 직접 보내야겠군."

여기가 살해 현장이 아니라는 사실은 정원만 얼핏 보고도 알 수 있었다. 시체는 완전히 피 칠갑이건만, 포석에는 시체가 문질리면서 묻은 듯한 핏자국 정도만 눈에 띄었다.

어딘가 다른 곳에서 살해당하고 정원까지 운반됐다. 그리고 가방과 함께 유기됐다.

기묘한 일이다. 살해한 사람을 왜 자택까지 옮겨야 했을까?

어쨌거나 실제 범행 현장을 찾아낼 필요가 있었다. 피해자의 출혈량을 고려하건대, 현장은 척 보면 알 수 있는 상태일 것이다. 빨리 조사할수록 발견할 가능성이 크다.

현재 검시관 외에 형사 일곱 명이 현장을 조사하는 중이었다. 니시카와 경감은 형사들에게 현장이 멀수록 시체를 운반하기는 어려울 테니 일단 무라야마 저택 부근을 살펴보고, 한 명은 연구소에 가서 탐문 수사를 하라고 지시했다. 그때 도쿄 지방법원의 검사 미타가 대문 앞에 도착했다.

니시카와와 친분이 있는 검사다. 인사를 나누고 현재 상황을 전달한 후, 지금부터 관계자들의 진술을 청취할 예정이라고 알렸다.

미타는 안으로 들어가기 전에 주변에는 아랑곳없이 초연하게 우뚝 서 있는 저택을 올려다보고 말했다.

"이런 건축 양식은 처음 보는군."

창문을 낸 모양새로 보건대 주거 공간임은 의심할 여지가 없지만 그저 집의 형태를 이루는 요소들을 조합해서 만든 무라야마 저택. 그렇다고 산만한 분위기는 아니고 건물 자체에 자아를 부여한 듯한 인상이다.

"이미 돌아가셨지만 무라야마 가지타로라고, 고도 박사의 친척이 이렇게 지었습니다. 구라파에 살던 시절, 주변에 비슷한 집들뿐이라 취해서 돌아오면 어디가 현관인지 헷갈리던 게 싫어서 자기 집은 알기 쉽게 만들었다면서 우스갯소리를 했었죠."

"자네는 전에도 와본 적 있나?"

고도 박사에게 초대받은 것은 아니었다. 3년 전 무라야마 저택에 도둑이 들었을 때 이 집을 찾아와 무라야마 가지타로와 만났다. 니시카와 경감은 당시 수사 담당자였다.

고도 박사와 친분이 별로 없는 미타 검사는 사정을 전혀 모른다. 경감은 작은 사건이었지만 관련자와 함께 뇌리에 날카로운 인상을 남긴 그 도난사건에 대해 그에게 말해주려고 했다. 그런데 그때 미나카미 부인이 상황을 살피려는 듯 현관문을 열고 고개를 내미는 바람에 이야기는 뒤로 미루기로 했다. 경감은 검사와 함께 저택으로 들어갔다.

무라야마 저택의 응접실에는 검은 양탄자가 깔려 있었고 작은 탁자의 좌우에 고급 안락의자가 두 개씩 마주 보고 있었다. 하지만 손님에 대한 배려는 그것이 전부다. 벽에 그림을 걸어둘 정도로 마음을 써주지는 않는다.

"오시느라 고생 많으셨어요. 앉으세요."

두 사람에게 안락의자를 권하는 부인은 아무래도 평정심을 회복한 모양이었다. 화장은 하지 않았지만 아까는 흐트러져 있었던 머리를 깔끔하게 정돈해서 서양식으로 틀어 올렸다.

"실례지만 차를 대접하는 것도 좀 이상해서요. 준비는 해두었습니다."

"아니요, 괜찮습니다. 신경 쓰실 것 없어요. 오늘은 참 여러모로 큰일이로군요. 미나카미 씨, 기억하실지 모르지만 저는 3년 전에도 당신께 인사를 드렸습니다. 도둑이 들었을 때요."

"네, 저도 기억나네요. 니시카와 경감님이셨던가요?"

니시카와는 다시금 자기소개를 했다. 미타 검사가 곁눈질로 설명을 재촉했지만, 경감은 일단 조의를 표한 후 오늘 아침부터 교통 상황이 얼마나 혼란스러웠는지 부인에게 말해주었다.

"뭐, 그런 날에 일어난 사건이에요. 어쨌든 용서받지 못할 짓입니다."

미나카미 부인은 무릎에 양손을 얹고 묵묵히 이야기를 들었다. 그 모습이 눈에 익숙해지는 동안, 경감의 기억은 명료하게 색채를 되찾았다.

"아, 먼저 여쭤보겠는데 이 댁에서는 두 달 전에도 초상을 치르셨죠? 무라야마 가지타로 씨가 돌아가셨다고 신문에서 보았습니다."

"네. 지지난달 12일이었어요. 심부전이었죠."

"가지타로 씨는 아버님이 아니시죠? 숙부님이셨던가요?"

"맞습니다. 제 숙부님이세요."

"분명 인류학 논문을 서양 잡지에 발표하셨죠. 저는 잘 모르는 분야지만."

"네."

니시카와 경감과 만났을 당시, 무라야마 가지타로는 예순 살이 넘었지만 체격이 좋은 백발 신사였다. 그도 고도 박사처럼 박사 학위가 있었고, 일본 인류학의 선구자로 유명했다. 그리고 도난사건의 피해자였다.

"미안하지만 3년 전 사건이 뭔지 설명 좀 해주겠나? 오늘 사건과 관련이 있는 건가?"

미타의 부탁에 니시카와 경감은 미나카미 부인에게 확인해가면서 3년 전에 일어난 사건을 설명해주었다.

저택에 도둑이 든 것은 다이쇼**⑩** 6년(1917년) 3월 4일 늦은 밤이었다. 저택에 기거하며 일하는 하녀는 휴가를 얻어 고향에 돌아갔고, 집안사람들은 외출해서 집에 들어오지 않았다. 오전 2시가 지

---

⑩　1912~1926년까지 사용된 일본의 연호.

났을 무렵, 도둑은 정원을 둘러싼 나지막한 산울타리를 넘어 헛간의 지붕을 타고 2층 창문에 매달렸다. 그리고 철 격자가 끼워져 있지 않던 창문에 철사를 쑤셔 넣어 능수능란하게 반달형 자물쇠를 풀었다.

실내로 침입한 도둑은 가지타로 박사의 서재로 가서 30분 만에 금고를 열고 현금을 훔쳤다. 범인의 솜씨가 워낙 뛰어나서 다음 날 귀가한 가지타로 박사가 금고를 확인하기 전까지 도난은 발각되지 않았다.

"잠깐만, 니시카와 군. 상세해도 너무 상세한 것 아닌가? 범인이 철사로 자물쇠를 풀었다는 건 어떻게 알았나?"

"그야 본인이 그렇게 말했으니, 뭐, 그렇겠죠."

미나카미 부인이 고개를 끄덕였다.

"뭐야, 체포됐나?"

"아참, 말씀드리는 걸 깜박했네요. 여기서 도둑질을 하고 얼마 지나지 않아 체포됐습니다. 어쩐지 아주 잘생긴 청년 도둑이었어요. 그렇죠?"

"아아, 그랬던가요? 도둑이 잘생기면 안 된다는 법은 없지만요."

부인은 떨떠름한 기색으로 대꾸했다. 경감은 분위기를 수습하듯 덧붙였다.

"아니, 하지만 이번 사건과 무관하다는 보장은 없습니다. 일단 조사해봐야겠죠. 분명 이미 출소했을 테니까요."

"꼭 조사해주세요. 저도 출소했다고 들었어요."

"아, 네, 알겠습니다. 그러니 미나카미 씨도 부디 숨기는 것 없이 탁 털어놓고 협력해주시기 바랍니다."

니시카와 경감은 아까부터 안락의자의 바닥이 빠진 것처럼 편치 못한 기분이었다. 그의 마음속에는 생전에 딱 한 번 만났던 무라야마 가지타로 박사의 모습이 들러붙어 있었다.

도난사건을 수사할 때 가지타로 박사는 경찰의 개입을 웃는 얼굴로 거부했다.

가지타로 박사는 현금을 도둑맞았는데도, 현장인 서재에 들어가서 수사하려는 경찰에게 협력하지 않았다.

—고도 군이 경솔하게 신고해버렸군. 물론 신고한 게 잘못은 아니지만 돈을 도둑맞는 것보다 서재가 난장판이 되는 게 내게는 더 큰 피해야.

백발 신사는 그러한 사정을 외국의 법률을 풀이해주는 것처럼 정중하게 경찰에게 설명했다. 결국 저택 주변에서만 탐문 수사를 실시했고, 도둑은 다른 범행을 저지른 것을 계기로 다른 현장에서 체포됐다.

니시카와는 가지타로 박사의 말을 믿지 않았다. 하지만 왜 박사가 경찰을 서재에 들이지 않았는지는 도무지 짐작이 가지 않았다. 그저 가지타로 박사와 무라야마 저택에서 희미하게 느껴진, 이성과 충동이 화학작용을 일으켜 발생한 듯한 써늘함만이 니시카와의 가슴 속에 남았다.

그 써늘함은 뭔가 돌출된 사상에서 비롯된 것이 분명했다. 오늘 아침부터 도쿄에서 발생한 소란과는 완전히 종류가 달랐다. 좀 더 주도면밀하고 은밀한 측면이 있었다. 실제로 가지타로 박사의 공적인 얼굴은 경시청에도 친구가 있는 사교가였다.

니시카와는 지금 마주 앉아 있는 미나카미 부인에게서 가지타로 박사의 여운이 느껴지는 것 같았다. 그가 발휘하는 경찰의 공권력에 미나카미 부인이 조금도 주눅 들지 않았기 때문일 수도 있고, 아니면 그 여운은 부인이 아니라 저택 자체에 배어든 것인지도 모른다. 어쨌거나 니시카와는 아무렇지도 않은 척 경찰의 직무를 수행해야 했다.

"슬슬 사건에 관해 여쭤봐야겠군요. 미나카미 씨는 무라야마 고도 박사님과 어떤 관계입니까? 전에도 여쭤봤을지 모르지만 잊어버렸네요."

"제 백부님, 그러니까 가지타로 숙부님의 형이 있는데 그분의 처제의 장남이에요. 좀 복잡하지만요."

"지금 저택에는 누가 사십니까?"

"저 말고는 미야오라는 서생과 하녀 두 명뿐이에요."

"미나카미 씨의 부모님, 남편분, 자녀분은요?"

"부모님은 돌아가셨어요. 남편과는 헤어졌고요. 아이는……, 외국에 있는데 못 본 지 꽤 됐네요. 제게 제일 가까운 일가 사람은 숙부님이셨어요."

"흠, 그런가요. 알겠습니다. 그럼 어젯밤 일에 관해 여쭤보겠습니다. 고도 박사님이 어디에 가셨는지는 알고 계셨습니까?"

"집에는 없었어요. 평소처럼 데이코쿠 대학의 연구소에 갔었겠죠."

"그렇군요. 그리고 미나카미 씨는 오늘 아침까지 정원에서 그런 일이 벌어진 줄 모르셨던 거고요. 당연히 고도 박사님이 돌아오는 모습도 못 보셨겠군요?"

"네."

"박사님은 어제 몇 시쯤에 귀가하실 예정이셨습니까?"

"글쎄요, 그건 모르겠지만, 평소에 제가 쉬러 들어간 후에 돌아올 때도 많았어요. 자정이 지나 전철이 끊기면 연구소에서부터 걸어오기도 했죠."

연구소에서 여기 고히나타다이마치까지는 걸어서 30분쯤 걸린다.

"가방 속에서 발견된 수첩에, 오늘 오후에 히라노 씨와 면담한다는 일정이 적혀 있었습니다. 이건 뭘까요? 혹시 짚이는 점이 있으신가요?"

사실 경감은 그 사람이 누군지 짐작이 갔다. 경시청 특고과에 히라노라는 사람이 있다. 고도 박사와도 친분이 있다고 들었다.

"……네, 특별고등과[11]의 히라노 씨겠죠. 저도 알아요. 오늘 오

---

[11] 1910년에 메이지 천황을 암살하려 했다는 혐의로 공산주의자, 사회주의자, 무정부주의자들이 처형된 것을 계기로 경시청에 설치된 부서.

후에 만날 예정이었다고 들었어요."

경감은 경시청에 확인하기로 마음을 먹었다.

"박사님의 복장은 어땠습니까? 어제 외출하셨을 때와 달라진 점은 없었나요?"

"박사가 외출하는 모습을 못 봐서 모르겠네요. 하지만 밖에 나갈 때는 대개 그렇게 입었으니까 분명 그 차림새 아니었을까요?"

"네, 그렇죠."

경감이 과거에 고도 박사와 만났을 때도, 오늘 정원에서 발견된 것처럼 줄무늬 양복 차림에 즈크 가방을 들고 다니곤 했다.

"그럼 평소 외출했다 돌아왔을 때의 복장과 똑같았다고 치고 넘어갑시다. 지금 이야기와 현장 상태를 있는 그대로 받아들인다면, 박사님은 어딘가 다른 곳에서 살해당해 이 댁 정원까지 운반됐다고 볼 수 있어요. 참 기묘한 일입니다만."

경감은 포석에 핏자국이 거의 남아 있지 않았다는 점을 설명했다. 미나카미 부인도 마음이 진정되고 나서 그 사실에 생각이 미쳤다고 한다.

"어쨌거나 범인은 어젯밤부터 오늘 이른 아침 사이에 정원에 들어와서 시신을 유기한 셈입니다. 손쉬운 일은 아니죠. 무거운 데다 들킬 위험도 있어요. 미나카미 씨, 정말로 밤중에 이상한 소리를 듣거나 뭔가 기척을 느끼지는 못하셨습니까?"

"저는 아무것도 몰랐어요. 푹 잠들었거든요. 그리고 보시다시피 벽이 두꺼워서요."

"범행과 관련해 뭔가 짚이시는 점은요? 원한을 샀다든가, 금전 관계라든가."

"글쎄요. 저도 고도 박사의 사적인 교우 관계는 잘 몰라요. 같은 집에 살기는 하지만 이웃 사람 대하듯 지냈거든요."

"돈은 어떻습니까? 유산은 어디로 가죠? 박사님의 가족은요?"

"제가 알기로는 여동생밖에 없어요. 부모님은 돌아가셨고 결혼도 안 했으니까요."

여동생 시즈코는 고도 박사보다 스무 살 정도 어리다. 우쓰기라는 사람에게 시집갔고 같은 동네의 바로 근처에 산다고 했다.

"돈에 관해서도 저는 못 들었어요. 그렇게 큰 부자는 아니었을 테지만."

"그렇죠. 검소한 생활을 좋아하셨으니까요. 이 집은요? 어느 분이 물려받습니까?"

"이 집은 한참 전에 저희 손을 떠났어요. 원래는 가지타로 숙부님 소유였는데 여기저기 돈이 들어가서 결국 이 집까지 저당을 잡혔거든요."

저당권자가 친절을 베풀어서 한동안 여기 살았지만 유예 기간이 앞으로 두 달 남짓이라 조만간 퇴거해야 한다고 했다.

"그러면 미나카미 씨는요? 어떻게 되시는 겁니까?"

"이렇다 할 재산은 전혀 없어요. 여기서 나가면 일해야죠. 지금까지는 숙부님의 연구 조수처럼 지내왔지만 외국어 학교의 선생님 자리를 얻어놨어요."

일문일답은 마치 벽돌을 엇갈리게 쌓아 올리는 것처럼 차분하게 진행됐다. 미나카미 부인의 말투는 일관되게 담담하니 감정이 거의 드러나지 않았다. 니시카와는 부인에게서 고도 박사의 죽음을 슬퍼하는 기색을 찾아낼 수 없었다.

시체는 고작 한두 시간 전에 느닷없이 정원에서 발견되어 일상을 깨뜨렸다. 니시카와도 슬픔이 아직 형태를 이룰 만한 여유가 없을 무렵이었다. 부인이 슬퍼하는 기색을 보이지 않는다고 해서 이상할 것은 없다.

하지만 니시카와는 필요한 질문을 하는 동안 수사가 장기말 넘어뜨리기[12]처럼 자신의 손을 떠나 멋대로 진행되는 것만 같아서 마음이 불편했다. 개인적인 슬픔을 안개처럼 흐리게 만드는 뭔가가 무라야마 저택에는 깃들어 있었다.

"어쩌면 고도 박사님의 유품을 빌려야 할지도 모르겠습니다. 편지, 수첩, 일기 같은 거요. 어느 분이 관리하실 예정입니까?"

혈연으로 따지자면 여동생 시즈코다. 분명 오빠의 물건에 크게 신경 쓰지는 않을 테니, 한마디 허락을 받으면 유품을 가지고 가도 문제는 없을 것이라고 부인은 말했다.

"하지만 고도 박사는 여기에 개인 물품을 별로 남겨두지 않았을 거예요. 박사의 방은 놀랄 만큼 횅하니까 연구소에 놔두지 않았

12　도미노와 비슷한 일본의 놀이.

을까요? 만약 그런 물건이 있다면 말이지만."

편지는 여기저기서 받았겠지만, 고도 박사에게 일기를 쓰는 습관이 있었는지는 부인도 모른다고 했다.

"연구소 분들께 물어보도록 하겠습니다. 나중에 고도 박사님의 방도 살펴보려는데, 괜찮으시겠습니까?"

"네, 물론이죠."

"그럼, 일단 여기까지 하겠습니다. 조사가 끝난 건 아니고요. 다음 사람을 불러주셨으면 하는데요."

니시카와는 미나카와 부인에게 다음 참고인을 불러 달라고 지시하고, 진술 청취를 끝냈다.

"상당히 별난 여자로군. 안 그런가?"

부인이 방에서 나가자 진술을 청취하는 동안 거의 침묵을 지키며 대화를 듣기만 했던 검사가 말했다.

"뭐, 확실히 보기 드물기는 하죠. 신여성[13]이라고 할 정도는 아니겠지만요."

"서양 여자 같지 않나?"

"흠, 그런가요? 그리고 보니 독일이랬나, 외국에서 살기도 했었나 봅니다. 3년 전에 그런 이야기를 들었던 것 같아요."

13　가부장적이고 보수적인 사회 문화와 가치관에 도전하는 여성.

3

저택 식당은 의외일 만큼 평소와 다름없었다.

미야오는 탁자 의자에 앉아 주변을 바라보며 그렇게 생각했다. 무늬 하나 없는 밤색 융단을 깔아놓았을 뿐, 역시 양식이라고는 눈에 띄지 않는 만듦새지만 넓다. 길쭉한 탁자를 두 개 나란히 놓아두어서 스무 명이 함께 식사해도 좁지 않은 식당은 깔끔하게 정리된 상태였다.

미나카미 부인이 하녀를 깨운 후 경찰이 올 때까지 모두가 무라야마 고도 박사의 시체를 관찰했으므로 무슨 일이 일어났는지 모르는 사람이 없다. 그런데도 두 하녀는 담대하게 아침 식사를 준비하고 있었다. 미나카미 부인이 명령했기 때문이다. 그러나 시체를 보고 나자 미야오는 식욕이 싹 달아났다.

아직 이른 아침이지만 사건 현장인 무라야마 저택에는 손님이 한 명 있었다. 시라키 무네노리는 미야오의 맞은편 자리에 앉아 오늘 조간신문을 읽고 있었다.

그는 무라야마 일가와 수십 년간 친분을 쌓아왔으며 미나카미 부인이 아주 어렸을 적부터 알고 지냈다고 한다. 그는 조간신문을 가지러 나왔을 때, 몇 집 건너 맞은편의 무라야마 저택 앞에 경찰이 무리 지어 있는 모습을 보고 찾아왔다. 시체를 조사 중이었던 경찰은 그에게 일단 저택 안에서 기다리라고 지시했다.

"미야오, 넌 어떻게 할 거야. 경찰이 당장은 외출을 허락해주지 않을 것 같은데."

시라키가 탁자에 신문을 내려놓고 말을 붙였다.

미야오는 경찰이 오기 전에 학생복인 셔츠와 가스리[14] 바지로 갈아입었지만, 깨자마자 나온 시라키는 아까 미야오처럼 유카타 차림이었다. 그렇지만 잠옷 차림으로도 고용인에게 위엄을 잃지 않는 서양 귀부인처럼 거만한 분위기를 미야오에게 뿜어냈다.

"저는 상관없습니다. 오늘은 딱히 용무가 없으니까요."

"뭐야, 그랬어? 쓸데없는 걱정을 하지 않아도 되겠군."

부럽군, 나는 어쩌지, 외출할 상황이 아닌 건 틀림없지만, 하고 중얼거리며 시라키는 다시 신문을 펼치고 촘촘하게 자란 콧수염을 콧구멍 쪽으로 문질렀다. 그는 미카와 고무 공업이라는 제조회사에 다닌다고 들었다. 일요일이지만 뭔가 용무가 있는 듯했다. 그래도 결국 오늘은 외출을 포기하겠다고 했다.

---

14 실을 부분적으로 방염 처리해서 독특한 흰색 잔무늬를 넣은 직물, 또는 그 직물로 만든 옷.

미나카미 부인이 문을 열고 식당으로 들어왔다.

"시라키 씨, 경찰이 부르니까 응접실로 가보세요."

"응, 도시코, 알았어. 갈게."

"그리고 오늘은 전철이 아주 난리가 났다는군요. 파업에 돌입했다나."

"뭐라고? 이런, 어차피 외출할 팔자가 아니었군."

시라키는 양손으로 탁자를 짚고 일어나서 식당을 나섰다. 부인은 시라키의 옆자리에 앉아서 탁자에 놓인 신문에 손을 뻗었다. 그들은 불상사에 직면해 일부러 일상을 강조하듯 행동했지만, 어색한 구석이라고는 전혀 없었다.

하여튼 현재, 무라야마 일가와 그 주변 사람은 고도 박사의 변사를 대체로 냉정하게 받아들였다고 할 수 있겠다.

이 광경을 보고 미야오는 두 달 전 가지타로 박사가 죽은 날을 떠올렸다. 2월의 추운 아침, 심부전으로 사망한 가지타로 박사를 하녀가 발견했다. 그의 죽음은 피아노 건반을 세게 누른 듯한 충격을 안겼고, 장례식과 명복을 비는 법사를 거치며 소리가 희미해지는 것처럼 충격이 점점 가셨다. 그때도 차분히 진행된 후속 절차에서 몰인정함은 느껴지지 않았다. 무엇보다 가지타로 박사의 의지가 담긴 이 무라야마 저택에서는 당연히 그래야 한다는 생각이 들었다.

가지타로 박사는 미나카미 부인을 데리고 구라파에서 뭔가 연구를 하다가 세계대전이 터지고 얼마 지나지 않아 귀국했다. 그리고 5년쯤 전에 큰돈을 들여 이 저택을 지었다.

미야오는 4년 남짓 무라야마 저택에서 생활하고 있지만 이 저택을 지은 이유는 잘 모른다.

가지타로 박사는 다양한 지위에 있는 사람들을 저택에 살게 했다. 어떤 때는 정치가가 한 달도 넘게 기거했고, 행색이 초라하고 신원도 불분명한 서양인 여러 명에게 방을 내준 적도 있었다. 특히 재작년에 세계대전이 끝날 때까지는 문턱이 닳도록 식객들이 드나들었다. 그들은 대개 며칠에서 몇 달 정도 머무르다 떠났다.

식객들을 모은 것은 가지타로 박사였으므로, 박사의 몸 상태가 안 좋아지면서 손님들은 줄어들었고 박사가 세상을 떠나기 전에 모두 저택을 떠났다. 박사가 사망한 후에는 미야오에 하녀 두 명, 미나카미 부인, 고도 박사까지 고작 다섯 명이 저택에 기거할 뿐이었다.

미야오는 가지타로 박사의 지인이자 잡지사에 다니는 사촌 동생에게 무라야마 저택을 소개받았다.

미야오와 처음 만났을 때 60세였던 가지타로 박사는 귀천을 전혀 따지지 않는 사람으로, 미야오가 알 턱이 없는 서양 사상 이야기를 종종 꺼내서 당혹감을 안겨주었다. 미야오는 조금만 친해지면 그 사람의 심리와 성격을 전부 알았다고 단정하고서 그 후로는 속으로 경멸하는 버릇이 있었지만, 박사는 인물상을 좀처럼 파악할 수가 없는 사람이었고 그렇기에 박사에게는 약간 경의를 품었다.

"미야오 씨."

어느 틈엔가 신문을 대충 훑어봤는지, 미나카미 부인이 미야오에게 고개를 돌리고 말했다.

부인은 조각가가 작품의 완성도를 평가하듯 미야오를 전체적으로 빤히 바라보았다. 미야오가 딴생각을 하다가 문득 정신을 차릴 때면, 종종 미나카미 부인의 눈빛이 그에게 꽂혀 있고는 했다.

"무슨 생각을 하는 거예요?"

"어, 기이한 사건이 발생했으니까 어떻게 된 일인가 잠깐 생각했을 뿐입니다."

미야오는 고도 박사의 죽음에 상심한 척해야 할지 고민했지만, 미나카미 부인에게 그런 기색이 없었으므로 그쪽에 장단을 맞추기로 했다.

"경찰이 이것저것 물어볼 텐데, 아무 말이나 적당히 늘어놓지 않도록 머릿속으로 준비를 해둬요. 쓸데없는 소리를 하면 안 돼요."

"생각해둘 필요가 뭐 있겠습니까. 달리 숨겨야 할 일은."

"누가 그런 소릴 했다는 거예요? 뭔가 속이거나 숨기는 걸 문제시하는 게 아니라, 당신이 경찰에 적당한 소리를 늘어놔서 남에게 폐를 끼치지는 않을까 걱정하는 거라고요. 박사와 어떤 관계였는지, 그리고 어젯밤에는 뭘 했는지 분명 그런 질문을 할 테니 똑바로 대답할 수 있도록 준비해두라는 거예요."

미나카미 부인은 미야오의 사생활에 간섭하지 않지만, 그에게 불성실한 측면이 있다는 것은 꿰뚫어 본 듯했다. 그리고 미야오 같은 서생에게는 처신하는 법에 대해 일일이 잔소리를 해줄 사람이 필요하다고 생각한다. 미야오는 그렇게 판단했다.

미야오는 부인을 제대로 보지 않고 "알겠습니다"라고만 대답했다. 그 정도만 해두면 문제는 없었다. 가지타로 박사가 고인이 된 후 저택을 관리하며 미야오에게 용돈을 주는 사람은 부인이었고, 부인은 가끔가다 야단을 치는 게 전부였다.

하지만 미야오는 부인에게 잔소리를 들은 것을 계기로 마음속의 불안감이 점차 커져서 차분함을 잃었다.

실은 감추어야 할 일이 있었기 때문이다. 누구에게 들켜도 문제지만, 경찰에게 발각되면 특히 골치 아프다. 어젯밤에 미야오는 무라야마 저택을 빠져나가 무라야마 고도 박사의 여동생이자 우쓰기 히데오라는 사람의 아내인 시즈코와 밀회했다.

우쓰기 부부는 자주 무라야마 저택을 방문했다. 히데오는 하타제지라는 작은 회사를 경영하느라, 출장으로 집을 비울 때가 많았다. 미야오는 시즈코와 3년 넘게 관계를 이어오고 있었다.

경찰은 알리바이를 문제로 삼을 것이다. 만약 경찰이 미야오에게 혐의를 두고 어젯밤의 행동을 집요하게 조사한다면, 시즈코와 만났다는 사실을 자백해야 할까? 시즈코가 먼저 다 털어놓을 수도 있을까. 경찰은 조만간 그들에게 사정을 물을 것이다. 어쩌면 근처니까 형사가 이미 갔을지도 모른다. 일이 어떻게 진행될지 좀체 상상이 안 됐다.

문이 열리고 시라키가 들어왔다.

"미야오, 경찰이 부른다. 다음은 너라는군."

시라키는 홀가분한 투로 그렇게 말하고 미나카미 부인 맞은편에 앉았다. 미야오는 마음을 진정시키지 못한 채 자리에서 일어섰다.

"도시코, 경찰들이 통화를 아주 많이 하더라. 일단 양해를 구했답시고 너무 멋대로 사용해. 이번 달부터 도수제[15]로 바뀌었을 텐데? 그건 여기서 부담하는 건가? 아니면 나중에 요금을 공제해주려나?"

"글쎄요. 잘 모르겠지만 상황이 상황이니 어쩔 수 없잖아요?"

"청구는 해봐야겠지. 이번 일은 고도 군의 지인에게 알려주지 않아도 되나?"

"멋대로 그랬다가는 경찰이 못마땅해할걸요. 박사의 가방 속에 수첩이 있었다니까, 주소록을 보고 사람을 보내거나 하는 식으로 알아서 조처하겠죠. 경찰에 맡겨두는 편이 좋지 않겠어요?"

미야오가 방을 나설 때 두 사람은 그런 대화를 나누었다. 부엌에서 된장국 냄새가 희미하게 풍겨왔다. 아무래도 지금 이 집에서 가장 동요한 사람은 자신 같다는 생각이 들어 미야오는 더욱 불안해졌다.

---

15 전화 요금 등을 사용 횟수에 따라 계산해 징수하는 제도.

4

"방에서 자고 있었습니다. 소리도, 그 철문은 꽤 최근에 달았거든요. 그래서 삐걱거리지도 않으니까 밤중에 누가 열어도 모를 겁니다."

"뭐, 아무튼 혼자 방에 있었다는 거군."

"……그렇습니다."

니시카와 경감은 미야오라는 서생의 얼굴을 빤히 들여다보았다. 시라키는 이 서생을 약간 향락적이지만 얌전한 청년이라고 평했다. 특별히 수상한 구석도 없길래, 옆에 있는 미타 검사와 얼굴을 마주 본 후 미야오를 보내주었다.

그러고 나서 두 하녀의 진술을 청취했다. 두 사람은 이런 비상사태 때는 미나카미 부인의 태도를 흉내 내는 것이 좋다고 판단한 듯했다. 둘 다 놀랄 만큼 저택의 사정에 무관심했으며, 어젯밤에도 곤히 잠들었다고 했다. 그리고 남에게 신경 쓰지 않아도 돼서 좋은 직장이라는 둥, 저택이 남의 손에 넘어가는 바람에 그만둬야 해서 아쉽다는 둥, 하지만 미나카미 부인이 힘써서 다음 직장을 찾아주었다는 둥, 그런 이야기를 했다. 이것으로 저택 사람들의 진술 청취는 마무리됐다.

하녀들이 나가자 형사 한 명이 응접실로 들어왔다.

"미타 검사님, 전화 왔습니다. 특고의 히라노 과장님이세요. 이번 사건과 관계가 있는 일이라면서 급히 바꿔 달라는데요."

안 그래도 연락할 생각이었는데, 상대에게 먼저 연락이 왔다.

니시카와 경감이 응접실에서 기다리고 있자니, 검사는 10분쯤 후에 전화가 있는 현관 홀에서 돌아왔다.

"사건이 터졌다는 소식을 주워듣고 연락을 줬다는군. 히라노 군은 오늘 박사와 만나기로 약속했었잖아? 본인이 죽었다길래 깜짝 놀라서 전화를 한 거야."

"어떤 약속이었습니까?"

"무슨 용건이었는지는 확실히 못 들었다고 했어. 일주일쯤 전에 고도 박사에게 전화가 왔는데, 직접 만나서 말해야 하는 중대한 용건이 있으니 시간을 내달라고 해서 오늘 오후 4시에 히라노 군의 집에서 만나기로 했다는군."

"오? 중대한 용건이라고요?"

"그래."

수첩에 적혀 있던 면담이라는 말은 분명 이 약속을 가리키는 것이리라.

"그것만으로는 사건과 관계가 있다고 할 수 없겠는데요."

"그건 그렇지만, 히라노 군 말로는 고도 박사가 요즘에 묘한 소리를 했다고 해. 그게……, 어떤 무정부주의자 집단이 자신의 목숨을 노리고 있을지도 모른다나."

말을 끝내고 나서 미타 검사는 자기 목소리가 응접실 밖으로 새어나가지 않았는지 신경 썼다.

생뚱맞은 이야기였다. 하지만 검사고 경감이고 그 이야기를 웃어넘길 생각은 전혀 없었다.

소문이 돌았기 때문이다. 최근에 발생한 정치가, 황실 행렬, 군 간부에 대한 습격은 각국을 넘나들며 활동하는 과격파 무정부주의자의 소행으로 추측됐다.

박사가 그런 일들과 어떤 관계가 있었는지는 모른다. 하지만 중대한 용건을 특고과 사람에게 상담하기 전날 살해당했으니, 이번 사건과 동일 선상에 있다고 봐야 할지도 모른다. 무엇보다 니시카와 경감은 무정부주의자라는 말이 무라야마 저택에서 느껴지는 특이한 기척과 잘 맞물린다고 직감했다.

"짚이는 구석이 없는지 이 집 사람들에게 다시 물어볼까?"

"아니요, 물어보기 전에 배후 사정부터 좀 더 조사해야겠죠. 선불리 물어볼 수는 없습니다."

두 사람은 미나카미 부인에게 부탁해 저택 2층에 있는 고도 박사의 방을 살펴보았다.

12제곱미터 남짓 되는 방은 들었던 대로 아주 휑했다. 침대와 작은 서가에 외서가 50권 정도. 협탁 서랍 속에는 만년필 한 자루와 잉크 한 병뿐이었다. 서류 같은 것은 전혀 없었다. 부인에게 양해를 구하고 융단도 걷어보았지만 아무런 소득도 올리지 못했다. 부인 말처럼 박사는 개인 물품을 대부분 자기 연구실에 보관해둔 듯했다.

1층으로 내려가자 아까 그 형사가 현관 홀에서 통화를 하고 있었다.

연구소에서 연락이 왔다고 한다. 경감은 수화기를 넘겨받아 말을 꺼냈다.

"여보세요."

—아, 경감님, 접니다. 수사1과의 시노야마요.

연구소에 가보라고 명령한 형사였다.

"상황은 좀 어때?"

—이곳 사람들이 모여들기 시작한 참입니다. 연구소는 완전히 난리가 났어요. 당연하겠지만요. 지금 사정을 물어보는 중입니다. 아직 도움이 될 만한 정보는 알아내지 못했지만, 아시하라라는 사람이 경감님과 안면이 있다는데, 바꿔드릴까요?

"아시하라 군? 바꿔줘."

경감은 유류품을 감정하기 위해 연구소를 여러 번 방문했다. 그때마다 무라야마 고도 박사나 아시하라라는 조교수 중 한 명이 맞이해주었다. 아시하라는 경감보다 스무 살도 넘게 어리지만, 연구에 관련해서는 박사보다 아시하라의 설명이 알아듣기 쉬웠다.

—니시카와 경감님이세요? 아시하라입니다. 오랜만입니다. 무라야마 박사님이 살해당하셨다고 들었는데요. 여기 오신 형사님을 의심하는 건 아니지만, 정말입니까?

"사실이야. 어쩌면 그쪽에 박사님의 부검을 부탁해야 할 수도 있겠군. 그건 그렇고 되도록 빨리 알아냈으면 하는 일이 있으니 대답해주게. 일단 어젯밤에 박사님이 몇 시에 연구소를 나섰는지 아나?"

—저는 박사님보다 먼저 하숙집으로 돌아갔어요. 그래서 직접 본 건 아니지만, 숙직 근무자 말로는 자정이 지나서 나가신 듯합니다. 다시 확인해볼까요?

"아니, 나중에 해도 괜찮아. 박사님이 어젯밤 퇴근길에 어디 들른다든가, 그런 말씀은 안 하셨나? 한밤중이니 그럴 것 같지는 않지만."

—안 하셨습니다. 만약 볼일이 있었더라도 남에게 말씀은 안 하시지 않겠어요? 안 그래도 형사님이, 지금 니시카와 경감님이 궁금해하신 점을 모두에게 물어보는 중입니다.

"알았어. 자정이 지났다면 박사님은 걸어서 돌아갔을 텐데, 고히나타다이마치의 댁까지 어느 길로 가는지는 아나?"

—그것도 아는 사람이 없을 것 같은데요. 댁까지 같이 걸어가

본 사람은 없을 테니까요. 하지만 빙 둘러서 가시지는 않겠죠?

"박사님 댁 사람들은 박사님이 개인적인 서류를 연구소에 보관하지 않았겠느냐고 하는데, 어떤가?"

—아아! 맞습니다. 실은 연구소의 방 하나를 박사님이 거의 개인 전용으로 사용하셨는데, 거기에 물건을 이것저것 보관해두셨어요. 공사를 혼동하면 안 되겠지만요. 숙직 근무자 말로는 어젯밤에 박사님이 늦게까지 계시길래 무슨 일인가 싶어 보러 갔더니, 방에서 서류를 정리하고 계셨대요. 책상 위에 늘어놓은 편지며 봉인한 봉투가 십수 통은 됐다는군요. 그걸 가방에 쑤셔 넣고 늦었다면서 돌아가셨대요.

고도 박사는 가방에다 많은 편지와 봉투를 넣고 귀갓길에 오른 셈이다. 하지만 오늘 아침 발견된 가방은 안쪽이 피투성이였고, 편지는 한 장밖에 남아 있지 않았다. 살해범이 가지고 간 것일까? 무슨 편지일까.

—니시카와 경감님, 지금 그 일로 좀 말썽이 났습니다. 실은 박사님 방이 잠겨 있어서요. 형사님이 문을 열려고 하는데, 열쇠가 없어요.

"열쇠?"

—네, 열쇠요. 연구소에 그 방 열쇠가 없습니다. 여벌 열쇠가 숙직실에 있었을 텐데, 분명 박사님이 가지고 가셨을 거예요. 자기

방으로 쓰는 곳이니 다른 사람을 들여놓기 싫으셨던 거겠죠. 형사님은 어떻게든 내부를 보여달라고 하시지만 문을 열 방법이 없으니⋯⋯.

박사의 유류품인 가방에 열쇠 다발이 들어 있었다. 문제의 열쇠가 섞여 있을 것으로 추측됐다.

─그리고 외부로 반출하면 안 되는 자료도 있을 테니 저희로서도 신중해질 수밖에요.

"내가 가서 입회하도록 하지. 열쇠를 가지고 갈게. 자네들의 걱정도 배려할 거야. 그럼 안 되겠나?"

─아아, 그게 좋겠군요. 제가 이쪽 사람들에게 설명해두겠습니다.

니시카와 경감은 잘 부탁한다고 말하고 전화를 끊었다. 열쇠가 든 박사의 가방은 감식과에 맡기기 위해 이미 경찰서로 보냈다. 순회 차량이 경시청으로 가지고 가기 전에 얼른 가방을 돌려받아야 한다.

현장 검증은 순조롭게 진행돼서 다 끝나가는 중이었다. 니시카와가 진술을 청취하는 사이에 발견된 증거는 철문에서 발견된 혈흔으로, 시체를 정원으로 들여놓을 때 묻은 것으로 추정됐다. 중요해 보이는 증거는 그 정도였다. 그리고 1정[16] 남짓 떨어진 빈터에 연못이 있는데, 흉기가 발견되지 않았으므로 일단 거기를 파내볼 생각이었다. 미타 검사는 히라노 특고과장을 만나 이야기를 들어보겠다기에, 일단 현장 검증을 마무리 짓고 무라야마 저택에서 물러가기로 했다.

그런데 현관으로 뛰어든 한 형사 때문에 계획이 잠시 연기됐다.

"경감님, 수상한 물건이 발견됐습니다. 흉기입니다. 피로 물든 칼이요."

"뭐, 어디 있었나? 누가 찾아냈어?"

"그게, 아즈마바시 다리입니다. 아사쿠사에 가까운 강 하류 쪽의 난간 밑에 끈으로 묶은 일그러진 양철 깡통이 떨어져 있었습니다. 그걸 지나가던 두부 장수가 주워서 열어봤고요. 속에 피로 물든 칼과 손수건이 들어 있는 걸 보고 깜짝 놀라서 근처 파출소에 갖다줬답니다."

"그래? 아즈마바시 다리라니, 묘하게 멀리 떨어진 곳이로군."

칼은 시체 발견 현장에서는 눈에 띄지 않았던 흉기일까. 여기서 그 다리까지는 5킬로미터도 넘는다.

우연이라고 보기는 힘들지만 무라야마 고도 박사를 살해하는데 사용된 흉기라고 단정할 수도 없다.

"아무튼 감식을 해봐야 알겠지만……, 그건 그렇고 말이야."

술렁이는 마음은 제쳐놓고, 이미 표면에 드러난 사항만 살펴봐

---

16 약 109미터.

도 석연치 않은 사건이었다.

무라야마 저택에서 발견된 시체는 다른 곳에서 운반됐다. 왜 굳이 자택 정원에 유기했을까? 시체를 감춰서 사건의 발각을 막을 생각은 없었을까.

경감은 무라야마 저택에서 범행이 발생했을 가능성도 생각해보았다. 하지만 뒤처리가 큰일이고, 내부인에게 들킬 위험성이 너무나 높다. 게다가 저택 대문에서 혈흔도 발견됐다. 진술을 청취해본 결과 저택에 사는 사람들이 결탁한 낌새는 느껴지지 않았으며, 시체는 외출 중에 살해당했다고 보는 편이 자연스러운 상태였다. 더구나 칼은 5킬로미터나 떨어진 곳에 투기됐다. 저택에서 너무 먼 곳이니까, 그저 그쪽 방면으로 도주하던 범인이 증거를 강바닥에 은폐하려다가 초조하고 어두웠던 탓에 실수했다고 봐야 할지도 모른다.

니시카와 경감은 미나카미 부인을 불렀다. 부인에게는 경찰이 아무 지장 없이 움직이고 있다는 것을 강조해두는 편이 낫겠다 싶어 어젯밤에 박사가 연구소에서 편지와 봉인된 봉투 여러 통을 가지고 돌아갔다는 사실과 살해에 사용됐을지도 모르는 흉기가 발견됐다는 사실을 말해주었다. 그리고 필요하면 몇 번이라도 다시 방문하겠다고 못 박은 후, 저택을 떠나겠다고 알렸다.

어쨌거나 수사를 서둘러야 한다는 마음가짐으로 검사와 나란히 현관을 나서자, 니시카와 경감의 머리에 굵은 빗방울이 떨어졌다. 경감은 사건 해결을 위해 나아가야 할 길이 아득히 멀다고 선고받은 듯한 기분이었다.

　박사가 연구소에서 돌아올 때 지나갔을지도 모르는 길을 형사들이 수색 중이다. 혈흔이 크게 남아 있을 곳을 찾는 것이다. 발견했다는 보고는 아직 들어오지 않았고 어딘가에 혈흔이 남아 있더라도 비에 전부 씻겨 나가리라. 살해 현장을 조사해 범인을 찾아내기는 이제 불가능해졌다.

5

—으아, 비가 펑펑 쏟아지는군요! 바짓자락이 다 젖었네. 융단이 더러워지지 않으려나?

미야오가 식당에 있자니 현관에서 그런 목소리가 들려왔다.

오후 2시가 지났다. 경찰은 이미 물러갔다. 미야오는 안심하고 한숨 돌렸지만, 그 목소리를 듣자 다시 목구멍에서 불안감이 밀려 올라왔다. 미야오가 시즈코와 함께 속이고 있는 우쓰기 히데오의 목소리였다.

미야오는 상황을 확인하지 않고 가만히 앉아 있을 수가 없어서, 가슴을 부여안는 심정으로 식당을 나섰다.

우쓰기는 현관문을 닫은 참이었고, 우쓰기를 맞이한 미나카미 부인은 미야오에게 등을 돌린 상태였다.

"어, 미야오 군! 잘 지냈나. 이것 참 애통한 일이 생겼군."

"아, 네, 안녕하세요."

사람이 죽은 지 얼마 안 된 집에 찾아온 것이 맞나 싶을 만큼 평소의 명랑한 목소리였다. 못생기지는 않았지만 코와 입이 좀 큰 편이라 엉성한 느낌이 든다.

우쓰기가 아내 시즈코를 데려오지 않았길래 미야오는 살짝 안도했다. 평소는 우쓰기가 말을 걸어도 적당히 인사한 후 양심의 가책과 경멸을 담아 바라볼 뿐이었지만, 오늘만큼은 잠자코 있을 수가 없었다.

"어, 걱정이 크시죠? 왜, 시즈코 씨는 박사님의 여동생이니까요."

"아아, 그렇지. 이야, 깜짝 놀랐어! 형사가 집에 찾아왔는데, 밤에 뭘 했느냐는 둥 이것저것 물어만 보고 무슨 일인지는 제대로 알려주지 않더라고. 어떻게 된 건지 물어보러 왔어."

"시즈코 씨는 좀 어떠세요? 댁에 계시죠?"

"응, 충격이 큰가 봐. 어젯밤에 친구 집에 갔다가 돌아왔는데 이런 일이 벌어졌으니 말이야. 혼자 있고 싶다는데 내가 뭐 어찌할 도리가 있나. 뭐, 하녀도 있으니 괜찮겠지만."

"세이타 군은요? 괜찮습니까?"

"응. 지금은 친구 집에 가 있어. 돌아오면 돌봐달라고 하녀에게 부탁해놨지. 뭐, 조금 불안하긴 하지만."

소학교에 다니는 세이타는 우쓰기 부부의 외아들이다. 우쓰기는 실례하겠다고 말하고 부인보다 먼저 식당 쪽으로 걸어갔다. 제 집처럼 드나드는 곳이므로 안내를 기다릴 필요도 없다.

"그럼 뜨내기의 범행은 아니라는 거로군요! 일부러 자택 정원에 버리고 갔으니까 말이에요. 지갑이나 시계 같은 건 없어졌습니까? 어땠어요?"

"너무 당황해서 확인을 못 해봤어요. 그리고 시신을 멋대로 만지작거리면 경찰이 화내겠죠? 그렇다고 들었는데요."

"그럼 경찰은 뭐라고 했는데요?"

"글쎄요, 딱히 별말 없었는데요."

"안 가르쳐줬습니까?"

"제가 물어보질 않았으니까요."

"뭐야, 물어보지 그랬어요! 뭐, 물어본다고 가르쳐줄 것 같지는 않지만."

"도둑맞지 않았다는군. 나는 확인했어."

시라키가 옆에서 가르쳐주었다. 그는 아침부터 쭉 무라야마 저택에 남아 있었다.

그렇다면 범인은 내가 아는 사람일지도 모르겠군, 하고 우쓰기는 투덜거리듯이 말했다.

우쓰기는 시체가 발견되고 나서 지금까지 있었던 일을 들려달라고 미나카미 부인에게 부탁했다. 미야오도 식당 탁자에서 홍차를 마시는 세 사람과 조금 떨어진 곳에 앉아 귀를 쫑긋 세웠다. 오전 중에 집으로 돌아왔다는 시즈코가 어쩌고 있는지 궁금했기 때문이다.

어젯밤은 무코지마의 대합찻집[17]에서 만났다.

시즈코는 남편에게 학창시절 친구의 하숙집에서 하룻밤 자고 오겠다는 핑계로 외출했고, 미야오는 미나카미 부인이 쉬러 들어가는 오후 10시가 지나서 후문으로 무라야마 저택을 빠져나왔다. 미나카미 부인은 종종 말없이 미야오의 동태를 살피므로, 부인이 깨어 있을 때 대놓고 나가지는 않는다.

오늘 아침도 부인이 깨어나기 전에 서둘러 돌아왔다. 후문으로 들어왔으므로 그때는 정원에 시체가 있는 줄 몰랐다. 날이 밝고 나서야 정원에 나가서 시체를 발견했다.

우쓰기의 집에는 이미 경찰이 다녀갔다고 했다. 당연히 시즈코도 남의 일처럼 넘어갈 수는 없을 것이다. 어젯밤에 뭘 했느냐는 질문에 뭐라고 대답했을까? 오빠가 죽었으니 당황해도 수상하게 여기지는 않을 텐데. 설마 자백했을까? 우쓰기에게서 그런 낌새는 보이지 않지만…….

"최근에 과학 수사가 많이 발전했잖습니까. 경찰은 뭘 어떻게 하던가요?"

"장갑을 끼고 박사의 소지품을 하나하나 검사하더군요. 이상한 점이 많았대요. 가방 속이 피에 물들었고, 편지지가 한 장밖에 없었다나."

"분명 혈흔이나 지문 등을 감정할 예정이겠죠. 그야말로 고도

17　모임이나 개인적인 만남을 위해 방을 빌려주던 찻집.

군의 전문 분야였는데. 미야오 군! 자네는 짚이는 점이 없나? 누가 범인인 것 같아?”

갑작스레 자신에게 질문이 날아들어서 미야오는 당황했다. 이런 말을 아무렇지도 않게 내뱉는 건가. 극히 단순해서 자기 아내가 부정을 저지르는 줄도 모르는 둔한 남자라고 우쓰기를 늘 경멸했지만, 변고가 일어나자 그의 무신경한 명랑함이 으스스하게 느껴졌다.

“저야 모르죠. 푹 잠들었던 데다 박사님에 대해서도 별로 아는 바가 없으니까요.”

“그야 알면서도 입 다물고 있으면 안 되겠지! 누가 범인이라고 생각하는지 묻는 거야.”

“우쓰기 씨, 미야오 씨에게 그런 걸 물어본들 무슨 소용이 있겠어요.”

미나카미 부인이 끼어든 덕분에 미야오는 억지로 대답하지 않고 넘어갈 수 있었다. 미야오는 우쓰기에게서 자연스레 시선을 돌려 아무 장식도 없는 식당 벽을 바라보았다.

적어도 이 저택은 자신을 방관한다고 미야오는 생각했다. 카페나 일부 학우들 사이에서는 그의 간통 행각이 자랑거리로 통하기도 했다. 하지만 무라야마 저택 건물과 그 건물을 만든 의지는 미야오가 그런 행동을 하든 말든 일절 신경 쓰지 않고 경멸조차 하지 않을 터였다. 그렇듯 그는 마치 몸을 숨길 틈새 하나 없는 무라야마 저택에 내팽개쳐진 생쥐 같은 신세였다.

마지막 손님은 오후 5시경에 찾아왔다. 미야오는 우쓰기에게서 뭔가 알아낼 수는 없을 것 같다고 단념하고 일단 자기 방으로 돌아갔지만, 초인종 소리를 듣고 다시 1층으로 내려갔다.

손님은 이쿠시마 야스하루였다. 히나세 제분이라는 회사의 중역이다. 4년쯤 전에 이 동네로 이사 왔고, 가끔 왕래하면서 무라야마 가지타로 박사와 친해졌다. 자연스레 미나카미 부인과 시라키, 우쓰기, 고도 박사와도 친분이 생겼다.

부인과 시라키가 현관으로 마중 나갔다. 이쿠시마는 묘하게 말쑥한 양복 차림에, 머리는 포마드를 발라 먼지벌레의 날개처럼 깔끔하게 매만졌다. 그는 지팡이를 기운 없이 축 늘어뜨린 채, 미덥지 못해 보이는 얼굴을 반쯤 뽑힌 인형의 머리처럼 셔츠 옷깃 위로 쑥 내밀어 마중 나온 두 사람을 올려다보았다. 어쩐지 돈이라도 빌리러 온 것 같아 보인다고 미야오는 생각했다.

"안녕한가, 미나카미 씨. 무라야마 씨가 살해당했다는데……, 정말이야?"

"네."

"일요일인데 자네는 뭘 하고 있었나? 어디 나갔었나? 여기서 소동이 난 줄 몰랐어?"

"알았습니다만, 약속이 있었거든요. 늦잠을 자서 정신없었습니다."

"경찰이 드나들었잖나. 집 앞을 봤으면 알았을 텐데? 얼핏 봐도 예삿일은 아니잖아. 무슨 약속이야? 그렇게 중요한 일이었나?"

"아니, 그게."

"시라키 씨, 뭘 그렇게 나무라고 그러세요?"

미나카미 부인이 타일렀다. 시라키는 흥, 하고 콧방귀를 뀌었지만 추궁은 그만두었다.

그들이 이쿠시마를 데리고 식당으로 향하자 미야오도 머뭇머뭇 따라갔다. 이쿠시마는 미야오를 의식하는 건지 의식하지 않는 건지, 애써 눈을 마주치지 않으려는 듯했다. 이쿠시마 또한 입 밖에 낼 수 없는 어떤 이유 때문에, 미야오로서는 눈을 뗄 수 없는 인물이었다.

우쓰기는 돌아가지 않고 식당에서 기다리고 있었다. 시라키, 이쿠시마, 우쓰기는 같은 동네에 살고 무라야마 저택과는 특히 인연이 깊은 사람들이었다. 오히려 근처에서 두 명의 무라야마 박사 그리고 미나카미 부인과 친구로 지낸 사람은 이 세 명이 거의 전부였다.

미야오는 그들이 무라야마 저택에 모이는 모습을 몇 번이나 보았다.

모두 다 모이자 미나카미 부인은 일의 자초지종을 피로가 묻어나기 시작한 목소리로 한 번 더 설명했다.

"빨리 해결돼야 할 텐데. 이쿠시마 군, 자네는 아직 경찰과 이야기 안 했지?"

"아, 아직입니다. 하지만, 그렇군, 나도 진술을 해야 하는구나……."

"아무렴. 어때? 다들 뭔가 짐작 가는 구석은 있나?"

"그럼요. 어쨌거나 특고과장을 만나려고 했다지 않습니까. 히라노 씨를요. 그렇다면 고도 군이 뭘 하려고 했는지는 확실하잖아요?"

우쓰기의 말에 미나카미 부인과 시라키는 당연하다는 듯 동의했지만, 이쿠시마는 그들의 이야기를 따라가지 못하고 어리둥절하는 기색이었다. 그들과 몇 자리 띄어 앉아 상황을 살피는 미야오도 무슨 뜻인지 알아듣지 못했지만 이야기는 그대로 계속됐다.

"아참. 도시코, 가지타로 씨의 유품은 어떻게 했어?"

"손 하나 까딱 안 했어요. 저로서는 뭐가 뭔지 모르는 물건뿐이니까요. 당분간은 그대로 놔두려고요."

"확실히 그게 현명하겠지."

"그, 가지타로 씨와 관계가 있는 거야?"

이쿠시마가 물었다.

"확신은 없지만. 이쿠시마 군, 정말 모르는 건가, 시치미를 떼는 건가? 나카야마가 관여한 일이 있었잖나. 특고의 히라노 군과 만나기로 약속했고. 자네도 알고 있었을 텐데."

나카야마가 관여한 일이 뭔지 미야오는 모른다. 시라키는 미야오가 못 알아듣게 말하려고 애쓰는 것 같기도 했다. 시라키가 말을 이었다.

"그렇지, 경찰 말로는 고도 군이 어젯밤에 연구소에서 편지를 정리했다는군. 무슨 편지지? 정말로 고도 군의 편지였을까?"

네 사람은 두 명씩 마주 보고 앉아 있었지만 미야오의 눈을 꺼리듯 점차 의자를 바싹 붙이고 이마를 마주했다.

우쓰기가 말을 이어받았다.

"음, 그렇죠. 도시코 씨, 혹시 장례식이 끝난 후에 고도 군이 가지타로 박사님의 서재에 드나들지는 않았습니까?"

"……한 번 있었어요. 서재에서 고도 박사와 딱 마주쳐서 방의 물건을 함부로 건드리지 말라고 경고했죠."

"그럼 분명 그때겠죠! 뭔가 찾아내서 몰래 가져간 겁니다."

그들은 고인이 된 가지타로 박사에 관한 어떤 생각이 일치했음을 확인하듯 입을 다물고 시선을 교환했다.

잠시 후 시라키가 큰 바위를 움직이듯 묵직한 목소리로 말을 꺼냈다.

"……도시코. 제안을 하나 하고 싶은데, 이번 기회에 가지타로 씨의 서재를 모두 함께 살펴보면 어떻겠니? 고도 군의 방은 건드리지 말라고 경찰이 지시했으니 어쩔 수 없지만, 가지타로 씨의 서재는 상관없겠지. 어차피 일손이 필요한 일이야. 우리는 가지타로 씨와 잘 알고 지낸 사이니까 도시코 입장에서도 그나마 마음이 편하겠지."

"아아, 좋은 생각입니다! 도시코 씨, 이런 기회는 또 없을지도 몰라요."

우쓰기가 동의하고 나서자 미나카미 부인도 승낙했다. 그럼 갑시다, 하고 네 사람은 차례대로 일어섰다.

미야오는 엉거주춤한 자세로 어떻게 해야 할지 망설였다. 스무 살 넘게 나이가 어린 데다, 가지타로 박사나 고도 박사와 네 사람

만큼 친분이 없었던 미야오는 이야기에 전혀 끼지 못했다. 그래도 시즈코에 관한 이야기가 나오지는 않을까 불안해서 가시방석에 앉은 기분을 참고 식당에 머물러 있었다.

미야오가 추측하기로 무라야마 가지타로 박사의 죽음이 남긴 여운은 저택에서 사라지지 않았으며, 그 여운은 고도 박사가 살해된 일과도 관련이 있는 듯했다. 네 사람이 뭔가 중요한 이야기를 나누었는데 못 들으면 어쩌나 걱정됐다. 미야오는 생쥐처럼 살금살금 서재까지 네 사람을 쫓아갔다.

가지타로 박사의 서재는 2층이다. 20제곱미터 크기의 서재는 사방의 벽이 크고 작은 서가로 채워져 있다. 서가에는 책뿐만 아니라 여기저기서 온 편지와 쓰다 만 논문 등도 있었다. 서가로는 모자라서 책상과 금고 위까지 남김없이 서류에 파묻혀 있었다.

미야오는 이 방에 들어올 일이 거의 없었다. 3년 전, 도둑이 들어서 난리가 났을 때 딱 한 번 들어와 봤지만, 아무것도 건드리기 전에 가지타로 박사가 나가라며 쫓아냈다.

시라키가 제일 먼저 서재로 들어가서 어질러진 서류를 펄럭펄럭 넘겼다.

"도시코, 어떻게 할까? 어떻게 정리를 하면 좋겠어?"

"논문은 나중에 제가 볼게요. 일단 편지만 분류해보는 게 좋겠네요. 보낸 사람을 구분하고, 날짜 순서대로요."

미야오는 작업을 돕지 않고 서재 입구 부근에서 네 사람을 바라보았다. 붓으로 쓴 일본어 편지도 조금은 있었지만, 대부분 불어, 독어, 영어, 노어 편지였고, 미야오는 그중 어떤 언어에도 유창하지 못했다.

"아주 어려운 편지가 많군. 이건 누구야? 인도에서 보냈는걸."

우쓰기가 편지를 들여다보며 투덜거렸다.

네 사람은 종종 서류를 서로 보여주고, 우울하게 속닥거렸다.

15분쯤 지났을까, 이쿠시마가 문득 시라키에게 눈길을 주었다.

시라키는 2분 가까이나 손을 멈춘 채, 책상에 내려놓은 편지 한 통을 찬찬히 읽고 있었다. 이쿠시마가 시라키의 등에 대고 말했다.

"왜 그러십니까? 무슨 일 있으세요?"

"그게……."

시라키는 잠시 주저하더니, 왼쪽으로 한 발짝 물러나 이쿠시마에게 자리를 양보했다.

시라키가 어디서 그 편지를 찾아냈는지 미야오는 모른다. 아까 시라키는 책상 뒤편의 서가 안쪽을 구석구석 뒤지는 것 같았다. 편지를 읽는 이쿠시마는 시라키처럼 점점 침착하지 못한 낌새를 풍겼다.

미나카미 부인과 우쓰기도 책상으로 다가갔다. 편지를 돌려 읽은 후, 네 사람은 굳은 표정으로 탐색하듯 서로 얼굴을 바라보았다.

미야오는 반원 모양으로 서 있는 네 사람에게 천천히 다가가 책상 한복판에 있는 편지를 들여다보았다.

영어 편지였다. 편지지 네 장에 달하는 편지는 타자기로 친 것이 아니라 친필로 쓴 것이었다. 읽기 힘든 필기체라 미야오는 한 글자도 못 알아봤다.

"왜 그러시는 겁니까? 이 편지가 뭐길래요?"

물어봐도 대답하는 사람은 없었다. 미야오는 미나카미 부인을 올려다보았다.

"뭐라고 적혀 있는데요? 그렇게 중대한 내용인가요?"

"조용히 해요. 당신하고는 관계없는 일이니까."

미야오는 편지로 뻗으려던 손을 거두었다. 창피해서 한 발짝 뒤로 물러났지만, 네 사람은 미야오를 거들떠보지도 않았다. 그 후로 그들은 아무 말도 꺼내지 않았다.

미야오는 네 사람이 대체 무슨 내용을 읽은 건지 전혀 짐작이 가지 않았다. 하지만 편지가 네 사람의 관계에 뭔가 중요한 영향을 끼친 것 같았다. 지금 편지를 둘러싸고 서로 노려보는 모습에서는, 방금까지 힘을 합쳐 작업했던 오랜 지인 사이의 친밀감을 전혀 찾아볼 수 없었다. 어둠 속에서 딱 마주친 것처럼 뻣뻣하게 굳은 몸과 배신자를 찾는 눈. 그들은 분명 서로 의심하고 있었다.

하지만 그러한 분위기는 순식간에 사라졌다. 그들은 말 없는 적개심을 제각기 얼버무렸다. 그리고 편지를 둘러싼 반원을 허물어뜨리고 다시 친구의 예의를 되찾았지만, 그들 사이에 모습을 드러냈던 심각한 뭔가는 벼락에 맞아서 불탄 자국처럼 결코 사라지지 않았다.

미야오는 자기가 여기 있는 걸 네 사람이 더는 용납하지 않으리라는 사실을 깨닫고 어쩔 수 없이 서재를 떠났다. 자기 방으로 돌아가자 서재에서 이야기를 나누는 소리가 들렸지만 너무 작은 소리라 평온하지 못한 낌새만 전해져올 따름이었다.

6

　다음 날, 월요일. 니시카와 경감은 다시 무라야마 저택에 진술을 청취하러 갈 생각이었다. 하지만 슬슬 경시청 감식과에서 날아들지도 모르는 연락을 기다리자는 쪽으로 마음이 기울어서 오쓰카 경찰서에 머물렀다.

　오쓰카 경찰서는 어젯밤에 경시청의 명령을 받고 비번이라 쉬는 순사까지 호출해서 시영전철의 차량기지에 모인 직원들을 경계하고 있었다. 파업의 영향으로 어젯밤에는 한때 도쿄 시영전철이 모조리 운행을 중단하기에 이르렀다. 오늘은 도쿄시 전기국이 대처에 나서서 비상 운행 중이다.

　경감은 오토바이를 타고 다니고, 무라야마 저택까지는 걸어가도 멀지 않으니까 발이 묶일 걱정은 없지만, 불황에서 비롯된 우울감은 경찰서 목조 건물 안까지 스며드는 듯했다.

　어제는 결국 시체를 옮긴 데이코쿠 대학 법의학 연구소에서 하루가 끝났다. 고인과 친분이 있었기 때문이기도 했고, 연구실에서 박사의 유품을 조사할 때 경감이 내내 입회해주기를 연구소 사람이 희망했기 때문이기도 했다.

현재까지 무라야마 저택 주변을 조사하면서 올린 수확은 없지만, 관계자 중 어제는 만나지 못한 사람이 있다. 흉기가 든 양철 깡통이 발견된 아즈마바시 다리에는 오늘도 형사를 보내서 탐문 수사를 시켰다.

경감의 직무와는 무관하지만 파업은 경찰조직에 큰 부담을 준다. 조만간 일본 역사상 처음으로 노동제가 열릴 것이라는 소문도, 열린다는 예정으로 바뀌었다. 분명 아무 일도 없겠지만, 질서가 흐트러지자 폭풍에 집이 흔들리는 것처럼 경감의 직업 정신도 뒤숭숭해졌다.

뒤숭숭한 것은 피해자 무라야마 고도 박사의 배후에 무정부주의자 비밀 결사가 어른거리는 탓이기도 했다. 땅속에서 뽑아내려하는 막대 끝에 뭐가 달려 있는지 몰라서 결국은 특고와 연대해야할지도 모른다는 귀찮음도 한몫했다.

"전화 왔습니다."

전신기사가 방으로 와서 알렸다. 니시카와는 옆방으로 갔다.

─니시카와 경감님이십니까. 감식과 오사다입니다.

"아아, 맞아. 나야. 어땠어?"

─아직 시간이 더 걸리겠지만 보고드릴 사항이 하나 있습니다. 무라야마 고도 박사의 가방에서 발견됐다는 편지의 지문을 조사한 결과, 뚜렷한 지문이 네 개 검출됐습니다.

"그런데?"

—무라야마 고도 박사의 지문은 아니었어요. 그럼 누구 건가 싶어서 일단 도둑의 지문과 대조해봤죠. 왜, 3년 전 그 저택에 침입했다는 도둑 있잖습니까. 그랬더니 들어맞더라고요. 지문 네 개는 전부 그 도둑의 것입니다. 틀림없어요.

"뭐라고?"

예상치 못한 전개에 니시카와는 상자 속의 서류를 쏟아버리듯이 기억을 뒤집어엎었다.

자신이 뻗친 수사의 손길 밖에서 체포된 그 도둑의 얼굴을, 니시카와는 재판 때 멀찍이서 한 번 보았을 뿐이었다. 유리를 깎아서 만든 것처럼 미남이었으며, 범행 당시 상황을 아주 세세하고 정확하게 진술했다는 것만이 인상에 남아 있었다.

잊어버렸던 그 도둑의 이름을 듣고 전화를 끊었다. 니시카와는 진저리를 한 번 치고 나서 무라야마 저택에 가기 위해 일어섰다.

（**7**）

오후 3시경에 귀가한 미야오도 니시카와 경감에게 질문을 받았다.

사건 다음 날이지만, 미야오는 오전에 와세다 대학에 갔었다. 고도 박사의 부검이 끝나지 않아서 장례식 일정은 정해지지 않았다. 실은 강의고 뭐고 우쓰기의 집에 가서 시즈코와 입을 맞춰두고 싶었다. 하지만 우쓰기가 출근하고 아들이 학교에 가도, 낮에는 집에 한 명 있는 하녀의 눈을 속이기가 힘들다.

경감은 미야오가 켕길 법한 질문은 일절 꺼내지 않고, 피해자의 일상생활이 어땠는지와 범인으로 짐작 가는 사람이 없는지를 다시 물어보고 넘어갔다. 대신에 경감의 말투로는 미야오가 걱정하는 시즈코의 동향을 전혀 짐작할 수가 없었다.

미야오는 응접실에서 경감과 면담한 후 자기 방으로 돌아갔다. 그리고 저녁께 경감이 돌아간 것을 알고 복도로 나갔다가 가지타로 박사의 서재로 향하는 미나카미 부인과 마주쳤다. 부인은 벽의 얼룩에라도 정신이 팔린 것처럼 미야오의 얼굴을 제대로 보지 않고 식사가 준비됐다며 아무렇게나 1층을 가리켰다.

어제 손님 세 명이 돌아간 후, 부인은 남의 집에 온 사람처럼 안절부절못했다. 부인이 그런 모습을 대놓고 드러낸 적은 처음이었다. 그리고 오늘, 경감과 면담을 마치고 부인의 걱정이 좀 더 구체화한 것이 아닐까 미야오는 의심했다.

식사와 목욕을 마치고 이만 잠자리에 들려던 참이었다. 미야오는 활짝 열린 문 너머로, 어질러진 가지타로 박사의 서재에 잠옷차림으로 서 있는 미나카미 부인의 뒷모습을 보았다. 부인은 미야오가 있는 줄 모르고서, 책상에 손을 짚은 채 몸을 앞으로 구부려 뭔가를 들여다보고 있었다.

미야오는 문 뒤편에 몸을 숨겼다. 잠시 후 미나카미 부인이 혼잣말하는 소리가 들렸다. 부인이 혼잣말을 하는 것도 별난 일인 데다, 자신이 알고 있는 부인의 성격과는 동떨어진 내용이라 미야오는 귀를 의심했다.

"어쩌지, 어쩌면 좋지……, 탐정? 탐정에게 의뢰하면 될까?"

의뢰

"그럼 차라리 탐정은 어때?"

"응?"

하스노는 광석의 결정같이 단정한 얼굴을 내게 돌리더니, 당황스러워하는 건지 무시하는 건지 모를 눈빛을 던졌다.

"왜 탐정인데? 뭐가 차라리야?"

"글쎄, 이제 그런 직업밖에 안 떠올라서. 탐정소설을 몇 권 읽어보니 자네 같은 사람이 꽤 나오던데? 의외로 적격인 거 아닐까?"

내가 될 대로 되라는 듯 대답하자 회전의자에 퍼질러 앉아 다리를 쭉 뻗고 있던 하스노는 자세를 바로 했다.

"나더러 흥신소 같은 일을 하라는 건가?"

"아니야. 그런 조사 업무가 자네 적성에 안 맞는다는 건 나도 알아. 소설에 나오는 탐정이 되라는 거지."

"탐정이 뭔지 제대로 알지는 못하지만, 그래도 난 그런 무책임한 일은 못 해."

하스노는 부드러운 어조로 말머리를 돌리듯이 말했다. 나는 그를 바라보며 잠시 생각에 잠겼다.

나는 하스노만큼 아름다운 인간을 몇몇 예술 작품에서밖에 본 적이 없다.

갸름한 얼굴에, 새카만 머리카락, 눈썹, 속눈썹과 뚜렷이 대조되는 피부. 비바람에 매끄럽게 깎인 능선처럼 민족적인 특징이 눈에 띄지 않는 무국적 외모다. 키는 여섯 척을 조금 넘는다. 굳이 따지자면 무기물 같은 아름다움이라 할 수 있는데, 하스노를 조각이나 회화로 표현해본들 분명 원판보다 더 아름다워지지는 않을 것이다.

하스노는 두뇌도 외모에 걸맞게 뛰어나서 양쪽의 균형이 잘 맞았다. 하스노가 마음만 먹으면, 그의 모습도, 말도, 태도도 누구나 존경할 수밖에 없도록 바뀌었다.

기묘하게도 하스노가 나서서 그 미점을 활용하는 경우는 거의 없었다. 하스노는 어마어마한 인간 혐오자다.

친구도 얼마 안 되지만, 얼핏 보기에는 대인관계에 어려움을 겪을 만큼 요령 없게 느껴지지 않는다. 그래서 진조소학교[1]에 입학하고 데이코쿠 대학 법대를 졸업해 은행에 입사하기까지 만났던 사람들은 대부분 하스노의 그런 천성을 알아차리지 못했다.

---

1   메이지 유신 때부터 제2차 세계대전 전까지 존재했던 초등 교육 기관의 명칭. 중등 교육 기관인 고등소학교와 통틀어서 소학교라고 부르기도 한다.

하지만 요코하마의 은행에서 다섯 달 일한 후, 하스노는 마침내 인내심의 한계에 달했다.

"나는 잘 모르겠지만 도둑은 무책임한 일이 아니야?"

하스노는 은행을 그만두고 도둑이 되었다.

사람과 마주치지 않는 것이 업무의 일부이므로, 천직이기는 했다. 주로 돈 많은 집을 목표로 삼아 아주 우수한 실적을 거두었지만, 3년쯤 전에 시나가와의 무역상 집에서 체포됐다. 재판 결과 작년 6월까지 징역을 살았다.

"과연 무책임할까? 큰 책임이 따르는 일인걸. 실패하면 감옥에 가야 하는 일이 그렇게 많지는 않을 거야."

"그야, 뭐, 그렇지."

워낙 사람을 싫어해서 도둑이 됐을 정도라, 출소 후에 직업을 찾으려 해도 뾰족한 수가 없었다. 나는 지인의 연줄을 이용해서 얻어온 번역 일을 한동안 하스노에게 맡겼다. 하스노는 영어, 불어, 독어를 유창하게 구사하고, 영어는 영일 번역이든 일영 번역이든 자유자재다. 마감에 늦은 적도 없고 특히 논문 번역은 아주 평판이 좋다.

하지만 내 지인 중에 연구자는 그렇게 많지 않고, 하스노가 문학 번역은 못 한다기에 일감이 떨어지기 일쑤다. 현재는 내 친구가 의뢰한 우키요에[2] 관련 소사小史를 영어로 번역하는 중이지만 그다음 일감은 없다.

여기는 세타가야 외곽에 자리한 하스노의 집이고, 우리는 하스노가 서재 겸 응접실로 사용하는 방에 있다. 하스노는 출소한 후, 부모님에게 물려받은 아카사카의 집을 팔고 여기로 이사했다.

메이지 시대 말엽에 선교사가 지은 거칠고 소박한 양옥집으로, 집 앞에 승합마차³가 다니는 길이 뻗어 있고 주변은 뽕밭과 잡목림 뿐이다.

"그럼 탐정은 왜 무책임한 일인데?"

내가 아무 이유도 없이 탐정이라는 직업을 떠올린 것은 아니다.

작년 가을부터 내 주변에서 절도, 어음사기, 유괴 같은 사건이 빈번하게 발생했는데, 도둑으로 활동한 하스노의 재능이 사건을 해결로 이끌었기 때문이다.

하스노는 별 흥미도 보이지 않고 되물었다.

"자, 애당초 그들은 무슨 일을 하는 건데?"

"어? 그야 범죄의 진상을 밝혀내서 범인을 체포한다거나, 그런 거겠지?"

"범인을 체포하는 건 경찰이잖아? 수갑은 경찰이 가지고 있고, 나도 경찰에 체포됐어. 유치장도 경찰서에 있고 말이야. 그런 걸 빼고 나면 탐정에게 남은 업무는 진상을 밝혀내는 거겠지? 이렇게 편한 일이 어디 있어?"

---

2   일본 에도시대에 유행한 다색 목판화.

3   일정한 노선을 운행하면서 운임을 받고 승객 여러 명을 한꺼번에 나르는 마차.

"편하다고?"

"편하지. 게다가 허술하고 불성실해. 진상이라는 게 정말로 있는지 없는지도 모르겠거니와, 진짜인지 아닌지 아무도 판별할 수 없는 사실을 밝혀냈다고 우기면 되니까 그렇게 쉬운 일은 또 없어.

범죄가 발생하면 경찰이 범인을 추정해서 체포하고, 진상은 법원에서 판정해. 품도 시간도 많이 들어. 그런 제도가 생긴 것도 최근이지. 옛날에는 점 같은 걸 쳐서 판정했다면 이제 사람들이 좀더 수긍할 수 있도록 인류가 지혜를 짜내서 성가신 제도를 만들어낸 거야.

탐정은 그렇듯 귀찮지만 중요한 절차의 선두에 끼어들어서 '봐라, 이것이야말로 유일무이한 진실이다' 하고 주장하는 거잖아? 게다가 틀려도 책임은 지지 않아. 경찰이나 검찰이 뭔가 잘못을 저질렀다고 밝혀지면 신문이 난리를 치고, 경우에 따라서는 그 때문에 감옥에 가야 할 때도 있지만 탐정은 안 그러잖아?"

"뭐, 그렇겠지."

추리가 빗나가서 탐정이 감옥에 갔다는 이야기는 못 들어봤다.

"그런데도 보수를 받느니 어쩌니, 사람을 너무 기만하는 짓이야. 직업이고 뭐고 아니라고. 그러니까 안 해. 차라리 도둑으로 돌아가는 편이 나아."

성실함과 불성실함을 구별하는 하스노의 기준은 꽤 까다롭다. 대화를 나눌 때 그는 정확성을 중시해서 오류에 민감하게 굴지만, 실용성에는 연연하지 않는다. 십수 년을 알고 지냈음에도 나는 하스노의 성격을 완전히 파악하지 못했다.

실제로 나와 하스노의 관계는 인간관계라기보다 예술가와 작품의 관계와 비슷했다. 하스노는 존경스럽지만 개인적인 취향에는 전혀 맞지 않는 대가의 걸작 같은 존재였다. 이해는 되지 않더라도 밑바탕에 뭔가 일관된 주제가 있음이 느껴졌고, 내가 완수하고자 하는 예술적 사명이 그와 전혀 다른 지점을 지향하고 있다는 걸 알기에, 그의 외모나 능력을 시샘할 필요도 없었다.

게다가 하스노는 여러 면에서 몹시 뛰어나면서도 창작열에 들뜬 예술가가 문득 정신을 차렸을 때 자기 작품에서 맛볼 법한, 뭐라 형용하기 힘든 어설픔을 종종 느끼게 해주었다. 내게 하스노는 결코 사귀기 어려운 친구가 아니었다.

"그럼 탐정이 무책임한 건 그렇다 치고 경찰이나 법원은 책임을 다하고 있나? 그야 자네를 놓치지 않고 체포했으니 그렇게 얕볼 수준은 아니겠지만."

"뭐라고도 답하기 힘들군. 지식과 지혜로 증거를 가려내 범인인 내게 다다른 게 아니라, 숨어들어서 한창 일하고 있을 때 뭐 하는 짓이냐며 체포했으니까. 그런 건 유치원생도 할 수 있어.

재판도 그래. 하나부터 열까지 모조리 믿을 만하지는 않지. 내가 마침 어디서 얼마나 훔쳤는지 전부 기억하고 있었기에 망정이지, 그렇지 않았다면 그들은 어떻게 할 생각이었을까?"

"아아, 그건 대단했어. 자기가 한 일은 똑똑히 기억해둬야겠더라고."

나는 하스노가 체포됐을 때 변호사를 찾는 등 이래저래 도움을 주었으므로, 재판의 경위도 소상하게 알고 있다. 재판은 자백에 크게 의존해서 진행됐다.

"그러고 보니 아자부의 이토 씨 집에서 내가 서재 문고리를 부순 걸로 처리됐는데, 그건 처음부터 부서져 있었어. 눈 깜짝할 새에 내 탓으로 돌려버렸더군. 귀찮아서 정정하지는 않았지만."

"어? 그랬어?"

"오판이 있어서는 안 되고 그래도 오판은 생기는 법이지만, 최대한 오판을 하지 않도록 재판 제도든 과학 수사든 시행착오를 겪으며 수준을 높이는 거잖아. 탐정이 개인의 방식으로 그걸 흉내 내서는 안 돼. 무책임한 직업이라는 점에서는 분명 화가와 쌍벽을 이루겠지."

하스노는 눈을 가느다랗게 오므리고 나를 바라보았다.

그렇다, 나는 화가다.

나는 하스노에게 모호한 쓴웃음으로 답했다.

나는 우에노의 미술학교를 졸업한 후 한동안 일본화를 그려서 생활을 꾸려나갔지만, 4년 전 전시회에 출품한 유화가 하루미 상사라는 회사의 사장님 눈에 들었다. 그 후로는 하루미 사장님에게 후원을 받고 있다.

일본화와 달리 서양화를 제대로 취급하는 미술상은 없다. 생활에 보탬이 안 되니까 별로 그리지 않았는데, 하루미 사장님이 이것저것 시도해 보는 게 어떻겠느냐길래 요즘은 유화만 그리고 있다.

그 외에는 가끔 초상화를 의뢰받거나, 잡지 표지를 그리는 정도로 아내까지 부양하고 있으니까 남이 쳐준 천막 아래에서 편하게 생활하는 셈이다. 그러니 내 일의 실용성과 책임감이 어중간하다는 건 틀림없는 사실이었다.

"그런데 오늘은 결국 뭘 하러 온 거야? 내 일감이 드디어 떨어졌다, 그 소식뿐인가?"

하스노의 번역 일은 전부 내가 물어다 준다. 의뢰가 끊겼는데 이제 어떻게 할지 물어봤다가 이런 이야기로 발전한 것이다.

하스노는 내 머리 너머로 창밖의 정원을 보았다. 그리고 또 현실을 중시하지 않는 소리를 꺼냈다.

"뭐, 괜찮아. 여기는 볕이 그렇게 잘 들지는 않지만, 흙은 무르니까 장소를 잘 선택하면 무나 양배추를 기를 수 있겠지. 곤란할 것 없어."

내 얼굴을 보기 질렸는지, 하스노는 몸을 창문 쪽으로 휙 돌리고 긴 다리를 바닥에 쭉 뻗었다. 봄의 나른한 침묵이 찾아오자 나도 별 까닭 없이 서재를 둘러보았다.

네 평쯤 되는 아주 평범한 크기의 방에, 두툼하지만 너덜너덜한 벵갈라[4]색 토이기(터키) 융단을 깔아놓았다. 하스노가 앉은 회전의자 뒤쪽에는 널찍하지만 벌레를 먹은 마호가니 책상이 있고, 그

---

[4] 산화철을 주성분으로 한 적색 안료.

외에는 묵직한 철제 이동식 전등과 시커먼 서가 등이 자리를 잡고 있다.

이 세상에 버려져 남은 것을 모아둔 듯한 느낌이라 하스노에게 잘 어울리는 방이지만, 그의 취향은 아니다. 세기가 바뀔 무렵까지 룬돈(런던)에서 골동품 가게를 운영하다 돌아가신 내 할아버지의 물건을 물려받았다.

하스노는 둔중한 침묵에 장단을 맞추듯 탁자에 놓아둔 담배통을 조용히 열었다. 담배 한 개비를 꺼내 신중하게 입술 사이에 끼우더니 보기 드문 외제 라이터로 불을 붙이고, 연기를 들이마시는지 내뱉는지도 모를 만큼 차분하게 담배를 피웠다.

내가 원래 용건을 꺼내려고 했을 때, 갑자기 밖에서 자동차가 멈추는 소리가 났다.

주변 6정 안에 다른 집은 없다. 볼일이 있다면 하스노의 집이다. 잠시 후 초인종도 노커도 없는 현관문을 여러 번 날카롭게 두드리는 소리가 들렸다.

하스노에게 손님이 오다니 별일이었다. 나는 하스노의 표정을 살폈다.

"뭐야? 약속이라도 있었어?"

"아니, 무슨 일이지?"

하스노는 짐작 가는 일이 없다는 표정으로 담배를 재떨이에 내려놓고 방에서 나갔다.

꽤 시간이 흐른 후 하스노는 서재를 나섰을 때보다 수수께끼가 깊어진 표정으로, 서양식으로 차려입은 중년 부인을 데리고 돌아왔다.

"자, 이쪽은 이구치입니다."

하스노는 부인에게 나를 그렇게 소개했다. 나는 일어서는 것과 동시에 인사를 하느라 엉거주춤해진 자세로 하스노 옆의 동그란 의자로 자리를 옮겼다. 부인은 "어머, 그래요?" 하고 새침하게 대꾸한 후, 하스노가 권하는 대로 아까까지 내가 앉아 있던 안락의자에 앉았다.

"홍차라도 끓여 오겠습니다. 잠시만 기다려주십시오."

하스노는 안쪽의 부엌으로 향했다. 부인은 "어머, 그래요?" 하고 아까와 똑같은 말을 똑같이 새침한 어조로 꺼내놓았다. 나는 부인과 단둘이 서재에 남겨졌다.

나는 하스노가 아무 설명도 없이 자리를 비워서 의아한 기분으로 부인을 살폈다.

마흔 살 정도로 보였다. 세계대전 이전에 불란서(프랑스) 등지에서 유행한 신사복 느낌의 여성복을 입었다. 상복 같아 보이기도 하지만, 가슴께의 하얀 레이스가 화려하다. 보기 드문 양장을 아주 맵시 있게 잘 소화했다. 부인은 서재를 흘끗 둘러보았다. 집주인에 대해 알아보려고 하는 눈빛이었지만, 너무 뜯어보는 듯한 느낌이 들기 전에 내게 관심을 돌리고 나를 향해 응시한다고 해야 할 법한 매서운 시선을 던졌다.

어쩐지 부인의 외모와 태도뿐만 아니라 그러한 몸짓까지 본 적 있는 것 같았다.

"이구치 씨?"

부인은 낯선 방에 어울리는 음색을 찾는 것처럼 신중하게 나를 불렀다. 나는 자세를 바로 했다.

"하스노 씨는 어떻게 지내고 계신가요? 음, 출소하시고 나서요."

하스노가 징역을 살았다는 사실을 안다.

단숨에 경계심이 가슴속에 퍼져나갔지만 부인은 아랑곳없이 말을 이었다.

"생활이 곤란하지 않으면 좋겠군요. 계속 여기 사시는 거죠? 혼자서? 결혼은 안 하셨고요?"

여전히 상대의 신원을 모르는 상태라 나는 쓸데없는 소리를 하지 않으려고 "어, 그게" 하고 뜸을 들이며 할 말을 찾았다. 부인은 당혹스러워하는 내 기분을 알아차렸는지 덧붙여 말했다.

"잊어버리셨어도 무리는 아니죠. 하지만 저는 이구치 씨의 얼굴만큼은 기억한답니다. 저, 미나카미예요. 미나카미 도시코.……
기억 안 나시나요?"

"어, 아아!"

먼지를 덮어쓴 부조 작품에 물을 끼얹은 것처럼 기억이 되살
아났다. 말을 나눈 적은 없지만 지금처럼 검은 양복 차림에 엄격한
표정을 지은 미나카미 부인을 예전에 분명 보았다.

법원에서다. 나도 부인도 길쭉한 의자가 놓인 방청석에 있었다.
통로를 사이에 두고 내 바로 앞줄의 왼편 안쪽 자리에, 공판 내내
몸 한 번 움찔하지 않고 앉아 있는 모습이 유별나 보였다.

미나카미 부인은 하스노가 예전에 도둑질하러 갔던 집의 사람
이다.

"음, 하스노는 혼자 삽니다. 생활이 곤란한지 어떤지는, 뭐, 본
인은 곤란하지 않은 것처럼 보입니다만……, 아니, 정말로요."

정체를 깨닫자 부인이 여기를 찾아온 의도가 더더욱 알쏭달쏭
해졌다. 하스노는 전에 살던 집을 판 돈으로 훔친 물건을 이미 변
상했다. 이제 와서 도둑맞은 사람이 도둑질한 사람에게 무슨 볼일
이 있다는 말인가?

"바쁘시지는 않겠죠? 하스노 씨께 상담할 일이 있어서 찾아왔
거든요. 제 이야기를 들어주시겠죠?"

"전혀 바쁘지는 않지만, 그런데."

무슨 상담일까? 그것도 이상한 이야기다. 나는 옷깃 사이에 오
른손을 넣어 목덜미를 쓰다듬거나 했지만, 할 말이 생각나지 않아

서 어쩔 수 없이 잠자코 부인의 얼굴을 쳐다보았다.

미나카미 부인은 이쪽이 시선을 던지면 그것보다 더 예리한 눈빛을 되돌려주는 사람이었다. 나는 '상담' 내용이 설교 비슷한 것 아닐까 의심스러웠지만, 가지런히 모은 무릎 위에 내리누르듯 손가방을 끌어안은 그 모습에서는 뭔가에 대한 걱정이 묻어났다. 설교하러 오면서 걱정거리를 함께 가져올 리는 없었다.

그때 나와 미나카미 부인에게 묘한 접점을 만들어준 당사자가 은쟁반을 들고 돌아왔다.

하스노는 하녀를 고용하기 싫어서 시중이고 뭐고 혼자서 다 한다. 홍차 석 잔을 각자에게 나누어주고, 탁자 한복판에 정체 모를 회색 과자가 든 그릇을 내려놓았다. 그러고는 내 옆에 있는 나무 회전의자의 나사를 조정해 시선을 맞춘 후 드디어 자리에 앉았다.

"오랜만이군요. 정말 놀랐습니다."

하스노는 부드럽게 웃는 얼굴로 말했다. 어느새 그는 셔츠와 조끼의 옷깃과 옷자락부터 구부러진 넥타이까지, 옷매무새를 불평이 나올 구석 없게 잘 매만졌다. 그런 하스노와 양장 차림의 미나카미 부인 사이에 있자, 소맷자락에 물감이 튄 내 감색 가스리가 몹시 어색해 보였다.

하스노의 태도는 아주 세세한 층으로 나누어져 있어서 당혹스러움과 우호감 사이를 마치 이음매가 없는 것처럼 자연스럽게 오갈 수 있었다. 그는 느닷없이 들이닥친 불청객에게 올해의 벚꽃은 예뻤다는 둥, 경기가 안 좋아서 선박이 안 팔리는 모양이라는 둥 무난하게 잡담을 늘어놓았다.

"그런데 상담할 일이 있으시다고요? 무슨 일이십니까?"

"네, 드릴 말씀이 있어요. 중요한 일이에요. 부디 내밀하게 들어 주셨으면 하는데요."

신경이 쓰이는지 미나카미 부인은 그렇게 말하면서 나를 곁눈 질했다.

"이구치 군이요? 그는 저와 다른 인간이라 보증은 할 수 없지 만 분명 신용해도 괜찮을 겁니다. 그렇지?"

"어? 그게, 응."

나는 허리를 쭉 펴고 부인에게 아주 진지한 표정을 지었다.

"그리고 미나카미 씨가 이구치 군을 제쳐놓고 그보다 저를 훨 씬 믿는다면, 그건 아주 신기한 일이 아닐 수 없겠죠."

"……네, 알았어요. 괜찮아요. 그럼 여쭤볼게요. 하스노 씨, 최 근에 경찰이 찾아오지는 않았나요?"

"뭐라고요?"

나는 몸을 뒤로 물리고 부인과 하스노를 번갈아 보았다. 부인 은 진솔한 표정이었고, 하스노는 평소 잡담을 할 때와 다름없는 표 정이었다. 나 혼자 당황해서 무심코 하스노를 가리키며 목소리를 높였다.

"그러니까……, 이 녀석이 또 무슨 짓을 저질렀습니까?"

"안 찾아왔나요?"

부인의 목소리에 의외라는 심정이 솔직하게 배어났다. 경찰과 관계있는 이야기인가? 나는 도둑질 말고 하스노에게 어울리는 범죄가 또 있을까 생각해보았다. 그건 어쨌거나 미나카미 부인이 말을 이었다.

"사흘 전에 저희 집 정원에서 무라야마 고도 박사가 타살 시체로 발견됐어요. 알고 계실까요? 하스노 씨는 신문을 별로 안 보실 것 같은데요."

나는 깜짝 놀라서 하스노의 얼굴을 보았다. 하스노는 금시초문이라는 듯 한순간 눈썹을 높이 치켜세웠다.

미나카미 부인의 말처럼 하스노는 신문을 보지 않는다. 나는 사건이 발생했다는 건 알고 있었지만, 신문기사에 나온 저택이 하스노가 옛날에 일하러 갔던 곳이었음은 까맣게 잊어버리고 있었다.

"……법의학 전공자이신 무라야마 고도 박사님이시죠?"

"네. 그러고 보니 하스노 씨가 저희 집에 들르신 후에 경찰에 신고한 것도 고도 박사였어요."

"아아, 그랬나요. 여러모로 폐를 끼쳤군요."

부인은 고삐를 늦추지 않고 말을 이어나가면서도, 하스노의 감정이 어떻게 움직이는지 관찰했다. 신경질적인 사람을 배려하며 상대하는 모습이다. 예전 범죄를 언급하는 바람에 하스노의 온후한 태도가 확 달라지지는 않을까 걱정되는 것이리라.

나는 그 정도 이야기로 하스노의 태도가 흐트러지지 않는다는 것을 알지만, 부인의 이야기가 뜻밖에 중대해서 몹시 긴장됐다. 당사자인 하스노는 의아한 듯하면서도 차분하게 부인의 얼굴을 바라보았다.

"아무튼 모르신다면 설명을 드려야겠군요. 복잡한 이야기예요."

하스노의 평온한 모습을 보고 괜찮다고 생각했는지 미나카미 부인은 소학교 교사 같은 표정으로 나와 하스노의 얼굴을 한 번씩 바라보고 나서 긴 이야기를 시작했다.

사흘 전, 4월 25일 아침, 무라야마 저택의 정원에서 서생이 시체를 발견했다. 현장 상태로 보건대 시체는 어딘가 다른 곳에서 옮겨졌을 가능성이 컸다. 박사는 지난밤에 데이코쿠 대학의 연구소를 나서서 도보로 귀가하는 길이었을 것이라고 추정됐다.

내가 신문에서 읽은 사실 외에도, 부인은 경찰의 조사 내용을 듣고 특고의 히라노라는 지인 및 연구소에 문의해서 정보를 모았다.

"경찰 말에 따르면 박사는 25일 자정부터 오전 2시 사이에 살해당했을 거래요. 부검을 했다는군요."

미나카미 부인은 나와 하스노가 홍차와 과자를 먹는 모습을 주의 깊게 살펴보고 나서야 자신의 찻잔에 신중하게 입을 댔다.

"알리바이를 확인하는 등 여러 각도로 수사를 진행 중인 듯해요. 곧 말씀드리겠지만 의심스러운 조직이 있어요. 그리고 박사의 가방에서 편지가 발견됐다고 말씀드렸죠? 내용을 확인해보니 그건 제 숙부님인 가지타로 박사의 편지더군요. 그걸 고도 박사가 가지고 있었던 거예요."

부인은 편지 이야기에 힘을 실었다.

타자기로 작성한 영문 편지라고 한다. 가방에는 도입부에 해당하는 편지 한 장만 남아 있었다. 내용이 어중간하게 끊긴 것으로 보건대 원래는 여러 장이었음이 확실하다.

그저께 경찰은 편지 사본을 가지고 무라야마 저택을 찾아와 짐작 가는 점이 없는지 물어보았다. 부인은 가지타로 박사가 바클리 씨라는 가나다(캐나다)의 지인에게 쓴 편지라고 증언했다. 가지타로 박사가 써놓고 보내지는 않은 듯한 편지를 어째선지 고도 박사가 가지고 있었던 것이다.

하스노는 특별히 관심을 보이며 부인에게 질문했다.

"그 편지를 고도 박사님이 가지고 계셨던 게 맞습니까? 범인이 고도 박사님의 가방에 넣었을 가능성은요?"

"아무래도 그럴 가능성은 없는 듯해요. 이렇게 말씀드리는 이유는……."

미나카미 부인은 의심스럽다는 듯 한 번 더 하스노를 빤히 바라보았다.

"니시카와라는 경감님에게 편지를 감식한 결과를 들었기 때문이에요. 남에게는 말하지 말라고 했지만 말씀드릴게요.

편지에 지문이 없는지 확인해봤는데, 숙부님과 고도 박사의 지문은 검출되지 않았대요. 둘 다 편지를 만질 때는 골무를 끼는 습관이 있었거든요. 그런데 한 사람의 지문만 검출됐다는군요. 바로 하스노 씨의 지문이었어요."

"네?"

나는 또 소리를 빽 질렀다.

"왜 자네 지문이 있는 건데?"

"……그러니까, 내가 3년 전에 가지타로 씨의 서재를 방문했을 때 남긴 지문이겠지. 그런 말씀인 거죠, 미나카미 씨?"

하스노는 그렇게 나를 달랬다. 부인은 고개를 끄덕였다.

"숙부님이고 저고 그 이후로 하스노 씨를 초대한 적은 없으니 분명 그때 남은 지문이겠죠. 경찰 생각도 그렇고요. 고도 박사의 다른 소지품에서는 하스노 씨의 지문이 검출되지 않았다니까요. 만약 하스노 씨가 박사를 살해했다면, 하필 편지에만 지문을 남기고 가시지는 않으셨을 테고요."

일리 있는 말이었다.

부인의 이야기가 흘러가는 방향이 보여서 나는 마음이 조금 놓였다.

하스노가 도둑질을 했던 당시의 이야기를 일일이 캐물은 적은 없으므로 3년 전에 무슨 일이 있었는지는 전혀 상상이 안 된다.

"어쩌다가 지문을 남긴 거야? 자네 성격치고는 얼빠진 짓인데. 기억나나?"

"기억하지. 내가 갔을 때 가지타로 씨의 서재는 이미 어질러져 있었어. 방이 서류 천지였지.

그 편지는 서가에 놓여 있었어. 주소를 쓴 봉투도 있었는데, 타자를 끝내고 봉투 크기에 맞춰 두 번 접은 편지지를 다시 펼쳐서 봉투 위에 올려놨더라고. 아마 가지타로 씨가 편지를 보내기 전에 내용을 다시 확인하려고 했던 것 아닐까?

그런데 서가의 밑판이 제대로 고정돼 있지 않아서 손을 짚었을 때, 그 단에 있던 서류가 바닥에 우수수 떨어졌어. 그냥 놔두려니 미안해서 정리하는데, 서류 몇 장이 금고 밑으로 들어갔더군. 그런데 장갑을 낀 채로는 틈새에 손이 안 들어가더라고. 어쩔 수 없이 장갑을 벗고 맨손으로 꺼냈어. 깜빡하고 지문을 묻혔지만 딱히 상관없지 않겠느냐는 생각이었지. 다른 곳에는 지문을 남기지 않았으니까.”

종이에 묻은 지문은 수십 년이나 남기도 한다고 하스노는 남의 일처럼 내게 말했다. 체포됐을 때 찍은 지문이 경시청에 보관되어 있어 조회가 빨랐던 것이다.

아아, 그런가요, 하며 부인은 하스노의 논리정연한 해설에 어이없어하는 눈치였다.

“그래서 이쪽에 경찰이 찾아오지 않았을까 생각한 건데요. 그런 물건이 발견됐으니까 더더욱.”

살인사건이 발생한 집에 도둑이 든 적이 있다는 것만으로도 사정을 물어보기에는 충분하다. 그런데 유류품에서 도둑의 지문까지 발견됐다.

“경찰은 뭘 하는 거지? 왜 안 오는 거야?”

“바쁘겠지. 내게 신경 쓸 여유가 없을 거야. 찾아오기도 번거롭고 말이야. 그러고 보니 미나카미 씨는 저희 집을 어떻게 찾아내셨습니까?”

“하루미 상사의 사장님께 변호사를 부탁하신 걸로 아는데요.

전화번호를 알아내서 하루미 씨께 전화를 드렸더니 흔쾌히 가르쳐 주셨어요. 피해자가 가해자의 안부를 물어보러 가는 건 아주 훌륭한 일이니까 꼭 가보라면서요."

하루미 사장님 성격이라면 그러고도 남는다.

"어쨌든 하스노 씨는 편지를 보셨죠? 3년 전 일이지만, 어떤 봉투였는지 기억나시나요?"

"주홍색에 조릿대 무늬가 들어간, 좀 특이한 그림 봉투였죠. 받는 사람에 William Barclay라고 적혀 있었습니다."

"아아, 바로 그 편지예요."

부인의 말에 따르면 경찰이 연구소의 숙직 근무자에게 확인해 보니, 받는 사람의 이름까지는 기억하지 못했지만 고도 박사가 사건 당일 밤 가방에 넣어서 가져간 편지며 봉투 다발 속에 하스노가 방금 말한 봉투도 있었다고 한다.

"그 편지, 어떤 내용이었는지 기억나실까요? 꼭 알고 싶은데요."

지금까지 얼마 전 살인사건이 발생한 집에서 찾아왔다고는 믿어지지 않을 만큼 침착한 태도를 유지했던 부인이 처음으로 열의에 가득 찬 눈빛을 던졌다. 편지의 두 번째 장부터는 분실됐으니 그럴 만도 하다.

살인사건의 증거다. 하스노는 앉음새를 바로 하고, 자세에 걸맞게 진지한 표정을 지었다.

"얼마쯤은 기억납니다. 그런데 미나카미 씨는 그 편지를 보신 적이 없습니까?"

"네, 저는 못 봤어요. 하지만 아까 말씀드렸듯이 그저께 경감님이 오셨을 때, 현장에 남아 있던 첫째 장의 사본을 읽었죠. 연구 이야기도 나오고, 전쟁에서 다친 가족의 안부도 묻더군요. 특별할 것 없는 사사로운 편지 같던데요."

"첫째 장이라면 'I am most grateful to you for not forgetting my interest in Eskimo dwellings and for sending me the photographs'라는 문장으로 시작되지 않습니까?"

"네, 맞아요, 말씀대로예요."

미나카미 부인은 무릎에 올려놓은 손가방을 열고, 경찰이 보여준 편지 사본을 베껴 적은 종이를 꺼내 하스노에게 건네주었다. 내용을 확인한 하스노는 고개를 살짝 끄덕여 본 적이 있다는 뜻을 나타냈다.

"번역해서 이구치 군에게 들려줘도 될까요?"

"네, 괜찮아요."

내가 에스키모의 주거지에 흥미가 있다는 걸 잊지 않고 사진을 보내주다니, 그 친절한 마음에 감사할 따름이야. 사실 당신이 기대한 것처럼 내 연구에 도움이 되지는 않겠지만, 즐거이 내 수집품에 추가할 만한 사진이었어.

당신 아들에 대해서는 나도 당신 생각에 동감해. 잃지 않아도 될 눈을 하나 잃어버렸다고도, 두 눈을 다 잃기 전에 돌아올 수 있었다고도 볼 수 있겠지만, 둘 중 어떤 마음가짐을 택할지는 본인에게 맡겨둬야겠지. 나도 잃은 것이 없는 사람은 그저 묵묵히 잃어버린 사람에게 필요한 일을 도와주는 데 전념하는 것이 좋다고 생각해. 하긴 내게는 자식이 없으니, 아들이 한쪽 눈을 잃은 당신에게 이래라저래라 참견할 자격은 없지만.

　(중략)

　전쟁에 찬성할 이유도 반대할 이유도 한없이 떠오르지만 어쨌거나 유럽의 거리가 상처 입는 건 심히 아쉬워. 한때 바라보며 즐겼던 것이 내가 모르는 사이에 망가지는 모습을 상상하기는 괴로운 법이지. 설령 아무리 참담하더라도 그 거리를 다시 한번 내 눈으로 바라보고 싶군. 지금 몸 상태로는 그런 기회가 찾아올 것 같지 않지만, 만약 다시 독일이나 프랑스를 방문할 수 있다면.

　들었던 대로 편지는 어중간하게 끝났다. 미나카미 부인의 말에 따르면 가나다의 바클리 씨는 무역상으로, 부인과는 안면이 없으며 가지타로 씨와 어떤 친교가 있었는지도 모른다고 한다.

　"제가 본 편지와 똑같군요. 이다음 내용이 문제라는 거죠?"

　"네."

　"시간을 좀 주시겠습니까? 최대한 정확하게 말씀드리려고요."

　부인은 바로 대답하지 않았다.

　하스노의 기억력이 얼마나 좋은지는 미나카미 부인도 법정에서 변론을 들었으니 잘 알 것이다. 하지만 부인은 하스노가 절도범답지 않게 성실한 태도로 자신의 부탁을 받아들인 것을 의심스러위하는 눈치였다. 그래도 부인은 곧 고개를 숙였다.

"그러시다면, 잘 부탁드릴게요."

"네. 최대한 노력하겠습니다. 그게 용건이십니까?"

"……아니요."

부인은 주저하는 모습을 보이다가 홍차를 한 모금 마시고 나서 말을 이었다.

"제 이야기를 좀 더 들어주셨으면 해요."

이야기의 순서가 뒤죽박죽된 것이 아니라 본래 용건을 뒤로 미룬 것이다.

서재에는 당혹감이 뒤엉켜 있었다. 하스노와 미나카미 부인은 각자 느끼고 있는 당혹감에 서로 끌려 들어갔다. 서로 간에 존재할 리 없는 경의를 발견한 탓이었다.

하스노의 정중한 태도에 부인이 당혹스러워하는 건 당연하다. 인간을 싫어하는 자신의 성격을 세상 사람들 앞에서 깔끔하게 감춰버리는 하스노의 정중한 태도에, 인간 혐오자가 아닌 평범한 도둑을 만날 작정이었던 사람은 누구나 당혹스러워한다. 하지만 미나카미 부인이 초면이나 다름없는 도둑 하스노에게 사건 내용을 밝힌 것은 아무래도 설명이 안 된다. 나는 마음이 뒤숭숭했다.

"경찰도 편지 내용을 전부 알아내고 싶어 하는 것 같더군요. 그야 당연하겠죠? 하스노 씨, 그 편지는 전부 몇 장이었나요?"

"다섯 장이었습니다."

"그걸 범인이 한 장만 남겨놓고 가져간 셈이죠. 이유는 모르겠지만, 아무튼 범인에게 중요한 편지였을 거예요. 범인을 찾아내려면 내용을 알아야 해요."

"저기."

나는 마음에 걸리는 점을 물어보지 않을 수 없었다.

"애당초 무라야마 고도 박사님은 어떻게 자기 것도 아닌 가지타로 박사님의 편지를 가지고 계셨던 겁니까?"

"숙부님이 돌아가신 후, 고도 박사는 숙부님 서재에 몰래 드나들곤 했어요. 편지는 거기서 빼낸 거겠죠."

사건 당일 연구소에서 고도 박사가 편지 여러 통을 가방에 넣고 퇴근하는 모습을 연구소 숙직 근무자가 목격했다. 아무래도 고도 박사는 무라야마 저택의 서재에서 빼낸 편지를 연구소에 보관했다가 다시 가지고 돌아가려고 했던 것으로 보이지만, 현장에 남아 있던 가방에서는 타자기로 작성한 편지의 첫째 장밖에 발견되지 않았다.

"뭣 때문에 고도 박사님은 가지타로 박사님의 편지를 꺼내 간 걸까요? 살해한 후에 범인이 그 편지를 가방에서 가져갔으니, 중요한 물건이겠죠?"

"네⋯⋯, 이유는 짐작이 가요. 고도 박사가 사건 당일 오후에 특고과 경찰인 히라노 씨라는 분과 만날 약속을 잡았다는 건 말씀드렸죠? 짚이는 구석이 있어요. 고도 박사는 제 숙부님이신 가지타로 박사와 관련해 특고과 사람에게 할 말이 있었던 거예요."

부인은 무릎에 올려둔 손가방에서 봉투 몇 개와 오려낸 신문

조각을 꺼내 일단 홍차 컵 옆에 내려놓았다.

"저는 오랜 세월 숙부님의 조수 역할을 했었어요. 숙부님과 함께 구라파로 건너가서 연구를 돕기도 했으니, 함께했던 세월은 결코 짧지 않죠. 그렇지만 저는 숙부님의 사생활 중 어떤 부분을 잘 몰라요. 숙부님은 가르쳐주지 않으셨어요. 하지만 완벽하게 감추시려는 것 같지도 않았고요."

미나카미 부인은 가지타로 씨 생전에 있었던 어떤 일을 들려주었다.

반년쯤 전이었다고 한다. 가지타로 씨는 근처에 사는 우쓰기 씨, 이쿠시마 씨, 시라키 씨, 그리고 미나카미 부인을 신바시의 양식집에 데려갔다.

"제니라는 가게인데, 숙부님과 잘 아는 사람이 운영하는 곳이라 잘 대접해줄 거라고 하셨죠. 고도 박사는 없었고요. 그날 밤은 연구소에 있느라 저녁 식사 시간을 못 맞췄겠지만, 숙부님은 애초에 고도 박사를 부르지 않으셨던 것 같더라고요."

식사가 한창일 때였다. 제니는 장식이나 물건도, 시중을 드는 방식도 철저하게 서양식을 표방한 음식점이고, 지나가던 사람이 혼자 불쑥 들어올 만한 분위기도 아니건만 허름한 기모노를 입은 새파란 청년이 일행도 없이 들어왔다.

의아한 표정의 직원이 뭐라고 말도 꺼내기 전에 청년은 "하루카와 씨를 보러 왔는데" 하고 말했다. 직원은 다 이해했다는 표정으로 청년을 가게 안쪽으로 안내했다.

"그때는 그걸로 끝이었어요. 청년이 무슨 용건으로 하루카와라는 사람을 찾아왔는지 궁금하지도 않았죠. 그런데 한 달쯤 후 신문에 이런 기사가 났어요."

부인이 오려낸 신문 조각을 이쪽으로 내밀었다.

> 경시청, 폭탄마를 특정하다
>
> 경시청 특별고등과는 지난 11월 5일, 도쿄 시내에 거주하는 학생 나카야마 미치오를, 입헌국민당 의원 가시키 미노리 씨가 탑승한 자동차에 폭렬탄을 투척한 사건의 주범으로 특정했다. 통행인 및 용의자 친족의 증언으로 확증을 얻은 바이다. 경시청은 나카야마 미치오의 행방을 쫓고 있으나 뜻밖에도 그 행적을 찾을 수 없어 선량한 국민들의 협력을 널리 요청하고 있다.

기사의 왼쪽 위편에는 청년의 사진이 실려 있었다. 아주 선명하게 잘 찍힌 사진이 남아 있었던 듯하다.

"폭탄을 던진 이 난폭한 범인은 저희가 제니에서 본 청년이었어요. 기사를 보고 알아차린 시라키 씨가 저희를 모아서 확인했죠. 숙부님은 빼고요."

네 명이 모여서 확인한 결과, 그 청년은 나카야마가 틀림없다는 결론이 나왔다. 그리고 그 후, 이 청년이 은밀히 불란서로 망명했다는 속보가 났다고 한다. 그 이후의 발자취는 알 수 없다.

물론 일개 청년이 정치적으로 격분한 나머지 발작을 일으키듯 범행에 나섰다고 보기는 어려웠다. 폭탄을 입수한 것으로 모자라 불란서로 도주하기까지 했으니 말이다. 배후에서 뭔가 그를 도와주었다고 판단해야 마땅하다.

"그전에도 숙부님이 무슨 사상에 바탕을 둔 활동을 하고 있다는 건 어렴풋이 눈치채고 있었어요. 이 일이 발생하고 나서 의외로 무서운 활동일지도 모른다는 생각이 들더군요. 그리고 이번 사건 후에 숙부님의 유품을 꼼꼼히 살펴본 결과, 확실해졌어요.

숙부님은 무정부주의자였어요. 그것도 국제적인 비밀 결사에 참가해서 중요한 역할을 맡으셨던 것 같아요."

이야기가 평범한 살인사건을 뛰어넘어 내 일상 밖으로 크게 튀어 나갔다.

무정부주의자 비밀 결사. 평소 같으면 도저히 실제로 문제시될 리 없을 것 같은 사항이다. 미나카미 부인이 아니라 하스노의 입에서 이 이야기가 나왔다면 이렇게까지 놀라지 않았을 것이다. 나는 그렇게 생각하며 옆을 보았다.

아니나 다를까 하스노는 여전히 진지한 표정이었다. 미나카미 부인도 머리 위의 비구름이 검푸르다는 일반적인 사실을 말하는 것처럼 주저 없이 말을 이었다.

"고도 박사는 그 비밀 결사를 고발하려고 했던 게 아닐까 싶어요. 숙부님 서재에 드나든 건 그 단체에 관한 증거를 찾고 싶었기 때문이겠죠. 서재에서 빼낸 편지가 그 증거였을지도 몰라요."

얼핏 보기에는 알 수 없지만 그 편지에는 무슨 암호가 숨겨져 있고, 고도 박사가 암호를 해독해 특고과장에게 알리려 했다는 걸까.

"그런데 바클리 씨에게 쓴 그 편지는 암호문 같지 않던데요."

"그 편지가 대체 무슨 증거인지, 아니면 고도 박사가 착각했을 뿐인지는 저도 몰라요. 그건 고도 박사가 연구소에서 챙겨 나간 십수 통의 편지 중 한 통에 지나지 않으니까요. 하지만 그 외에도 아주 확실한 증거가 많았어요. 적어도 숙부님이 비밀 결사에서 중요한 지위에 있었던 건 틀림없답니다."

부인은 테이블 위에 꺼내놓은 봉투 몇 개를 집어서 읽어보라며 하스노에게 건넸다. 우표가 붙은 것도 있었고 붙어 있지 않은 것도 있었다. 급사한 무라야마 가지타로 박사의 서재에 남아 있었던 편지다.

하스노가 편지를 한 통씩 꺼내서 읽길래, 나도 옆에서 고개를 내밀어 편지지를 들여다보았다. 영어, 불어, 독어, 노어 등 다양한 언어로 적힌 편지라, 나는 영어로 적힌 내용을 약간 이해했을 뿐 전혀 읽을 수가 없었다. 하지만 지나치다 싶을 만큼 선명한 해서체로 적힌 일본어 편지 한 통만 읽어봐도 사정이 심상치 않다는 것을 알 수 있었다.

수류탄은 지난번과 같은 종류가 적어도 스무 개, 많으면 많을수록 좋습니다. 자폭을 바라지는 않으므로 자동차는 필수이지만, 그쪽에서 준비할 수 없을 경우에는 알려주십시오. 모두가 권총을 소지했

"아주 직설적인 내용이군요. 흉흉해요. 하지만 딱히 암호 따위는 사용하지 않았는걸요."

내 말에 부인은 봉투를 가리켰다.

"이것들은 국내 우편으로 주고받았거나 아니면 숙부님에게 직접 건네준 거겠죠. 내용이 밖으로 새어 나갈 걱정이 없어서 그런 것 아니겠어요?"

봉투를 확인하자 우표가 붙은 것은 전부 국내 우편이었다. 우표가 없는 봉투에는 받는 사람의 주소와 이름이 적혀 있지 않았다.

"이건 세계대전 중에 노서아(러시아)에서 정치범의 탈옥을 도운 혐의로 수배된 사람들을, 정치범과 함께 거기서 잠깐 돌봐달라는 내용이야."

하스노가 편지 한 통을 골라 내게 설명해주었다. 미나카미 부인도 고개를 끄덕였다.

"Gallows&Co.라는 게 비밀 결사의 명칭이겠죠? 자주 나오는군요. 묘한 이름이로군."

"네, 그런 것 같아요. 물론 널리 알려진 조직은 아니지만, 일본에서는 교수상회라고 불린대요."

부인 말에 따르면, 일설로는 영길리(영국)에 있었던 Gallo&Co.라는 상사회사를 위장막으로 삼아 활동한 것이 이 비밀 결사의 시초라고 한다. 자칭인지 타칭인지 기원은 알 수 없지만, 지하 활동을 할 때는 어느덧 Gallows라는 장난기 넘치는 이름을 사용하게 됐다는 듯하다.

"여기 가져온 것 말고도 편지가 많은데요. 교수상회 동지 제군에게 전달한다, 라는 문구가 자주 보이더라고요. 어쨌든 시체가 발견된 날 밤에, 저희는 서재에서 이런 서류를 수많이 발견하고 당혹감을 금치 못했어요."

미나카미 부인이 골라서 가져온 편지는 대부분 비밀 결사의 사무 연락용 편지인 듯했다. 그런 편지들이 급사한 가지타로 씨의 서재에 아무도 모르게 남아 있던 것이다.

"외국 우편으로 온 편지도 있는데, 어쩐지 해괴한 계절 인사 같은 게 적혀 있었으니까, 그건 분명 암호문이겠죠."

하스노는 편지지를 접어서 봉투에 넣어 부인에게 돌려주었다.

"이로써 숙부님이 심상치 않은 비밀 결사에 관여했다는 게 확실해졌죠? 그리고 가져오지는 않았지만 남아 있던 편지 중에 누군가를 중개해주기를 요청하는 편지가 두 통쯤 있었어요. 거기에서 제니의 하루카와를 방문하라고 전달했다, 라는 문구를 발견했고요."

이제 비밀 결사와 가지타로 씨의 관계는 의심할 여지가 없었다. 미나카미 부인은 하스노에게 돌려받은 증거 편지를 가방에 넣은 후, 그에게 보여주지 않고 가지고 있었던 편지 두 통 중 한 통을 집었다.

"그리고……, 이게 무엇보다 문제예요. 읽어보시면 무슨 뜻인지 아실 거예요."

국내에서 보낸 편지인지 부인이 내민 봉투에는 3전짜리 우표가 붙어 있었지만, 편지 내용은 영어로 작성됐다.

편지를 읽는 하스노의 표정이 점차 복잡해졌다. 그는 몇십 초만에 다 읽고 번역해서 내게 내용을 들려주었다.

귀군의 건강 문제는 극히 중요하다. 물론 우리도 귀군이 쾌유하기를 바라지만, 그러지 못했을 때 어떻게 대처할지 충분히 강구해야 한다. 귀군을 대신할 사람을 찾기가 쉽지 않다는 것은 우리도 잘 안다. 그래도 귀군이 맡은 몇몇 책무는 절대 중단되지 않게 인수인계가 이루어져야 한다.

특히 무라야마 고도 박사를 감시하려면, 그의 신변에서 멀지 않은 곳에 머무를 필요가 있으므로 우리 쪽에서 귀군의 후임자를 준비하기는 곤란하다. 따라서 우리는 귀군 자신의 친척이나 친구 중에서 후임자를 찾아내 박사의 감시를 맡기겠다는 귀군의 제안에 반대하지 않는다. 그것이 분명 최선의 방법이다.

(중략)

인물의 성품을 판단하는 귀군의 식견을 의심하는 바는 아니지만, 부디 신중하게 임하기를 바란다. 만약 고도 박사가 우리를 권력이라는 아주 성긴 그물망에 생긴 하나의 틈새에 불과하다고 간주하고, 권력에 그 속사정을 밝히려 한다면 그의 목숨을 빼앗아야 한다. 우리는 그 일에 관여할 방법이 없으므로 모든 것은 귀군에게 달렸다.

지금까지 귀군은 너무 대담했는지도 모른다. 앞으로 귀군의 주변에서 감시가 엄중해질 수도 있으므로 권력의 그림자가 귀군들의 주변에서 사라지기 전에는 서로 연락을 삼가는 것이 바람직하다. 언젠가 치러질 귀군의 장례식에도 우리는 불참할 예정이다. 따라서 후임자는 모든 일을 거의 독단으로 처리해야 할 것이다. 고도 박사의 목숨을 빼앗은 후 집행인은 권력에 추궁당하겠지만 우리는 그 위기도 혼자 힘으로 빠져나오기를 기대하는 바이다. 임무를 무사히 수행할 수 있는 인물은 많지 않겠지만 귀군의 인맥을 신뢰한다. 물론 정말로 비상사태가 발생한다면 우리는 조력을 아끼지 않을 것이다. 제니를 통해 우리와 연락할 수 있다는 것을 부디 잊지 말길 바란다.

"고도 박사의 시체가 발견된 날 밤에 시라키 씨가 숙부님 서재에서 이 편지를 발견했어요. 집에 왔던 분들과 함께 서재를 정리할 때요."

그야말로 서재에 있던 네 사람의 말문이 막히고, 몸이 굳어버릴 만한 내용이었다. 하스노는 그 내용에 어울리도록 호들갑스럽게 번역했다. 편지에 따르면 가지타로 박사는 죽기 전에 누군가를 고도 박사의 감시자로 임명한 듯했다.

그자가 더 이상 박사를 내버려둬서는 안 되겠다고 판단해 살해에 나섰다.

"저기, 그때 이 편지를 읽으신 분은 이쿠시마 씨, 시라키 씨, 그리고."

"우쓰기 씨와 저예요. 서생도 있긴 있었지만요."

"덧붙여 여러분은 가지타로 박사님과 친분이 두터우셨죠?"

"서생은 친하다고 할 정도까지는 아니었지만 저희 네 명은 돈독한 사이였죠."

"그러니까……, 네 분 중 한 명이 범인일지도 모른다는 겁니까? 즉, 그중 한 명이 고도 박사를 살해하는 임무를 맡았다고요?"

"네, 이구치 씨. 아무래도 그렇지 않을까 싶네요.

숙부님의 교우 관계를 잘 아는 편은 아니라서 비밀 결사에 가입시킬 만큼 친밀했던 사람이 얼마나 있을지는 몰라요. 하지만 고도 박사의 감시를 맡길 만한 사람이 결코 많지는 않을 거예요. 감시할 거면 그 사람은 저희 집 근처나 데이코쿠 대학 내부에 있어야겠죠? 하지만 숙부님이 데이코쿠 대학 연구소에까지 동지를 심어놨을 것 같지는 않네요."

나는 이야기에 나온 사람들을 한 번 더 헤아린 후 물어보았다.

"그런데 고도 박사님의 여동생인 시즈코 씨는 용의자에서 제외해도 된다고 생각하신 건가요?"

"맞아요. 아무리 숙부님이라도 동생에게 친오빠를 죽이라고 명령하지는 않았겠죠."

"음, 그 친구들 네 분은 고도 박사님이 25일에 특고과 사람과 만나려 한다는 걸 알 수 있었습니까?"

"네. 예를 들면 박사의 수첩을 훔쳐봤을지도 모르죠. 그리고 히라노 씨는 시내의 회합장에서 전화로 면담 약속을 정했다는데, 그때 누가 들었을지도 모른다면서 착잡해하시더군요. 하지만 그런 걸 따질 필요도 없이 저희는 모두 알고 있었어요."

사건이 발생하기 이틀 전인 금요일.

예의 네 명에 고도 박사까지 다섯 명이 무라야마 저택에서 저녁을 먹었다. 평소 그들은 자주 식사를 같이 했지만, 특별히 날을 잡지 않고 우연히 모일 때가 많았다. 가지타로 박사가 세상을 떠난 후에도 그 습관은 계속 이어졌으며, 그날은 고도 박사도 일찍 귀가해서 다들 모이게 됐다.

식사하는 도중에 하녀가 들어와서 박사에게 알렸다.

"아까 히라노 씨께 전화가 왔었는데요. 뵙기로 한 시간을 25일 오후 4시로 바꾸고 싶다고 하셨어요."

일정을 두 시간 늦춰달라는 연락이었다. 그때 박사는 하녀를 야단치고 싶은 듯 인상을 찌푸렸지만, 바로 표정을 풀었다.

"물론 박사는 그 약속을 밝히고 싶지 않았겠죠. 하녀는 그런 줄 꿈에도 몰랐을 테고요. 저희 모두 히라노 씨와 안면이 있고 하녀도 그걸 알고 있었으니까, 설마 그런 이야기를 해서는 안 된다는 생각은 못 했을 거예요."

"잠깐만요. 여러분 모두 특고과 사람과 아는 사이셨다고요?"

하스노가 물었다.

부인의 말에 따르면 히라노라는 사람은 원래 이쿠시마 씨의 친구였다. 이쿠시마 씨가 무라야마 저택 사람들과 친분을 쌓은 후에, 히라노 씨를 친구로 소개해서 모두와 가까워졌다고 한다

"그렇다면 분명 한두 번 오신 게 아니겠군요?"

"네. 다들 여러 가지 이야기를 나누었고, 히라노 씨도 즐거워하셨거든요. 숙부님과도 말이 잘 통했고요."

무정부주의자 가지타로 박사는 몹시 대담한 인물이었던 듯하다.

사건이 발생하기 전에 다들 고도 박사가 히라노 씨와 만날 예정임을 알고 있었다. 하기야 감시를 맡았다면, 그보다 먼저 부인이 언급한 방법 등으로 고도 박사가 고발을 꾀한다는 사실을 알고 있어야 마땅하기는 하다.

"사정이 그런지라, 역시 저희 네 명 중에 범인이 있다고 생각해요."

점차 이야기의 초점이 맞춰지고 배율이 높아지는 듯했다. 부인은 자신도 살인 용의자 중 한 명이라고 분명히 선언한 것이다.

하스노는 그 말을 태연한 표정으로 아무렇지도 않게 받아들였다.

"경위는 잘 알았습니다. 이건 다른 이야기인데, 가지타로 박사님은 아프셨던 거죠?"

"네, 췌장암이었어요. 결국 심부전으로 돌아가셨지만."

"무라야마 고도 박사님과 가지타로 박사님은 아주 복잡한 관계이셨던 것 같군요. 두 분 사이는 어떠셨습니까? 왜 함께 사신 걸까요?"

"저는 잘 모르겠어요. 일단 친척이니까 수십 년은 알고 지낸 사이지만, 과연 얼마나 친했을지는 의문이네요."

마침 머릿속에 궁금증이 떠올라서 나는 이야기에 끼어들었다.

"모른다고 한다면 고도 박사님의 사상과 신조도 잘 모르겠습니다만. 가지타로 박사님은 분명 무정부주의자셨던 것 같은데 그럼 고도 박사님은 대체 뭐였을까요? 어쨌거나 그런 가지타로 박사님과 함께 생활하셨잖아요?"

"저도 모르지만, 3년 전의 고도 박사는 적어도 집에 도둑이 들면 경찰에 신고해서 범인을 체포해야 한다는 사상을 지니고 있었죠. 그건 틀림없어요."

"아아, 그런가. 그렇네요. 한편 가지타로 박사님은 경찰이 자택을 수사하면 본인이 체포될 수도 있는 사상을 지니고 계셨던 거고요? 단순하게 판단할 문제가 아니군요."

"저는 고도 박사도 한때 교수상회에 가담했던 게 아닐까 싶어요. 그렇지만 심경이 바뀌어서 숙부님이 돌아가신 후 교수상회를 고발하기로 마음먹은 게 아닐까요?"

"과연."

분명 전향한 것이다. 부인이 가져온, 고도 박사의 살해를 촉탁하는 편지 내용으로 판단해도 그렇게 받아들여야 자연스럽다.

하스노와 내가 질문을 그치자 부인은 열성적인 태도로 말했다.

"그런 연유로 하스노 씨께 부탁이 있는데요."

"뭔가요?"

부탁이 있다는 부인의 목소리에 동요하는 낌새가 섞였다. 부탁거리를 말할 때 예의로서 갖춰야 할 감정적 동요다. 즉, 부인은 하스노가 과연 부탁을 들어줄지 말지 불안한 것이다. 영문 편지를 노려보고 있던 하스노가 고개를 들었다.

"……탐정으로 나서서 고도 박사를 살해한 범인을 밝혀내 주셨으면 해요."

얼토당토않은 부탁이었지만 상상하지 못할 정도는 아니었다. 하스노가 당혹스러워할 만큼 사건의 내용을 이렇게나 상세하게 밝혔으니 그 끝에 다가올 결말은 그것뿐이었다. 그리고 두 사람의 특수한 인연이나 상식은 제쳐놓고, 테이블에 마주 앉아 있는 하스노와 미나카미 부인의 모습만 본다면 그야말로 탐정과 의뢰인이라는 말이 잘 어울렸다.

하스노는 너무나 의외라는 표정을 지었다.

"……그건 저더러 사건 현장을 조사하고, 피해자의 숨겨진 인간관계를 살피고, 용의자를 신문해서 진범을 알아내라는 말씀이십니까?"

"맞아요."

두말하면 잔소리 아니냐는 듯한 말투였다.

"제가 알기로 그건 경찰이 할 일일 텐데요. 더구나 따로 의뢰하지 않아도 알아서 해줄 겁니다. 그래서 저도 몹시 애를 먹었죠. 덧붙여 저는 경찰에 연줄이 없으니까요. 해묵은 감정이라면 있지만요."

"분명 그러시겠죠. 저는 모르겠지만요."

"……아무튼 이미 경찰이 있는데 제가 거기 끼어서 범인을 찾는 건 뭐랄까, 마루를 닦는 솔로 빗자루를 닦는 짓인 것 같습니다만."

"경찰에 협력해서 진범을 찾아달라는 게 아니에요. 저는 꼭 경찰과 무관하게 범인을 알아내고 싶어요."

부인은 단호한 어조로 말했다.

그 말이 새로운 당혹감을 낳았다. 하스노는 이제 자신의 예전 직업을 방패막으로 삼을 수 없게 됐다.

"경찰을 못 믿으시겠다는 겁니까?"

"그런 건 아니에요. 다만 저 스스로 범인을 밝혀내야 해요."

"왜요?"

"그건 말씀드릴 수 없어요."

역시나 단호한 어조였기에 하스노는 더 이상 추궁하지 않고 입을 다물었다.

물론 하스노의 겉모습에서 아무리 탐정 비슷한 분위기가 풍기더라도 미나카미 부인이 하스노를 진짜 탐정으로 착각했을 리는 없었다. 부인은 세상 돌아가는 이치를 충분히 분간할 줄 아는 상식적인 사람으로 보인다. 그런데 왜 자기 집에 침입했던 도둑에게 탐정 일을 의뢰하려고 마음먹은 걸까?

나는 그런 취지의 질문을 던졌다.

"그야 자연스러운 귀결 아닐까요? 저는 경찰에 의지하고 싶지 않아요. 그렇다면 탐정이라는 일을 얼마쯤이라도 알 만한 사람은 제가 알기로 도둑밖에 없어요. 채소 장수나 술집 주인에게 살인범을 찾아달라고 부탁할 수는 없잖아요? 그리고 경찰과 얽히지 않게 피하는 건 도둑이 전문이기도 하고요.

그런데 하스노 씨, 괜한 걱정일 수도 있겠지만 4월 25일 자정부터 오전 2시까지 알리바이는 있으실까요? 탐정이 의심받아서는 일이 귀찮아지겠죠?"

부인이 너무 앞서 나가는 것 아닌가 싶었다.

"……알리바이는 있습니다. 정말 요행입니다만, 마침 그날 밤 심술궂은 친척이 변호사까지 대동하고 와서 딱히 묻지도 않은 이야기를 이것저것 떠들고 갔거든요. 제가 차라리 살인죄라도 뒤집어쓰고 감옥에 들어가는 편이 낫다고 그들이 생각하지 않는 한 증명해주겠죠."

"그거 다행이네요. 그럼 일을 맡아주시겠어요? 탐정 수임료가 얼마인지는 모르지만, 사례금은 얼마쯤 준비하면 될까요? 너무 많이 드릴 형편은 안 되지만요."

"잠깐만요. 어, 그게, 돈은 문제가 아닙니다."

양쪽 다 말이 제멋대로다. 하스노는 물론 돈 이외의 문제가 많겠지만, 예전에 무라야마 저택에서 돈을 훔쳐놓고 그런 소리를 하다니 참으로 천연덕스럽다.

"저더러 진범을 찾아내라고 하시는데, 요컨대 어쩌라는 겁니까? 제가 증거를 모아서 범인을 경찰에 인도하고, 법정에서 유죄를 받도록 하라는 말씀이십니까?"

"번거롭게 그런 짓을 왜 하겠어요? 그럴 거면 애초부터 경찰에 맡기면 될 일인걸요."

"옳으신 말씀입니다. 그럼 미나카미 씨가 제게 요구하시는 건 뭡니까? 객관적 진실입니까?"

"마치 객관적 진실이 어딘가 존재하는 것처럼 말씀하시네요.

그렇게 어려운 문제를 떠맡길 생각은 없어요. 하스노 씨는 누가 범인이냐는 문제에, 다른 사람은 어쨌거나 제가 수긍할 만한 답을 찾아주시면 돼요. 다른 건 바라지 않아요. 그렇게만 해주신다면, 나머지는 전부 제가 책임을 져야죠. 아무 걱정하실 필요 없어요."

"도둑이었던 제게는 참 어려운 일이로군요. 뭘 얼마나 하면 미나카미 씨가 수긍하실지 저로서는 모르겠습니다."

"어머, 그럴 리가요."

미나카미 부인은 시계로 시간을 확인했다. 부인은 이제 두 사람이 서로에게 주었던 당혹감에서 깨어난 것처럼 보였다. 부인은 하스노의 얼굴을 보고 말했다.

"뵌 지 아직 한 시간도 되지 않았지만, 이야기를 해보니 알겠네요. 흔치 않은 일이겠지만, 저희 집을 털었던 도둑이 믿을 만한 탐정일 수도 있다는 걸요. 하스노 씨는 저를 수긍시킬 만한 역량이 충분해요. 저는 하스노 씨를 믿어요."

부인은 하스노의 얼굴에서 탁자로 시선을 돌리고 앞으로 기울였던 몸을 뒤로 물렸다. 표정에서 엄격함이 희미해지고 열의가 두드러졌다.

무조건적인 신뢰를 보내서 하스노를 배려하는 것 같기도 했고, 뭔가 찔리는 구석을 숨기는 모습 같기도 했지만, 어쨌거나 내게는 부인의 부드러운 마음씨가 얼핏 드러난 것처럼 느껴졌다.

하지만 믿는다는 말에 하스노는 한층 난감한 표정을 지었다. 그럴 리 없는데, 하고 내게도, 분명 미나카미 부인에게도 들리는 목소리로 중얼거리더니 묘한 말을 꺼냈다.

"미나카미 씨는 무정부주의자이십니까?"

"어머나."

예상했던 그 어떤 답변도 아니라서 허를 찔린 기색이었다. 부인의 표정에 엄정함이 되돌아왔다.

"저를 의심하시는 건가요?"

"그런 건 아닙니다. 하지만 저는 남을 보면 도둑이라고 여기는 편이라서요. 어떤 분이든 뵌 지 한 시간 만에 살인을 저지를 리 없다고 단정하는 건 너무 성급한 판단 아닐까 싶네요.

다만 방금 그렇게 여쭤본 건, 사건은 일단 제쳐놓고 미나카미 씨가 혹시 무정부주의 사상을 지니고 계신 게 아닐까 궁금해서입니다."

"참 엉뚱하기도 하셔라. 저는 사상이니 뭐니 하는 걸 전혀 몰라요. 그렇지만 사상 때문에 남의 생명을 위협해서는 안 된다는 것쯤은 알죠."

"아, 네."

"그리고 남의 것을 훔쳐서도 안 되고요."

"옳으신 말씀이십니다."

하스노가 사상이라고 할 만한 것 때문에 도둑이 됐는지는 모르겠지만.

하스노의 질문은 부인과 함께 나도 당혹스럽게 만들었다. 왜 부인에게 그런 걸 물어봤을까. 미나카미 부인의 의뢰를 받아들일지 말지 망설이는 걸까, 아니면 어떻게 거절할지 고민하는 걸까.

하스노가 아무 말도 없자 부인은 하스노에게 보여주지 않고 탁자에 남겨둔 봉투를 집었다. 그리고 두 손바닥을 겹쳐서 심장을 감추듯이 소중하게 들어 올렸다.

"이건 언제 보여드릴지 망설였던 건데요."

"네?"

"어쩐지 협박처럼 느껴질 수도 있어서요. 하스노 씨가 제 부탁을 들어주실지는 모르지만, 어쨌거나 보여드릴 작정으로 가져왔어요. 이것도 숙부님 서재에 있었던 편지인데, 어쩌면 하스노 씨의 신변에 관련된 내용일지도 모르겠네요."

하스노는 미나카미 부인이 내민 봉투를 받아서 편지지를 꺼냈다.

다 읽고 나자 하스노는 어째선지 몹시 처량한 표정으로 편지지를 내게 내밀었다. 만년필로 거칠게 휘갈겨 쓴 일본어 편지였다.

귀군의 보고는 우리에게 절망을 안겨주었다. 설마 돈을 도둑맞을 줄이야! 한 번의 방심으로 계획을 모조리 포기해야 하다니 참으로 원통하다. 아무쪼록 그 도둑의 정체를 밝혀내길 바란다. 적어도 계획의 저지를 의도한 행동이었는지, 단순한 좀도둑에 불과했는지는 반드시 밝혀내야 할 것이다.

아아, 정부의 중추에 경련을 일으킬 수 있는 좋은 기회였거늘. 그것을 계기로 연쇄 폭발을 일으켜 천황에게 이르는 권력을 모조리 마비시킬 수도 있었거늘. 돈이 원수로다. 권력이 만들어낸 돈 없이는 폭탄 하나 손에 넣을 수 없는 신세가 한심스럽다.

　그 도둑이 증오스럽다. 그놈의 항문으로 창을 쑤셔 넣어 정수리를 꿰뚫어 버리고 싶은 심정이다. 우물에 처넣고 뚜껑을 닫아 굶어 죽을 때까지 가둬 놓아야 성이 풀리겠다.

나도 무슨 사정인지 어렴풋이 짐작이 갔다.

교수상회의 면면은 대규모 테러를 계획하고 있었던 듯하다. 계획이 많이 진행되어 인원을 모으고, 실행 직전 단계까지 이르렀을 것이다.

그런데 막판에 하스노가 가지타로 박사의 서재에서 폭탄 조달 자금을 훔쳤다. 계획은 중단됐고, 이 편지를 쓴 비밀 결사의 누군가는 머리끝까지 화가 치밀었다.

"이렇게 여쭤보면 뻔뻔하다 하실 수도 있겠지만, 하스노 씨, 최근 위험한 상황에 처한 적은 없으신가요? 누군가 노린다거나."

"위험한 상황은 몇 번 있었지만, 딱히 비밀 결사 탓은 아닙니다. 주로 이구치 군 탓이었죠. 뭐, 그건 상관없지만……."

하스노는 3년 전에 무라야마 저택에서 돈을 훔쳤다. 시간이 꽤 흘렀지만, 비밀 결사는 하스노가 체포된 후에야 그의 정체를 알았을 테다. 그리고 그는 그동안 감옥에 있다가 열 달쯤 전에야 출소했다. 시일이 너무 많이 지난 느낌도 들지만 때를 기다렸다가 보복하지 않는다는 법도 없다.

"하스노, 이렇게 된 이상 비밀 결사에 대해 조사하는 편이 낫지 않을까? 이런 일에 경찰이 도움을 주지는 않겠지? 적어도 자네가 살해당할 때까지는."

"그건 그렇겠지. 경찰은 느림보니까. 그래, 정말로 늦어. 이왕 체포할 거면 내가 무라야마 씨 댁에 침입하기 전에 체포했어야지. 그럼 비밀 결사 때문에 내가 목숨을 걱정할 일도 없을 테고, 경찰이 내 시체를 보고 성가셔하며 골치를 썩이는 일도 일어나지 않을 텐데. 효율이 안 좋아."

"뭐, 네가 무라야마 저택에서 도둑질하기 전에 체포됐다면, 수많은 정치가며 중요 인물들이 폭사해서 더 골치가 아팠겠지만."

"아아, 그렇지."

하스노는 천연덕스럽게 말하더니 미나카미 부인에게 양해를 구하고 담배에 불을 붙였다. 진지한 표정으로 나와 하스노의 대화를 듣고 있던 부인이 안달 나는 듯 입을 열었다.

"어떠세요? 의뢰를 받아주실 수 없을까요? 범인은 제 주변에 있어요. 생판 보지도 못한 도쿄 시민 수백만 명 중에서 찾아달라는 게 아니에요. 하스노 씨라면 분명 어렵지 않게 찾아낼 수 있으실 거예요."

3

오후 4시가 지났다. 미나카미 부인이 돌아가자, 하스노는 찻잔이며 과자 접시를 정리하지 않고 회전의자에 앉아 멍하니 머리를 문질렀다.

"이봐, 어쩔 거야? 받아들일 건가?"

"어떻게 할까."

하스노는 명확하게 대답하지 않았다. 미나카미 부인은 되도록 빨리 답변을 달라, 자기는 대개 집에 있으니 전보라도 친 후에 언제든지 찾아와도 괜찮다, 시간이 오래 걸리면 또 찾아오겠다, 라는 말을 남기고 떠났다.

하스노에게 탐정이 되라는 것이다. 느닷없이 재난이 날아들었으니 당연히 고민될 만도 하다.

"아참, 그거 알아? 25일부터 파업으로 시영전철이 운행을 중단했어. 비상 운행 중이지만 전철 수가 격감해서 통 오지를 않고, 와

교수상회   116

봤자 만원사례라는 표찰이 달려 있지. 난 오늘 우에노에서 쇼센[5]을 타고 왔어."

"그래? 그래서 경찰이 올 생각을 않는 건가?"

그러고 보니 경찰도 파업 때문에 인원을 투입했을 터였다.

"그래서 미나카미 씨는 일부러 자동차를 타고 온 건가? 상황이 상황이라 구하기 힘들었을 텐데."

"아아, 그렇지. 자동차 대여업소는 수입이 쏠쏠하다나 봐. 왜 그렇게까지 해서 온 걸까?"

"글쎄."

부인은 왜 하스노에게 탐정 일을 부탁하고 싶은 건지 끝까지 이유를 설명해주지 않았다.

"⋯⋯함정에 빠뜨릴 작정이다. 그게 제일 그럴싸하지 않나?"

"호오."

뜻밖에도 하스노가 내 가설에 재미있어하는 반응을 보여서 나는 오히려 당황했다. 제일 그럴싸하지 않냐고 했지만, 나 스스로 정답이라고 생각하고 꺼낸 말은 아니었다.

"하지만 미나카미 씨는 자네 알리바이를 확인했지. 박사를 살해한 죄를 덮어씌우려는 생각은 아닌 건가? 하스노, 자네가 주장한 알리바이는 진짜야?"

5　국유 철도의 옛날 명칭.

"진짜야. 얼굴을 못 본 지 10년도 넘은 친척이지. 도쿄에 올라온 김에 찾아온 듯해. 유산을 달라고 한 적도 없는데, 나한테는 절대로 못 준다고 못을 쾅 박더군. 쫓아내려고 부엌에 자란 이끼를 뜨거운 물에 타서 내놨더니 길길이 화를 내며 새벽녘까지 호통을 치다가 돌아갔어."

"아무튼 알리바이는 분명히 있는 셈인가. 그럼 뭐지?"

"글쎄. 적어도 나를 엉덩이부터 정수리까지 꿰어서 꼬치구이로 만들고 싶어 하는 사람이 사건에 관련된 것 같긴 해."

"꼬치구이로 만들고 싶다면서 왜 탐정을 맡아달라고 부탁하는 건데?"

"나도 몰라. 굳이 그러지 않더라도 여기서 할 수 있을 텐데."

하스노는 그렇게 말하며 네 평 남짓 되는 자신의 서재를 둘러보았다.

나는 미나카미 부인의 엄정한 자태를 상상 속 교수상회 사람들 사이에 끼워 보려고 했지만, 그럴듯하게 느껴지는 모습이 명료하게 떠오르지는 않았다.

"하스노, 가지타로 박사는 교수상회와 연락을 나눈 편지를 서재에 잔뜩 남겨놨고, 고도 박사가 빈틈을 노려 그걸 몰래 빼낸 거잖아?"

"그렇게 말했지."

"그리고 가지타로 박사의 후임자로 선택된 누군가가 이번 사건의 범인으로 추정되고 말이야. 후임자를 지명한다는 편지가 가지타로 박사의 서재에 남아 있었고, 사건이 발생한 날 밤에 용의자들이 서재를 정리하다 그 편지를 발견했어. 그렇다면 미나카미 씨를 후임자로 볼 수는 없지 않을까? 자기가 사는 집이잖아. 가지타로 박사에게 임무를 넘겨받았다면 증거는 벌써 처리하고도 남았을걸."

"일리 있는 말이지만 꼭 그렇게 단정할 수는 없겠지. 고도 박사생전에 가지타로 박사가 남긴 편지 따위를 처분하는 건 위험한 짓이야. 고도 박사는 서류에 대해 알고 있었으니까 그걸 함부로 움직였다가는 미나카미 씨가 교수상회 쪽이라는 사실을 알려주는 셈이될지도 몰라. 고도 박사가 서재를 뒤져도 미나카미 씨는 그러지 말라고 충고하는 정도가 전부였겠지."

"하지만 미나카미 씨는 고도 박사가 죽은 후에, 서재를 살펴보자는 용의자들의 제안을 거부하지 않았잖아? 정말로 교수상회 사람이라면……."

말은 그렇게 했지만, 결국 미나마키 부인이 그들을 서재에 들여놓았다는 사실만으로는 부인을 용의자에서 제외할 수 없는 노릇이었다.

"예를 들어 미나카미 씨가 가지타로 박사에게 임무를 물려받았다 치고, 사람들의 서재 출입을 거부하면 자신에 대한 의혹이 강해졌을지도 모르고, 설마 박사가 그렇게 결정적인 편지를 남겨놨을 것이라고는 생각하지 않았을지도 모르지. 어쩌면 무슨 사정 때문에 후임자 관련 편지가 발견돼야 했다던가."

"다른 세 명을 비밀 결사에 엮어 넣고 싶었다든가? 지금으로서는 어떤 식으로든 생각해볼 수 있겠군……."

서재에서 문제의 편지를 발견한 시라키 씨도 마찬가지였다. 그가 그 편지를 발견하고 당황해서 품속에 숨기지 않았다고 해서, 시라키 씨가 범인이 아니라는 보장은 없다. 그 자리에서는 자연스럽게 행동할 수밖에 없었을지도 모른다.

애당초 이것은 미나카미 부인이 무라야마 저택에서 있었던 일을 정확하게 이야기했을 경우에만 의미가 있는 추측이었다. 틀림없는 사실은 어딘가 멀리서 나침반 바늘로 가리키듯 누군가 하스노에게 악의를 품었고, 지금도 품고 있을지 모른다는 것뿐이다.

"어쨌거나 가만히 손 놓고 있을 수는 없겠지?"

결국 내 막연한 상상 속에서는 미나카미 부인의 이야기에 나온 용의자 네 명이 결탁해, 하스노를 말살하고자 복마전 같은 무라야마 저택에서 기다리고 있는 광경이 완성됐다.

알아, 하며 하스노는 몸을 조금 일으켰다.

"이봐, 미나카미 씨가 무정부주의자로 보였나?"

"응? 자네가 물어본 그거? 난 무정부주의자가 어떤 얼굴로 살아가는지 몰라. 이보게, 왜 그런 질문을 한 거야? 무정부주의자가 본인이 무정부주의자라고 말할 리 없잖아."

"뭐, 그렇겠지."

하스노는 불망기[6]를 사전에 끼워두는 것처럼 내 대답을 받아들이고 다시 의자에 몸을 깊이 묻었다.

"결국 어떻게 할 생각이야? 아직도 못 정했나?"

"어디 보자. 역시 무라야마 저택에는 다녀오는 편이 낫겠군. 알아낼 만한 게 있겠지."

"괜찮겠어? 자네를 우물에 빠뜨리는 거 아니야?"

"주의하면 그렇게 쉽게 당하지는 않을 거야. 조심할게. 무엇보다 가지타로 씨의 서재가 중요해. 정리하지 않았다면 여러모로 중요한 물건이 있겠지만……이럴 줄 알았으면 3년 전에 좀 더 여기저기 뒤져볼 걸 그랬어. 가정 교육을 잘 받은 것도 탈이야."

"자네는 남의 집에서는 예의 바르게 행동하니까. 자기 집 부엌에는 설거지도 안 한 접시를 쌓아놓으면서. 아, 그리고 보니 편지 내용을 기억해내겠다고 미나카미 씨와 약속하지 않았나? 3년이나 지났는데 할 수 있겠어? 애당초 한창 도둑질하는 도중에 남이 써서 남에게 보내는 편지를 제대로 읽기는 했나?"

"읽었지. 순서대로 잘 놓아두어야 할 것 같았거든. 생각해내려고 끙끙대지 않아도 대부분 기억하니까 괜찮아. 한 글자 한 구절도 틀림없느냐고 하면, 자신 없지만."

당장 모레라도 무라야마 저택을 찾아가 보겠다고 하스노는 결론을 내렸다.

나는 이제 그만 물러가기로 했다. 하스노를 방문한 본래 용건

---

6   뒷날에 잊지 않기 위해 적어 놓은 글, 또는 그런 문서.

을 꺼낼 상황이 아니었다.

조만간 주코프스키라는 노서아의 주교가 내 지인을 방문할 예정인데, 하스노가 통역을 맡기로 했다. 약간 복잡한 문제가 얽혀 있어서 상담을 해두고 싶었지만, 그 걱정 대신 더 절박하나 어처구니없는 걱정을 품고 돌아가게 됐다.

이건 분명 이 시기에 어울리는 사건이었다. 오늘은 4월 28일, 나흘 후에 우리 집 근처 우에노 공원에서 노동제가 열릴 예정이라고 들었다.

*

"어이, 오늘은 4월 28일이잖아. 앞으로 이틀밖에 안 남았어. 그품의서는 어쨌나?"

"거기요."

오타케는 중역 이쿠시마의 담배 파이프 따위가 널브러져 있는 사무책상을 대충 가리켰다. 인상을 찌푸리며 서류를 그러모으는 이쿠시마를 남겨둔 채 그대로 물러갈까 하다가 마음을 바꾸었다.

"이건가?"

"네."

서류를 찾아낸 이쿠시마가 얼핏 훑어보는 데 그치지 않고 꼼꼼히 읽길래, 오타케는 뒷짐 진 자세로 그 자리에 머물렀다.

"이봐, 인사부 도장이 안 찍혀 있는데?"

"아, 그렇습니까? 어떻게 할까요? 받아오라고 할까요?"

이쿠시마는 집무실을 둘러보았다. 다른 사무책상 두 개에서 사무원 두 명이 타자기로 서류를 작성하거나 주판을 튕기는 등 업무를 보고 있었다.

히나세 제분의 집무실이다. 한가하지는 않지만 급히 처리해야 할 일은 하나도 없다. 그 대신 주가 폭락의 뒷정리 문제 때문에 불안감이 희미하게 감돌아서, 사무원 두 명은 이쿠시마와 오타케의 대화가 어떻게 진행될지 노골적으로 눈치를 살피고 있었다.

"뭐, 됐어. 내가 받아놓지."

"아이고, 번거로우실 텐데 죄송합니다."

만족한 오타케는 집무실을 나서서 옆 사무실의 자기 자리로 돌아왔다. 몇 년이나 묵은 서류 정리. 누군가 떠올렸지만 돌고 돈 끝에 오타케에게 맡겨진 업무다. 내일 끝내든 다음 주에 끝내든 전혀 상관없고, 한 달 후에 마치면 부탁한 사람도 이런 일을 부탁했나 싶어 어리둥절해할지도 모르는 업무였다. 책상에 산더미처럼 쌓인 영수증 따위에 아무렇게나 팔을 얹고 오타케는 생각에 잠겼다.

중역 이쿠시마에 대한 생각이다. 오타케의 상사이자 오타케보다 스무 살 정도나 나이가 많다. 딱히 머리가 나쁜 건 아니지만 직업상 야심이 부족하고, 친척의 연줄로 입사한 히나세 제분에서 어느 틈엔가 중역 자리에 오른 남자다. 원래부터 그다지 경의를 표하지는 않았지만, 다섯 달쯤 전부터 오타케와 이쿠시마의 관계는 희한하게 뒤틀렸다. 오타케가 이쿠시마에게 20엔 남짓 되는 돈을 빌려주었기 때문이다.

　작년 11월 휴일에 고히나타다이마치에 있는 이쿠시마의 자택을 방문했을 때였다. 응접실에서 이쿠시마와 대화를 나누고 있는데, 어느 료칸[7]의 지배인 같은 남자가 찾아왔다. 처음에는 이쿠시마의 아내와 이야기했지만, 급하다며 억지로 밀고 들어와서 응접실의 맹장지를 열었다.

　지배인 같은 남자가 오타케를 신경 쓰면서 외상을 갚으라고 재촉했다. 이쿠시마는 휴일이라 은행에서 돈을 인출할 수 없다는 식으로 웅얼웅얼 변명했다.

　기껏해야 20엔이라길래 오타케는 실례일지도 모르지만, 하며 대신 돈을 내겠다고 했다. 일단 이쿠시마에게는 차용증까지 받아두었다.

　중역급의 수입이라면 변제하기 곤란한 액수는 아닐 것이다. 하지만 그 후로 자꾸 눈치를 줘도 이쿠시마는 돈을 갚지 않았다. 대신에 이쿠시마는 오타케가 약간 건방진 태도를 취해도 용납할 수밖에 없게 됐다. 오타케는 심하게 빚 독촉을 하지는 않았고, 업무를 볼 때도 이쿠시마의 자존심을 너무 긁지는 않으면서 반년 정도 균형을 유지해왔다.

7　일본의 전통적인 여객 및 숙박 시설.

이 속 시원한 기분에 20엔 정도의 가치는 있다고 생각했으므로 빚은 고민의 씨앗이 될 만한 문제가 아니었지만, 이쿠시마가 돈을 갚지 않는 것은 신기했다. 다른 곳에서도 빌린 탓에, 무례함을 참으면 빚을 갚지 않아도 되는 오타케 쪽은 내버려두는 걸까? 그렇다면 어디에 돈을 그토록 낭비하는 걸까?

그렇게 진지하게 생각하는 건 아니었다. 하지만 사흘 전에 이쿠시마가 사는 고히나타다이마치에서 그의 지인인 법의학 박사가 살해당하고 회사에서도 그 사건의 소문이 돌자, 오타케가 이쿠시마에게 품은 흥미는 점점 커졌다. 오타케 주변의 평사원들 중에 이쿠시마의 빚에 관해 아는 사람은 없으므로, 딱히 이쿠시마를 범죄자 취급하는 의견은 듣지 못했지만 혹시 빚과 사건이 연결된 것은 아닐까.

오후 2시가 지났다. 10분쯤 전에 이쿠시마는 퇴근하겠다고 말했다. 4시에 퇴근인 오타케는 밀크홀[8]에서 신문이라도 볼까 싶어 사무실을 나서서 1층으로 내려갔다.

정면 현관에서 예상치 못한 일이 벌어지고 있었다.

퇴근한 줄 알았던 이쿠시마가 문 옆에 있었다. 그 맞은편에 있

---

8 메이지시대부터 다이쇼시대까지 일본에 많이 존재했던 간이음식점. 주로 우유와 경식을 제공했다.

는 남자 두 명은 양복 차림이었지만 사업 이야기를 하러 온 낌새는 아니었다.

"어쨌거나 한번 오시는 게 빠릅니다. 마침 퇴근하시는 길이었죠? 아까 그렇게 말씀하셨을 텐데요. 바쁘시다면 여기서 시간을 때워서는 안 되겠죠."

양복 차림 남자들은 정면 현관 주변을 짐짓 둘러보았다.

멀찍이서 그들의 모습을 살펴보는 건 오타케만이 아니었다. 찻잔을 쟁반에 받쳐 든 사환은 들리지 않는 척이 용납될 만한 거리에서 어슬렁거리고 있었고, 다른 부서 사원은 복도 안쪽에 숨어 있었다.

"거참, 당치도 않은 소리는 그만하래도 그러네. 언제까지인지도 무슨 용건인지도 밝히지 않으면서, 내 생각은 눈곱만큼도 안 하는 건가. 이야기를 하겠답시고 여기까지 오다니……."

"여기서 이야기를 하고 계신 건 이쿠시마 씨죠. 그러니까 경찰서로 와주십사 부탁드리는 것 아닙니까. 그리고 용건은 말씀드렸잖아요? 무라야마 고도 박사님과 관련해 제대로 설명해주셔야 하는 점이 있습니다. 그리고 똑똑히 확인하고 싶은 점도요. 안 오시면 결국은 손해를 보실 겁니다."

"그러니까, 집으로 오면 될 걸 굳이 왜 회사로 찾아오느냐 말이야. 그래야 끌고 가기 쉽다 그거겠지? 용건도 무슨 소린지 모르겠는 건 매한가지잖나. 친절한 척은 집어치우게. 뭐야, 뭘 의심하는 건가?"

"아무튼 제대로 변명해주시는 수밖에 없습니다. 자, 가시죠."

"난 아니야."

이제 형사로밖에 보이지 않는 양복 차림 남자가 팔을 붙잡자, 이쿠시마는 남자의 손을 뿌리쳤다.

"아니라고! 뭘 근거로 의심하는 거지? 난 죽이지 않았어! 그래, 히라노 군이야. 특고과의 히라노 군이."

"아아, 히라노 씨와 아는 사이셨습니까. 걱정하실 겁니다. 경찰서로 가시면 니시카와 경감님을 통해 연락을 취해보셔도 됩니다."

세 사람의 높아진 목소리가 들렸는지, 위층 사람들의 발소리가 오타케 뒤편으로 모여들었다. 이쿠시마는 발소리에 신경이 쓰였는지 이쪽으로 고개를 돌렸다. 그때 기둥 뒤편에 숨는 듯 마는 듯 서 있던 오타케와 눈이 마주쳤다.

"저기, 안 죽이셨다면 같이 가셔도 상관없잖습니까."

이쿠시마는 다시 팔을 붙들리기 전에 어깨를 움츠리고 순종적인 자세를 취했다. 그는 형사 두 명 사이에 낀 채로 히나세 제분을 나섰다. 오타케가 돌아보자 사원 일곱 명쯤이 펭귄 무리처럼 말없이 이쿠시마를 바라보고 있었다.

3

어떤 기억과
습격사건

세타가야에 있는 하스노의 집에 다녀온 다음 날. 나는 오후에 도쿄역 근처 음료 회사의 광고과와 면담한 후, 저녁녘에 걸어서 귀갓길에 올랐다.

시영전철은 여전히 파업 중이다. 나는 협상이 어떻게 진행 중인지 모르지만, 내일은 드디어 운행이 전면 회복될 전망이 보인다는 사람들의 잡담을 주워들었다.

오늘 조간신문에는 교통 혼란 외에도 계절에 맞지 않게 맹위를 떨치는 유행성 독감 관련 기사가 실렸고, 무라야마 저택에서 발생한 사건의 속보도 지면을 차지했다. '경찰은 현장 근처에 사는 회사 중역을 연행했지만, 혐의를 밝혀내지 못해 어젯밤 늦게 방면했다'라는 내용이었는데, 이 기사만으로는 무슨 일이 일어났는지 확실히 알 수 없었다.

미나카미 부인의 말에 따르면 용의자들은 각각 크고 작은 회사의 높은 자리에 있다고 했으니, 그중 누군가가 연행됐다가 밤늦게 방면됐다는 뜻일지도 모른다. 하지만 누가 어떤 혐의를 받았으며 그 혐의가 완전히 풀렸는지는 불분명하다.

어쨌든 하스노가 내일 무라야마 저택에 간다고 했으니까 기다리면 상세한 이야기를 들을 수 있을 것이다.

우에노역에서 북서쪽으로 나아가다가 우에노 공원을 지났을 즈음에 우리 집이 있다. 주변에 절이 많은 곳이다.

가시나무로 산울타리를 둘러쳤고, 서쪽에 세운 문설주에는 IGUCHI라고 새긴 놋쇠 문패를 박아 넣었다. 문짝을 달지 않은 입구로 들어서면 잔디 정원 사이로 좁다란 화강암 포석이 현관까지 이어진다. 옛날에는 자작나무도 몇 그루 심어놓았지만 다 말라 죽었다.

그리고 별채가 있다. 나는 오른쪽의 별채를 바라보며 석양이 비치는 집으로 걸어갔다.

집은 2층 건물이다. 차 대는 곳이 두 간 길이로 튀어나와 있고, 현관문에는 초인종이 있지만 검게 광택이 흐르는 사자 모양 노커도 달려 있다. 18세기 물건인 듯하다. 현관문을 열고 들어가면 홀은 2층까지 뻥 뚫려 있고, 안쪽으로 이어지는 복도와 응접실 문, 2층으로 올라가는 널찍한 계단이 보인다. 들보와 기둥은 구라파와 아미리가(아메리카)의 미술관에 소장된 물품의 윤곽을 그려놓은 것처럼 아름답게 장식돼 있다.

20년쯤 전, 구라파에서 돌아온 할아버지가 지은 집이다.

할아버지는 륜돈에서 골동품상을 하면서 많은 돈을 벌었지만,

아버지가 이런저런 사업에 손을 댔다가 모조리 실패하는 바람에 집 빼고는 돈을 대부분 다 써버렸다. 예전에는 현관 홀에 조각품을 장식해두었지만 전부 다 처분했고, 이제는 친구 화가에게 받은 북구라파의 교회 그림 한 장과 내가 열다섯 살쯤에 서투른 색감으로 그린 조부모님의 초상화만 남아 있다.

조부모님과 어머니는 오래전에 세상을 떠났고, 정원의 별채에서 와병 중이었던 아버지도 2주 전에 돌아가셨다. 지난 2년간 몇 번이나 각오를 했고 아버지도 편안하게 임종하셨으므로, 집은 배가 출항할 때 내던지는 꽃종이가 다 떨어진 후처럼 조용하고 평온한 분위기였다.

지금 이 집에 사는 사람은 나와 아내 사에코뿐이다. 이제 내 처지에는 어울리지 않는 집이지만 퇴거해야 할 사정도 없으므로, 곰이 사는 굴에 눌러앉은 들쥐처럼 생활하고 있다.

희미하게 냄새가 나고 공기가 따스했다. 서양 요리를 만들고 있는 기척이 느껴졌다. 나는 부엌으로 향했다.

2

"왔어?"

부엌도 죄다 서양식이지만 사에코는 전혀 개의치 않는다는 듯 몸에 익은 수수한 갈색 가스리를 입고 소매를 걷어붙인 모습이었다. 가스 곤로에 얹은 냄비를 나무 국자로 무심하게 휘저으며 내 발소리에 돌아보지도 않고 말했다.

"일은 어땠어?"

"아직 일이라고 할 수 있으려나. 그저 낙서를 자랑하고 왔을 뿐일지도 몰라."

지인의 갑작스러운 부탁으로 느닷없이 광고 도안을 제안하게 됐다. 새로 그리려니 짜증이 나길래 착상 단계에서 포기하고 화실의 서랍에 처박아뒀던 그림을 보여주고 왔다.

"그럼 하스노 씨는 어땠어? 세타가야까지 다녀왔지?"

"하스노는 어제 만났어. 녀석은 평소와 전혀 다를 바가 없었지만, 좀 묘한 일이 생겼지. 너무 퍼뜨려서 좋을 것 없는 일인데……."

"어머. 무슨 일인데?"

사에코는 오른손에 국자를 든 채, 문 옆 기둥에 기대어 있는 나를 드디어 돌아보았다. 어제 아내는 장인어른을 보살피러 친정에 갔었으므로, 하스노의 집에서 있었던 일은 아직 설명하지 않았다.

나는 어떻게 이야기를 꺼낼지 고민하다가 부엌 한복판의 배선대에 식기가 3인분 놓여 있는 것을 알아차렸다.

"어? 누가 왔어?"

"미네코. 지금 2층에 있어."

"아아, 뭐야, 그랬구나."

미네코는 사에코의 언니의 딸이다. 따라서 한 핏줄은 아니지만 내 조카다.

조카지만 아내와는 고작 다섯 살 차이다. 옛날부터 사에코와 자매처럼 친하게 지냈고 나와 결혼한 뒤로는 한동안 소원했지만 요즘은 자주 찾아온다.

뒤에서 총총히 다가오는 가벼운 발소리가 들렸다. 돌아보자 미네코가 문틀에 오른손을 짚고 부엌으로 몸을 디밀었다.

"아! 이모부, 다녀오셨어요."

"아아, 응."

꽃무늬 가스리를 입은 미네코는 청소라도 했는지 앞치마를 걸치고 있었다. 허리까지 내려오는 머리카락은 양 갈래로 땋았다. 이제 리본으로 묶는 건 그만둔 모양이다.

"하스노 씨를 만났죠? 어땠어요?"

사에코와 똑같은 질문을 했다. 나는 이런저런 일이 있었는데 나중에 들려주겠다고 대답한 후, 사에코가 접시에 담은 콩 스튜를 거실로 옮기는 걸 도왔다.

20제곱미터쯤 되는 거실에는 8인용 흑단 탁자가 있고, 커다란 괘종시계도 설치해두었다. 난로가 있지만 지난 5년간 한 번도 불을 피운 적이 없다.

미네코가 오면 기다란 탁자 한복판 자리에 사에코와 미네코가 나란히 앉고, 그 맞은편에 나 혼자 앉는 것이 예사였다. 혈연관계지만 두 사람은 별로 닮지 않았다. 약간 갸름한 얼굴에 눈빛이 강한 사에코와 달리 미네코는 얼굴이 동글동글하고 순진무구한 눈은 왕방울처럼 커다랗다. 그래도 두 사람이 나란히 있으면 얼굴에서 가족 같은 구석을 찾아볼 수 있다.

나는 밥맛이 떨어지지 않도록 주의하며 이야기를 꺼냈다.

"무라야마 고도 박사요?"

"응. 미네 짱**1**, 몰랐어? 이번 주 초부터 신문에 크게 났는데."

"저는 신문을 안 읽으니까요. 읽으면 다들 화내거든요. 아빠도, 엄마도, 할아버지도."

미네코는 본인에게 그다지 친숙하지 않은 박사라는 말에, 뭔가

---

1 사람을 나타내는 명사에 붙여서 친근감을 나타내는 호칭. 주로 여자나 어린아이에게 사용한다.

생각하는 표정이었다.

미네코는 아내의 본가인 야나에 일가의 무남독녀다. 작년에 여학교를 졸업한 후로도 집에 남아 꽃꽂이며 재봉을 배우며 지내고 있다. 무남독녀라 아주 훌륭한 데릴사위를 찾아내야 한다고 부모님이 기를 쓰는 모양이다. 혼담은 아직 두 번밖에 들어오지 않았고, 그것도 얼마 안 가서 흐지부지됐다고 들었다.

내 이야기가 미나카미 부인이 하스노를 원망하는 편지를 본인에게 보여줬다는 부분에 접어들었다.

"큰일이네. 하스노 씨, 괜찮을까?"

"녀석이 알아서 하겠지만, 몸 걱정은 해주는 편이 좋겠지."

사에코는 납득이 안 된다는 표정이었다.

"걱정만 해서는 아무 소용도 없잖아. 어딘가로 도망치는 편이 낫지 않겠어?"

"이 집으로 피신하는 건 어떨까요? 여기는 넓잖아요?"

미네코까지 그런 소리를 했다.

"그야 이쪽에서 권하는 건 상관없지만 녀석은 싫어할걸. 그리고 도망이든 피신이든 언제 끝날지 몰라. 위험하더라도 사정을 확인하고 대처해야겠지."

인간을 싫어하는 도둑인데도 사에코와 미네코가 하스노에게 호의를 보이는 데는 마땅한 이유가 있다.

올해 1월에 하필이면 미네코가 유괴를 당했다. 처가 식구들은 경찰에 신고할 용기를 내지 못했고, 나도 따라가기는 했지만 하스노가 거의 혼자 힘으로 범인을 추적했다. 친척에게 빌린 자동차가 크게 망가지긴 했지만, 어쨌거나 무사히 미네코를 구출했다.

고도 박사 살해사건에 관해서는 신문에 실린 대로 설명했지만, 그 외에는 모호하게 이야기했다. 남에게 말이 새어나갈까 봐 걱정하는 미나카미 부인을 배려해서다.

자신과 무관한 이야기를 듣는 것치고는 어쩐지 진지한 표정이었던 미네코가 갑자기 아, 하고 목소리를 높였다.

"저, 무라야마 고도 박사라는 사람 알아요."

나는 수저를 든 손을 멈췄다.

"안다고?"

"네. 지금 생각났어요. 3년쯤 전이었나, 가족과 함께 데이코쿠 대학에 있는 무라야마 박사님 연구소에 갔었거든요. 박사님이 연구에 협력을 부탁해서요."

"아아, 그런 일이 있었지. 듣고 보니 기억나네."

놀란 마음이 가라앉기도 전에 쐐기를 박듯 사에코가 말했다.

대단한 우연이다. 당황스러웠지만 사정을 들어보자 그렇게 신기해할 만한 일은 아니었다.

처가 식구들은 혈액형 유전에 관한 연구에 협력을 요청받았다고 한다. 무라야마 고도 박사는 몇백 쌍이나 되는 부모 자식의 혈액 표본을 수집 중이었는데, 그중 하나로 선택된 것이다. 연구 내용상 되도록 품행 방정한 가정을 찾다 보니, 야나에 일가가 특별히 뽑힌 것 아닐까 싶었다.

"아빠의 지인을 통해 우리 가족에게 부탁이 들어왔었죠."

"사에코는 같이 안 갔어?"

"응. 난 당신과 맺어지기 조금 전이라 혼담 때문에 나고야에 갔었거든."

미네코는 그 일과 연관 있는 뭔가를 떠올리려고 애쓰는 것 같았다. 잠시 후 불안한 표정으로 말했다.

"이모부, 저, 연구소에서 무라야마 박사님이 이상한 이야기를 하는 걸 들었어요. 아마 저밖에 모르지 않을까 싶은데요."

다이쇼 6년(1917년) 8월이었다고 한다. 날짜는 기억나지 않지만 후카가와의 여름 축제에 다녀오고 며칠 후, 미네코는 부모님, 조부모님과 함께 오후에 연구소의 한 방으로 안내받아 무라야마 고도 박사에게 혈액 채취에 관한 설명을 들었다.

"무라야마 박사라는 사람, 어쩐지 무서웠어요. 기분 나빴달까요. 의사 선생님 하면 생각나는 모습이 아니었어요. 하얀 장갑은 꼈지만 후줄근한 양복을 입고 턱수염도 길렀더라고요.

그리고 피만 조금 뽑으면 되니까 아무 걱정할 필요 없다고만 하고, 뭘 하려는 건지 제대로 설명해주지 않았어요. 아빠도 안 가르쳐줘서 무슨 연구인지 저는 잘 알지도 못했죠."

미네코는 진창에서 커다란 바위를 꺼내려는 것처럼 인상을 쓰며 기억을 캐냈다.

벽돌로 만든 연구소는 당시 지은 지 10년도 되지 않았는데 이미 색깔이 칙칙해졌고, 감옥 같은 분위기를 풍겼다고 한다. 특이한 의료 기구가 놓여 있는 데다가 시체를 부검하는 곳이기도 하다. 사정을 모르는 미네코로서는 불안하기 짝이 없었다.

얼른 채혈을 끝내려고 조수가 주사기를 들고 오는 등 준비에 들어갔지만, 갑자기 사환이 손님이 왔다며 박사를 부르러 왔다.

"금방 오겠다며 나간 무라야마 박사님이 돌아와야 말이죠. 조수는 마음대로 시작해도 되는지 모르는 눈치라 모두 다 쩔쩔맸어요."

미네코는 한동안 의자에 앉아 얌전히 기다리다가 결국 화장실에 갔다.

안내가 불친절해서 미네코는 통로에서 헤매다가 계단을 올라 2층으로 갔다.

1층에 있다는 화장실이 2층에 있겠느냐만, 아무리 찾아봐도 없으니 내친김에 연구소를 둘러볼 작정이었다.

"원래 그럴 마음은 없었지만, 박사님도 연구소도 기분 나빠서 그런지 어째 서양의 흡혈귀가 사는 곳 같은 느낌이 들었어요. 그리고 저는 아무 설명도 못 들었잖아요. 상황을 잘 살펴놓지 않으면 나중에 나쁜 일이 일어날 것 같더라고요. 그럴 리 없지만."

흡혈귀가 뭔지 알다니 참 용하구나 싶었다.

어쨌든 그리하여 미네코는 무라야마 박사와 손님의 대화를 듣게 됐다.

"2층의 제일 안쪽 방이었는데요. 보통 손님을 그런 곳에 데려가는 것도 이상하죠? 게다가 심상치 않은 말소리가 났어요. 그래서 엿들었죠."

—제발 좀 알려줘.

—그럴 필요 없어.

—언제까지 그럴 건가? 그걸 잠자코 있어서 어쩌자는 건데?

—자네에게 알려주면 뭐가 바뀌는데? 알면 뭔가 할 수 있다는 건가?

—그건 자네가 결정할 일이 아니야! 그리고 난 자네가 어떤 활동을 하는지 다 알아.

잠깐의 침묵.

—자네가 뭘 어디까지 아는지 의심스러울 따름이지만, 그렇다고 해서 그게 이 이야기와 무슨 상관이지? 협박인가? 그걸 폭로하겠다는 거야? 자네가 그러지 않으리라는 건 뻔하잖나.

—마음대로 생각해, 어쨌든 난 알아야겠어! 이보게, 그렇게 계속 얼버무리면 결국 흐지부지될 거라고 생각하는 건가? 잘 들어, 결코 시간이 해결해줄 문제가 아니야. 몇 년이 걸리든 언젠가는 명확하게 밝혀내겠어.

두 남자 중 누가 손님이고 누가 박사인지 미네코는 구별이 되지 않았다. 불길함이 느껴지는 그 이야기가 무슨 뜻인지도 알아듣지 못했다.

문이 열릴 것 같은 낌새가 느껴져서 미네코는 재빨리 가족이 기다리는 방으로 돌아갔다.

미네코는 더욱 불안해졌지만, 자신에게 해가 될 것 같지는 않아서 그때는 아무에게도 말하지 않았다. 몇십 분 후, 채혈을 무사히 마치고 그대로 연구소를 나섰다. 그래도 엿들은 대화는 어두침침한 연구소의 기억과 함께 머릿속에 남아 있었다고 한다.

"이번 사건과 관계있을까요?"

"음……, 글쎄."

3년이나 지난 일이다. 하지만 그렇게 따지자면 미나카미 부인이 문제로 삼았던 하스노의 지문이 찍힌 편지도 3년 넘게 예전 것이다. '활동'이라는 둥 비밀 결사와 관련됐음을 의심해야 할 말도 나왔다. 내버려둬도 될 이야기는 아닐지도 모른다.

"하스노 씨에게 알려주지 않아도 될까요?"

"알려줘야 한다면, 하스노보다 경찰이 먼저 아니려나."

"경찰보다 먼저 범인을 찾아내 달라고 하스노 씨한테 그랬다면서요?"

"뭐, 그렇지만 나한테 의뢰한 건 아니니까. 하스노도 경찰에 알리라고 할걸. 연구소에 확인하면 손님이 누구인지 알아낼 수 있을지도 모르고."

그런가, 그렇겠죠, 하고 미네코는 귀찮다는 듯이 말했다.

미네코와는 사에코와 결혼한 뒤에 만났으니, 아직 안면을 튼지 1년 하고 조금밖에 안 됐다. 처음 한동안은 되도록 음전하게 생활하는 흔하디흔한 여염집 처자인 줄 알았는데, 자세히 관찰해본 바 그 생각은 틀렸다.

평소에는 그런 조짐을 전혀 보이지 않다가도 미네코는 가끔 묘하게 대담한 행동을 했다. 올해 1월에 유괴됐을 때는 하스노와 함께 범인을 상대로 흙 포대를 던지고, 부지깽이로 때리고, 권총을 쏘는 등 대활극을 벌였으며, 함께 있던 나도 위험한 상황에서 도움을 받았다.

아직 열여덟 살이다. 부모님은 결혼이 늦는다고 걱정이 태산이고, 미네코 본인은 종종 불평을 늘어놓으면서도 지금까지 꼿꼿이며 재봉을 얌전히 배우고는 있다. 하지만 분명 가족이 기대하는 만큼 평온한 인생을 보내지는 않을 것이라고 나는 혈연관계가 아닌 친척 입장에서 속 편하게 미네코를 바라보고 있었다.

"이모부."

"왜?"

"하스노 씨는 무정부주의자일까요?"

나는 웃음이 나올 뻔했지만 잘 생각해보면 어처구니없는 질문은 아니었다.

"글쎄다. 아니, 뭐, 아닐 거야. 특고과에서 그자는 무정부주의자냐고 추궁한다면 아니라고 똑똑히 말할 수 있을 테지. 위험 분자로 간주할 만하냐는 의미에서는 무정부주의자가 아니야. 하지만 기질이나 성격을 파고들면, 사람들 대부분에게 무정부주의자 아니냐고 트집을 잡을 수 있지 않을까?"

무정부주의 사상에 각별한 지식은 없다. 내가 아는 것은 예를 들면 요즘 마루젠² 서점의 외서 서가를 형사가 감시하고 있다가 마르크스나 크로포트킨의 저서를 사 가는 사람이 있으면 미행한다는 항간의 소문뿐이다.

"누구라도 권위 따위는 사라지면 좋겠다고 바라는 순간이 있겠지. 하스노는 경찰이나 법률 등 다양한 권위에 저항했어. 하는 짓은 무정부주의자 비슷하지만, 그게 무슨무슨 주의라고 부를 만한 사상인지는 모르겠군. 말도 행동도 제멋대로니까."

하스노는 사상가 같으면서도 사상가는 아니었다. 나는 그를 인간 혐오자라고 부르지만, 그건 그저 그의 습성을 관찰해서 붙인 형용구에 불과하다. 그 습성에 담긴 의미, 즉 그가 왜 인간을 싫어하는지 나는 모르고, 어쩌면 이유는 없는 게 아닐까 의심스럽기도 했다. 굳이 따지자면 하스노는 나 같은 예술가에 가깝다. 하지만 나는 그가 자신의 예술적 재능을 부정하는 모습을 여러 번 보았다.

그렇게 말하자 미네코는 묘하게 납득했다는 표정을 지었다.

"난 당신과 처음 만났을 때 이 사람은 무정부주의자 아닐까 싶었어. 어쩐지 인간 사회에 대해서는 아무 생각도 없는 듯한 사람들과 어울리는 데다, 그림을 그려서 먹고살겠다는 게 제대로 된 어른이 할 생각은 아닐 테니까. 세상을 전복시키지 않고서야 그런 일은

---

2 1869년에 창업한 기업. 서양의 문화와 학술을 소개하는 데 공헌했으며, 고급문구도 수입해서 판매했다.

불가능하지 않을까 싶었지.”

사에코가 옆에서 내게 말했다.

인간 사회에 대해서는 아무 생각도 없는 듯한 사람들이란 나와 같은 업계에 있는 친구를 가리킨다. 모두 다 그렇다는 것은 아니지만, 몇몇 친구에 관해서는 나도 동의하는 수밖에 없었다.

“아무 생각도 없다면 무정부주의자가 아닐 텐데. 생각을 하니까 정부 따위 필요 없다고 주장하는 거겠지. 미안하지만 내게 그런 목적은 없어. 그저 비를 피하는 것처럼 이 세상을 살아내려고 할 뿐이야. 그리고 빗소리를 들으며 울적한 마음을 소재 삼아 그림이라도 그리려는 거지. 아무것도 뒤집어엎을 마음 없어.”

“알아. 나도 세상이 뒤집히면 곤란해.”

저녁을 먹은 후, 미네코는 자지 않고 집에 가겠다고 했다.

밖은 이미 어두웠다. 미네코는 여기서 3킬로미터쯤 떨어진 간다의 집까지 걸어가겠다고 했다. 걱정됐지만 미네코는 염려해주는 게 싫은 눈치였다. 가도에 타박타박 발소리를 울리며 밤길을 홀로 걸어갔다.

*

다음 날 4월 30일.

점점 어두워지는 해 질 녘에 미네코는 혼자 조용한 거리를 걷고 있었다.

니시카와 경감을 만나러 오쓰카 경찰서에 왔다가 돌아가는 길이었다. 어제 이모부 집에서 돌아온 후, 미네코는 3년 전 연구소에서 들었던 대화와 무라야마 고도 박사가 살해당한 일을 부모님과 상의했다.

어머니는 부르지도 않았는데 괜히 나설 필요 없다고 했지만, 아버지는 제보하지 않으면 나중에 꾸지람을 들을지도 모른다고 걱정했다. 어머니는 아버지에게 이의를 제기하는 법이 없다.

경찰에 전화하자, 지금 당장 무라야마 고도 박사 사건의 담당자에게 연결해줄 수는 없으니 나중에 다시 전화를 걸든지, 출두해달라고 부탁했다.

이번에는 아버지도 협력해준다는데 형사 한 명 집에 못 보내주느냐고 불쾌해했지만, 미네코는 경찰서에 가기로 했다. 경찰의 수사 진척 상황을 알면 하스노에게 도움이 될지도 모른다고 기대했다. 하스노는 오늘 무라야마 저택에 갔을 것이다.

하지만 니시카와 경감은 미네코의 이야기를 묵묵히 듣더니, 쓰다 달다 말도 없이 고생했다면서 돌려보냈다. 완전히 허탕을 치는 바람에 마음이 복잡해서, 올 때는 시영전철을 탔지만 돌아갈 때는 머릿속에 떠올린 니시카와 경감의 얼굴을 지팡이로 쿡 찔러보는 등 이런저런 생각을 하면서 걸어갔다.

집으로 가는 지름길을 택하며 길을 이리저리 꺾을수록 주변에 인적이 드물어졌다.

시영전철이 다니는 길을 가로지르고 칠이 벗겨진 우편함 있는 모퉁이를 돌아 나무 담장이 늘어선 휑한 가도로 나왔을 때, 미네코는 뒤쪽에서 불길한 기척을 느꼈다. 고개를 돌리자 15간 정도 거리를 두고 길을 꺾어 들어온 회색 자동차가 시야 가장자리로 얼핏 보였다.

엇갈려 지나갈 수 없는 좁은 길이다. 미네코는 자동차가 미행하고 있음을 직감했다.

무심코 들고 있던 가방을 떨어뜨리지 않도록 어깨에 멨다. 경찰서를 나선 뒤로 저 자동차를 몇 번 보았다. 차종은 모르지만 2인승이니까 택시는 아니다. 마침 주변에는 통행인이 전혀 없었다. 그걸 기회 삼아 자동차가 간격을 좁힌 것 같았다.

어쩌면 좋을까?

미네코는 큰소리를 지르기가 망설여졌다. 미행자의 의도를 알수 없었다. 악의는 명확하지 않았다. 소리를 질렀는데 아무도 듣지 못하면, 더 위험해질 수도 있었다.

미네코는 좀 더 빨리 걸었다. 쭉 곧은 길이 아니라서 뒤를 따라오는 자동차는 보였다 말았다 했다. 하지만 분명히 다가오고 있었다.

오른편에 묘지와 숲 사이에 낀 골목길이 나타났다. 자동차는 못 지나갈 만큼 좁았다.

미네코는 달음박질해서 골목길로 뛰어들었다.

어두웠다. 손질되지 않은 잡목림이 서쪽의 낙조가 보이는 높이까지 뻗어 있었다. 자갈길 군데군데 돌부리가 튀어나와 있는 듯했다. 미네코는 발이 걸려서 넘어졌다.

숲속으로 도망치면 미행자를 뿌리칠 수 있을까. 그런 생각도 들었지만, 발밑이 불안해서 조명 도구를 들고 쫓아오면 도망칠 수 없다.

골목길을 둘러보았다. 잡목림 반대편에 건물들의 윤곽이 줄지었지만, 어느 창문에도 불빛은 없었다.

헐레벌떡 달려서 묘지의 담장을 지나치자 서양식 저택의 후문이 나왔다. 빗장이 풀렸는지 산들바람에 문짝이 흔들렸다. 미네코는 재빨리 뒤뜰로 숨어들었다. 손을 뒤로 돌려 문짝을 닫자 삐걱거리는 소리가 났다.

담장 너머에 귀를 기울이며 건물을 올려다보았다. 그렇게 크지는 않은 2층 건물이었다. 무슨 색깔인지 못 알아볼 만큼 어두워졌지만, 매물이라고 쓴 벽보는 눈에 들어왔다.

기척을 죽인 채 가만히 있으니 담장 밖을 지나가는 발소리가 들렸다.

차에서 내려서 쫓아온 건가. 여기로 숨어드는 순간은 보지 못한 듯했다. 미네코는 참고 있던 숨을 크게 내쉬었다.

황량해진 뒤뜰을 돌아 저택 정면으로 향했다. 풀들이 기모노 위로 미네코의 무릎을 간질였다.

정문은 닫혀 있었다. 소리가 나지 않도록 조심스레 문짝에 힘을 주었지만 열리지 않았다. 바깥쪽에 쇠사슬이라도 감아둔 걸까? 발판으로 삼을 만한 물건도 없어서 담장을 넘기는 쉽지 않을 듯했다. 시험 삼아 손을 뻗어 만져보자, 도둑 방지용인지 담장 위에 유리 조각을 심어놓았다.

그리고 섣불리 밖에 나갔다가 추적자와 딱 마주쳐도 큰일이다.

어떻게 해야 할까.

그때 후문 밖에서 발걸음을 멈추는 소리가 들렸다.

돌아본 미네코는 몸이 굳어버렸다. 후문이 열리고 회중전등 불빛이 뒤뜰에 비쳐들었다.

어떻게 알아차린 걸까?

골목 앞쪽에 미네코가 숨을 만한 곳이 달리 없었기 때문일지도 모른다. 따라서 틀림없이 여기 있으리라고 짐작한 걸까.

정문에 있던 미네코는 앞뜰을 살금살금 가로질러, 저택 벽면에 몸을 숨기고 후문으로 들어온 추적자의 동태를 살폈다.

잡초를 넘어뜨리며 뒤뜰을 걸었으니 사람이 들어온 흔적은 뚜렷하게 남았을 것이다. 그리고 조명 도구가 없어서 확신은 못 하지만, 발밑의 땅이 부드러웠으니 발자국도 찍혔을지 모른다. 자신이 여기 있다는 사실은 숨길 수 없다.

추적자는 후문을 닫고 발치를 살펴보는 듯했다. 회중전등을 휙 돌려서 주변을 반원형으로 비추었다. 그리고 잡초에 남은 흔적을 따라 미네코가 있는 쪽으로 걸어왔다.

불빛을 돌렸을 때 미네코는 추적자가 회중전등을 들지 않은 오른손에 굵은 몽둥이 같은 물건을 쥐고 있다는 사실을 알아차렸다. 붙잡히면 무사하지 못할 것이 뻔했다.

그래도 미네코는 도움을 요청하기 위해 소리를 지를 수 없었다. 아무도 듣지 못하고 자신의 위치만 노출되어 추적자의 공격성을 자극할 우려도 있었거니와, 무엇보다도 올해 1월에 경험한 사건이 머릿속에 있었다.

미네코는 재봉을 배우고 돌아오는 길에 습격당해 유괴됐다. 그 후로 아버지도 어머니도 미네코가 혼자 밖에 나가는 걸 불안해했다.

지금까지 불평하면서도 대개는 부모님의 뜻에 따랐다. 하지만 하스노와 이구치에게 구조돼 집에 돌아온 다음 날, 자기네들이나 하녀를 대동하지 않고서는 외출을 금지한다고 부모님이 결정하려 했을 때는 온 힘을 다해 저항했다. 애당초 부모님이 시킨 대로 재봉을 배우고 돌아오는 길에 유괴당한 것이다.

그러므로 내심 조금 무서웠지만 평소처럼 어디에든 혼자서 다녔다. 미네코는 행동에 나서기 전부터, 지금 상황은 자신에게 책임이 있으니 알아서 해결해야 한다고 마음을 먹었다.

저택을 추적자와 반대 방향으로 천천히 돌아갔다. 이번에는 최대한 발밑에 흔적이 남지 않도록 조심했다.

이대로 상대를 남겨놓고 후문으로 빠져나갈 수 있을까? 경계하고 있을 것이다. 추적자가 몇 명인지도 모른다. 뒤뜰로 들어온 건 한 명이지만, 담장 밖에 동료가 대기하고 있을 수도 있다.

더구나 후문은 삐걱거린다. 지금 후문을 열면 소리 때문에 당장 들킨다. 담장 안에 머물면서 추적자를 따돌리는 것이 제일 좋은 방법일까. 과연 할 수 있을까? 저택을 사이에 두고 숨바꼭질을 하는 셈이다.

미네코는 후문이 있는 곳까지 와서 저택의 출창 아래에 쪼그리고 앉아 귀를 기울였다. 추적자는 안달이 나는지 점점 걸음이 빨라졌다.

불빛이 건물 모퉁이를 돌았다. 여기에 있으면 들킨다. 운은 하늘에 맡기고 후문으로 뛰쳐나갈까, 어쩔까. 미네코는 발치를 살피다 벽돌이 몇 개 떨어져 있는 것을 알아차렸다.

벽돌을 추적자 근처에 던져서 정신을 딴 데로 돌린다. 그리고 후문을 통해 밖으로 나간다. 누군가 밖에 대기하고 있다면, 들고 나간 벽돌로 느닷없이 명치라도 때린다. 그 자동차에는 좌석이 두 개뿐이었으니 동료가 있더라도 많지는 않을 것이다.

오산은 후문의 빗장이었다.

미네코가 뛰어들었을 때는 풀려 있었던 빗장을 추적자가 빗장 구멍에 질러놓았다. 빗장은 녹이 슬어서 뻑뻑했다. 미네코는 조바심이 났지만 빗장은 꿈쩍도 하지 않았다.

뒤쪽에서 동그란 회중전등 불빛이 비쳤다.

돌아보자 역광 저편에서 추적자가 달려왔다. 빗장은 빠지지 않았다. 달리는 자세를 보고 미네코는 드디어 추적자가 남자임을 확신했다.

미네코는 남자가 거리를 좁히기 전에 몸을 돌려 저택 건물의 뒷문으로 향했다.

문고리를 돌렸지만 열리지 않았다. 미네코는 즉시 문고리를 놓고 문 옆의 창문을 보았다.

덧문은 달려 있지 않았다. 대신에 약 네 척 길이의 목재를 십자 모양으로 교차해서 못을 박아놓았다. 폭풍우에 대비해서 조치한 후에 그대로 빈집이 된 모양이다. 한순간 망설인 후, 미네코는 오른손에 들고 있던 벽돌로 유리창을 힘껏 내리쳤다.

챙그랑, 하고 예상했던 것보다 작은 소리가 났다. 미네코는 어깨에 메고 있던 가방을 내버리고, 창틀에 조금 남은 유리 조각에도 아랑곳없이 교차된 목재를 양손으로 잡고 뛰어올라, 발부터 저택 안으로 쏙 들어갔다.

미네코는 유리 조각이 흩어진 바닥에 쪼그려 앉았다.

부엌이었다. 바닥은 리놀륨이고 잘 정돈되어 있었지만 오랫동안 사용하지 않았는지 먼지가 쌓였다. 뭔가 썩는 냄새도 났다.

나막신을 신었다면 진작에 붙잡혔으리라. 기모노 자락 밑으로 드러난 서양식 신발을 보고 미네코는 그렇게 생각했다. 부모님, 특히 어머니는 미네코가 양식과 일식을 섞어서 입는 것을 싫어했다.

자, 어떻게 할까?

미네코는 창가에서 물러나서 일어섰다. 돌아보자 창밖에서 미네코의 얼굴로 불빛이 비쳤다. 예상했던 대로 남자는 목재 틈새를 통과할 수 없는 것 같았다. 미네코의 몸집으로도 겨우 걸리지 않고 통과했을 정도다.

남자는 억지로 몸을 쑤셔 넣지는 않았다. 만약 그런다면 미네코도 이쪽으로 튀어나온 남자의 상체나 하체를 벽돌로 후려갈길 작정이었다.

불빛이 비친 틈에 실내 상태를 조금 파악했다. 개수대 밑에 통이 놓여 있었다. 미네코는 내용물이 뭔지 짐작하고 통을 끄집어냈다. 손으로 더듬더듬해서 나무 뚜껑을 열었다.

짐작했던 대로 겨된장이었다. 상했다.

집주인이 잊어버리고 간 걸까?

등 뒤로 살기등등한 남자의 기척을 느끼며 미네코는 개수대 밑의 바구니를 뒤졌다. 밀가루 같은 하얀 가루가 든 커다란 병이 있었다. 할 수 있는 일은 다 해보기로 마음먹었다.

병과 통을 옆구리에 하나씩 끼고 창문 쪽으로 돌아왔다. 남자가 불빛으로 비추는데도 아랑곳없이, 미네코는 남자의 얼굴을 향해 상한 겨된장을 끼얹었다.

"푸엑."

묘한 소리를 내며 남자가 얼굴을 돌렸다. 그 틈에 미네코는 통을 내려놓고 병을 집었다.

남자가 다시 정면으로 얼굴을 돌리자 큰 종을 칠 때처럼 팔을 흔들어 이번에는 밀가루를 얼굴에 뿌렸다.

남자가 뒷문 문고리를 세차게 흔들기 시작했다. 미네코는 문고리에 얼굴을 바싹 들이대 자물쇠가 단단히 잠겨 있는 걸 확인한 후, 개수대 위쪽 선반에 놓여 있던 식칼 두 자루를 꺼냈다. 무기로 삼을 생각은 없었다. 빼앗기면 자기가 위험해진다. 남자가 못 쓰게 하기 위해서다.

미네코는 유리 조각에 걸려서 흐트러진 기모노 자락을 허리띠에 걷어질렀다. 어둠을 향해 양손을 내밀고 저택 내부로 이어지는 문으로 천천히 걸어갔다.

복도로 나가 스위치를 찾아서 눌렀지만 전등은 켜지지 않았다. 전기는 끊겼다.

일단 정면 현관으로 향했다. 잠겨 있을 테지만 만일을 위해서였다. 1층의 다른 창문은 전부 목재를 못으로 박아서 막아두었다. 미네코는 건물을 한 바퀴 빙 돌아서 왔으니까 그건 틀림없었다.

현관문은 잠겨 있었다. 남자는 어딘가를 부수지 않는 한 들어올 수 없는 셈이다.

미네코는 현관 홀의 계단을 올랐다.

2층에는 복도를 사이에 두고 방이 네 개였다. 방에는 침대와 안락의자, 큼지막한 가구가 갖추어져 있었다. 가구를 포함해 집을 팔 작정이든지, 옮겨내는 걸 미룬 모양이다. 미네코는 방을 둘러보며 돌아다녔다.

창문은 전부 1층과 똑같이 목재로 막아놓았다. 뒷문 쪽 방에서 아래를 살그머니 살펴보자, 남자는 들고 온 쇠막대 같은 몽둥이를 지렛대 삼아 창문의 목재에 박힌 못을 뽑으려고 끙끙대고 있었다. 애를 먹겠지만 결국은 뽑힐 것이다.

후문의 빗장을 채운 점, 이런 상황인데도 도우러 오는 사람이 없는 점으로 보건대 남자가 단독으로 행동 중인 건 거의 확실했다.

저 남자만 뿌리치고 달아나면 된다.

미네코는 남쪽에 위치한 방의 문을 열었다. 세간살이 없이 텅 빈 방이었다.

안쪽으로 열리는 창문을 열고 바깥을 살피자 1층의 차양이 튀어 나와 있고, 담장이 꽤 가까웠다. 그 너머는 창고 같은 건물이었다.

이 창문도 목재로 막혀 있었다. 아까 들어왔던 1층 창문보다도 틈새가 좁지만, 못 빠져나갈 정도는 아니었다. 이쪽으로 도망치면 될까?

함석 재질로 대충 만들어 붙인 듯한 차양 위에 내려가면 분명 소리 때문에 들킬 것이다.

그렇다면 남자를 저택 내부로, 최대한 가까이 끌어들이는 편이 낫다. 그리고 창문으로 빠져나가 차양을 딛고 담장을 넘어 창고 옆 으로 뛰어내린다. 그러면 정문 쪽 골목으로 빠져나갈 수 있다. 남자 는 일단 1층으로 내려와서 후문을 열고 빙 돌아서 와야 할 테니, 분 명 뿌리칠 수 있으리라.

미네코는 팔을 진자처럼 휘둘러 식칼 두 자루를 창고 지붕에 던졌다.

이제는 기다려야 한다. 창틀에 걸터앉아 목재 사이에 하반신을 넣고 두 다리를 차양 위로 내밀었다.

아래층에서 삐걱삐걱, 하고 소름 끼치는 소리가 들려왔다. 우물 에서 펌프질을 하는 듯한 그 소리에 창틀에 걸터앉아 있던 미네코 는 감정이 북받쳤다. 궁지에 몰려서 두렵기도 했지만, 짜증과 분노도 치밀었다.

―왜 나를 쫓는 걸까.

당연히 어제 이모부에게 들은 사건과 관련이 있으리라. 자신이 아주 중요한 뭔가를 들은 걸까? 이미 경찰에게 전부 다 이야기했지만, 그래도 입막음을 해야 할 필요가 있는 걸까.

무엇보다 사건에는 정부 요인을 폭탄으로 죽이려고까지 하는 비밀 결사가 관여했다고 한다. 그 비밀 결사에 찍힌 걸까?

추적자는 한 명뿐이다. 그런 비밀 결사가 관여한 것치고는 방식이 너무 원시적인 것 같았다. 하지만 급한 상황에서 자객을 여러 명 구하기는 힘들지 모르고, 권총을 쏴서 소란스러워지는 게 싫다면 의외로 이런 방법이 최선책일지도 모른다.

못 박은 곳이 부서지는 소리가 나고 삐걱거리는 소리가 멈췄다. 그리고 조용한 발소리가 저택 내부로 침입했다.

남자는 1층을 이리저리 돌아다니고 나서 계단을 올랐다. 남자의 발소리가 2층에 다다르면 행동에 나설 생각이었다. 미네코는 목재를 잡은 손에 힘을 주었다.

2층에서 문이 열렸다. 남자가 계단을 다 올라왔다.

미네코는 상반신을 목재 틈새로 밀어 넣었다. 좁았다. 기모노가 걸려서 못 움직이면 끝장이다.

함석 차양에 발을 내려놓자 소리가 몹시 크게 울려 퍼졌다. 이 소리를 듣고 남자가 남쪽 방으로 달려올 것이다.

불빛이 비쳐서 고개를 뒤로 돌렸다. 밀가루가 묻어 얼굴이 새하얘진 남자가 창문으로 돌진했다.

뛰어내려야 한다. 미네코는 창틀에서 손을 놓았다.

차양의 경사는 급하다. 조심하지 않으면 아래로 미끄러져 떨어진다.

남자의 손에 붙잡히지 않도록 조금 오른쪽으로 움직였다. 착지점을 가늠하고 몸이 얼른 빠져나가도록 두 팔을 흔들었다.

그런데.

풀쩍 뛰려고 한 순간, 걷어질러 놓았던 기모노 자락이 빠졌다. 다리가 엉켜서 자세가 무너졌다. 차양에서 떨어진 미네코는 오른쪽 발목을 담장에 부딪혔다. 심한 통증에 이어 땅바닥에 가슴을 호되게 찧었다.

몇 초쯤 의식이 날아간 듯했다. 정신을 차렸지만 숨을 거의 쉴 수 없었다. 나무망치에 명치를 세게 맞은 듯한 기분이었다.

일어서려고 했지만 버팀목이 빠진 것처럼 오른쪽 발목에 힘이 전혀 들어가지 않았다. 만져보자 손가락에 피가 흥건하게 묻었다. 담장 위에 심어놓은 유리 조각에 굵은 혈관을 베인 듯했다.

당장이라도 지혈하지 않으면 위험하다는 걸 깨달았다. 하지만 달아나야 한다. 이번에야말로 소리를 질러 도움을 청하고 싶었지만, 가슴이 아파서 생각과는 달리 나지막한 신음 소리밖에 나오지 않았다.

미네코는 다리를 끌면서 걸음을 옮겼다.

어둠에 추월당하듯이 시야가 차차 좁아졌다. 발목의 상처에서 느껴지는 열기가 쇠기둥을 달구듯이 온몸으로 퍼져나가서 힘을 빼앗았다. 정신이 점점 몽롱해졌다.

　도와줄 사람을 찾는 수밖에 없다. 미네코는 아까 자동차에 쫓겼던 길로 향했다. 지나가는 사람이 있을지도 모른다.

　핏자국이 남았으니 남자는 손쉽게 쫓아올 것이다.

　걸음이 점점 느려졌다. 뒤에서 발소리가 들려왔다. 미네코는 가슴을 누른 채 돌아보았다.

　남자가 다가왔다. 골목길을 빠져나오기 직전이었지만 눈앞에는 아무도 없었다. 전철 소리가 멀리서 들렸다.

　미네코는 실신했다.

4

용의자 집회

1

"그래서 미네 짱은 오늘 오후에라도 경찰서에 다녀올 생각이 래."

"혼자서?"

"응. 아무래도 그런가 봐."

흐음, 하며 하스노는 나를 내려다보았다.

에도가와바시에서 하스노와 만났다. 여기서 무라야마 저택까지 도보로 10분쯤 걸린다. 애당초 나하고는 무관한 일이고 동행한 들 도움이 될 것 같지도 않지만, 사에코와 미네코가 하스노를 몹시 걱정한 데다 미네코가 3년 전에 연구소에서 들었다는 이야기를 최대한 빨리 하스노에게 알려줘야 하지 않을까 싶었다.

정오가 되기까지 아직 시간이 있다. 레이스 천이 찢어진 것처럼 군데군데 파란 하늘이 보이는, 봄답게 보얀 날씨다. 주변에는 규모가 큰 저택이 많았고, 심부름을 하러 나온 하녀도 고급 기모노를 입은 것처럼 보였다. 오늘은 나도 평소는 별로 입지 않는 검은색 지리멘[1]에 하오리[2]를 걸쳐서, 격식 있는 야회에 초대받아도 실례가 아닐 정도로 단정하게 차려입었다.

하스노는 영길리식 정장 차림이라 예의라는 면에서도 미적인 면에서도 나무랄 데가 없었지만, 이 또한 그의 가재도구와 마찬가지로 원래는 우리 할아버지 물건이었다. 그를 칭찬할 것까지는 없다.

"아참, 그저께 밤에 자네가 돌아간 후, 형사가 우리 집에 와서 알리바이니 뭐니 이것저것 물어보고 갔어. 미나카미 씨의 예언대로였지."

"아아, 그랬나."

하스노의 말투를 들어보건대 형사와의 면담은 즐겁지 않았던 듯했다.

"하스노, 어제는 뭐 했나? 뭔가 조사라도 했나?"

"했지. 난 몰랐고 자네도 기억이 없는 모양이었지만, 교수상회라는 비밀 결사는 일본 신문에도 몇 차례 실렸어. 도서관에서 찾아보니 기사가 네 개 있더군. 다만 전부 국외의 이야기야. 예를 들면 서서(스위스)에서 지하에 은신해 있다가 경찰에 적발됐다는 기사가 2년쯤 전에 실렸지.

교수상회의 국내 활동을 보도한 기사는 찾지 못했어. 내가 못 보고 넘어갔는지도 모르지만. 미나카미 씨가 말했던 청년 있잖아.

---

1   바탕을 오글쪼글 주름지게 만든 비단, 또는 그것으로 만든 옷.
2   기모노 위에 걸쳐 입는 짧은 겉옷.

나카야마라는 그 청년이 제니라는 양식집을 찾아온 후 중의원 의원을 습격한 사건도 교수상회와는 결부시켜 보도하지 않았지."

교수상회가 일본에서 사건을 일으켜 기사가 났다면 나도 기억할 테니, 실제로 신문에는 실리지 않았던 게 아닐까 싶었다.

"일본에서 그자들이 활동한다는 사실을 아직 아무도 눈치 채지 못한 걸까?"

"아니. 그 사건의 범인인 나카야마가 불란서로 망명했다는 속보가 났다고 미나카미 씨가 그랬잖아? 그 기사에도 교수상회의 이름은 나오지 않았는데 그가 불란서로 도주한 사실이 어떻게 밝혀졌는지도 적혀 있지 않아. 경찰이 숨기고 있다고 보는 게 자연스럽지 않을까? 기자가 안다면 기사에 뭔가 썼을 테고, 경찰도 추적한 이상은 배후의 사정을 조금은 알고 있겠지."

"아아, 그렇게 되나."

경찰이 기자에게는 나카야마가 불란서로 달아났다는 정보만 공개하고, 그 이상은 감춰둔 건가.

무라야마 저택에서 발생한 사건도 그렇다. 고도 박사가 생전에 특고과장 히라노에게 우려를 표명했고, 경찰은 이미 비밀 결사가 관여했음을 의심하고 있다고 한다. 그들이 사전에 교수상회라는 조직의 정보를 확보하지 못했다면, 그 의혹이 깊어지는 데 시간이 좀 더 걸렸으리라.

"교수상회의 목적은 결국 뭘까? 전 세계 여기저기서 이런저런 일을 꾸미는 것 같던데……, 무정부주의자들이잖아?"

"그렇지. 사상적인 기원은 모르겠지만. 예를 들면 노서아에서 혁명이 일어났고, 이전 세기부터 구라파의 여러 도시에서 사회주의 대회가 열리고 있지? 거기에 무정부주의자가 합류하려는 움직임도 있는 모양이야. 끓어오른 불만이 거의 아무것도 거치지 않고 직접 불을 붙인 결과, 그런 투쟁이 생겨난 거겠지."

하스노 말에 따르면 자본주의나 군주주의에 대한 불만이 폭발한 셈이니까 인과관계가 확실하다. 거기에 반드시 견고한 사상이 필요한 것은 아니다. 극히 단순한 육체적 결핍이 투쟁을 뒷받침하기 때문이다. 따라서 지금 일어나고 있는 투쟁은 시대적 조류 속에서 발생한 하나의 소용돌이에 불과할지도 모른다.

"하지만 교수상회는 달라 보여. 훨씬 냉정해. 그런 광란에 거리를 두고 있어."

"자네를 죽이려고 열 올리는 자도 있는 것 같던데?"

"그런 자도 약간은 있겠지. 어떤 조직에라도 말이야. 그건 제쳐놓고 단순히 물질적인 결핍을 충족하기 위한 투쟁이라면 결국 자기 나라와 싸우게 되겠지? 자국 정부를 쓰러뜨리지 않고서는 성취할 수 없으니까. 오늘날 사회주의 투쟁이나 무정부주의 투쟁의 목적이 국가의 합일이나 철폐더라도, 결국 눈앞의 적은 각 국가의 정부와 정치야.

하지만 교수상회는 이미 전 세계에 뿌리를 내려가고 있어. 타국의 다른 주의자들 집단이 부르주아와 타협하느냐를 놓고 분열과 합류를 되풀이하는 사이에 말이야. 대신에 그들은 아직 지하 깊숙이 숨어 있는 모양이지만. 교수상회는 더욱 엄밀하고 철저하게 행동하려 해. 굶주린 배가 아니라 정신을 충족시키기 위해서니까 그야말로 공들여 진행할 생각이지. 소용돌이 속에서 그저 흐름에 몸을 맡기는 게 아니라 조류를 거슬러 헤엄쳐 가겠다는 거야. 그러니 빵을 약탈하려는 건 아니겠지."

그런 의미에서는 예술가의 미의식과 장인의 인내심을 지닌 자들일지도 몰라, 하고 하스노는 덧붙여 말했다.

"그런데 그들은 진심일까? 정신에만 기반을 두고서 언젠가 전 세계 정부를 타협 없이 소멸시킨 후, 아무것도 창조하지 않고 남들도 창조하지 못하게 하는 게 목표라고? 그런 일이……."

"그런 일이 정말로 실현 가능한지는 우리가 고민할 바가 아니겠지. 교수상회의 일원도 아닌데, 그들이 직면할 난관까지 신경 써줄 필요는 없어.

자네도 어차피 결국은 죽을 테지만 어째선지 지금 당장 죽음을 택하지는 않고, 하다못해 그저 멍하니 있으면 될 텐데 온갖 고생을 무릅쓰며 먹고, 자고, 공부하고, 일하고, 결혼하고, 하필이면 그림 따위를 그리잖아? 그것도 소일거리 삼아 손을 놀리는 게 아니라 한나절마다 회중시계의 태엽을 감아야 한다는 강박관념에 빠진 사람처럼 신경을 곤두세워서 필사적으로 말이야."

"그 정도까지는 아니야. 아니, 자네보다는 훨씬 속 편하게 살고 있는걸. 자네야말로 거울도 없는 감옥 같은 골방에 자진해서 틀어박혀, 아무도, 자신조차 보지 않건만 딱딱한 바닥에 반듯한 자세로 꿇어앉아 화장에 여념이 없는 여자 같은 삶을 살고 있잖아?”

내가 거침없이 반론하자 하스노는 웃었다.

“그건 됐어. 감옥 같은 골방이라고 해도 딱히 자물쇠가 잠겨 있는 건 아니니까. 그런 논리로 따지자면 교수상회는 그들 특유의 정신론을 통해 대다수가 체념하고 받아들이는 이 세상의 형태를 근본부터 뒤집으려는 거겠지. 그것도 화가가 자기 작품의 평가를 후세에 맡기듯이, 시간을 들여 임할 생각 아닐까?

분명 느긋해. 게다가 신중하지. 그래서 아직 표면에 별로 드러나지 않은 거고. 그리고 쪽매붙임 세공품을 여는 방법을 찾아서 상자를 이리저리 긁어보는 것처럼 각국에서 테러를 시도하며 세계에 불을 붙일 도화선을 찾고 있지. 현재 알고 있는 바로는 뭐, 그렇게 보여.”

삭막한 이야기였지만, 오히려 그 삭막함이 하스노가 추측한 교수상회의 골자에 현실미를 더했다. 탐탁지 않은 작품에 미술관의 구석 자리를 내어준 것처럼 나는 그런 사상의 존재를 인정하지 않을 수 없다고 느낀 것이 불쾌했다.

“……으스스하니 기분 나쁘군.”

“정말 그래. 실로 기분 나빠.”

하스노는 교수상회가 아니라 나를 향해 그렇게 말했다.

길을 꺾자 물어보지 않고도 무라야마 저택이 가까워졌다는 것을 알 수 있었다.

"별다른 준비도 없이 찾아가도 정말 괜찮을까?"

"글쎄. 범인을 찾아내라는 의뢰는 어쨌거나, 내가 안전한 상황인지 아닌지 확인할 수 있으려나. 교수상회 사람들, 사과하면 용서해줄까?"

부인의 이야기에 따르면 용의자는 이미 네 명으로 좁혀졌으니, 부인이 납득할 수 있게끔 범인을 찾아내라는 의뢰에 응하기는 그렇게 어렵지 않을지도 모른다. 하지만 교수상회가 여전히 하스노에게 원한을 품고 있는지 아닌지를 살펴볼 방법이 있을까.

2

하스노에게 듣기는 들었지만, 확실히 무라야마 저택은 평범함에서 탈피한 것들을 많이 접한 내가 보기에도 기묘한 건물이었다. 서양식 저택이기는 하지만 역사적인 전통은 느껴지지 않는다. 직선으로만 만들었다. 어느 시대에 가져다 놓아도 조화되지 않을 듯한 건물이었다.

담장을 많이 높였구나, 하고 중얼거리며 하스노는 철문을 밀어서 열고 정원을 나아갔다.

시체가 있었다는 정원을 나는 찜찜하게 바라보았지만, 하스노는 개의치 않았다. 똑바로 현관까지 걸어가서 초인종을 눌렀다.

네, 하고 대답이 들린 후 바로 문이 열렸다.

"기다리고 있었어요. 들어오세요."

미나카미 부인이었다. 하녀를 시키지 않고 직접 나왔다. 하스노가 뭐라고 말을 꺼내기도 전에 그렇게 인사하고 안으로 들이려다, 뒤에 서 있는 나를 보고 눈살을 찌푸렸다.

"이구치 군은 제가 못 미더워서 따라왔습니다. 딱히 없어도 될 것 같지만 저는 혼자서 번역 일도 못 하는 인간이니 이구치 군의 걱정이 부당하다고 할 수는 없겠죠. 용의자들 사이에 홀로 남아 울기라도 한다면 민폐가 따로 없을 겁니다. 같이 있어도 괜찮을까요?"

그럼요, 하고 부인은 짤막하게 대답하고 나와 하스노를 안으로 들였다.

현관문이 닫히자 바깥의 소리가 차단됐다. 벽이 소리를 삼키기라도 하는 것처럼 실내는 조용했다. 어디를 보아도 잿빛 회반죽을 무미건조하게 칠해놓았다. 현관 홀에 신발 벗는 곳은 없고, 부인은 가죽구두를 신고 있었다.

오른쪽 벽에 벨이 두 개 달린 전화기가 날림 공사에 가깝게 설치돼 있었다. 이 저택에서 그 전화기는 배 밑창에 딱 하나 들러붙은 따개비 같은 불순물이었다. 그 안쪽에 있는 계단을 보자 난간조차 없었다. 사건 현장이라는 사실과는 상관없이, 나는 저택 자체에서 뿌리 깊은 거북함을 느꼈다.

"뭐부터 할까요?"

일단 가지타로 씨의 서재를 보여주시겠습니까, 하고 하스노는 대답했다. 안 그래도 그럴 작정이었는지 그럼, 하고 부인은 우리를 안내했다.

"아참, 어제 장례식 때 데이코쿠 대학에서 오신 분께 기이한 일이 있었다는 이야기를 들었어요. 연구소에 도둑이 들었다네요."

부인이 계단을 올라가며 말했다.

"도둑?"

이런 이야기를 들으면 나는 하스노가 불이 꺼진 연구소에 침입하는 모습이 제일 먼저 떠오르지만, 당연히 그는 관계없다.

"네, 도둑이요. 의학부 학생에게 들었어요. 사건 다음 날, 숙직 근무자 말고는 아무도 없는 심야에 연구소에 숨어들어 여러 가지 서류를 털어갔다고 하는데, 자세한 이야기는 못 들었네요."

사건이 발생한 후 경찰은 매일, 그것도 하루에 여러 번 찾아올 때도 있지만 연구소에 도둑이 든 사건에 대해서는 지금까지 알려주지 않았다고 한다. 부인은 고도 박사가 죽은 후 필요한 일들을 처리하느라 바빠서 연구소를 찾아가 자세한 이야기를 들을 틈이 없었다. 이번 도난사건이 박사 살해사건과 관련 있는지는 아직 분명치 않다.

탐정 일을 맡아달라는 미나카미 부인의 의뢰는 여전히 수수께끼 같아서, 꿍꿍이속이 뭔지 전혀 밝혀진 바가 없다. 부인은 그저께와 마찬가지로 이유를 말하지 않았지만, 하스노를 탐정으로서 대우하는 태도만큼은 이 일이 상식에 어긋나는 짓이 아니라는 것처럼 고상했다. 하스노도 오늘은 이유를 파헤치려는 낌새를 보이지 않았다.

2층 복도에서 1층으로 내려가려 하는 하녀와 마주쳤다. 하녀의 칙칙한 갈색 기모노에 눈을 빼앗겼다가 부인과 하스노의 양장, 나 자신의 검은 지리멘에 시선을 돌렸다. 무라야마 저택의 잿빛 벽을 배경 삼아 펼쳐진 그 통일성 없는 모습을 보자, 대도구가 없는 무대에서 줄거리가 뒤죽박죽된 연극을 어수선하게 상연하는 것만 같았다.

부인은 저쪽이에요, 하고 오른손을 내밀어 복도 안쪽의 서재 문을 가리켰다. 하스노는 아아, 하고 반가운 듯이 탄식했다.

문이 열리자 무심코 나도 비슷한 소리를 냈다. 어마어마하게 어질러진 방이었다. 책상, 금고, 서가 윗면이 눈이 내린 것처럼 서류에 덮여 있었다. 부인의 말대로 편지가 많았지만, 쓰다 만 논문이나 아무 글자도 없이 새하얀 서양 종이도 있었다.

"이보게, 이걸 전부 확인할 건가?"

"그건 좀. 너무 오래 걸릴 거야. 그랬다가는 이 댁에 묵어야 할걸."

"필요하시다면 그래도 괜찮아요. 방은 많으니까요."

한발 앞서 서재에 들어간 미나카미 부인이 돌아보고 말했다.

하스노는 되도록 사양하겠습니다, 빨리 끝내는 편이 좋겠죠, 하며 서가 쪽으로 향했다. 아무것도 모르는 나도 잠자코 하스노를 따라갔다.

"미나카미 씨는 서류를 얼마나 확인하셨습니까? 전부 확인하려면 하루 이틀로는 못 끝내겠는데요."

"3분의 1 정도요. 저는 못 읽는 서류도 많아서요."

노어는 거의 배운 적이 없다고 부인은 말했다.

"사건 당일에 용의자 여러분이 함께 정리하려고 하셨죠. 그때는 중요한 걸 발견하지 못하셨습니까. 가지타로 씨가 누군가에게 교수상회의 일을 맡기기로 했다는 그 편지 말고요."

"네. 그때는 서로 어찌해야 할지 몰라서 더는 정리할 마음이 안 들었거든요. 게다가 범인은 저를 포함해 그때 서재에 있었던 네 명 중 한 명이 거의 확실하니까, 적어도 제가 먼저 조사하기까지는 함께 서류를 확인할 마음이 없어요."

"그렇군요."

공정성을 지키려다 모순을 일으킨 부인의 말을 하스노는 흘려들었다.

"아차, 말씀드리는 게 늦었네요. 오늘 오후 2시에 시라키 씨, 이쿠시마 씨, 우쓰기 씨가 오실 거예요. 다들 사건의 진상을 알고 싶으시다는군요."

부인 말로는 사건 당일 밤, 서재에서 편지를 본 후 마음의 정리가 되지 않았는지 세 사람은 맞물리지 않은 대화를 나누다가 제각기 귀가했다. 하지만 그다음 날부터 다들 사건에 관해 궁금해하며 짬짬이 무라야마 저택을 찾아왔다고 한다.

고도 박사의 장례식이 치러진 어제, 자연스레 모인 용의자 네 명은 장례식장에서 겨우 용납될 정도의 열의를 보이며 사건을 검토했다. 평일이지만 부인 외에는 다들 회사의 중역이므로, 시간을 내서 오늘 오후에 검토를 계속하기로 약속했다는 듯하다.

용의자 네 명과 한꺼번에 만날 수 있는 좋은 기회이기는 했다.

하지만 그 또한 이상하지 않은가? 왜 다들 범인 찾기에 그렇게 열을 올리는 걸까. 분명 유쾌한 일은 아니었다.

부인의 설명이 끝나자 하스노는 서가에 가득한 서류에 손을 댔다.

나는 물어봐야 할 일이 떠올랐다. 어제 신문에 실린 기사에 관해서다.

"저기, 경찰 수사는 어떻습니까? 진전이 있는지는 모르시나요? 어제 용의자 중 한 명이 연행됐다가 방면됐다는 신문 기사를 봤는데요."

"아아, 네, 맞아요. 그건 이쿠시마 씨예요."

부인의 말에 따르면 아무래도 그의 범행을 암시하는 증거가 발견됐다는 듯하다.

"하지만 이미 방면되셨잖아요? 혐의가 풀린 겁니까?"

"그렇죠. 혐의가 풀렸다고 할까……, 어떻게 할까요? 저도 사정을 대충 알기는 하지만, 나중에 이쿠시마 씨가 오실 테니 그때 이야기하는 편이 확실할지도 모르겠네요."

"나중에라도 상관없습니다. 어차피 아직 아무것도 모르니까 언제 들으나 똑같죠."

서가를 조사하고 있던 하스노가 돌아보지도 않고 말했다.

그가 지금 보고 있는 것은 편지가 아니라 타자기로 작성한 논문이었다. 나는 다가가서 들여다보았다. 영어였는데 나는 전혀 모르는 단어가 줄지어 있었다.

"이건 아미리가의 잡지에 실린 논문이야. 읽은 기억이 나는군."

하스노는 내게 그렇게 설명했다.

"가지타로 박사님은 한 번도 못 뵈었지만, 몇몇 저술은 읽었습니다. 논문과 가끔 잡지에 기고하신 신변잡기 같은 것도요. 그런 글을 읽고서 댁을 직접 방문하기로 3년 전에 마음먹었었죠."

하스노는 논문에 얼굴을 가까이 대고 말을 이었다.

"이건 제가 3년 전에 여기서 읽었던 편지와 글씨가 똑같은 것 같군요. 같은 타자기로 작성한 것 같아요."

하스노는 타자기로 작성한 다른 서류를 집어 들었다.

"어? 이쪽은 글씨가 다르군요."

"아아, 그건 분명 다른 기계로 작성했을 거예요. 숙부님은 대학교와 집에 타자기를 한 대씩 놔두고 사용하셨으니까요."

미나카미 부인이 다가와서 하스노의 얼굴과 그가 들고 있는 논문에 번갈아 날카로운 시선을 던졌다.

"그 논문이 바클리 씨에게 쓴 편지와 같은 타자기로 작성됐다는 거, 확실한가요?"

"그럴 겁니다. P의 세로획이 좀 이지러졌죠? 똑같은 타자기일 거예요. 이겁니까?"

하스노는 책상 위로 시선을 옮겼다.

광택이 흐르는 커다란 검은색 타자기가 놓여 있었다. 레밍턴사의 국제 상용 자판이라고 한다. 나는 사용해본 적이 없으므로 설명을 들어도 무슨 소리인지 하나도 못 알아들었다.

"네, 맞아요. 그런 것까지 잘 기억하시는군요. 그 편지는 여기서 이 타자기로 작성한 게 틀림없어요."

미나카미 부인은 어째선지 근심이 풀린 듯한, 뭔가 납득한 듯한 표정이었다.

"그러고 보니 하스노 씨, 3년 전에 읽으셨던 편지의 내용을 기억해내시겠다고 약속하셨죠. 어떠신가요?"

"시간을 좀 더 주시겠습니까. 서재를 보고 있으니 기억이 되살아나는 것 같군요. 종이에 옮겨 적어서 드리도록 하겠습니다."

하스노는 서재를 둘러보며 말했다. 그리고 가까이 있던 서류를 가리켰다.

"배치를 바꿔도 괜찮을까요?"

"네."

용의자들이 하다 만 정리를 마저 하겠다는 뜻이다.

서재는 신기했다. 서류는 그저 정리되지 않은 것이 아니라 어질러져 있다고 해야겠지만, 하스노가 3년 전에 어질렀던 것이 아니라 그가 왔을 때도 이런 상태였다고 한다. 가지타로 박사는 편지며 논문 같은 서류의 욕조에 몸을 푹 담근 채 생활했던 셈이다.

미나카미 부인의 말에 따르면 무라야마 가지타로 박사는 안세이[3] 2년에 부유한 상인 집안에서 태어났다. 도쿄 의학교를 졸업했지만, 데이코쿠 대학이 설립되자 거기서 인류학 연구에 나섰다. 그

---

3   1854~1860년까지 사용된 일본의 연호.

는 해부학, 고고학, 언어학 등 각 분야에 다리를 놓아가며 일본의 여명기에 인류학의 중심축이 되었다. 메이지 20년(1887년)에 데이코쿠 대학 교수가 되었고, 메이지 32년(1889년)에는 박사 학위를 받았다.

스무 살 넘게 어린 조카딸 미나카미 부인도 스무 살이 되기 전부터 가지타로 박사의 조수 역할을 맡아왔다고 한다.

나는 인류학 교수이자 테러리스트인 고故 무라야마 가지타로 박사라는 인물을 도무지 이해할 수가 없었다.

서재를 보아도 그러한 마음은 변하지 않았지만, 그가 단순히 신문 지상이나 소수의 기억에만 남을 인물이 아니라 비둘기 무리 속의 까마귀처럼 특별한 박력을 내뿜으며 얼마 전까지 실존했다는 실감을 받았다. 분명 그 순수하고 끝 모를 사상에 어울리는 인물이었을 것이다.

"숙부님은 남에게 받은 편지나 당신께서 쓴 글을 처분하는 습관이 없었어요. 그랬다가는 잊어버리니까 곤란하다고 말씀하셨죠. 한편으로 정리정돈은 시간 낭비에 불과하다지 뭐예요? 인간의 두뇌로 자세한 문장을 기억하지 못하는 건 당연하지만, 자신이 어디에 뭘 놓아뒀는지 잊어버리는 건 멍청이라고 생각하셨던 것 같아요. 그런데 하스노 씨, 영길리의 Gilbert Keith Chesterton이라는 평론가를 아세요?"

"이름은 압니다. 저술은 읽어본 적 없지만요."

"그 사람이 쓴 *The Man Who Was Thursday*라는 소설이 있

는데요. 거기 나오는 무정부주의자 단체 사람은 무정부주의자임을 감추기 위해 평소 자기가 무정부주의자라고 남들에게 말하고 다녀요. 숙부님은 당신이 무정부주의자라고 공언하지는 않으셨지만, 비밀 결사에 관련된 서류를 감추는 데 비슷한 방법을 사용하신 거겠죠."

무턱대고 감춰서는 오히려 눈에 띈다. 자신의 연구 자료와 함께 놓아두면 남이 알아차릴 우려도 낮아진다. 유심히 살펴보자 한 편의 논문을 여기저기 분산해놨거나 그냥 아무렇게나 내던졌다기보다, 의도적으로 섞어놓은 것처럼 느껴지기도 했다. 하스노가 보기에는 그야말로 변덕스럽게 배치해놔서 법칙성은 없는 것 같다고 했다.

그리고 그저께 부인이 하스노의 집에 가져온 것과 비슷하게 찜찜한 편지를 여기저기서 찾아볼 수 있었다.

"쭉 함께 사셨는데도 이런 서류가 있는 줄은 눈치 채지 못하셨던 거군요."

"네, 어디에 뭘 놔뒀는지 헷갈리면 큰일이라며 숙부님이 서류에 손도 못 대게 하셨거든요. 숙부님이 돌아가신 후에도 서류의 양이 너무 많았던 데다, 전에 말씀드린 대로 숙부님이 위험한 사상을 지니고 계신다는 건 어렴풋이 짐작했던 터라……."

확인하기가 무서워서 고도 박사가 살해당하는 사건이 발생할 때까지 정리하지 않고 내버려두었다고 부인은 말했다.

"그나저나 이렇게까지 중요한 서류가 설마 이렇게 많이 방치돼 있었을 줄은 미처 몰랐어요. 넷이서 서재를 확인할 때까지는요."

"하지만 고도 박사님은 그런 서류가 있다는 사실을 알고 계셨던 거군요? 그래서 고발의 증거로 삼을 만한 편지를 여기서 빼낸 거고요."

"네. 서재는 제가 잠가뒀지만, 고도 박사가 열쇠를 몰래 꺼내서 서재를 뒤진 적이 한 번 있었어요. 서재의 물건을 함부로 건드리지 말라고 경고했는데……."

"미나카미 씨, 가지타로 박사님을 경찰에 신고할 생각은 없으셨군요."

"……네. 집안사람이니까요."

"고도 박사님의 가방에서 제 지문이 남은 편지가 발견됐죠? 그게 가지타로 박사님의 물건이라는 것도 밝혀졌고요. 덧붙여 살해당하기 전에 고도 박사님이 연구소에서 편지 여러 통을 가지고 퇴근했다는 증언도 나왔어요. 그렇다면 경찰 쪽에서 가지타로 박사님이 남기신 서류를 보여달라고 요청하는 게 당연한 수순일 텐데요?"

"네. 그런 요청이 있었어요. 하지만……, 제가 거짓말을 했죠. 서류는 전부 처분했다고요. 의심스러운 물건은 남아 있지 않았다고요."

고백 내용과는 딴판으로 미나카미 부인의 목소리는 올곧았다. 하스노는 몸을 돌려 부인의 얼굴을 똑바로 바라보았다. 부인도 눈을 돌리지 않고 그 시선을 받아냈다.

둘 다 입을 열지 않아 침묵이 흘렀다. 할 말을 찾는 것이 아니라 그저 말을 꺼내지 않은 것이지만, 호의나 증오가 어린 침묵도 아니었다. 당혹감이나 간청, 아니면 기대 같은 뭔가 추상적인 요구를 서로에게 맞부닥치고 있는 것 같았다. 하스노가 눈썹을 조금 내렸다.

그러나 더 이상의 표정 변화 없이 서류 쪽으로 몸을 획 돌렸다.

"다른 용의자 분들도 경찰에는 말하지 않으셨죠? 가지타로 박사님이 가까운 사람에게 고도 박사님을 살해하라는 임무를 맡겼을지도 모른다는 사실을."

"네."

그렇군요, 하고 하스노는 추궁을 멈추었다.

즉, 경찰은 무라야마 고도 박사가 교수상회에 대해 고발하려다 살해당한 듯하다는 것과 어쩌면 가지타로 박사가 비밀 결사에 관여했을지도 모른다는 것밖에 아는 바가 없다. 그 이상은 모른다.

"고도 박사님은 고발의 증거로 제공할 편지를 엄선할 여유가 없었겠죠. 분명 눈에 띄는 걸 적당히 골라서 가져갔을 겁니다."

"분명 그렇겠죠. 만약 제가 박사에게 경고하지 않아서 서류 더미에서 자신의 목숨과 관련된 그 편지를 발견했다면 저희를 좀 더 경계했을 거예요."

미나카미 부인의 말에서 처음으로 박사의 죽음을 애도하는 마음이 희미하게 묻어났다.

"그래서 교수상회와 무관한 편지라도 일단 챙겨갔을지 모르겠군요. 그, 윌리엄 바클리 씨 앞으로 쓴 편지도 그랬을 가능성이 있고요.”

“그 편지는 숙부님이 썼지만 보내지 않고 놔둔 거잖아요? 다른 편지는 전부 숙부님이 받은 거니까, 만약을 위해 자료로서 가져갔는지도 모르겠네요.”

하스노는 내용을 상세하기 검토하기보다 우선 정돈부터 하기로 마음먹은 것처럼 보였다. 대화에 정신을 팔지도 않고 계속 분별해 나간다. 자기 집은 난장판이면서 아주 뛰어난 솜씨다. 편지와 불망기, 편지와 사용하지 않은 서양 종이를 구분하고 각각을 언어별로 분류한다. 더 나아가 편지는 보낸 사람별로, 불망기는 연대를 추측해서 재배열한다. 불확실한 것과 어중간한 것은 옆으로 치워둔다. 나는 점점 눈이 녹는 정원을 바라보는 기분이었다.

일본어로 된 것만이라도 도와줄까 싶어서 나는 논문 다발에 손을 뻗었다.

“이구치 씨, 부디 쓸데없는 짓은 하지 마시길.”

마음에 거리낄 만한 짓은 하지 않았는데도 나는 장난치다 들킨 것처럼 돌아보았다가 내 손을 가만히 응시하는 미나카미 부인의 눈총과 마주쳤다. 나는 너무 겸연쩍었던 나머지 뒤로 젖혀질 것처럼 몸을 똑바로 세우고 한 발짝 뒤로 물러났다.

서슴없이 나를 거북하게 만들었던 부인의 말이 의심스러웠다. 내가 뭘 어쩔 거라고 생각한 걸까? 나를 그 정도로 못 믿는다면 무슨 이유로 하스노는 믿는 걸까. 서재 주인의 심리와 마찬가지로 미나카미 부인의 머릿속에서 뭐가 어떻게 돌아가는 건지 나로서는 헤아릴 수 없었다.

오포[4] 소리가 울려 퍼졌다. 무라야마 저택 안에서도 오포 소리가 들리다니 희한했다. 하녀가 점심이 준비됐다고 알리러 오자 부인이 말했다.

"약소하지만 두 분이 드실 샌드위치도 준비해놨어요. 괜찮으시면 같이 드시죠."

"아니요, 사양하겠습니다. 이 일을 빨리 끝내고 싶네요. 이구치 군, 먹을 건가?"

"어? 아니……."

나는 배가 고팠다. 하지만 일도 하지 않고 나만 식사를 하려니 미안한 기분이었다.

무엇보다 먹어도 괜찮을까? 독이라도 들어 있지는 않을까? 내 생각에는 가능할 법한 이야기였다. 나도 사양하자 부인은 하녀를 1층으로 내려보냈다.

자신도 점심을 먹지 않고 서재에 머무르겠다는 것이다. 부인은 하스노가 정리 작업을 일단락할 때까지 나와 하스노 뒤에서 감시의 눈빛을 번뜩였다.

오후 1시가 조금 지났을 무렵, 하스노는 서재에 있던 서류를 열

---

4   정오를 알리는 대포. 도쿄에서는 1871~1929년까지 사용됐다.

네 개의 뭉치로 정리했다.

"어때?"

"글쎄."

하스노의 말에 따르면 가지타로 씨가 고도 박사의 감시와 말살을 누구에게 맡겼는지 직접 나타내는 증거는 아무래도 없는 듯하다. 당연하다면 당연한 결과로, 하스노가 훑어본 바로는 무기와 테러 계획에 대해 적힌 편지에도 하루카와라는 인물을 제외하면, 사람 이름이 명확하게 언급된 적은 없었다고 한다.

고도 박사의 가방에 남아 있었던 편지의 수신인이었던 윌리엄 바클리 씨가 보낸 편지는 세 통 발견됐다. 그의 무역 사업과 가족에 대해 알리는 내용으로, 가지타로 박사가 쓴 편지의 내용과 비교해 딱히 수상한 구석은 없었다.

생판 알지도 못하는 외국인이 영어로 쓴 그 편지에는 얼핏 보기에 온당한 내용밖에 적혀 있지 않았다. 무슨 암호가 숨겨져 있을 듯도 했지만, 잠깐 살펴보는 정도로는 아무래도 해독하기가 어려울 것 같았다.

"하지만 이렇게 많잖아? 내용과 교수상회가 일으킨 사건을 꼼꼼히 대조하면 뭔가 알아낼 수 있지 않겠어?"

"그렇겠지. 내가 할 일은 아닌 것 같지만."

그랬다가는 교수상회를 직접 상대하는 셈이니까 하스노는 아무래도 의욕이 생기지 않는 듯했다.

미나카미 부인은 잠자코 듣고 있었다. 그때 아래층에서 사람들이 떠드는 목소리가 두툼한 바닥을 통해 전해져왔다.

손님이었다. 부인은 서류 뭉치를 신경 쓰면서도 재빨리 서재를 나섰다가 곧 돌아와서 말했다.

"아까 말씀드렸던 세 분이 오셨어요. 당장 만나보시는 편이 좋겠죠?"

3

넓은 식당에 들어서자 4, 50대 남자 세 명이 흔들린 체스판의 말처럼 서로 거리를 두고 길쭉한 탁자에 둘러앉아 있었다. 시라키, 이쿠시마, 우쓰기라고 이름은 들었지만 누가 누구인지는 모르겠다. 셋 다 무라야마 저택이 있는 동네에 산다고 들었다.

"그쪽은 누구시지?"

머리가 희끗희끗하고 콧수염이 반지르르한, 제일 나이 많은 남자가 우리를 보고 말했다.

"이쪽은 하스노 씨, 그리고 이쪽은 하스노 씨의 친구분이세요."

세 사람은 일제히 몸을 움찔했다. 하스노라는 이름이 그들의 기억을 자극한 것 같았다. 다들 뭔가를 떠올리려는 표정을 지었다. 나는 한바탕 말썽이 생길 것을 직감했다.

"하스노라면 분명……."

"네, 3년 전 이 집에 도둑질을 하러 오신 분이세요."

그들은 사정을 이해하지 못해 난감해하는 표정이었다.

머리가 희끗희끗한 남자가 위협적인 말투로 하스노에게 물었다.

"이봐, 뭘 하러 왔나? 무슨 용건이야. 무슨 꿍꿍이속이지? 물론 무슨 일이 일어났는지는 알고 왔겠지. 뭐야? 이번에는 또 다른 수법으로 돈을 벌 수 있겠다고 생각한 건가?"

"아니에요, 시라키 씨. 제가 모셨어요."

"모셨다고?"

머리가 희끗희끗한 남자가 시라키 씨인 모양이었다. 그는 탁자 가장자리를 왼손으로 잡고 몸을 엉거주춤 일으켰다.

"그게 무슨 소리야?"

"도움을 받기 위해 하스노 씨께 일을 부탁했어요. 이 사건의 범인을 찾아내 달라고요."

세 사람은 아주 당연한 반응을 보였다. 미나카미 부인이 제정신인지 의심하는 표정으로 서로를 바라보며 잠깐 사이에 연대감을 강화했다. 그리하여 우리와 그들을 갈라놓는 울타리를 만들었다는 듯 뒤쪽에 앉은 한 명이 이쪽에 다 들리는 목소리로 "도둑한테?" 하고 중얼거렸다.

"도시코, 설명해 봐. 왜 그런 생각을 한 거지? 네 이놈. 어떻게 도시코를 꼬드긴 거야?"

"꼬드긴다고 제가 넘어갈 사람인가요? 하스노 씨는 제가 일부러 모신 거예요.

다들 범인을 찾아내고 싶다면서 아무리 논의해도 결론이 안 나잖아요. 그러니 다른 분께 부탁하는 수밖에요."

"그렇다고……하필이면 이 집을 턴 도둑에게 부탁하는 법이 어디 있어? 어떻게 믿으라는 거야?"

"그럼 시라키 씨는 달리 누구를 믿으실 건데요? 누구라면 믿을 만할까요? 변호사? 군인? 어떤 지위에 있는 사람이라면 그런 일을 의뢰하고도 안심할 수 있으신데요?

하스노 씨만큼 적합한 분이 또 있을까요? 다행히 세상의 그 누구도 상대해주지 않을 일을 하시는 분이시죠. 비밀로 해야 할 일을 누구보다도 확실하게 비밀로 유지해주실 분이라고요."

하스노가 내게 눈짓했다. 예전에 내 후원자인 하루미 사장님이 완전히 똑같은 이유로 하스노에게 비밀리에 서류 번역을 맡긴 적이 있었다.

하스노는 일부러 끼어들지 않고 용의자들의 대화를 가만히 들어보기로 한 듯했다.

"그리고 의뢰를 받았기로서니, 과연 보통 사람이 도둑질하러 한 번 침입했던 집을 태연하게 다시 찾아올 수 있을까요? 그런 파렴치하고 한심한 짓을 여러분이 하실 수 있어요? 그 외의 다른 훌륭한 분들은요? 하스노 씨는 제 요청에 응해 찾아오셨습니다. 이것만 봐도 하스노 씨가 흔해 빠진 보통 도둑이 아니라는 걸 알 수 있잖아요.

탐정 일을 의뢰하는 이상, 당연히 보통 사람이어서는 안 돼요. 권력의 뒷받침 없이도 남의 비밀을 파헤치는 짓을 뻔뻔하게 해낼 수 있는 비범한 분이어야 한다고요. 그렇죠?"

미나카미 부인은 쓰레기로밖에 보이지 않는 흙덩이가 얼마나 귀중하고 미적으로 뛰어난 유물인지 설득하는 고고학자 같은 어조로 말했다.

용의자 세 명은 아무 대답도 없었다. 수긍은 가지 않지만 할 말을 찾지 못한 듯했고, 하스노가 있어도 그렇게 불이익을 당할 걱정은 없지 않겠느냐는 쪽으로 생각이 기운 것처럼 보였다. 미나카미 부인이 이쪽으로 몸을 빙글 돌렸다.

"정말 실례했어요. 자, 같이 이야기 나누시죠."

하스노는 용의자들 앞으로 나섰다. 그리고 신경질적인 표정을 부드러운 웃음으로 바꾸고 말했다.

"처음 뵙겠습니다. 하스노입니다. 미나카미 씨께서 아주 적절하게 소개해주셨으니 자기소개는 생략하겠습니다. 이쪽은 제 친구 이구치 사쿠타입니다. 아쉽게도 신용할 수 없다는 점에서는 제게 한참 못 미치지만, 그래도 직업이 화가입니다. 일반 사람들의 눈으로 보기에는 충분히 믿음직스럽지 못한 녀석이죠."

나는 하스노를 따라 웃음을 지으려 했지만 잘 안 돼서 웃는 둥 마는 둥 어중간한 표정으로 이구치입니다, 하고 인사했다. 내가 그야말로 화가이고, 일반 사람들에게 신용 받지 못하는 자라는 인상을 주는 데는 성공했다.

"잘 부탁합니다! 나는 우쓰기라고 합니다. 도둑과 안면을 틀 기회가 생길 줄은 몰랐는걸요."

침묵이 퍼지던 차에 제일 안쪽에 앉아 있던 갈색 양복 차림 남자가 그렇게 말했다. 우쓰기 씨는 당혹감을 떨쳐내고 어떤 태도로 대해야 할지 정했다는 듯, 티 하나 없이 상냥한 표정이었다.

자기만 잠자코 있을 수는 없다고 생각했는지, 우쓰기 씨 옆의 흰색 셔츠 차림 남자가 나는 이쿠시마야, 하고 눈도 마주치지 않고 말했다. 말해주지 않아도 이미 드러난 사실이었다.

소개가 끝나자 미나카미 부인은 용의자들 사이에 끼듯 시라키 씨 옆자리에 앉았다.

"방금 제가 도둑이라는 점을 문제로 삼으셨지만, 이 중에 어느 분은 살인범이십니다. 상식적으로 생각하면 그게 더 큰 문제겠죠."

우쓰기 씨가 하스노의 말에 반응했다.

"음, 확실히 문제입니다. 하지만 내가 궁금한 건 그게 왜 문제냐는 거예요. 아니, 당신이 왜 그걸 문제로 생각하느냐는 거죠. 하스노 씨, 왜 도시코 씨의 의뢰를 받아들인 겁니까? 왜 고도 군을 살해한 범인을 찾아내야 한다고 생각하는 거예요?"

"돈 때문이겠지. 달리 무슨 이유가 있겠나."

시라키 씨가 끼어들었다. 그는 여전히 하스노를 거들떠보지도 않고 미나카미 부인만 보고 말했다.

"도시코, 얼마 주기로 했어? 여유가 없을 텐데. 자칫하면 바가지를 쓸 거야."

부인보다 하스노가 먼저 대답했다.

"아쉽게도 그건 아닙니다. 보수를 어떻게 할지는 아직 정하지 않았어요. 저는 보수가 모호한 상태로 일을 진행하다가 결국은 잊히기를 기대하고 있습니다. 금전 수수와 관련해 사람들 사이의 갈

등에서 비롯되는 번거로운 문제를 견디기가 힘들어서요. 그래서 보수를 받을 때 절대로 남이 관여하지 않는 도둑을 직업으로 택했던 거고요."

"과연. 재미있군요."

우쓰기 씨가 말했다.

"그럼 뭡니까? 호기심입니까? 아니면 의분?"

"호기심은 아닙니다. 연고도 없는데 그저 궁금하니까 알고 싶다고 나서면 폐가 되겠죠."

여전히 나와 하스노만 서 있었다. 하스노는 긴 탁자를 둘러싸고 앉은 용의자들에게 너무 다가가지 않으려고 했다.

"의분은 성욕 비슷한 감정입니다. 친인척도 아닌 생판 남이 살해당했는데 절대로 용서할 수 없다고 분개하는 건, 자신의 아내도 아닌 여자에게 욕정을 품는 것이나 마찬가지라 꼴불견이에요. 그래도 낮살이나 잡수신 영감님들이 요정에서 여급을 품평하는 것처럼, 세상의 이런 일은 옳지 못하다, 저런 일은 괘씸하다고 평가하는 걸 미덕처럼 여기는 사람이 꽤 많죠.

그 정도라면 악취미에 그칠 뿐 남에게 폐를 끼칠 정도는 아니겠습니다만, 살인자는 용서할 수 없다, 꼭 찾아내겠다며 남의 집에 쳐들어가는 건 유부녀의 잠자리에 숨어드는 것과 마찬가지로 대의를 저버리는 일이죠.

애당초 저는 의분이라는 감정을 거의 느끼지 않습니다."

네 사람은 도둑 같은 인상이 전혀 느껴지지 않는 하스노에게 놀랐는지, 잠자코 이야기를 들었다.

하스노는 의뢰인인 미나카미 부인을 흘끗 바라본 후, 자신이 사건에 관여하게 된 경위를 설명했다.

"호오! 아주 중대사인데요. 의분이고 뭐고 따질 것 없이, 정당하게 사건에 관여할 권리가 있는 것 같습니다. 그렇지 않습니까?"

생각지 못하게 교수상회의 테러 계획을 방해했다는 이야기를 듣고, 우쓰기 씨는 시라키 씨와 이쿠시마 씨에게 그렇게 말했다. 두 사람은 마지못해 동의를 표명했다.

"감사합니다. 저도 마음이 편해지는군요.

저는 의분에 사로잡혀 찾아온 게 아니지만, 많은 사람에게 의분은 참기 힘든 감정인 것 같습니다. 그래서 전 세계 어디에나 유곽이 있는 것처럼, 어느 나라에나 경찰조직이 있죠.

아까 우쓰기 씨께서 제게 물어보신 것과 완전히 똑같은 질문을 여러분께 드리고 싶네요. 왜 무라야마 고도 박사님을 살해한 범인을 찾아내야 합니까? 왜 경찰에 맡기지 않는 겁니까?"

분명 어떤 의미에서는 진범이 누구냐는 것 이상으로 큰 의문이었다.

그들 네 명은 사건이 발생한 후 기회만 있으면 이마를 맞대고 진범을 찾으려 애썼다고 미나카미 부인이 말했다. 왜 대다수가 그러듯 그냥 경찰에 맡겨두지 않는 걸까?

"경찰보다 먼저 범인을 찾아내야 해. 무정부주의자 비밀 결사가 관련된 일이잖나. 내버려뒀다간 어떤 꼴을 당할지 몰라. 고토쿠 사건이 어떻게 마무리됐지?"

시라키 씨가 실례로 든 고토쿠 사건은 10년 전 집단주의적 무정부주의자인 고토쿠 슈스이를 비롯한 20여 명이 체포돼 훗날 사형된 사건을 가리킨다. 빈약한 근거를 바탕으로 스물네 명이나 사형에 처한 터라 국외에서 상당한 비난을 퍼부었다는 이야기를 불란서에서 돌아온 친구에게 들었다.

우쓰기 씨와 이쿠시마 씨도 시라키 씨에게 동조했다.

나는 그 설명이 석연치 않게 느껴졌지만, 하스노는 더 이상 파고들어 묻지 않았다.

그다음으로 하스노는 용의자들과 무라야마 가지타로, 고도 두 박사의 관계를 물었다.

"친구야. 그밖에 더 적절한 말은 없어."

시라키 씨가 퉁명스럽게 말하고 동의를 요청하듯 우쓰기 씨와 이쿠시마 씨를 보았다. 우쓰기 씨가 말을 이어받았다.

"제일 오래 알고 지낸 분은 시라키 씨입니다. 수십 년은 됐죠?"

"36년이야."

시라키 씨는 미카와 고무 공업이라는 제조회사에 다닌다고 한다. 열여덟 살 때, 대학에서 일하던 시라키 씨의 아버지를 통해 당시 20대 중반이었던 가지타로 박사와 그의 가족을 만났다. 당시 네 살이었던 미나카미 부인은 부모님이 안 계셔서 가지타로 박사의 가족과 같이 살고 있었다. 부인과 시라키 씨는 그 무렵부터 안면이 있었다.

　나는 미나카미 부인과 시라키 씨 사이에서 자연스러운 친밀감을 찾아볼 수 없었기 때문에, 시라키 씨가 부인을 도시코라고 부르는 것에 불결함을 느꼈다.

　"나는 먼저 고도 군과 알고 지내다가 나중에 가지타로 박사님을 뵀습니다. 나도 고도 군과는 삼십몇 년쯤 알고 지냈네요."

　우쓰기 씨는 열다섯 살 때 학생인 고도 박사와 만났다. 두 사람은 동갑이라고 한다. 그로부터 22년 후, 우쓰기 씨는 고도 박사의 여동생과 재혼해 인척이 되었고, 그 후로는 가지타로 박사와도 자주 만났다.

　"나도 시라키 씨도 가지타로 박사님과 친구라 근처에 산다고 할 수도 있겠습니다. 박사님이 집을 소개해주셨거든요. 하지만 이쿠시마 씨는 반대죠. 근처에 살아서 박사님과 가까워졌습니다."

　"뭐, 그렇지."

　이쿠시마 씨는 내키지 않는 표정으로 대답했다. 하스노 쪽은 보지도 않았다.

　이쿠시마 씨는 지나가는 길에 이야기를 나누며 가지타로 박사와 친분을 쌓았다고 한다. 친하게 지낸 지는 4년도 되지 않는다.

　"가지타로 박사님과 고도 박사님은 어떠셨습니까? 친척이시잖아요. 언제부터 가깝게 지내셨습니까?"

　"옛날부터 오본[5]과 설에 얼굴 정도는 봤겠지만, 교제가 깊어진 건 고도 군이 의학사를 지망한 후부터 아니려나. 고도 군이 열 살도 넘게 어리지만, 가지타로 박사님도 원래는 의학을 공부하셨다고 하고, 법의학과 인류학 전공이라 뭐, 겹치는 부분도 있었겠죠. 구라파에서 왕래도 있었고 말이에요. 도시코 씨도 동행했죠?"

"네."

세계대전이 시작되기 전에 세 사람은 구라파로 건너가 연구를 했다고 한다. 미나카미 부인과 가지타로 박사는 메이지 40년(1907년), 그로부터 5년 후에 고도 박사가 독일로 건너왔다. 부인의 설명에 따르면 독일에서 두 박사는 빈번하게 왕래했다고 한다. 부인과 가지타로 박사는 전쟁이 발발하고 얼마 지나지 않아 귀국했고, 1년쯤 늦게 고도 박사도 일본으로 돌아왔다.

"여러분은 두 박사님에 대해 얼마나 알고 계셨습니까? 가지타로 박사님이 무정부주의자 비밀 결사의 일원이라는 사실은 어렴풋이 짐작하고 계셨겠죠."

하스노는 핵심을 찌르면서도 미묘한 질문을 던졌다. 손님으로 찾아온 용의자 세 명은 말을 얼버무리며 바로 대답하지 않았다. 일단 미나카미 부인이 그들을 대표해서 대답했다.

"전에 말씀드린 대로 저희 모두 그런 생각이 없는 것도 아니었어요. 나카야마라는 청년이 일으킨 사건도 있었고, 기묘한 사람들과 너무 많이 알고 지내셨으니까요."

5　한국의 추석과 비슷한 일본의 가장 큰 명절.

"나, 나는 그렇게 생각한 적 없어. 이런 줄 알았으면 거리를 두었을 거야."

이쿠시마 씨가 허둥지둥 변명했지만, 다른 용의자들은 별로 진지하게 받아들일 생각이 없는 듯했다. 시라키 씨가 쌀쌀맞게 말했다.

"그런가? 나카야마가 사건을 일으켰을 때, 이쿠시마 군도 포함해 진지하게 이야기를 나누지 않았었나? 자네는 분명 우리보다 가지타로 씨와 알고 지낸 시간이 짧지만, 어떤 사상을 지니고 있었는지 정도는 눈치챌 법한데. 가지타로 씨는 우리에게 본인이 무정부주의자라는 사실을 억지로 감추려 들지는 않았어."

"여러분은 그래도 가지타로 박사님을 경찰에 밀고하지 않으셨던 거고요."

용의자들을 가시로 찌르는 듯한 하스노의 말에 시라키 씨가 매섭게 쏘아보았다.

"어떻게 그럴 수 있겠나? 확실한 증거고 확신이고 없었고, 있었던들 박사 한 명을 밀고한다고 뭐가 바뀌겠어? 교수상회는 주도면밀한 조직일 테지. 가지타로 씨의 서재에 있는 서류를 활용해 경찰이 얼마나 유효하게 수사할 수 있을지 의문이야. 게다가……, 보여주려 해도 이미 늦었어."

그 말씀이 옳은지 그른지에 대해서는 아무 언급도 하지 않겠습니다, 하고 하스노는 흥미 없다는 듯 말했다.

"다만 무라야마 가지타로 박사님이 사람을 확실하게 판단한 건 분명하군요. 무정부주의자라는 낌새를 약간 풍겨도, 여러분이 경찰에 알리거나 본인을 멀리하지 않으리라고 꿰뚫어 본 거겠죠."

"그렇겠죠."

우쓰기 씨는 혼자 차분한 태도로 살짝 웃음을 지었다.

"더구나 다들 가지타로 박사님을 아주 존경했습니다. 아니, 적어도 나는요. 가지타로 박사님은 신비한 분이셨거든요. 생각해보면 박사님은 그야말로 무정부주의자이셔야 했던 사람이었다고 할수 있을지도 모르겠습니다. 뒷전에서 그런 위험한 활동을 하시다니, 그분께 정말 잘 어울려요.

가지타로 박사님은 이런 집을 지을 만큼 많은 유산을 상속했고, 학자로서도 유명하셨습니다. 본인의 그런 복 받은 환경을 당연하게 활용해서 안온한 삶을 사셨다면, 오히려 인생에 불성실한 듯한 인상을 받았겠죠. 요컨대 가지타로 박사님이 무정부주의자가되신 건 이해해야 할 점이라고 나는 느꼈습니다."

"흠, 맞아. 난 무정부주의에 대해 진지하게 생각해본 적 없지만, 격렬한 의지를 품어야만 유지되는 인간성도 있는 법이겠지. 그매력을 부정할 생각은 없어. 거기 자네도 도둑 친구와 가까이 지내지?"

시라키 씨가 나를 보고 말했다. 나는 아, 네, 하고 꺼벙하게 고개를 끄덕였다.

"저는 혈연관계예요. 사상이 어떻든 인연을 끊을 수는 없죠."

미나카미 부인까지 그렇게 말하자 어째선지 이쿠시마 씨는 당황했다.

"아니, 나도 딱히 경멸하는 건 아니야. 물론 박사님은 존경할 만한 사람이었지만……."

잘 알겠습니다, 하고 하스노는 그의 말을 막았다.

"그럼 무라야마 고도 박사님은 어떻습니까? 아무래도 고도 박사님 역시 과거에 교수상회의 일원이었다고 볼 수밖에 없지 않을까 싶은데요."

사건을 순서에 맞게 생각해보면 당연히 그런 결론이 나온다. 미나카미 부인이 보여준 교수상회 내부의 연락용 편지에 따르면, 고도 박사는 예전부터 교수상회에 감시당하고 있었다.

당장 죽이지는 않고 감시한다. 분명한 적대 관계라면 굳이 지켜볼 필요 없다. 그렇게 공을 들이는 이상, 고도 박사에게는 가치가 있었던 셈이다. 게다가 고도 박사는 가지타로 박사가 죽은 후에 고발을 시도했으니 그의 죽음을 계기로 고발을 결심했는지도 모르며, 그 고발은 가지타로 박사의 신변 문제에 그치지 않고 조직 자체에 타격을 줄 공산이 컸을 것이다. 고도 박사가 한때는 비밀 결사 내부에 있었다고 봐야 제일 앞뒤가 잘 들어맞는다.

이틀 전, 하스노를 만나러 왔을 때 부인이 그런 식으로 말했는데, 다른 용의자들도 이미 같은 결론에 다다른 듯했다.

"저도 숙부님을 대하는 고도 박사의 태도를 보고 그런 상상을 한 적은 있었어요. 너무 마음을 쓰려고는 하지 않았지만요."

"나도 그래. 고도 군은 가지타로 씨와 함께 오랜 세월을 보냈잖아. 어쩌면 법의학을 열심히 연구하게 된 후로 자신의 마음을 감추게 된 것 아닐까? 그런 기분이 드는군."

"고도 군이 젊은 시절에 무정부주의자였던 건 틀림없는 사실입니다."

우쓰기 씨가 단언했다.

"젊을 때는 자신의 생각을 감추지 못해요. 자신의 사상을 남에게 감추는 방법을 충분히 배운 후에야 정말로 어른이 됐다고 할 수 있겠죠. 20대 중반쯤까지는 고도 군이 무정부주의에 감화됐다는 게 똑똑히 느껴졌어요. 하지만 방금 시라키 씨가 말씀하셨듯이 점차 자신의 마음을 감출 수 있게 됐죠. 나이를 먹고 나서는 어땠는지 모르겠습니다."

하지만 우쓰기 씨도 가지타로 박사와 교제하면서 그가 비밀 결사와 관련이 있지 않을까 추측했다고 한다.

"확실히 나도 그런 생각을 해보지 않은 건 아니야."

이쿠시마 씨는 남은 음식을 받아먹으려는 것처럼 세 사람에게 알랑거렸다. 왠지 모르겠지만 아까부터 이쿠시마 씨는 세 사람과 하스노, 그리고 내 안색을 살피며 형세를 가늠하는 태도를 취했다.

하스노가 갑자기 이야기의 방향을 바꿨다.

"이쿠시마 씨는 무정부주의자 아니십니까?"

이쿠시마 씨는 하스노가 어떤 의도로 그런 질문을 했는지 전혀 이해하지 못한 듯했다.

"무슨 소리야? 무슨 근거로 그렇게 생각하는 거지? 내가 왜 폭탄을 폭발시키거나 하는 그런 놈들과."

"이쿠시마 씨, 하스노 씨는 이쿠시마 씨가 테러리스트냐고 물은 게 아닙니다. 무정부주의자냐고 물어본 거예요."

우쓰기 씨가 친절하게 보충 설명했다.

"……어느 쪽이든 난 아니야."

"네, 그렇겠죠. 시라키 씨는 어떻습니까?"

시라키 씨는 바로 대답하지 않았다. 잠시 후 하스노가 위축돼서 말수가 줄어들기를 기대하듯 위압적인 어조로 말했다.

"나도 네가 무슨 생각인지 잘 모르겠군. 가령 내가 무정부주의자라 치고, 그걸 물어봐서 어쩌자는 건가? 솔직하게 말할 리 있겠나? 설마 그런 식으로 누가 범인인지 본인이 알려주기를 바라는거야?"

"음, 물론 본인이 알려주는 게 제일 낫겠죠. 가장 간단하고 확실하니까요. 우쓰기 씨는 어떠십니까? 무정부주의자십니까?"

"아니요."

우쓰기 씨 혼자 유쾌해 보였다.

미나카미 부인은 가만히 상황을 지켜보고 있었다. 하스노가 전에 같은 질문을 던졌으므로, 의도는 깨닫지 못할지언정 당황하지는 않았다.

나는 하스노의 질문에 담긴 의미가 뭔지 그저께는 몰랐지만, 오늘 드디어 알아차렸다. 이 질문은 내가 미나카미 부인의 태도에서 느낀 의문에 연결된다. 그들은 자신들 사이에서 무정부주의자 비밀 결사에 속한 살인범을 찾아내겠다면서, **무정부주의적인 방법**

을 사용하려 한다.

경찰조직을 개입시키기 싫다는 것이다. 왜 그런 합의가 이루어졌을까? 그런데도 다들 자기가 무정부주의자는 아니라고 한다.

시라키 씨는 고토쿠 사건 때처럼 경찰이 강권을 휘두를 가능성을 우려한다. 그래서 빨리 범인을 찾아내고 싶다고. 이 의견은 이상하지 않나 싶었다. 그들의 친구 히라노는 특고과장이다. 아무리 그래도 공정하게 수사해달라는 요청 정도는 할 수 있지 않을까? 범인을 못 본 척 넘어가 달라고 하는 건 무리겠지만. 툭하면 넷이 모여서 상의하는 쪽이 훨씬 수상하고 위험하지 않을까?

이 일의 배후에서 뭔가가 꼬이고 있다.

갑자기 문이 열렸다. 모두 일제히 그쪽을 보았다. 고개를 들이민 건 하오리 없이 기모노를 약식으로 입은 스무 살 정도의 청년이었다.

"아."

약삭빠르게 생긴 이 청년이 말로만 듣던 서생 미야오일 것이라고 나는 짐작했다.

그는 할 말을 준비했지만, 막상 문을 열자 말문이 막힌 듯했다. 분명 나와 하스노가 있을 줄은 몰랐기 때문에 당황한 것 아닐까 싶었다. 드디어 그가 입을 열었다.

"뭐 하세요? 내내 묘한 상의만 하시고⋯⋯, 경찰이 이상하게 생각할 겁니다. 무슨 이야기예요?"

"당신하고는 관계없는 일이에요."

미나카미 부인이 즉시 대꾸했다. 서생은 물고 늘어졌다.

"가르쳐주시면 뭐 어때서요? 제 입장이 돼보시라고요. 같이 생활하는 집에서, 살인사건 용의자들이 이마를 맞대고 뭔가 상의하면 걱정되는 게 당연하잖아요. 이러다가는 제가 경찰에 상담해야 할지도 몰라요."

"경찰과 상담해야 할 것 같으면 꼭 그러도록 해요. 지금 이 자리에는 친숙하지 않은 손님도 계세요. 사건이 일어났다고 예의 없이 행동하는 건 도리가 아니에요."

서생은 다시 입을 다물었다. 결국은 자신을 바라보는 여섯 사람의 시선을 이기지 못하고 머쓱하게 식당에서 나갔다. 그는 친숙하지 않은 손님이라고 소개된 하스노를 보고, 정말로 사람들과 친숙한 사이가 아닌지 의심하는 표정이었다.

그저께 부인은 서생에 관해 거의 언급하지 않았고, 오늘 역시 지금까지 누구도 그를 화제에 올리지 않았다. 그가 난입하자 온실에 느닷없이 바람구멍이 뚫린 것 같은 기분이었다. 나는 이 기묘한 용의자 집회에서 느껴지는 것과는 또 다른 찜찜한 분위기를 미야오에게 느꼈다. 아주 잠깐 얼굴을 마주했지만, 용의선상 밖에 있을 서생이 이상하게도 그 누구보다 사건에 당황한 것 같은 낌새가 내게도 전해졌다.

"서둘러 범인을 찾아내야 해. 그렇지 않나?"

문이 닫히자마자 시라키 씨가 모두에게 말했다. 미야오를 쫓아내 바람구멍을 막음으로써 네 사람은 안심했다. 그들은 서로 의심하는 한편으로, 특별한 범죄 혐의가 있는 사람들끼리 연대감을 품은 것 같기도 했다. 그들은 내가 이상하게 느낀 미야오의 태도에 신경 쓸 겨를이 없는 듯했다.

"무정부주의자니 뭐니 그런 이야기는 이제 그만하지. 누가 고도 군을 살해했느냐. 그게 문제야."

드디어 이야기가 구체적인 사건 검증으로 넘어갔다.

넷 다 알리바이가 있는지 없는지 경찰이 확인했다. 한밤중에 일어난 사건이니 알리바이는 없는 것이 보통이다. 방에서 혼자 자고 있었다는 둥, 심야에 거리를 산책하러 나갔다는 둥 각자가 주장했다.

"아참, 하스노 씨는 아직 모르시겠지만, 경찰에 따르면 아즈마바시 다리에서 발견된 칼과 손수건에 묻은 피는 혈액형이 고도 박사의 것과 일치했대요."

무라야마 고도 박사가 소속돼 있었던 연구소에서 감정했다고 한다.

흉기가 들어 있던 양철 깡통은 무라야마 저택에서 5킬로미터 남짓 떨어진 곳에서 발견됐지만, 당일 다른 사건이 보고되지 않고 혈액형까지 일치했으므로 경찰은 그 칼이 범행에 사용된 흉기가 틀림없다고 판단했다.

"그래서 칼이 들어 있던 양철 깡통을 경찰이 자세히 검사하자 난처하게 됐어요."

미나카미 부인이 변명을 재촉하듯 이쿠시마 씨에게 시선을 주었지만, 그는 뭐야, 왜 내가 설명해야 하는데, 하고 요청하기도 전부터 퉁명스럽게 벋댔다. 아무래도 어제 신문에도 났었던, 이쿠시마 씨가 경찰에 연행된 일에 관한 이야기 같았다.

　"칼과 피투성이가 된 손수건에서는 지문이 검출되지 않았지만, 양철 깡통에서 이쿠시마 씨의 지문이 검출됐어요."

　범인이 그 칼로 고도 박사를 살해했다고 판단한 경찰은 용의자의 지문을 채취했고, 양철 깡통에 남아 있던 지문은 이쿠시마 씨의 것으로 판명됐다.

　당연히 그 깡통의 출처가 문제시됐다.

　"이쿠시마 씨 말씀으로는, 그 양철 깡통은 사건이 발생하기 약 2주 전부터 이쿠시마 씨가 댁의 정원에 내놓아둔 물건이래요. 고물 장수가 가지고 가도록요. 그렇죠?"

　"맞아. 좀처럼 가지러 오질 않아서 이런 사달이 나고 말았지."

　2주 전부터 이쿠시마 씨는 집의 잡동사니를 모아서 처마 밑에 쌓아두었다. 양이 많았으므로 고물 장수는 날을 정해서 가지러 오기로 했다.

　사건이 발생한 일요일, 고물 장수가 잡동사니를 가지러 왔지만 알아서 가져가라고 미리 분부해놓았으므로 깡통이 하나 없어진 줄 몰랐다고 이쿠시마 씨는 말했다. 비슷한 깡통이 많아서 하나쯤 사라진들 눈에 띌 리도 없었다. 어쨌거나 지문까지 발견됐으니, 흉기가 들어 있었던 깡통이 원래 이쿠시마 씨의 정원에 있었던 물건이었음은 부정할 방도가 없었다.

"담장 밖에서 처마 밑을 살피면 양철 깡통이 보이니까, 정원에 들어오면 누구라도 가지고 갈 수 있었어. 내 지문이 남아 있었다면, 범인이 그걸 예측하고 사용한 거야. 그것밖에 없어."

"네, 어쩌면 그럴지도 모르죠. 하지만 이쿠시마 씨께 불리한 점이 한 가지 더 판명됐어요."

사건 당일 아침, 양철 깡통이 발견된 아즈마바시 다리에서 이쿠시마 씨를 목격한 인물이 발견됐다.

경찰은 다리 주변에서 탐문 수사를 진행했고, 사건 당일 오전 4시경에 아즈마바시 다리를 지나간 신문 배달부에게 중산모를 쓰고 지팡이를 짚은 양복 차림 남자를 목격했다는 증언을 얻었다. 풍채로 보건대 이쿠시마 씨 아니겠느냐는 의혹이 싹튼 데다 지문까지 검출되는 바람에 이쿠시마 씨는 연행되기에 이르렀다.

경찰서에서 이쿠시마 씨는 신문 배달부와 대질했다. 신문 배달부는 이 사람이 틀림없다고 다시 증언했고, 경찰은 이쿠시마 씨에게 설명을 요구했다.

"난 산책을 했어. 그것도 밤새. 정말인데 어쩌겠어."

이쿠시마 씨는 토요일 밤 오후 10시경부터 일요일 오전 5시경까지 일곱 시간이나 산책을 했다고 한다.

믿기 어려웠지만 이쿠시마 씨는 사실이라고 주장했다. 물론 증명할 수는 없다.

"잡념이 멈추지 않을 때면 가끔 그런 짓을 하곤 하지. 아내도 아는 일이야."

그래도 경찰은 여전히 이쿠시마 씨에게 짙은 혐의를 두고 있다.

회사에서 연행된 이쿠시마 씨는 오랫동안 취조를 받았지만, 방금과 똑같이 진술을 되풀이했고 취조가 교착 상태에 빠지자 경찰은 일단 그를 방면했다. 역시 특고과장 히라노와 아는 사이라는 점이 유리하게 작용한 듯했지만, 공연히 도주를 시도하지는 말라고 단단히 못을 박았다고 한다. 초면인 이쿠시마 씨가 무뚝뚝하고 불쾌해 보이는 건 그의 성격 때문만이 아니라 경찰에 찍혔다는 걱정때문인 듯했다.

"자네한테 그렇게 고민이 많을 줄은 몰랐는데. 밤새 돌아다니면서 생각해야 할 일이 대체 뭐란 말인가? 정말로 용케 경찰이 납득하고 넘어갔군."

시라키 씨의 말에 이쿠시마 씨는 잘못 쓴 문서를 쓰레기통에 던져 넣는 것처럼 대답했다.

"그야 이런 시국이니까요. 불황이고, 저한테도 고민할 자유 정도는 있잖습니까."

어제 하루 동안 이쿠시마 씨를 향한 의혹의 말들은 다 쏟아져 나왔고, 지금은 짜내고 남은 찌꺼기가 흘러내린 것 같았다. 잠자코 있는 미나카미 부인과 우쓰기 씨가 이쿠시마 씨를 관찰하는 눈에도 신중한 의혹이 깃들어 있는 것처럼 보였다.

하지만 이쿠시마 씨의 혐의에는 많은 의문이 있다.

"어, 그러니까 경찰은 이쿠시마 씨가 양철 깡통을 다리 위에서 내던지려 했다고 판단했다는 거죠? 실은 강에 가라앉히고 싶었지만, 실수로 난간 부근에 떨어졌다. 그런 겁니까?"

하스노가 입을 열지 않길래 내가 물었다.

"그래. 아니, 아무튼 경찰은 그렇게 생각해."

양철 깡통은 찌그러져서 뚜껑을 덮어도 제대로 닫히지 않는 상태였다고 한다. 그걸 끈으로 묶어놓았다. 강에 던진 후 물이 들어가서 깡통이 가라앉도록 조치를 취한 것이 아닐까 싶다.

이쿠시마 씨는 어째선지 스스로 논리를 세워 반론하려고는 들지 않았다. 초조해서 머리가 돌아가지 않는 걸까. 아니면 이미 반론을 끝내서 지쳤는지도 모르지만, 나는 당연히 꺼내야 할 의문을 입에 담았다.

"그렇다 치더라도 왜 아즈마바시 다리에 흉기가 남아 있었던 걸까요? 이쿠시마 씨는 걸어서 가셨잖아요? 자동차를 타고 지나가다 창문으로 던졌다면 모를까, 걸어온 사람이 강바닥과 착각해 다리 위에 투기하고 그냥 간다는 게 말이 될까요?"

"그야 모를 일이죠. 저였다면 깡통을 버리려 할 때 누가 지나가면, 당황해서 적당히 내던지고 도망쳤을 거예요."

미나카미 부인이 새치름하게 말했다.

하지만 그대로 수긍하고 넘어갈 수는 없었다. 이치에 맞지 않는 점이 많았다.

일단 범인은 왜 칼 따위의 물품을 아즈마바시 다리까지 가서 스미다가와강에 버려야 했을까. 그렇게 멀리까지 가지 않아도 시체 발견 장소인 무라야마 저택 바로 근처에 에도가와강과 연못이 있다. 거기에 던져 넣으면 간단하다. 그런데 고도 박사를 살해하고 나서 굳이 5킬로미터 밖까지 가지고 간 셈이다.

"그러니 이쿠시마 씨가 범인이라도 흉기를 소지한 채 아즈마바시 다리까지 산책하러 갈 필요는 없겠죠? 결국 범죄 혐의만 받게 됐으니까요."

"……그렇지."

이쿠시마 씨가 대답했다. 여전히 내가 동석하는 걸 인정하지 않는 건지, 그의 혐의에 의문을 제기하고 있는데도 내게 동의하기가 싫은 듯했다.

"그렇다면 혹시 누군가가 이쿠시마 씨께 죄를 뒤집어씌우려 한 걸 수도 있겠죠? 이쿠시마 씨 댁의 정원에서 양철 깡통을 훔치고, 흉기를 그런 곳에 버렸으니까요."

나는 말을 마치고 나서야 너무 직설적인 표현이었나, 아니면 외부인인 내가 꺼낼 말은 아니었나 하고 후회했다. 이 가능성은 아직 입 밖에 꺼내서 검토하지 않는지 용의자 네 명은 나뭇잎을 손가락으로 튕긴 것처럼 몸을 떨며 긴장된 모습을 보였다.

"맞아. 확실히 그렇게라도 생각해야 말이 돼. 누군가 날 지켜보고 있었던 건가? 그럴지도 모르잖아?"

내 지적에 이쿠시마 씨는 태도를 바꿔서 다른 세 명에게 엉겨 붙을 것처럼 말했다.

애당초 고도 박사의 시체를 처리한 방법에도 큰 의문이 남는다. 범인은 왜 시체를 무라야마 저택의 정원에 버렸을까?

분명 좀 더 좋은 방법이 있을 것이다. 어차피 다른 곳으로 운반할 바에야 그야말로 강이나 연못에라도 버리면 그만이다. 그러면 오랫동안 발견되지 않을지도 모른다. 흉기도 범행에 사용된 것이 틀림없으리라고 추정됐을 뿐, 지문 따위의 증거가 남아 있지는 않으니까 굳이 시체와 따로 처분할 필요는 없다.

그렇다면 그것도 시체를 빨리 발견시켜서 이쿠시마 씨든 누구든, 남에게 죄를 뒤집어씌우기 위한 공작이었을까.

용의자 중 한 명인 미나카미 부인은 일어나지도 않은 싸움을 진정시키려는 듯 말을 꺼냈다.

"만약 그렇다면 정말로 비열한 짓이에요. 남에게 자신의 죄를 덮어씌우려 하다니."

"살인범이야, 도시코. 당연히 비열할 테지."

"네. 하지만 사람을 죽이는 비열함과 남에게 죄를 덮어씌우는 비열함은 서로 종류가 다르겠죠? 제가 절대로 남을 죽이지 않는다고 보장은 못 해요. 어쩌면 저한테도 그만큼 격한 감정이나 타산은 있을지도 모르죠. 그리고 그랬을 때는 가능하면 벌을 면하고 싶을 테고요. 그렇지만 자기 죄를 남에게 덮어씌우고 관람석에서 구경하듯 그 모습을 태연히 바라보다니, 물론 세상에 그런 사람이 있다는 건 알지만, 저로서는 그런 정신 상태가 상상이 안 되네요."

예상치 못한 의견이었다. 너무 정직하거나 너무 뻔뻔하거나 둘 중 하나였다. 그래도 부인은 확실히 말해둬야 한다고 생각한 듯했다.

"동감입니다. 나도 그런 건 못 견딜 거예요."

우쓰기 씨가 동의했지만, 시라키 씨는 일고의 가치도 없다는 듯 말했다.

"그렇게 선언해서 뭘 어쩌자고? 믿으라는 건가? 그런 이야기는 무의미해.

그런데 이쿠시마 군. 누군가 자네에게 죄를 뒤집어씌우려 했다고 치고, 그날 밤 자네가 아즈마바시 다리에 갔었다는 걸 누가 알고 있었지? 그걸 알아야 자네에게 죄를 뒤집어씌우든 말든 할 것 아닌가."

마음 가는 대로 정처 없이 걸음을 옮겼을 뿐이라, 누구도 자기가 그 근처를 거닐 줄은 몰랐을 거라고 이쿠시마 씨는 말했다.

"그렇지? 그리고 만약 알았더라도, 자네가 아즈마바시 다리에서 신문 배달부에게 목격당할 것까지 알지는 못하겠지. 범인은 어떻게 다리에 깡통을 투기하는 것이 상책이라고 결정한 걸까?"

"저는 눈치채지 못했지만 어디선가 봤을지도 모르죠. 밤중이지만 자동차가 지나다니기도 했으니까요."

"신문 배달부에게 목격당했을 때는 어땠나? 그때도 근처에 자동차가 있었나?"

"아니, 그건……."

"역시 다리 위에서 목격되고 나서는 너무 늦지 않겠어요? 고도 박사는 자정부터 오전 2시 사이에 사망했잖아요. 범인이 그로부터 두 시간도 넘게 지난 후에 이쿠시마 씨가 목격됐다는 이유로 흉기를 아즈마바시 다리에 버려야겠다고 마음을 바꿨을까요? 그때는 이미 흉기를 처분하고도 남았겠죠."

미나카미 부인의 말에 이쿠시마 씨는 입을 다물었다.

도움의 손길을 내밀 듯 우쓰기 씨가 말을 꺼냈다.

"아니면 우연일 수도 있습니다. 범인이 깡통을 아즈마바시 다리에 투기한 것과 이쿠시마 씨가 거기를 지나가다 신문 배달부에게 목격된 건 아무 상관없는 일일지도 몰라요. 좁은 뒷골목에서 그런 일이 벌어진다면 수상하겠지만, 그 커다란 다리를 범인과 이쿠시마 씨가 지나가는 건 있을 수 있는 일 아니겠습니까?"

"네. 하지만 그렇다면 역시 범인이 깡통을 거기에 버린 이유가 있어야겠죠? 그게 뭔지 확실히 밝혀진다면 우연이라는 의견도 받아들일 수 있을 테지만……."

"버린 이유는 짐작해볼 수 있지 않겠나?"

시라키 씨가 떠나려는 미나카미 부인의 어깨를 잡고 제자리에 되돌리는 것처럼 말했다.

"예를 들어 고도 군이 이 저택에서 살해당했다면? 그럼 시체를 어딘가에 버려야 해. 집에 놔뒀다간 간단히 붙잡히겠지. 하지만 시체를 들고 담장 밖으로 나가기는 무섭지 않겠나? 늦은 밤이라도 들키지 않는다는 보장은 없으니까 말이야. 옮기는 것도 고생이고.

그래서 정원에 버려뒀다고 하면 어떨까. 외부에서 침입한 자의 소행으로 꾸며야 하니 철문에 피를 발랐고, 그것만으로는 부족하다는 생각에 흉기를 멀리 버리러 갔다면? 되도록 먼 곳에 버려야 범인이 외지인처럼 느껴지겠지? 그렇다면 5킬로미터 밖의 아즈마바시 다리까지 갈 수도 있지 않겠어?"

시라키 씨의 가설이 한순간 용의자들 사이에서 현실미를 내뿜었다. 나는 미나카미 부인을 주시했다. 그저께 하스노에게 이야기했을 때와 같은 태도라 동요한 낌새는 찾아볼 수 없었다.

"집 어디에도 핏자국은 없었는걸요."

"미리 뭔가 깔아놔야겠지. 욧잇을 몇 장 겹쳐놓고 그 위에서 찌르는 거야."

"정원이든 방이든 욧잇 같은 걸 깔아두면 이상하지 않을까요? 그 위에 세우고 찌르다니, 대체 고도 박사에게 뭐라고 부탁하면 그럴 수 있을까요?"

"그건 그렇지만……."

"과연 잘될지 모를 방법이잖아요. 그럴 바에야 뒤에서 단단한 물건으로 때리는 편이 쉽지 않겠어요? 피도 별로 안 나겠죠? 그럼 박사를 집 안 어딘가에 숨겨두면 돼요. 넓으니까 하루 이틀 정도는 들키지 않을걸요. 사람들에게 심부름이라도 시켜서 집을 비운 후, 자동차라도 빌려서 어딘가에 처분하면 되지 않겠어요? 굳이 칼로 찔러서 뒤처리에 고생할 필요는 없겠죠."

"……어허, 알아. 안다고. 하지만 그래서는 아무것도 증명할 수 없잖아. 이럴 때는 모든 가능성을 검토해봐야 하는 법이야."

저도 잘 알아요, 하고 미나카미 부인은 쌀쌀맞게 말했다. 부인은 시라키 씨가 펼쳐놓으려던 소송장을 대번에 접어버렸다.

"지금 도시코 씨가 한 말은 중요합니다. 우연이 아니라면, 좀 더 안전하고 덜 성가신 방법이 있는데도 칼로 찔러 죽인 것과 흉기를 먼 곳에 버린 것을 고려하건대 범인이 뭔가 계략을 세웠음을 의심하기 힘들겠군요. 역시 남에게 죄를 뒤집어씌우려 한 건가."

우쓰기 씨의 말이 옳을지도 모른다. 그밖에 다른 설명은 떠오르지 않았고, 실제로 이쿠시마 씨가 의심받는 지경에 처했다. 하지만 이쿠시마 씨의 행동을 어떻게 알았는지는 여전히 수수께끼고, 이쿠시마 씨의 혐의도 아직 결정적이지는 않다.

아무도 해답을 내지 못했고, 더는 논의에 진전이 없었다.

무라야마 고도 박사의 가방에서 발견된, 타자기로 작성한 편지로 이야기가 옮겨갔다.

"어떤 내용이었는지 모르지만, 나는 바클리 씨가 무정부주의 비밀 결사와 관계가 있었을 것 같지 않은데."

"내 생각도 그렇습니다. 편지는 교수상회와 무관하지 않을까요?"

편지의 수신인인 가나다의 바클리 씨는 원래 시라키 씨가 무라야마 가지타로 박사에게 소개해준 인물이었다. 많은 사람이 모이는 연회장에서만 교류했고, 가지타로 박사와 내밀하게 만났다고 보기도 힘들다. 두 사람의 친분도 바클리 씨가 의리 있는 사람이기 때문에 이어졌을 것이라고 한다. 그런 사람과 편지를 주고받았으니 사건과는 무관하지 않겠느냐는 것이 시라키 씨와 우쓰기 씨의 의견이었다.

미나카미 부인은 그 사실을 알고 있었는지 몰랐는지 아무 말도 하지 않았다.

"고도 군은 그런 줄 몰랐을 수도 있겠죠. 하지만 편지를 읽어보지 않고서는 모르겠군요. 어쨌거나 범인이 뭔가 이유가 있어서 일부러 개봉한 편지니까요."

부인 외의 세 명은 편지 내용을 전혀 모르는 눈치였다. 경찰은 부인에게 내용을 밝혀서 바클리 씨의 신원을 알아냈으므로, 다른 용의자들에게는 내용을 밝힐 이유가 없었는지도 모르겠다. 미나카미 부인도 굳이 알려줄 마음은 없는 듯했다.

뭔가 감춰두고 싶은 사실이라도 있는 걸까? 히라노라는 지인이 경찰에 있으니, 결국은 그들에게 내용이 전해질 수도 있는데.

부인의 표정을 관찰하던 하스노도 결국 아무 말 없었다. 서생이 난입한 후로 그는 쭉 침묵을 지켰다.

"그래, 그게 묘해. 범인은 뭣 때문에 편지 첫째 장을 고도 군의 가방에 남겨두고 간 걸까?"

연구소 사람의 말에 따르면 고도 박사는 편지 십수 통을 가방에 넣고 퇴근했다. 시체가 발견됐을 때 편지가 전부 사라진 건 범행에 교수상회가 관련됐다고 보이는 이상 당연한 일이지만, 왜 바클리 씨 앞으로 쓴 편지의 첫째 장만 남아 있었을까.

"한 장만 남아 있었던 것 자체는 설명할 수 있을 것 같은데. 피가 묻었다고 하니까요. 요컨대 편지를 개봉해서 읽다가 실수로 편지지 한 장에 피해자의 피를 묻힌 거겠죠. 그걸 다른 편지와 함께 가지고 가면 여기저기 피가 묻을 테니, 피해자의 가방 속에 놓아두었다고 보면 어떻겠습니까. 어차피 비밀 결사와는 무관한 편지 같다면서요?"

이쿠시마 씨가 그렇게 말했다.

시체와 함께 발견된 고도 박사의 가방은 바깥쪽 이상으로 안쪽에 피가 배어 있었다고 한다. 피에 젖은 뭔가를 한때 넣어둔 것이다. 그 뭔가는 버려진 흉기와 손수건으로 보는 것이 자연스럽다. 고도 박사를 살해한 후, 일단 피해자의 가방에 넣어두었다가 이쿠시마 씨 집의 정원에 있던 양철 깡통을 가져와서 옮겼다. 따라서 피 묻은 편지도 그때 함께 가방에 넣은 것 아닐까. 칼과 손수건은 꺼냈지만 편지는 깜빡했든지, 아니면 남겨둬도 상관없다고 판단했다. 그렇게 생각하면 대강 앞뒤가 맞는다.

"하지만 그래서는 애당초 왜 범인이 그 자리에서 편지를 읽으려 했는지 전혀 설명이 안 되지 않나? 그거야말로 문제일 텐데. 사람을 죽이고 뒤처리를 하느라 전무후무하게 바쁠 때, 왜 한눈을 판단 말인가?"

"전무후무하다고는 할 수 없겠죠. 어쨌거나 비밀 결사에 속한 인물이잖습니까."

"가지타로 씨에게 급하게 지명받았는걸? 분명 처음이겠지. 아니, 설령 처음이 아니더라도 쉬운 일은 아닐 텐데? 그렇지 않나? 다른 편지는 가지고 갔어. 그 편지도 시체를 처리한 후 찬찬히 읽어보면 될 일이야. 따라서 그 편지는 화급히 확인해야 할 만큼 범인에게 중요한 편지였겠지. 그렇게밖에 생각할 수 없지 않겠나?"

우쓰기 씨가 반론에 나섰다.

"아까 바클리 씨가 비밀 결사와 관계가 있었을 것 같지 않다고 말씀하셨잖습니까. 나도 동감입니다! 편지가 중요하다고 하면 이치에 맞지 않아요. 정말로 중요하다면 피가 묻었다는 이유로 현장에 남겨두고 가지도 않겠죠."

"……아니, 현장에 남기고 갈 수는 있겠지. 그래, 뭔가 남겨둠으로써 수사에 혼란이 오거나, 상황이 범인에게 유리해지는 것 아닐까?"

"그렇게 딱 와닿지 않는군요. 대체 어떤 경우일까요? 편지에 범인은 아주 훌륭한 사람이라 비밀 결사 따위에 소속되지 않았으며 살인을 저지를 리 없다고 적혀 있거나, 반대로 누군가는 성격이 흉악해서 살인마가 되기에 충분하다고 적혀 있다, 뭐, 그런 말씀이십니까? 범인이 그 한 장을 일부러 빼놓은 건 명백한 사실이니까 설마 경찰도 그런 술수에 걸려들지는 않겠죠?"

그런 내용은 아니다.

"아니면 그렇지. 범인 입장에서 공개해야 할 뭔가가 적혀 있는지도 몰라. 공개해야 하지만 자기 입으로는 말할 수 없는 사실이. 범인이 알고 있으면 이상한 사실이."

"역시 와닿지 않는걸요. 결국 현재로서는 공개되지 않았으니까요. 경찰만 알고 있을 뿐이죠. 얼토당토않은 말씀은 아니지만……, 편지 내용이 뭔지 모르는 이상, 고민해본들 소용없을지도 모르겠습니다."

우쓰기 씨는 그렇게 말을 마무리했다.

아무도 말을 꺼내지 않아서 식당은 오랜만에 조용해졌다. 공기는 아주 탁했다. 넷 다 토론에 지쳤는지 목을 돌리고, 등받이에 기댄 몸을 뒤로 젖힌 채 심호흡을 했다.

이틀 전 미나카미 부인에게 사건 이야기를 듣고 무라야마 저택에 오기까지 나는 용의자 네 명이 공모했을 가능성을 염두에 두고 있었다. 하스노가 탐정으로 나서줬으면 한다는 미나카미 부인의 이해할 수 없는 의뢰에 함정 아니냐는 걱정이 머릿속을 떠나지 않았고, 그들이 세운 계획의 희생자나 그게 아니더라도 목격자로 삼기 위해 여기로 부른 게 아닐까 싶었다.

하지만 그들의 이야기를 들어보자 내 걱정은 빗나간 것 같았다. 적어도 네 명이 진심으로 범인을 찾기 위해 논의한다는 건 의심할 여지가 없어 보였다. 그들은 너무나 진지했다.

물론 그런 것치고는 뭐라 형용하기 힘들게 어처구니없는 분위기가 그들의 논의에 감돌고 있기도 했다. 대체 무엇 때문일까. 그저 그들의 지위와 열의를 다한 탐정 흉내가 어울리지 않을 뿐인 걸까? 두 가지 상반된 인상을 설명할 적절한 말이 떠오르지 않았다.

"어떻습니까, 하스노 씨? 당신은 탐정 자격으로 여기 왔잖아요? 질문을 던지거나 의견을 말해봐도 좋을 것 같은데요."

우쓰기 씨는 조정자 역할을 기대하는 듯한 눈치였다. 서기관 같은 표정으로 오로지 용의자들의 이야기를 조용히 듣고 있던 하스노가 탁자까지 다가가서 네 사람을 내려다보았다.

"지금까지는 어느 분도 허점을 드러내지 않으신 것처럼 보였습니다."

용의자들은 새삼 얼굴을 마주 보았다.

"뭐, 이쿠시마 씨께 여러 가지 의혹이 제기된 듯합니다만, 그걸 의심하는 역할은 경찰에 맡겨두면 되지 않을까 싶군요."

시라키 씨가 비아냥거리듯이 말했다.

"뭔가 물어볼 건 없고? 용의자에게 이것저것 꼬치꼬치 캐묻지 않고서는 탐정이라 할 수 없겠지. 우리가 무정부주의자인지 아닌지 그토록 궁금해했잖나?"

"글쎄요. 뭐랄까 물어보고 싶은 게 너무 많아서, 뭘 물어봐야 할지 모르겠습니다. 아참."

그때 누군가 문을 두드렸다. 하녀가 무표정한 얼굴로 들어왔다.

"저기, 형사님이 오셨는데요. 도시코 님께 여쭤볼 게 있답니다."

경찰의 방문을 알리는 것에도 이골이 난 모습이었다. 응접실에서라도 기다리고 있을 줄 알았건만 복도에서 발소리가 다가오더니 사복 형사가 예의 없이 고개를 디밀었다.

"아아, 미나카미 씨, 자꾸 번거롭게 해서 죄송하지만 박사님의 자산에 대해서 한 번 더 여쭤보고 싶어서요."

형사는 그제야 알아차린 것처럼 식당에 모인 사람들을 둘러보았다. 그리고 모르고 밟은 개똥을 바라보는 것처럼 내 옆쪽에 시선을 멈췄다.

"자, 자네는 누구야? 기자인가? 관계자야?"

"이쪽은 하스노 씨세요. 그……."

미나카미 부인도 경찰 앞에서 하스노에게 탐정 일을 부탁했다고 말하기는 힘든 것 같았다. 하스노라는 이름을 듣자 형사의 안색이 바뀌었다.

"너, 이 자식! 하스노였구나! 이런 곳에서 뻔뻔스럽게 뭘 하는 거야! 설명해! 아니, 됐어. 따라와! 이야기 좀 해야겠다."

흥분한 형사는 그럴 필요가 없는데도 하스노의 양털 양복 소매를 잡고 흔들었다.

이게 무슨 짓이란 말인가?

복도로 끌려가는 하스노에게 매달리다시피 하자 형사가 걸음을 멈추고 나를 노려보았다.

"자네는 또 뭐야?"

"어, 저는 하스노의 친구입니다만……."

"뭐야! 네놈도 도둑인가?"

"아니요, 그런 건……."

"그럼 무슨 관계인데? 말해봐!"

난감했다. 미나카미 부인은 하스노에게 탐정 일을 의뢰했다는 사실을 밝히고 싶지 않은 모양이었다. 알려주면 말썽이 생길 것이 당연했다. 나도 어디의 누구고 왜 여기 있는 건지, 뭐라고 변명하면 좋을까? 하스노와 함께 거동수상자 행세를 하는 수밖에 없을까.

"저도 사건에 전혀 관계가 없는 건 아닙니다. 그러니까, 제 조카가 사건에 관해 좀 아는 바가 있어서 경찰에 증언해야겠다고 결심했고, 그래서……."

형사는 반쯤 벌리고 있던 입을 다물고 잠시 생각에 잠겼다.

"이봐, 야나에 미네코라는 아가씨의 친척인가? 오늘 경찰서에 이야기를 하러 온다고 들었는데……, 잔말 말고 자네도 따라와. 이야기를 들어봐야겠군."

나와 하스노는 형사를 따라갔다. 당혹스러운 한편으로 형사가 용의자들의 모임에서 하필이면 탐정을 골라서 연행해 가는 것이 조금 우습기도 했다.

4

"우와, 많이 어두워졌네."

경찰서를 나서서 하늘을 올려다보자마자 나는 너무 많이 들이
마신 독기를 내뱉듯이 소리쳤다.

"그러게."

나는 품속의 회중시계를 꺼내 하스노 눈앞에 들이댔다. 오후 6
시가 지났다. 세 시간 가까이나 경찰서에 붙잡혀 있었던 셈이다.

왼쪽으로 빛바랜 저녁놀을 보며 나는 하스노와 함께 걸음을 옮
겼다.

우리에게 이야기를 들은 사람은 무라야마 저택에 나타난 형사
가 아니라, 그저께 밤에 하스노의 알리바이를 확인한 형사였다. 그
알리바이가 문제라 우리는 연행된 것이었다.

하스노는 그저께 심술궂은 친척과 그의 변호사가 자신의 알리
바이를 증명해줄 것이라고 형사에게 설명했다. 증인들에게 확인하
자, 그들은 4월 24일이 아니라 23일 밤에 하스노의 집을 방문했으
니 알리바이는 성립하지 않는다고 주장했다.

어찌 된 영문인지 추궁하기 위해 오늘 오전에 형사가 세타가야에 있는 하스노의 집을 찾아왔지만 그는 무라야마 저택을 방문하기 위해 집을 비웠다. 전력이 있으므로 경찰은 하스노가 도망친 것 아닌가 싶어 당황했다.

수사에 임한 형사들 모두에게 그 사실이 통지됐기에, 무라야마 저택에서 하스노를 발견한 그 형사는 자신의 용건을 제쳐놓고 하스노부터 연행한 것이다.

"그런데 자네 친척은 깜빡해서 틀리게 말한 건가? 아니면 일부러?"

"글쎄. 뭐, 일부러 그랬겠지."

하스노는 친척과 변호사의 말이 틀렸으니 아직 도쿄 시내에 머무르고 있는 그들에게 전화해서 올 때 어떤 기차를 타고 왔는지 등등을 세세하게 따져 물어보라고 형사에게 진언했다. 10분쯤 입씨름을 벌인 끝에 친척이 날짜를 착각했다고 인정해서 하스노의 알리바이는 증명됐다.

"그렇다면 그런 허위 증언으로 자네를 좀 골려줘야겠다고 마음먹었다는 거야?"

"간단히 해석하면 그렇게 되겠지. 보통 금요일 밤과 토요일 밤을 착각할까? 아직 일주일도 지나지 않았는데."

"자네 친척도 참 괘씸하군."

형사와의 면담은 불쾌했다. 우리가 무라야마 저택에 있었던 이유에 대해, 탐정 일을 의뢰받았다거나 하스노가 비밀 결사의 표적이 됐을지도 모른다는 이야기는 할 수 없다. 그래서 좀 흥미가 생겨서 방문했다, 우리와 전혀 무관한 일도 아니다, 뭣 하면 미나카미 부인에게라도 확인해봐라, 하고 둘러댔지만 형사는 거짓말하지 마라, 무슨 꿍꿍이냐, 돈을 뜯어낼 작정이냐, 아니면 실은 너희 둘이 범인 아니냐, 하고 잉크병으로 책상을 두드리거나 발을 쿵쿵 구르며 무섭게 을러댔다.

미나카미 부인이 동석을 허락했음을 이해시켜서 겨우 방면되기는 했다. 하지만 조카 미네코가 경찰서를 찾아왔을 텐데 모르느냐고 물어봐도, 모른다, 경찰서는 만남의 장소가 아니라는 식으로 대꾸할 뿐이라 어떻게 됐는지는 알 수 없었다.

우리는 미네코의 집으로 향했다. 이제 와서 무라야마 저택으로 돌아간들 뾰족한 수는 없을 듯해서 조카에게 경찰서에서 있었던 일의 자초지종을 들어보기로 했다. 시영전철을 타도 되겠지만 화가 치밀어서 어쩐지 머릿속이 정리되지 않을 것 같길래, 머릿속에 떠올린 형사의 얼굴을 지팡이로 쿡 찔러보거나 하면서 간다의 처갓집까지 걸어갔다.

하스노는 그런 대접을 받았는데도 화를 내지 않았다. 나는 그가 분통을 터뜨리는 모습은커녕 기분 나빠하는 모습조차 본 적이 없다. 하스노가 부당한 대접을 받아서 내가 기분 나빠하고 당사자인 하스노가 거기에 보조를 맞춰주는, 그런 기이한 구도였다.

"범인 찾기는 어때?"

나는 관찰력에 자신이 없어서 특별히 수상쩍게 여겨야 할 사람을 골라내지 못했다. 그래도 하스노는 그들 네 명이 진심으로 범인을 찾아내려 한다는 인상이었다는 내 의견에 전적으로 동의했다.

"그게 연극이라면 나와 이구치 군이 본 건 대체 뭘까? 장례식을 치르는 동안 내일 하스노라는 도둑을 탐정으로 부를 테니 그자 앞에서 열띠게 논의하는 모습을 보여주기로 협의했다는 뜻이겠지? 아무리 뭐래도 다들 연기력이 너무 뛰어나. 그건 진짜야."

"일이 묘하게 돌아가는군. 이보게, 뭔가 알아냈나?"

"흠. 그들은 확실히 진지했지만 누군가 한 명을 너무 몰아세우지도 않았잖아? 의외로 온화한 분위기였어."

"그래? 친분이 깊은 사이잖아? 그래서 그런 것 아닐까."

"글쎄. 그럴지도 모르지."

하스노는 주변을 둘러보았다. 그는 길을 이리저리 꺾으며 미네코의 집을 향해 나아갔다. 길이 점점 한적해졌다.

"이보게, 앞으로 어떻게 할 거야? 가지타로 박사의 서재는 충분히 조사했나?"

"거기는 이제 됐어. 크게 건질 건 없겠지."

"그럼 용의자들은? 결국 거의 아무것도 묻지 않았잖아? 그들을 한꺼번에 만날 기회가 또 있을까?"

"그것도 괜찮아. 그런 터무니없는 자리에서 꼭 물어봐야 할 점은 딱히 없으니까. 용의자들끼리 이쪽을 향했다가 저쪽을 향했다가, 마치 밀폐된 방에서 탁구공이 멋대로 튕겨 다니는 것 같은 토론이었어."

그들은 진지하지만 어처구니없다고 하스노는 말했다. 그 또한 내 인상과 일치했다.

"어쨌거나 무라야마 고도 박사를 살해한 범인을 진지하게 찾을 거면, 이구치 군의 말이 중요한 의미를 띠겠지."

"그들 네 명이 왜 필사적으로 범인을 찾아내려 하느냐는 그 말?"

"응."

나는 고개를 돌려서 초저녁 어두움과 함께 옆을 걷는 하스노를 바라보았다.

하스노의 얼굴은 약간 무기력해 보여도 단정함을 잃지 않고, 피곤해서 몸이 축 처지기는 해도 스스로는 결코 자랑하지 않는 자연미가 머리끝부터 발끝까지 배어 있다. 하지만 온종일 살인 용의자며 형사를 대하느라, 늘 빈틈없이 세상이라는 대도구에 녹아들어 있던 그의 모습이 오늘은 배경에서 벗어나서 겉돌았다.

하스노의 딱딱한 태도에 그러한 낌새가 희미하게 나타났다. 근원이 명확하지 않은 그의 인간 혐오가, 햇빛을 받은 유화에 자잘한 금이 가듯 표출되는 것이다. 금이 워낙 미세해서 여간 익숙하지 않으면 알아차릴 수 없다. 오랜 세월 관찰해오지 않은 사람이라면, 금이 간 걸 발견하더라도 원래 그렇겠거니 하고 넘어갈 것이다.

"하스노, 뭔가 짚이는 게 있는 것 아닌가? 난 뭐가 어떻게 된 건지 통 모르겠지만."

"짚이는 게 있다고 할 만큼 대단한 건 아니야. 냄새 같은 거지.

이상한 냄새. 가족끼리 단란하게 저녁을 먹다가 혼자 악취를 맡았다고 받아들여 주게.

어디서 풍기는 냄새인지도, 무슨 냄새인지도 몰라. 다락방에서 죽은 쥐가 썩는 냄새일지도 모르지만, 굳이 말을 꺼내서 만찬을 중단시킬 필요는 없겠지. 유독 가스가 새어 나온다면 큰일이지만, 그런 게 발생하는 낌새는 없어. 어쩌면 아내가 모두를 놀래주려고 부엌에 푸아그라 같은 진미를 감춰놨을 수도 있는데, 난리를 쳤다간 계획을 망칠지도 모르지."

하스노는 막되지만 명쾌한 비유로 설명했다.

나는 냄새를 전혀 맡지 못했다. 하스노는 냄새의 출처를 알아내기도 전에 섣불리 말부터 꺼내서는 안 되기에 잠자코 있는 듯했다.

"흐음……, 뭐, 됐어. 알았어. 그래서 어떻게 할 건데? 유독 가스일 가능성도 있잖아? 진지하게 범인을 찾을 마음은 있는 거야?"

"무슨 일이 벌어지고 있는지 모르는 이상, 범인은 찾아내는 편이 좋겠지. 그래, 데이코쿠 대학 법의학 연구소에는 다녀와야겠어. 거기 도둑이 들었다고 했잖아. 그런데 핑곗거리가 없군. 뭐라고 하면서 찾아가야 하려나."

"자네 모교의 시설이잖아?"

하스노는 모교라는 표현이 마음에 들지 않는 듯 인상을 잔뜩 찌푸렸다.

"경제학과 의학이니까 아무 상관도 없어. 이곳의 교수가 살해당했다는데 재미있어 보이니 사정을 알려달라든가 그런 소리는 못

해.”

　시영전철이 다니는 큰길을 가로질러 칠이 벗겨진 우편함이 있는 모퉁이를 돌아 나무 담장이 늘어선 휑한 가도로 나왔다. 주변은 이미 어둠에 뒤덮였다. 낯선 길이라 혼자라면 남자인 나도 지나가기가 내키지 않을 것 같았다.

　“어쩌면 꼭 알아야 할 건 미나카미 부인의 과거겠지. 가지타로 박사와 함께 구라파의 어느 나라에 갔었잖아? 특히 그때 있었던 일을 말이야.”

　“그래? 알아내기가 쉽지는 않을 텐데⋯⋯.”

　“부인에게 직접 물어보는 게 제일 덜 무례한 방법이겠지.”

　그래서야 도저히 탐정 같지는 않겠지만.

　“교수상회에서 과연 날 노리고 있는지도, 교수상회에 직접 연락해서 물어보는 게 최선의 방법이겠지. 그렇게라도 하지 않는 한 확실한 사실은 알기 힘들 테니, 언제까지고 마음을 놓을 수 없어. 실은 죄다 교수상회에 물어보는 게 제일 나아.”

　“제니라는 가게? 가볼 건가?”

　“대뜸 찾아가기는 역시 무서운걸. 좀 더 조사해봐야겠지.”

　길이 구부러졌고 앞쪽에 잡목림이 보였다. 더 나아가자 길 안쪽에 정차된 자동차가 작게 보였다. 그때였다.

　다섯 간쯤 앞쪽에서 꺾어지는 골목길에서, 어둠 속에 똬리를 틀 듯 뭔가가 꿈틀대는 기척이 느껴졌다.

　나는 놀라서 몸을 움츠렸다. 하지만 하스노가 뭔가를 분간한 듯 주저 없이 모퉁이로 달려가길래 몇 발짝 늦게 나도 따라갔다.

골목길을 들여다보자 누군가가 든 회중전등이 땅을 비추고 있었다.

동그란 불빛 속에 누군가가 쓰러져 있었다. 그 사람이 입은 기모노의 무늬가 낯설지 않았다.

"미네 짱! 어떻게 된 거야!"

하스노는 말없이 미네코에게 회중전등을 비추는 인물에게 다가갔다.

수상한 인물이 뒷걸음쳤다. 그리고 몽둥이 같은 물건으로 하스노를 위협하며 내가 있는 골목길 출구 쪽으로 달려왔다. 덤벼들 용기는 없어서 나는 그자를 피했다. 그자는 그대로 골목길을 나서서 자동차 쪽으로 뛰어갔다.

나는 내팽개쳐진 손수건처럼 땅에 쓰러진 미네코에게 달려가 무릎을 꿇고 몸을 흔들었다. 의식은 없었지만, 입가에 손을 대자 숨결이 희미하게 느껴졌다. 하스노가 라이터를 꺼내서 켰다. 가방에 들어 있던 신문지에 불을 붙여 미네코의 머리부터 발끝까지 세심하게 비추었다.

"심한데……, 뭐에 베인 거지?"

미네코의 오른쪽 발목은 검붉게 물들었고, 피는 골목길 안쪽으로 쭉 이어져 있었다. 불로 비추어본 얼굴은 불의 온기에도 불구하고 몹시 창백했다.

"피를 많이 흘렸군. 서두르지 않으면 큰일 나겠어."

"어쩌면 좋지? 험한 꼴만 당하는구나, 미네 쨩……."

하스노는 손수건을 꺼내서 미네코의 발목을 꽉 묶었다. 내가 앞쪽, 하스노가 뒤쪽에 서서 미네코의 하체와 상체를 각각 안아 올렸다. 오른쪽 다리를 몸통보다 높이 들도록 주의했다.

자동차를 찾아야 한다. 우리는 서둘러 큰길로 향했다.

*

장소는 Autre Temps라는 술집이었다.

조용했다. 북동쪽으로 1백 킬로미터쯤 떨어진 곳에서는 독일군이 이미 벨기에를 지나 프랑스 국경을 돌파했다. 많은 시민, 그리고 정부조차 피난을 떠나 파리의 밤은 텅 비었다. 조금 전에 딱 한 명 있던 늙은 단골손님이 의자가 옮겨지고 가게 상태가 달라졌다고 불평했다. 결국은 전쟁에 일상을 빼앗긴 것에 대한 불평이었다.

시계가 오후 7시를 가리켰을 때 들어온 동양인 신사가 아버지와 이야기를 나누는 모습을 로젤 르홍은 바 너머에서 바라보았다. 동양인으로서는 드물게 180센티미터에 80킬로그램은 되어 보이는 그 신사는 즉시 지하로 내려가는 안쪽 계단으로 안내받았다.

오늘 벌써 손님 일고여덟 명이 지하로 내려갔을 터였다. 생김새와 말투로 판단컨대 국적과 인종은 다양했다. 아버지는 옛날부터 전 세계에서 온 다양한 사람에게 지하실을 빌려주었지만, 로젤은 아버지가 지하에 모인 사람들과 뭘 하는지 알아낼 기회를 얻지 못했다.

동양인도 드물지 않게 찾아왔지만, 그 신사에게 동행이 있었던 건 별난 일이었다. 다른 손님들은 늘 혼자 왔다. 혼자 술집에 남아 신사를 기다리는 그 여자도 동양인치고는 키가 컸다. 로젤은 바에 앉은 여자에게 말을 걸었다.

"니하오."

"안녕하세요. 저는 일본인이에요."

로젤은 여자의 나이를 정확하게 가늠할 수 없었다. 펠트 코트에 치마 차림의 여자는 교사를 연상시키는 눈빛으로 로젤을 보았다. 이런 눈빛을 지닌 일본인은 달리 본 적이 없었다. 술집에는 전혀 어울리지 않는 인상이었다.

"뭘 드실래요?"

"아무거나요. 되도록 싼 걸로."

"그럼 물이 좋으려나? 어차피 전쟁이 시작된 후로 제대로 된 음료는 다 없어졌으니까요."

로젤은 잔을 여자 앞에 내려놓고 물었다.

"아까 그분은 아버지예요? 돌아오기를 기다리는 건가요?"

"아버지가 아니라 숙부님이세요. 네, 숙부님이 돌아오시길 기다리고 있죠."

"어머, 그렇군요. 같이 여행하는 건가요?"

"저희는 독일에 있었어요. 전쟁이 터질 것 같아서 이쪽으로 온 거예요."

"아아, 그랬구나. 무사히 독일을 빠져나와서 다행이네요."

전황은 혼잡했다. 하지만 로젤의 아버지는 어째선지 국내외는 물론 적국의 사정에도 정통해서, 로젤은 전쟁에 돌입한 독일이 얼마나 혼란스러운지 얻어들었다. 8월 초에 개전했을 때만 해도 아군으로 판단됐던 일본이 뜻밖에도 독일에 선전포고를 하자 독일에 체류하고 있던 일본인은 경찰에 잡혀가서 갇혔다.

"괜찮으면 거기서 뭘 했는지 들려줄 수 없을까요? 흥미가 생겨서요."

여자 말에 따르면 숙부 가지타로 무라야마는 인류학자로서 독일의 대학에 있었다. 여자, 도시코 미나카미도 숙부와 독일에 있는 동양인 학자의 연구에 협력했다.

"이야, 당신은 똑똑한 사람이로군요."

"아니에요. 정식으로 교육을 받은 건 아니거든요. 그저 숙부님께 배운 대로 연구를 도왔을 뿐이죠."

"몇 살인지 물어봐도 될까요?"

"서른네 살이에요."

로젤은 내심 놀랐다. 자기보다 열두 살이나 많지 않은가. 스물 예닐곱 정도일 것이라고 로젤은 예상했었다.

"가족은요? 둘뿐?"

"지금은요."

"옛날에는요?"

"남편이 있었어요. 물론 부모님도요."

"어떻게 됐는데요?"

"부모님은 제가 어릴 적에 돌아가셨어요. 남편과는 2년 전에 독일에서 헤어졌고요."

"저런. 나는 아버지는 계세요. 하지만 나도 결혼 직전에 연인과 헤어졌죠. 아이가 없어서 다행이었어요."

그 말에 도시코는 복잡한 표정을 지었다. 로젤은 도시코가 서른네 살이라는 사실을 새삼 떠올렸다.

"당신은 아이가 있나요? 있었나요?"

"있어요. 같이 살지는 않고요."

"왜요?"

"병에 걸려서 다른 사람에게 맡겼어요."

"어머, 큰일이네요. 왜 직접 돌보지 않는 거죠?"

"저희는 여기를 떠나야 하니까요."

도시코의 숙부 가지타로에게 제시된 의혹 때문이었다. 도시코의 설명에 따르면 프랑스 당국이 가지타로를 독일의 간첩으로 의심하고 있다고 한다.

일본이 최후통첩을 보내고 약간의 유예 기간을 거친 후, 8월 하순부터 중립국인 네덜란드, 스위스, 덴마크를 출구 삼아 독일을 탈출하려는 일본인은 모조리 붙잡혔다. 풀려나려면 독일인 가족이 있거나 독일 경찰에 지인이 있어야 했다. 하지만 가지타로는 역에서 독일 군인들이 여행 허가증을 확인하는 와중에도 철도로 독일과 스위스 국경을 무난하게 넘었다.

동행한 도시코도 숙부가 어떤 방법으로 탈출을 준비했는지 몰랐다. 아무튼 그 후 프랑스에 입국한 가지타로는 간첩 아니냐는 의심을 받았고, 도시코도 마찬가지였다.

"아직은 배를 타고 인도양을 돌아서 귀국할 수 있지만, 숙부님 말씀으로는 전황에 따라 앞으로는 어떻게 될지 모른대요."

"아이가 있잖아요? 어떻게 할 거예요?"

"먼 뱃길을 견딜 수 없을 테니 맡으신 분이 돌봐주시기로 했어요. 숙부님이 여기서 찾아낸 루이스 씨라는 분이에요."

"이야, 잘됐네요. 사정이 그런데 어쩔 수 있나. 일본은 안전하죠? 그럼 도망칠 수 있을 때 도망치는 편이 나아요."

"네."

도시코는 참 침착하다고 로젤은 생각했다. 자기 같으면 간첩으로 의심받는 데다 병든 아이까지 남기고 가야 하는 상황에 이토록 평정심을 유지할 수 있을까? 상상도 되지 않았다.

로젤은 도시코와 이야기하는 동안 생각난 일이 있어서 말을 꺼냈다.

"난 기억력이 별로 안 좋지만, 성씨가 무라야마인 일본인과 전에도 만났던 것 같아요."

"제 숙부님 아닌가요? 숙부님이 전에도 오신 거겠죠."

"아니요, 달라요. 그런 사람이 왔었다면 기억에 남았겠죠. 좀 더 말랐고 몸집이 작았어요."

"아아, 그럼 고도 무라야마라는 사람 아닌가요?"

"이름은 기억나지 않지만 그런 것도 같네요. 아는 사람이에
요?"

"제 먼 친척이에요."

"아아, 역시! 뭐야, 숙부님 말고도 가족이 있었네요."

도시코의 말에 따르면 친척이기는 하지만, 촌수가 먼 데다 장
성할 때까지 별로 만난 적도 없어서 친하지는 않다고 했다.

고도 무라야마는 의사로, 파리의 야전병원에 드나들고 있다고
도시코는 말했다.

"거기서 연구하면서 환자에게 다양한 치료를 한대요. 수혈이라
든가."

"수혈?"

로젤은 그런 말을 처음 들어봤다. 피를 잃어서 죽을 지경에 다
다른 사람에게, 다른 사람의 피를 공급해서 회복시키는 치료법이
라고 도시코는 설명했다.

"이야, 그럴 수가 있군요. 도움이 되겠네요. 안 그래도 분명 많
은 사람이 죽을 테니까요."

"네. 도움이 되면 좋겠네요."

듣자 하니 의사 고도도 도시코가 프랑스를 떠나야 하는 것과
관련이 있었다. 고도도 원래는 독일에 있었는데 전쟁이 발발하기
전에 프랑스의 의사를 만나기 위해 파리로 온 덕분에 의심을 면했
다. 하지만 가지타로가 고도의 친척이라는 사실이 의혹에 다시 불
을 지피지 않는다는 보장은 없었다. 프랑스에 남고 싶었던 고도는

도시코와 가지타로에게 프랑스를 떠나라고 권했다.

그렇군요, 하고 말한 후 로젤은 도시코에게 몸을 내밀고 제일 궁금했던 점을 물었다.

"그런데 당신은 알죠? 당신 숙부님이나 의사인 고도 씨? 그들이 지하에서 대체 뭘 하는지. 너무 궁금하더라고요."

도시코는 의외라는 표정을 지었다.

"고도도 지하에 드나들어요?"

"네. 어머, 몰랐어요? 가끔 여기서 한잔하고 가는 사람인데, 분명 그때 이름을 들었을 거예요. 아버지가 지하로 안내하는 걸 두 번 봤죠. 하지만 아버지는 지하에서 뭘 하는지 절대로 가르쳐주지 않아요. 그리고 남한테도 절대 지하실 이야기를 꺼내지 말라고 하고요. 당신한테는 말해도 되겠죠?"

"네. 그런데 저도 마찬가지예요. 숙부님은 누구와 뭘 하는지 결코 안 알려주세요."

정말일까?

로젤은 하수도 점검 구멍을 들여다보듯 도시코의 얼굴을 빤히 바라보았다.

불길한 의혹이 고개를 쳐들었다. 도시코는 숙부가 어떤 방법으로 독일의 국경을 넘었는지 모른다고 했다. 어쩌면 로젤의 아버지와 가지타로가 지금 지하실에서 진행 중인 회합과 관계가 있을지도 모른다. 어쩌면 가지타로가 지금 간첩 의혹을 받고 있는 것도…….

그때 가게 안쪽 문이 열리고 가지타로 무라야마라고 아까 이름을 들은 일본인 신사가 나타났다.

혼자였다. 지하실의 회합은 끝난 듯했다. 회합이 끝나도 그들은 보통 한꺼번에 나타나지 않고 한 명이나 두 명씩 계단을 올라온다. 그리고 술을 마시고 돌아가기도 했다.

무라야마는 일본어로 도시코에게 뭔가 말한 후 로젤에게 고개를 돌렸다.

"안녕하신가. 마드무아젤 르훙? 도시코가 지루하지 않도록 시간을 보내줬나 보군. 고맙네."

"어머, 천만에요."

무라야마의 프랑스어 실력은 도시코보다 뛰어나서 발음과 강세까지 거의 완벽했다.

"일본으로 돌아간다면서요. 언제 출발해요?"

"사흘 후에. 아쉽지만 이제 여기에는 못 오겠군."

무라야마는 꾸며낸 어조로 그렇게 말했다.

"당신은 파리 출생인가?"

"네, 뭐, 그렇겠죠. 어렸을 적 일은 잘 모르겠지만."

"그런가? 흠. 아무튼 지금까지 몇 명이 말했을지 모르지만, 여기는 아름다워. 정말 아름다운 도시야. 지금은 전쟁으로 사람이 없어서 쓸쓸하다고 할 수도 있겠지만, 그럴수록 아름다움은 오히려 두드러지지."

"아아, 그래요?"

로젤은 기억이 확실히 형태를 이룬 뒤로 파리를 나선 적이 없었다.

"뭐, 나도 평생 일본에 살다가 겨우 유럽에 왔어. 베를린, 뮌헨, 프랑크푸르트에도 가봤지만, 겨우 그 정도지. 스위스는 그냥 통과했다니까. 그런 건 문제가 아니야. 달리 비교하지 않고 그냥 바라만 봐도 파리가 얼마나 멋진지 느끼기에는 충분하겠지. 이 도시는 처음부터 영원히 남기 위해 만들어진 것 같아."

"어머, 그런가? 먼 옛날부터 여기저기 부서져서 다시 지었을 텐데요."

"그렇겠지. 당연해. 하지만 만들 때는 언젠가 무너져서 사라질 걸 상상조차 하지 않았겠지? 그렇게 완성된 도시야. 부서져도 그런 순진함과 교만함을 잊지 않고 아파르트망을, 극장을, 카페를 새로 지어나가면 돼. 도시미는 그런 의지가 모여서 이루어지는 거야.

동양에서는 사정이 전혀 다르지만. 내가 살던 도쿄는 인내와 순종과 체념의 도시야. 그것도 하나의 의지지. 철저히 밀어붙이면 아름답겠지만, 요즘은 그 의지를 잊어버리고 돌이며 벽돌을 무턱대고 사용하지. 개화의 시대에는 더 이상 지진이 일어나지 않으리라고 생각하는 것처럼."

"이야. 그런 건 몰랐네요."

"하지만 그래도 부서져. 재해가 아니면 인간이 부수지. 지금 여기서 일어나려고 하는 일이야. 전쟁은 문화와 문화의 다툼이니까, 거기 얽힌 것들은 전부 휘말려 들어.

인간과 도시, 어느 쪽이 애석한지는 쉽게 판단할 수 없어. 1백 년이나 2백 년 후에는 틀림없이 도시를 아까워할 테니까.”

그때까지 취객을 상대하듯 맞장구를 쳤던 로젤은 갑자기 정신이 번쩍 드는 기분이었다. 로젤의 사촌 오빠는 한 달 전에 전선으로 떠났다. 로젤이 사촌 오빠를 걱정하는 줄 무라야마는 상상도 못하는 듯했다.

“그게 무슨……말이 심하네요. 같이 살지도 않는 미래 사람들이 어떻게 생각할지는 알 바 아니에요. 있을지 없을지도 모르는 미래 때문에 삶의 가치를 깎아내려서 되겠어요?”

로젤의 말에 무라야마는 눈을 크게 뜨고 웃었다.

“그렇지. 만약 사람들이 모두 마드무아젤 같은 생각이었다면, 세계는 엄청난 평화를 향유할 수 있을 거야. 하지만 그렇게는 안되는 법이지. 다들 미래를 생각해. 영국에서 이번 전쟁을 뭐라고 부르는지 들었어. ‘모든 전쟁을 끝내기 위한 전쟁’이라는군. 물론 그럴 리는 없지만. 미래만 생각하는 소설가가 지어낸 말이라나 봐.

미래를 염두에 두지 않을 수 없다. 그래서 희생을 강요하는 것도 멈출 수 없다. 아무리 그래도 너무하지 않나? 세월이 흘러 도시가 견고해지면서 권력이 태어났어. 권력은 점점 커졌고 결국 합선이 발생했지. 도시를 만들 의지를 지녔던 사람들에게 도시를 파괴하라고 명령하는 배은망덕한 모순이 발생한 거야. 지금 전쟁터로 가라고 명령하는 사람과 명령받는 사람의 관계를, 육지 거북 같은 태평한 동물이라도 알아들을 수 있도록 누군가 납득시켜주면 좋겠군.”

무라야마의 장황한 말이 끝나자 로젤은 무라야마 옆에 있는 도시코를 보았다. 아무 데도 변한 곳은 없건만, 무라야마와 나란히 있는 도시코는 몸이 움츠러들어서 열 살 정도나 어려 보였다.

“자, 이만 갈까. 아쉬운 마음에 이야기가 길어졌군.”

무라야마의 표정은 그런 감상과는 전혀 어울리지 않았다. 로젤은 어릴 적에 다락방 기둥의 나뭇결이 사람 얼굴처럼 보여서 무서웠었는데, 마치 그 얼굴처럼 으스스했다. 로젤은 무라야마의 말에 그의 행동을 뒷받침하는 뭔가가 있을 것이라고 생각했다. 그러나 그게 뭘지는 전혀 짐작이 가지 않았다. 그런 로젤의 표정을 보고 무라야마는 만족스러운 듯했다.

무라야마는 얼른 일어나라고 도시코를 재촉했다.

“물론 난 당신과 당신 가족, 당신이 사랑하는 사람이 무사하길 바라. 그렇지, 내 친척 중에 파리에 남으려고 하는 의사가 있는데.”

“아아, 들었어요. 수혈이죠?”

“맞아. 뭐야, 그런 이야기도 했었나.”

무라야마는 아이들끼리 친해진 걸 기뻐하는 부모 같은 투로 말했다. 로젤이 보기에 잠자코 있는 도시코는 내심 숙부의 그런 태도를 반기지 않는 것 같았다. 하지만 결국 정체 모를 동양인 두 명의 속사정을 헤아리기에는 시간이 부족했다.

로젤은 문으로 향하는 두 사람에게 아무렇게나 말을 던졌다.

“그럼 당신도 무사히 잘 돌아가요. 도시코 씨도요.”

무라야마는 짐짓 과장된 웃음을 터뜨렸고, 도시코는 로젤에게 희미한 미소를 지은 후 술집을 나섰다. 심하게 기침을 하는 무라야마를 보고 그리 오래 살지는 못하겠다고 로젤은 생각했다. 그 인상은 저 멀리서 발생한 화재가 진화된 것처럼, 어째선지 로젤에게 불미스러운 안도감을 안겼다.

5

수혈

1

침대는 오른쪽에 하나, 왼쪽에 두 개 더 있었지만 전부 환자는 없었다. 묵직한 철제 침대에서는 어쩐지 불길한 느낌이 풍겼다. 벽도 바닥도 하얗고, 병실답게 깨끗하게 청소해놓았다.

"하스노 씨는?"

미네코는 정신을 차리자마자 그렇게 물었다. 미네코 왼편에 나란히 앉아 있던 부모님과 할아버지는 그 질문을 무시하고 허둥지둥 침대 위로 몸을 내밀었다.

"얘, 미네코! 괜찮아?"

아버지의 목소리가 아무 의미도 없이 병실에 쩌렁쩌렁 울려 퍼져서 새하얀 시트 위에 누운 미네코는 몸을 움츠렸다. 그 재빠른 반응으로 중태였던 미네코가 위기에서 벗어났음을 깨달았는지 세 사람은 황망하게 행동한 걸 사과하듯 꿈지럭꿈지럭 의자에 다시 앉았다.

긴장이 풀리고 안도감이 퍼지자 쩌렁쩌렁한 목소리의 여운 때문인지 병실은 머쓱한 분위기에 휩싸였다. 그사이에 가족들 뒤에 홀로 대기하고 있던 간호사가 침대 곁으로 다가와 미네코에게 몸 상태를 물었다. 몸 상태를 확인한 후 간호사는 세 사람 뒤편에서 다시 기구를 점검하기 시작했다.

"여기 낯설지 않은데."

미네코는 침대에서 고개만 들어 주변을 둘러보았다.

낯설지 않은 것은 기분 탓이 아니었다. 도쿄 데이코쿠 대학 근처에 있는 연구소의 한 방이다. 3년 전 미네코가 채혈한 곳이 바로 이 병실이었다.

법의학 연구소이기는 하지만 병원 설비도 갖추고 있었다. 벽돌 건축물로, 벽이 하얀 방은 여기뿐이다. 그리 넓지는 않아서 주사기와 거즈가 놓인 처치대를 들여놓자 침대 옆을 지나다니기 불편했다.

여기가 어딘지 알려주자 미네코는 놀랐지만 금방 납득한 표정을 지었다.

"하스노 씨는?"

미네코는 다시 물어보았다.

"어, 지금은 누구더라, 아무튼 선생님에게 이야기를 듣고 있을 거야. 연구소 어딘가에 있겠지."

그렇구나, 하고 미네코는 작게 말했다.

"미네 짱, 대체 어떻게 된 거야? 누구한테 습격당했는지 알겠니?"

내가 물어보았다.

"남자였어요. 누군지는 모르겠고요."

경찰서를 나선 후에 미행당했다고 한다.

미네코는 몸을 일으키더니 주사침이 꽂힌 오른쪽 위팔을 살짝 문질렀다.

"나 스스로 뭔가 하면, 늘 남에게 폐를 끼치네."

가족은 아무 말도 꺼내지 않았다. 나도 뭐라 할 말이 없었다. 아무래도 미네코는 내내 혼절해 있었던 게 아닌 듯했다. 의식이 몽롱한 상태나마 자신이 어떤 치료를 받았는지 알고 있는 듯했다.

나와 하스노는 운 좋게 시영전철 길에서 택시를 발견해 부랴부랴 연구소로 향했다. 다른 선택지는 떠오르지 않았다. 미네코는 문외한이 보기에도 분명 수혈이 필요한 상태였다. 근처 아무 병원에나 데려가서 될 일이 아니었다.

처갓집은 간다에 있으니까 여기서 아주 가깝다. 내가 급히 달려가서 소식을 알렸고, 가족 세 명을 데리고 뛰어서 돌아왔다.

나란히 앉은 그들은 종이 세공품이 된 것 같았다. 일하고 온 동서는 양복을 입었지만, 은퇴한 장인어른과 가정주부인 처형은 흐트러진 기모노 차림이었다. 특히 처형은 딸이 무사하다는 걸 안 후로, 옷자락을 여미고 거북한 듯 고개를 숙이고 있었다.

동서와 장인어른의 시선은 미네코가 이렇게 병원 침대에 드러누워 있어야 하는 사태에 관해 미네코 본인을 추궁하는 시선이기도 했다. 그래도 다들 입을 다물고 있는 건 오후에 집을 나선 무남독녀가 한나절 사이에 포악무도한 습격을 받고 겨우 목숨을 부지했다는 사실이 아직 믿기지 않기 때문이리라.

미네코는 가림막이 처져 있는 것처럼 가족 세 명을 외면하고, 침대 반대편에 앉은 내 쪽으로 고개를 돌렸다. 나도 그 가림막을 걷기 위해 뭔가 말을 꺼내야 했지만 나 스스로도 아직 당혹스러움에서 빠져나오지 못해 뭘 어떻게 수습하면 좋을지 몰랐다.

"하스노가 뭘 하고 있는지 좀 보고 올게."

시들어버린 수선화처럼 축 늘어진 미네코는 내가 병실에 남아 있기를 원하는 눈치였지만 나는 자리에서 일어섰다.

복도로 나가려 하자 가족을 배려한 건지 간호사가 일어서서 나를 따라왔다. 병실을 나서서 간호사가 문을 닫으려 할 때, 미네코에게 사정을 캐묻는 장인어른의 목소리가 들려왔다.

2

하스노가 어디로 갔을까 싶어 복도를 좌우로 둘러보자 왼쪽 복도의 세 번째 문이 열려 있었다.

들여다보자 한복판에 커다란 개인 책상이 하나 놓여 있고, 한동안 사용하지 않은 듯한 의료 기기와 서류가 얹힌 서가가 세 개나 있는 연구실이었다. 하스노는 혼자 책상 옆의 동그란 의자에 조심스럽게 앉아서 담배를 피우고 있었다. 응급처치가 끝나고 좀 기다리면 의식도 돌아올 것이라는 의사의 설명을 들은 후, 하스노는 미네코와 가족에게 감사 인사를 듣기가 싫은지 혼자 냉큼 병실을 빠져나갔다.

하스노는 문간에 서 있는 나를 힐끗 보고도 완전히 무시했다. 하는 수 없이 책상 옆까지 가서 그의 눈앞에 섰다.

"미네 쨩이 깨어났어. 괜찮은 듯해."

"그렇군."

하스노는 귀찮은 듯이 고개를 들었다. 서 있는 덕분에 웬일로 내가 그를 내려다보았다.

"자네는 괜찮나? 안색이 안 좋은걸. 그러고 보니 점심도 안 먹었잖아?"

"뭐, 괜찮아."

미네코의 혈액형은 알고 있었다. 무라야마 고도 박사의 연구를 위해 예전에 여기서 채혈했기 때문이다. 미네코는 O형이었다. 수혈할 사람을 찾기 위해 구연산조달[1] 용액을 사용해 급히 혈액형을 검사했다. 그 결과 하스노가 미네코와 같은 혈액형이었다.

연구소에 O형인 사람이 없어서 하스노 혼자 수혈에 나섰으므로, 그는 앉아 있는데도 휘청거렸다. 미네코는 의식이 몽롱한 가운데도 하스노에게 수혈을 받았다는 사실을 알아차린 듯했다.

"이보게, 범인의 얼굴은 봤나?"

"봤는데 새하얘서 어떻게 생겼는지는 모르겠어. 대체 뭐지?"

"글쎄, 미네 쨩을 알지도 모르지. 물어보지는 않았지만."

나는 마음에 걸렸던 점을 하스노에게 물어보기로 했다.

"……내 탓일까."

미네코가 경찰서에 가기로 한 걸 알고 있었던 사람은 누구인가? 나, 처가 식구, 경찰뿐이다. 하지만 나는 오늘 무라야마 저택에 형사가 찾아왔을 때, 미네코에 대한 이야기를 꺼냈다. 그러자 형사는 미네코가 경찰서에 이야기를 하러 올 거라는 사실을 용의자들

---

[1] 구연산나트륨을 가리킨다.

앞에서 밝히고 말았다. 경찰서를 나선 나와 하스노가 걸어서 처갓집으로 가느라 미네코를 뒤쫓는 모양새가 된 것이 불행 중 다행이었다.

"그럴지도 모르지. 그 후에 넷이 뭘 했는지 확인해둬야 하려나."

나와 하스노는 오후 3시경에 연행됐고, 미네코는 오후 5시 30분경에 경찰서를 나섰다니까 미네코를 습격하기 위해 준비할 시간은 충분했던 셈이다.

"그 네 사람을 제외한 교수상회 사람일 가능성은?"

예를 들면 경찰 내부에 교수상회의 내통자가 있다든가.

"그럴 수도 있겠지."

의지할 만한 실마리가 전혀 없었다. 회오리바람처럼 느닷없이 휘몰아친 사건이라 다들 아직 현기증에서 벗어나지 못했다. 그리고 고도 박사 살해사건과 마찬가지로 의문점이 많았다.

"왜 미네 짱을 습격했을까? 경찰서에서 이야기한다고 해도, 그게 무슨 내용인지는 알려주지 않았는데 어떻게 중요하다는 걸 알았지?"

미네코가 3년 전에 무슨 이야기를 엿들었는지 안다면 좀 더 일찍 손을 썼을 테고, 애당초 습격당한 건 경찰서에서 그 이야기를 한 뒤다.

"대체 뭐가 거슬린 걸까? 참 묘해. 경찰서에 가서 이야기했다고 보복한 건가?"

"보복이라면 그렇게 서두를 것 없을 것 같은데. 미네코 씨가 인적 없는 곳을 지나가기로 한 것도 분명 일종의 변덕이었잖아? 그러길 기대하고 행동에 나설 수는 없어."

그런데도 굳이 미행해서 습격했으니, 역시 미네코를 서둘러 습격해야 할 이유가 있었던 걸까.

"뭔가 오해를 받은 걸까? 아니면 우리도 모르는, 아주 중요한 뭔가를 미네 짱이 알고 있나? 교수상회의 기밀에 직결될 만한."

복도에서 발소리가 나자 하스노가 손을 내밀어 나를 제지했다. 사팔눈인 학생 한 명이 수상쩍다는 듯 방을 들여다보더니 어이쿠 실례했습니다, 하고 물러갔다.

"그런 검토는 뒤로 미루지. 아까 그 아시하라 씨라는 의사는 무라야마 고도 박사의 조수였대. 짬이 나면 이야기를 해줄 모양이야."

하스노는 시선으로 옆방을 가리켰다.

아시하라라는 의사가 미네코의 수혈을 맡았다. 지금은 옆 연구실에 있지만, 아까 간호사가 미네코의 용태를 알리러 간 듯하니 머지않아 미네코를 살펴보러 나올 것이다. 결국 연구소를 찾아올 핑계를 찾지 않아도 되었다.

"자네는 여기서 뭘 하는 거야? 멋대로 들어왔나?"

"허가는 받았어. 여기는 무라야마 고도 박사가 생전에 개인 전용으로 사용했던 방이야."

"아아! 그래?"

나는 연구실을 다시 둘러보았다. 잎이 떨어져 가는 나무처럼 묘하게 활기가 느껴지지 않는 방이었다. 이미 경찰이 조사하느라 원래 있어야 할 가구를 많이 들어낸 것 같았다.

하스노가 책상 안쪽, 문 맞은편 벽에 걸린 커튼을 가리켰다.

"걷어봐."

시킨 대로 하자, 바깥에 합판을 대충 못질해서 유리창을 막아놓았다. 창틀의 나사식 자물쇠는 망가진 상태였다.

"아아! 도둑인가! 그래, 여기로 들어온 거구나."

고도 박사가 살해당한 다음 날, 연구소에 도둑이 들었다고 미나카미 부인이 그랬다.

하스노는 아시하라 씨에게 도둑이 든 사건의 개요를 들었다.

고도 박사가 살해당한 다음 날 밤늦은 시각, 뻑뻑한 창문 틈새로 톱 같은 물건을 쑤셔 넣어 자물쇠를 절단했다. 소리가 작아서 숙직실까지는 들리지 않았다.

도둑은 고도 박사가 사용한 방을 뒤졌다. 사건은 도둑이 떠난 후, 숙직 근무자가 정시 순찰을 돌 때 발각됐다. 침입 시간은 오후 11시부터 오전 1시 반 사이였을 것이라고 한다. 도둑이 방을 몹시 어질렀지만, 이미 다 정리했다.

"부주의하군. 이곳 사람은 얼마 전에 도둑이 든 방에 또 도둑을 혼자 놔두는 건가?"

"뭐, 그렇지. 하지만 고도 박사의 중요한 물건은 경찰이 가져가거나 해서 어차피 남아 있지 않아."

"자네가 보기에 이 도둑의 솜씨는 어때?"

"어떠냐니? 뭐라고 특별히 평가할 것 없이 보통이야. 나라면 좀 더 깨끗하게 하려나.

창문이 흠집투성이지? 저래서는 교체해야 해. 이렇게 손쉽게 침입할 수 있으니 어차피 교체해야 마땅할지도 모르지만."

창틀을 보자 하스노 말대로 자물쇠 주변은 도려졌고, 유리에도 공구로 긁은 자국이 남아 있었다.

"그밖에는 그자가 어디를 어떻게 헤집었는지 모르니까 뭐라고도 말 못 해."

"그렇군. 아참, 뭘 도둑맞았지? 고도 박사가 썼던 방이잖아. 교수상회를 고발하기 위한 편지도 여기에 보관했지? 도대체 뭘 찾으려 한 걸까."

고도 박사의 가방에서 교수상회를 고발하기 위한 편지가 발견된 이상, 교수상회 입장에서는 자신들을 위험에 빠뜨릴 물건이 더 없는지 확인하고 싶은 것이 당연하다.

"방이 어질러지기는 했지만, 뭐가 없어졌는지는 아무도 모른다는군."

"그런가."

나는 실내를 찬찬히 살펴보며 돌아다녔다.

봐야 할 물건은 별로 없었다. 서가 세 개 중 하나는 거의 비어 있었다. 나머지 두 개에는 누레진 서류가 잔뜩 들어 있었다. 당장은 사용할 예정이 없는 오래된 연구 자료를 모아서 보관해두었다고 한다. 금고도 있었지만 경찰이 통째로 가져간 듯했다. 옷장이 있길래 열어보자 침구 한 벌을 빼면 아무것도 없었다.

단서가 될 만한 것은 이미 다 압수됐다. 하스노도 헛수고라고 여긴 건지 아니면 그럴 만한 기력이 없는 건지, 이 방에서 범인에게 다다를 뭔가를 찾아내려고 하지는 않은 모양이었다.

"어?"

나는 이제야 깨달았다. 연구소 절도사건과 무라야마 고도 박사 살해사건을 나란히 놓고 보자 무의미한 공백이 있었다.

그걸 하스노에게 이야기하려고 돌아보았다. 어느 틈엔가 빈혈 증상이 나타났는지 하스노는 시들어버린 고사리처럼 웅크린 자세로 동그란 의자에 축 늘어져 있었다. 깜짝 놀랄 만큼 보기 흉한 모습이었기에, 나도 모르게 말을 걸 기회를 놓쳤다. 망설인 끝에 나는 하스노를 잠시 그대로 놔두기로 했다.

미네코의 병실에서 들리는 목소리가 높아졌다. 무슨 내용인지는 알 수 없었다. 미네코는 뜻밖에도 기운차게 반항하고 있는 듯했다.

"하스노 씨? 오래 기다리셨습니다. 짬이 났으니 가시죠."

10분쯤 지나자 흰 의사복 차림에 안경을 쓴 남자가 문간에 나타났다. 하스노는 갑자기 벌떡 일어났고, 나도 함께 남자를 따라갔다.

3

아시하라 히로시 씨는 30대 초반 정도로 보였다. 2년 전에 조교수가 됐다고 한다. 하스노 만큼은 아니지만 키가 크다. 그는 일단 병실로 가서 내 처갓집 식구들과 이야기를 나누었다. 그 후 아까 자기가 있던 연구실로 나와 하스노를 데려가서 다리가 철로 된 보잘것없는 의자를 권했다.

"경찰에는 아까 제가 신고했습니다. 워낙 당황해서 연구소 사람들도 전부 신고하는 걸 잊어버렸어요. 괴한에게 습격당했다면서요?"

아시하라 씨는 자리에 앉기에 앞서, 교탁 앞에 선 선생님처럼 서류가 수북이 쌓인 책상에 손을 짚고 우리를 바라보았다.

"이구치 씨라고 하셨죠? 반갑습니다."

아시하라 씨는 아주 정중하게 고개를 숙였다. 나도 당황해서 마주 고개를 숙였다. 화급한 상황이라 미네코의 치료를 부탁할 때는 차분하게 인사를 나누지 못했다.

"하스노 씨는 괜찮으십니까. 사정없이 피를 뽑았는데요."

아시하라 씨는 익숙하지 않은 탓에 순서를 틀려서 소독하지 않은 용기에 하스노의 피를 뽑다가 처음부터 다시 시작하는 등, 사정없는 정도를 넘어 쓸데없는 짓을 했다. 그래서 이렇게 친절하게 구는 건지도 모른다.

괜찮습니다, 하고 하스노는 대답했지만 진찰해볼 것도 없이 몸 상태가 안 좋아 보였다.

여기는 법의학 연구소다. 일반 병원은 아니지만 미네코를 여기로 데려온 건, 수혈에 관해 가장 선진적인 지식을 보유하고 있었던 사람이 무라야마 고도 박사였기 때문이다.

"세계대전이 발발했을 때 고도 박사님은 파리에 체류 중이셨어요. 그래서 한동안 그쪽 병원에 계셨죠. 전쟁 당시는 각국에서 의사와 간호사를 파견했잖아요. 일본 적십자가 파리에서 병원 체제를 갖출 때 중간에서 여러모로 수고가 많으셨다고 들었습니다. 인명도 많이 구하셨겠지만, 법의학 연구에 도움이 되길 바라는 마음도 있으셨겠죠. 박사님은 그때 수혈에 숙달되셨습니다."

그 지식을 물려받은 사람은 현재 아시하라 씨뿐이라고 한다.

"그 아가씨는 이구치 씨의 조카시죠? 큰일 날 뻔했습니다. 다행히 목숨에 지장은 없겠지만요. 저야 여러분 이야기를 얼핏 들었을 뿐이지만, 그냥 지나가던 무뢰한은 아니었죠? 게다가 무라야마 박사님 사건과 관계가 있다든가?"

"아, 네. 아무래도 관계가 있는 것 같습니다. 참 복잡한 이야기입니다만……."

설명을 맡기는 편이 좋을까 싶어 나는 말을 얼버무리며 옆에 앉은 하스노를 보았다. 그러자 아시하라 조교수가 갑자기 하스노에게 고개를 돌렸다.

"아참, 그렇지. 하스노 씨. 일단 피부터 뽑아놓고 이런 질문을 드리는 것도 머쓱하지만 누구십니까? 데이코쿠 대학 출신이시라면서요."

"법과에 있었습니다. 경제학을 주로 공부했죠. 경제학과 관련된 제 경력은 다이쇼 6년(1917년) 5월 28일의 조간신문에 자세하게 실렸으니 관심 있으면 읽어보십시오."

하스노는 미나카미 부인에게 탐정 일을 의뢰받았다는 사실은 숨기고, 무라야마 일가 사람들과 약간 인연이 있다고 설명했다.

"……그런데 마침 그 댁에서 이런 사건이 발생했으니까요. 저도 하스노도 남의 일처럼 넘겨버릴 수는 없었습니다. 수고만 끼치는 것 같지만 상황이 이러하니 무라야마 박사님 사건의 경과를 여쭤볼 수 있는 만큼은 여쭤보고 싶군요."

마지막은 내가 이어받아서 그렇게 말했다. 아, 그렇군요, 하며 아시하라 조교수는 뺨을 쓰다듬었다.

"박사님이 돌아가시자 연구소도 몹시 혼란에 빠졌습니다. 강의는 전부 중단됐죠. 이렇게 말하면 좀 그렇지만, 박사님은 법의학자라는 직업에 도전하는 것 같은 죽음을 맞으셨잖아요? 여러 가지억측이 나돌고 있어요. 신문기자도 툭하면 찾아오고요. 경찰에 따르면 아무래도 단순한 살인사건은 아닐지도 모른다는 것 같더군요. 뭔가 불온한⋯⋯."

"저어, 들은 바로는 무정부주의자 비밀 결사인지 뭔지가 연관
됐다죠?"

신문에 범인의 배후로 의심되는 교수상회에 관해서는 언급되
지 않았다. 경찰은 공개하지 않을 방침으로 보였다.

"아아, 알고 계셨습니까. 그렇다면⋯⋯, 하스노 씨와 이구치 씨
가 범인이 아니라는 보장도 없으니 시시콜콜 다 알려드릴 수는 없
겠지만, 말해도 되는 부분은 말씀드리겠습니다. 뭐가 궁금하십니
까?"

아시하라 씨는 의사답게 환자를 대하듯 차분한 태도로 말했다.

하스노는 아시하라 씨와 마주 보고 있기는 했지만, 아무래도
내가 그림을 그리기 위해 사에코를 가끔 이젤 앞에 세울 때처럼,
정해진 자세를 유지하는 것이 고작인 듯했다. 사실 그는 눈앞의 광
경에 의식을 두기를 포기하고 바닥에 풀썩 쓰러지고 싶을 것이다.
질문하는 역할은 내가 맡았다.

"저기, 경찰에게 들으셨겠지만 고도 박사님이 무정부주의 비밀
결사를 고발하려고 하셨다죠? 박사님이 사상적으로 어떤 입장이
셨는지 아십니까."

"아니요. 박사님은 그런 이야기를 일절 안 하셨습니다. 일절요.
우익이니 좌익 운운 하는 일도 물론 없으셨고, 다른 교수님이 노서
아 혁명에 대해 남의 일처럼 논할 때도 끼지 않으셨습니다.

하지만 그만큼 사상적인 논의를 멀리한 이상, 반대로 뭔가 잡

담거리로 삼을 수 없는 사상을 지니고 계셨다고 볼 수도 있겠죠? 교수님이 교수상회를 고발하려고 시도했다는 이야기를 듣고, 그렇다면 내 생각이 맞겠구나 싶겠더라고요."

용의자들의 이야기에 따르면 고도 박사는 사상의 전향자였다고 한다. 더더욱 납득이 갔다.

"모르는 건 사상뿐만이 아닙니다. 사생활도 자세하게는 몰라요. 저도 무라야마 박사님과 십수 년은 알고 지냈으니 친한 편에 속할 텐데도요."

"그럼 성격은 어떠셨습니까? 대하기 힘들지는 않으셨습니까?"

"학자로서는 충분히 상식적인 분이셨어요. 하지만 의사로서는 인간미가 풍부하지 않았을지도 모르겠네요.

아, 그렇지. 예를 들면 혈액형이요. 이런 연구를 하는데도 저는 무라야마 박사님의 혈액형이 뭔지 몰랐습니다. 이번 사건으로 박사님의 시신을 부검하면서 알았죠. 박사님은 O형이셨습니다. 하스노 씨와 이구치 씨의 조카와 똑같죠. O형은 수혈할 때 다른 혈액형보다 조금 불리해요."

하스노는 알겠지만, 내게는 지식이 없다. 아시하라 씨는 주로 나를 보고 설명했다.

"혈액형에 관해 제대로 연구를 시작한 지 아직 20년밖에 안 됩니다. 간략하게 설명하면 혈구가 응집하는 성질이 사람에 따라 달라 네 종류로 분류할 수 있다는 거죠. ⅠⅡⅢⅣ식이나 ABO식 등 사람에 따라 다르게 표기하지만, 저희 연구소에서는 ABO식을 사용합니다.

이 혈액형이 수혈할 때 중요해요. 네 종류가 각자 성질이 달라서, 부적합한 혈액을 수혈하면 아주 위험합니다. 피가 굳어버리거든요."

AB형은 다른 어떤 혈액형에 의해서도 응집되지 않지만, 반대로 다른 혈액형을 응집시킨다고 한다. 따라서 AB형은 어떤 혈액형에도 수혈을 받을 수 있지만, 다른 혈액형에 수혈은 할 수 없다. 마찬가지로 A형은 B형에 수혈할 수 없고, 그 반대도 안 된다.

"그리고 O형은 나머지 혈액형들과 전혀 다릅니다. 다른 혈액형과 섞어도 응집이 일어나지 않아요. 그래서 어떤 혈액형에나 수혈할 수 있어서 아주 편리하죠. 반대로 O형 이외의 혈액을 O형에 수혈할 수는 없습니다. 응고되니까요."

"아, 그렇군요."

"어쩌면 무라야마 박사님은 자기 피를 함부로 사용하기 싫어서 혈액형을 숨긴 것 아니겠느냐고 말하는 사람도 있습니다. 전쟁통에 구라파는 아주 난리도 아니었대요. 어쩌면 당시는 박사님도 오늘 하스노 씨처럼 비틀비틀하셨을지 모르죠. 무슨 허튼소리냐 싶으시겠지만, 박사님의 성격과 합치하기는 해요."

연구소에 그런 소리를 하는 사람도 있다고 한다. 아시하라 씨 본인의 생각 같기도 했지만, 진위는 알 수 없었다.

나는 질문으로 돌아갔다. 조금 전 무라야마 고도 박사의 연구실에서 깨달은 사실을 확인해볼 생각이었다.

"저기, 박사님 사건과 연구실에 도둑이 든 사건의 관련성을 여쭙고 싶은데요……, 경찰은 아침에 박사님의 시체가 발견되자마자 여기를 찾아왔죠?"

"네, 일찍 왔죠."

"그리고 경찰이 이미 다녀간 후에 도둑이 들었고요. 다음 날 밤에요."

"그렇습니다."

"늦지 않아?"

나는 하스노에게 고개를 돌리고 수수께끼를 넘겨주려 했다.

"범인은 고도 박사님이 비밀 결사에 관련된 증거를 남겨놓지 않았는지 살펴보러 온 거 아닌가?"

"그렇겠죠."

아시하라 씨가 맞장구를 쳤다.

"그렇죠? 그럼 왜 경찰이 실컷 조사한 후에 침입한 걸까."

수완이 너무 안 좋다. 실제로 경찰이 박사의 방에서 교수상회의 내막을 밝힐 만한 증거를 찾아낸 낌새는 없지만, 범인이 태평하게 굴어도 될 상황은 아니었다.

"범인은 박사님을 살해하고 날이 밝기 전에 어떻게든 여기에 와야 하지 않았을까? 아니면 밤사이에는 이 연구소에 침입할 기회가 없었다든가, 그렇게 볼 수는……."

"글쎄요. 사건이 일어난 밤도 숙직 근무자는 숙직실에만 있었는걸요. 범인이 도둑질하러 올 줄은 몰랐으니 그 후로도 경비를 단단히 하지는 않았고요. 다만 박사님이 돌아가신 터라 숙직 근무자가 긴장했을 테니 숨어들 때는 좀 더 주의했을지도 모르겠습니다."

범인은 사건 당일 밤 시체를 처리하느라 바빠서 도둑질을 하러 올 여유가 없었고, 그래서 나중에 다시 왔을 가능성은 있을지도 모른다. 하지만 범인의 원래 목적을 고려하건대 비밀 결사와 관련된 증거를 회수하는 것이 우선 사항 아닐까? 왜 시체 처리에 그렇게 매달려야 했단 말인가.

의문이 하나 더 늘어났다.

무심코 수수께끼의 형태를 손으로 더듬더듬하고 있을 때, 내가 잊어버리고 있었던 점을 하스노가 물어보았다.

"박사님은 부적 같은 나뭇조각을 가지고 계셨다고 하던데요."

박사가 입고 있었던 양복의 안주머니에서 발견된 물건이다. 오후의 용의자 집회 때는 검토할 시간이 없었던 기묘한 유류품. 나는 생각을 떨쳐내고 얼른 이야기를 이어받았다.

"아아, 맞습니다. 왜 그런 걸 가지고 계셨을까요?"

"그거요? 글쎄요, 가지고 다니신 지 9년은 된 것 같습니다. 그건 어느 신사에 있는 신목[2]의 가지로 만든 부적일 거예요. 실은 말이죠."

몇 달 전, 좀 더 정확하게는 작년 12월 어느 날이었다고 한다.

---

2 신령이 머무르는 나무.

고도 박사가 연구소에 늦게까지 남아서 복잡한 표정으로 뭔가 문서를 작성하고 있었다. 연구에 관련된 문서는 아닌 듯해서 아시하라 씨는 신경이 쓰였다. 고도 박사는 아시하라 씨에게 절대 보이지 않도록 조심조심 문서를 봉투에 넣었다.

봉투 양면에 아무것도 적지 않는 것이 더욱 호기심을 자극해서 아시하라 씨는 저도 모르게 물어보았다.

"그건 뭡니까? 받는 사람 이름도 주소도 없는데, 괜찮은가요?"

그러자 고도 박사는 괜찮다, 이 문서는 이곳의 신관에게 맡길 거라면서 그 부적을 아시하라 씨 눈앞에 쳐들어서 보여주었다고 한다.

"신관? 신관이라니, 누굴 말하는 걸까요?"

"음, 아무튼 그 나뭇조각은 부적이고, 그걸 준 신사의 신관을 말하는 것 같았습니다."

"어느 신사일까요? 뭘 맡긴 거람."

"박사님은 아무 말씀도 없으셨습니다. 저도 무슨 일에 관련된 무슨 문서인지 통 짐작이 가지 않아서, 아무렇게나 물어보기가 좀 망설여지더라고요. 물어볼 걸 그랬군요."

무라야마 고도 박사는 아시하라 조교수의 호기심을 흘려넘기기 위해 어중간하게 설명한 듯했다. 박사가 의도한 대로 아시하라 조교수는 더 이상 캐묻지 않았다.

중요한 문서일지도 모른다. 고작 몇 달 전 일이다. 경찰은 조사하고 있을까?

그밖에 아시하라 씨에게 물어봐야 할 일은 더 없을까.

"저어, 분명 경찰도 물어볼 것 같은데, 실은……, 제 조카가 예전에 여기서 연구에 협력할 때 묘한 대화를 들었습니다."

채혈하러 왔을 때 고도 박사가 누군가와 말다툼을 했다는, 미네코의 체험담을 들려주었다. 상대가 누구였는지 궁금했다.

"3년 전이요? 그간 사람이 많이 바뀌었으니까요. 사환이 안내했을 텐데 기억하는 사람이 있으려나?"

만약 알아내면 알려주겠다는 약속을 받았다.

"무라야마 고도 박사님을 만나기 위해 찾아오는 사람이 평소에도 있었습니까?"

"네, 뭐, 댁보다 여기 더 많이 계셨으니까 손님도 빈번히 찾아왔죠. 돌아가신 후에도 친구분이 오십니다. 아실지 모르겠는데, 사건이 발생한 후에 시라키 씨, 우쓰기 씨, 이쿠시마 씨라는 분이 찾아오셨어요. 박사님에 관해 이것저것 물어보고 가셨습니다."

"어? 그랬습니까?"

용의자 세 명이 찾아왔단 말인가. 범인을 찾는 중이니 조사하러 오는 건 당연하지만 그래도 참 열심히 하는구나 싶었다.

"하스노 씨, 정말 괜찮으십니까?"

깜짝 놀라 옆을 보자 하스노는 생각에 잠긴 건지, 반쯤 혼절한 건지 모를 상태로 고개를 숙이고 있었다. 하스노는 천천히 고개를 들더니 백랍같이 창백한 얼굴로 미소를 지었다.

"괜찮습니다."

그때 사환이 문을 두드리고 들어왔다.

"저기, 경찰이 왔는데요. 사람들께 이야기를 듣겠답니다."

"알았어. 두 분, 특히 하스노 씨는 피곤하시니까 배려해달라고 부탁드려."

아시하라 조교수는 미안하다는 듯 웃음을 짓더니 가시죠, 하고 일어섰다.

4

"이보게, 하스노. 전혀 안 괜찮은 것 같은데."

오후 10시가 지나서야 진술 청취가 끝났다. 나는 자칫하면 하스노가 쓰러지지는 않을까 싶어 언제든지 부축할 수 있도록 주의를 기울이며 연구소 정문을 나섰다.

미네코는 병실에 남았다. 회복할 때까지 가족도 곁에 있을 것이다. 나와 하스노만 돌아간다.

"하스노, 오늘은 우리 집에 묵게. 아니, 꼭 오늘만이 아니라 필요한 만큼. 영양가 있는 음식을 먹고 푹 쉬어야 해. 대단한 건 없지만 자네 집보다는 낫겠지. 자네 집에서 제일 가까운 상점도 8정은 떨어져 있잖아? 무슨 일이 있어도 전보를 치려면 10분은 걸어가야 해. 애당초 이런 상태로 집까지 제대로 돌아갈 수는 있겠어?"

아직 덜 차오른 달이 골목길을 비추었다. 하스노는 내가 뭔가 부탁할 때보다 훨씬 귀찮기 짝이 없다는 표정으로 이쪽을 보았다.

"사양할게. 아무런들 집에도 못 돌아가겠나."

아시하라 씨도 병실에서 건강을 충분히 회복한 뒤에 귀가하라고 권했다. 하스노는 고맙지만 괜찮다며 그 권유를 거절하고 연구소를 나섰다.

한동안 말없이 걸었다. 내가 조금 앞서서 걸었고 하스노는 조용히 따라왔다.

하스노는 분명 피곤해서 녹초가 됐을 것이다. 하지만 인적이 전혀 없는 밤거리로 나오자 묘하게 정신의 활기를 되찾은 것 같기도 했다. 뭐랄까, 액자 속의 불길한 초상화가 주인이 외출한 사이에 멋대로 저택을 돌아다니는 것 같은 느낌으로, 사람 냄새가 풍기는 평소의 거죽을 벗어던지고 그림자같이 가벼워진 모습이었다.

하스노가 이렇게 그림 속 인물처럼 변하면, 설명하기 힘든 그의 인간 혐오 성향이 아주 당연하게 이해된다. 액자가 그림에 맞지 않는 것과 마찬가지로, 인간관계를 자아내는 복잡하고 무질서한 장식은 하스노에게 거추장스러울 뿐이다.

하기야 그렇게 느껴지는 것도 아주 잠깐이다. 조금만 흔들면 하스노는 바로 그 복잡하고 무질서한 장식과 구별이 안 되게 동화된다. 나는 돌아보고 물었다.

"정말로 괜찮겠어? 괜히 무리하지 마."

"괜찮아. 자네가 걱정하듯, 빈혈로 현기증을 일으켜서 현관의 정원석에 머리를 찧고 죽는 얼간이 같은 짓은 안 할 테니 안심해."

"미덥지 못하군. 자네는 시나가와에서 몹시 얼간이 같은 짓을 한 번 했잖나."

"뭐가 얼간이 같은 짓인데? 도둑은 경찰에 붙잡힐 운명이니, 언젠가 붙잡히는 건 당연한 일이야. 당연한 일을 했는데 얼간이고 아니고가 어디 있겠나. 경찰이 도둑을 못 잡으면 얼간이겠지만."

나는 더 이상 우리 집에 오라고 하스노에게 권하지 않았다.

"연구소에서 해야 할 일은 다 마쳤나? 내가 아시하라 씨에게 물어본 건 그 정도면 괜찮았어? 이보게, 연구실에서 나눈 이야기를 제대로 듣기는 한 거야?"

"들었어. 그 정도면 됐어."

"뭔가 도움이 되는 정보는 있었나?"

"아직은 이상한 냄새 수준이니까, 뭐가 도움이 될지는 몰라."

"그래도 미네 짱이 습격당했으니 무해한 냄새가 아니라는 건 이제 확실하지 않나."

그건 그렇다고 하스노는 덤덤하게 말했다.

"그래서 말인데."

나는 하스노의 머리가 제대로 돌아가고 있는지 살피면서 아까 연구실에서 했던 생각을 말했다.

"근거 없이 그냥 번쩍 떠오른 생각인데……정말로 교수상회가 고도 박사를 살해했을까?"

"호오."

감탄한 건지 업신여긴 건지는 모르겠지만, 하스노가 예상치 못한 말이었던 듯했다.

"그게 뭐랄까, 비밀 결사의 범행치고는 어설픈 점이 너무 많지 않나? 경찰이 수색을 마친 후에야 슬렁슬렁 도둑질을 하러 온 데다 미네 짱을 습격한 솜씨도 별로 좋지 않았잖아? 게다가 흉기를 아즈마바시 다리에 투기해서 남에게 죄를 뒤집어씌우려 한 것도 그렇고. 그만큼 거창하게 날뛰는 비밀 결사가 그렇게 쩨쩨한 짓을 하겠어?"

"하지만 미나카미 부인이 들고 온, 비밀 결사 사람이 가지타로 박사 앞으로 보낸 편지의 내용으로 보건대 교수상회의 범행이랄까 교수상회의 명령을 이어받은 누군가의 범행이겠지?"

그러고 보니 확실히 편지에는 후임자가 모든 일을 독단으로 처리할 필요가 있다고 적혀 있었다.

"그리고 교수상회 쪽에서는 가지타로 박사에게 연락을 취하지 않을 방침이었잖아? 후임자가 모든 일을 알아서 판단할 수 있는 사람이기를 기대하는 눈치였어. 고도 박사가 특고과장 히라노에게 교수상회에 대해 암시했으니, 확실히 연락은 피하는 편이 상책이겠지. 그렇다면 고도 박사를 살해하는 임무를 맡은 누군가도 교수상회와는 아직 연락을 취하지 않았을 가능성이 크지 않겠어? 편지 내용상 교수상회는 가능하면 일이 잠잠해질 때까지 얌전히 지내고 싶은 거겠지."

그런 것 같기도 했다. 교수상회는 가지타로 박사에게 모든 일을 맡기겠다고 했고, 범인은 가지타로 박사에게 임무를 물려받았으므로 교수상회의 다른 사람과는 만나지 않았을지도 모른다. 이틀 전 하스노의 집에서 미나카미 부인에게 들은 바에 따르면 가지타로 박사는 양식집 제니에 용의자 네 명을 데려갔다. 언젠가 후임자를 선택할 때에 대비해, 비상시에 교수상회와 연락하는 방법을 미리 알려주려 한 것이었다고도 볼 수 있다.

"그러니까, 교수상회를 위한 일이지만 범행 자체는 조직이 아니라 개인의 판단 아래 진행됐다는 건가?"

예를 들어 고도 박사가 살해되고 한참 후에야 연구소에 도둑이 든 것은 집행인과 연락이 되지 않는 교수상회 사람이 고도 박사가 사망했다는 소식을 듣고 늦었음을 알면서도 서류를 회수하기 위해 침입했기 때문이다. 이렇게 보면 말이 될지도 모른다.

그래도 나는 납득이 되지 않았다.

"가지타로 박사의 후임자가 저지른 짓이라고 하면, 역시 시체를 처리한 방식이 이해가 안 돼. 교수상회의 명령을 받들었으니 시체에 술수를 부려서 남에게 죄를 뒤집어씌우기보다 서류를 먼저 회수해야 하지 않을까? 더구나 아무리 독단으로 일을 처리한들, 명색이 무정부주의자인데 무고한 사람을 경찰에 제물로 바치려 하는 꼴이 영 그래. 결국은 경찰 자체를 폐지하려는 그들의 사상과는 앞뒤가 안 맞잖아? 비겁한 짓이야."

"오? 자네도 그렇게 생각하나?"

"……응."

교수상회의 사상도 활동도, 막연하게밖에 알려진 바가 없어서 으스스하다. 그런데도 내가 그 과격함 속에서 허물없는 깨끗함을 기대하고 있음을 깨달았다.

하스노는 알겠다는 듯 한숨을 내쉬었다.

"그래서 그런 사정을 알고 있는 누군가가 비밀 결사에 죄를 덮어씌울 생각으로 범행을 저질렀다는 건가?"

"그래. 왜? 터무니없는 생각이라는 거야?"

"아니? 영리하다고 생각했는데. 하지만 미네코 씨를 습격하거나 연구소에 침입한 게 비밀 결사에 죄를 덮어씌우려고 한 짓일까? 너무 번거롭고 빙 둘러 가는 방법 아닐까? 더구나 비밀 결사와 다리를 지나간 사람에게 동시에 죄를 덮어씌운 셈이야."

"아니, 분명 그 모든 게 위장 공작은 아니겠지. 다른 이유 때문에 저지른 일일지도 몰라. 미네 짱 쪽과 도둑 쪽은 정말로 비밀 결사의 짓일지도 모르고, 어, 그러니까……."

뭐가 위장이고 뭐가 위장이 아닌지, 무슨 목적으로 그런 짓을 했는지 구체적으로 생각해보지는 않았다.

"아무튼 범인이 교수상회와 무관할 가능성도 고려해야 하지 않겠어?"

"응, 그럴지도 모르지."

하스노는 둔중하게 말했다.

"그렇다면 용의자는 그 네 명에 한정되지 않는 걸까?"

"아니, 어떨까. 시체를 무라야마 저택에 투기한 데다 교수상회에 죄를 덮어씌우려고 했다면, 고도 박사가 교수상회를 고발하려 한다는 사실을 눈치챈 인물이겠지. 역시 그 네 명일 가능성이 크지 않으려나."

내 생각에도 그럴 것 같았다. 무엇보다 네 명이 하는 짓이 그야 말로 수상쩍다.

"서생과 고도 박사의 여동생 시즈코 씨는 일단 용의자에 포함하는 편이 좋을지도 모르지만. 그 조건이라면 말이야. 하지만 뭐, 제일 수상한 건 그 네 명이야. 그렇다 치고, 이구치 군, 자네는 어떻게 해야 한다고 생각하나?"

갑자기 내게 의견을 묻더니, 하스노는 멈춰 서서 전신주에 기대어 크게 숨을 내쉬었다.

대답을 기다리는 하스노의 얼굴에 나를 힐문하거나 성가셔하는 기색은 없었다. 그런 신선한 인간미는 하스노의 어디를 꼬집어도 좀처럼 겉으로 배어나지 않는다.

아무래도 하스노는 내가 뭔가 역할을 완수하길 기대하는 듯했다. 그 역할이 뭔지, 어쩌면 하스노 본인도 짐작 가는 바가 없을지 모르지만, 미네코 습격사건과 연구소에서 보고 들은 사항을 바탕으로 하스노는 생각을 넓혀갈 방향을 정하는 중인 것 같았다.

그나저나, ……어떻게 해야 할까?

"음, 일단 용의자들의 주변을 다시 살펴봐야 할 것 같아. 범인이 교수상회와 무관할지도 모른다는 걸 염두에 두고 말이지. 고도 박사를 죽일 동기나 고도 박사를 둘러싼 싸움같이 뭔가 중요한 사실을 알아낼 수 있을지도 몰라. 헛수고라고 생각하나?"

"아니. 아주 유익하지 않을까. 그런데 어떻게 하려고?"

조사라고 해본들 용의자의 가족과 지인에게 그분이 돌아가신 무라야마 고도 박사님과 싸우지는 않았습니까, 하고 물어보는 정도일 테고, 경찰 같은 수사권도 없으니 분명 쉽지는 않을 것이다.

하스노가 그런 탐정 같은 짓을 하기 싫어한다는 것은 잘 안다. 그가 미나카미 부인의 의뢰를 어떻게 이행할 작정이었던 건지, 애당초 의뢰를 정식으로 받아들이기는 한 건지 긴가민가했다.

하지만 미네코가 습격당한 이상, 진상 조사에서 손을 뗄 수는 없다.

"내가 해볼게. 교대야. 자네는 잠시 쉬게. 일단 하루미 사장님을 뵙고 올까 해."

"오? 그렇군."

그건 좋은 생각일지도 모르겠다고 하스노는 중얼거렸다.

"어쨌든 당장 내일이라도 요코하마에 가서 사장님께 사건을 상담해볼게. 그리고 부적인가. 그건 사건과 관계가 있을까?"

고도 박사는 신사의 신관에게 중요한 문서를 맡긴 듯하다. 사건과 관련이 있는지 없는지는 둘째치고 신목을 깎아서 만든 부적과 그것을 받은 신사에 중요한 뭔가를 맡긴다는 행위, 그리고 법의학자인 고도 박사가 서로 어떤 맥락으로 얽혀 있는지 모르겠다. 하지만 그 부조화는 고도 박사 살해사건에서 느껴지는 부조화와 비슷했다.

"경찰은 부적에 관해 조사 중일까? 어느 신사인지 모른다면 찾아내기는 힘들 것 같은데."

그냥 나뭇조각 같이 생겼다니까, 부적의 모양새로 찾아내기는 쉽지 않으리라.

"그러고 보니 용의자들 사이에서는 부적 이야기가 전혀 안 나왔지? 아직 아시하라 씨의 이야기를 못 들었거나, 이미 사건과는 무관하다는 결론이 나온 건지도 모르겠군. 괜찮아?"

아까부터 대답이 없길래 현기증이라도 났나 싶어 하스노를 올려다보았지만, 그의 눈빛은 투명하고 맑았다. 하스노가 앞쪽을 바라보면서도 뒤편을 신경 쓰고 있다는 걸, 살짝 돌아간 고개로 알 수 있었다.

"미행이 붙은 거 아닌가?"

"뭐?"

하스노가 작게 속삭이길래 나는 딱딱하게 굳은 목소리로 되물었다.

나는 하스노가 신경 쓰는 쪽에 시선을 집중했다. 하지만 달빛이 비칠 뿐이었고, 골목길 모퉁이, 전신주, 우체통 등이 짙은 음영과 함께 길 안쪽을 향해 늘어서 있었다. 나는 하스노가 느낀 기척을 찾아보려 애썼지만 아무 이변도 발견할 수 없었다.

"누군가 있었나?"

"음, 없나? ……뭐, 됐어. 빨리 돌아가자."

될 대로 되라는 말투였다. 하스노는 전신주에서 몸을 떼고 걸음을 옮겼다.

기분 탓이었을까? 미네코가 습격당한 직후다. 괴한이 내 뒤를 몰래 따라오는 모습이 자꾸 상상돼서 앞을 보고 걸을 수가 없었다. 하지만 하스노는 뒤도 돌아보지 않았다.

"자네 말은 전부 일리 있어. 허탕칠지도 모르지만 해보지 않을 수도 없겠지. 뭐, 힘내서 해봐. 몸조심하고."

말을 마치자 하스노의 눈초리에서 힘이 쭉 빠졌다.

이야기는 끝났다. 수수께끼에 정신이 팔려서 지친 하스노에게 너무 성가시게 굴었다.

의문은 깊어졌고, 사태는 심각해져 가는 것만 같았다. 확실한 사실은 내가 더는 방관자로 머무를 수 없다는 것뿐이다.

"아, 응, 알았어."

하스노는 오차노미즈에서 시영전철을 탔다.

하스노가 사라지자 갑자기 도쿄의 밤거리가 질서를 잃은 것처럼 느껴졌다. 이제 괜찮을 줄 알았건만 있는지 없는지 모를 미행자가 다시 무서워졌고, 집에 혼자 있는 아내를 걱정하는 마음이 대번에 부풀어 올랐다.

나는 얼른 집으로 돌아가기 위해 깊은 잠에 빠져들고 있는 거리를 허둥지둥 내달렸다.

*

밤이 깊었다.

미야오는 고도 박사가 살해당한 날에 그랬던 것처럼, 집이 고요해진 후에 무라야마 저택의 후문을 살그머니 빠져나왔다. 북쪽으로 두 집을 지나 골목길을 통해 정면 큰길로 나왔다.

우쓰기 저택으로 향했다. 반정 정도 거리니까 금방이다.

미야오는 사건이 발생한 후 자기 주변에서 일어나는 일들 때문에 혼란스러웠다. 용의자들이 무라야마 저택에 모여 뭔가 상의하는 것, 비밀 결사인 교수상회의 소문이 퍼지는 것, 미나카미 부인이 3년 전 무라야마 저택에 침입한 도둑을 탐정으로 받아들이려 한다는 것, 그러한 모든 일이 미야오에게 아무 양해도 구하지 않고 그저 그의 눈앞을 지나갔다.

간통한 사실이 드러나지는 않을까, 자칫 잘못해서 자기가 범인으로 몰리지는 않을까. 아무도 상황을 알려주지 않는 가운데, 미야오의 불안감은 자꾸 커져만 갔다.

고도 박사의 장례식 때 시즈코를 보기는 했지만, 시즈코는 오빠를 잃은 여동생 역할을 하느라 바빴다. 미야오는 그 모습을 멀리서 바라보았을 뿐이다. 눈 한 번 마주치기는커녕 시즈코가 그를 신경 쓰는 기색은 전혀 찾아볼 수 없었다.

어떻게든 시즈코와 밀담을 나눌 기회를 찾고 있었는데, 오늘밤 남편 우쓰기가 집을 비운다고 했다. 오늘 오후 고도 박사 살해 용의자들의 회합을 위해 무라야마 저택을 방문한 우쓰기가, 돌아갈 때 현관에서 누군가에게 그렇게 말하는 것을 들었다.

"이제 가마쿠라의 지인에게 물건을 전해주러 가야 합니다. 시간이 이렇게 됐으니 오늘 안에는 못 돌아오겠군."

시즈코와는 아무 약속도 하지 않았다. 하지만 이 기회를 놓치면 언제 만날 수 있을지 모른다.

미야오는 아무도 없는 길을 지나 대문 앞까지 왔다. 우쓰기 저택은 무라야마 저택에 비하면 훨씬 아담한 2층 건물로, 정면의 나무 대문은 잠그지 않는 것이 습관이라 미야오는 어려움 없이 안으로 들어갔다.

잔디밭과 광이 있는 정원이 펼쳐졌다. 미야오는 담장 안쪽에 바싹 붙어서 2층 창문을 올려다보았다.

우쓰기 부부의 침실에는 불빛이 없었다. 미야오는 잔디밭에 떨어진 작은 소나무 가지를 주워서 창문에 던졌다.

늘 사용하는 방법이었다. 그렇게 한 다음, 시즈코가 신호를 주기를 기다린다.

몇 분 기다렸지만 응답은 없었다. 깊이 잠든 걸까? 약속도 없이 온 탓일까? 한 번 더 나뭇가지를 던졌다. 미야오는 초조했다. 어떻게든 오늘 약간만이라도 불안을 해소하고 싶었다.

시간차를 두고 몇 번 되풀이해 나뭇가지를 던졌다. 미야오는 조만간 시즈코가 창문으로 하얀 얼굴을 내밀 것이라고 예상했다. 그래서 그쪽에만 신경을 집중하고 있었다.

그런데 현관문이 사람 하나가 겨우 빠져나갈 만큼만 천천히 열렸다. 하얀 잠옷 차림의 시즈코가 문틈을 빠져나왔다.

시즈코는 미야오를 보고 겁을 먹었다. 하지만 일단 몸을 돌려 절대로 소리가 나지 않도록 조심해서 현관문을 닫은 후, 살금살금 미야오에게 걸어왔다. 미야오가 조심성 없이 말을 걸려고 하자 시즈코는 깜짝 놀란 표정으로 부랴부랴 그의 입을 막았다. 시즈코는 잠깐 망설이는 기색을 보이다가 미야오에게 따라오라고 신호하고 나무 대문을 나섰다.

시즈코는 두 집 옆집으로 미야오를 데려갔다. 주인이 마침 집을 비운 걸 알고 있었던 듯했다. 두 사람은 문짝이 없는 대문으로 거침없이 들어가서 담장 안쪽에 몸을 숨겼다. 시즈코가 신경질적인 목소리로 작게 속삭였다.

"뭐야! 어쩌자고 찾아왔어?"

"오늘 그 인간 없잖아? 걱정됐어. 입을 맞춰둬야 하지 않겠어?"

"있어! 옆에서 자고 있다고! 왜 없다고 생각했어? 창문에서 소리가 나길래 간이 철렁했네. 내가 먼저 알아차렸으니 망정이지……."

들은 바와 달랐다.

미야오는 초조함을 감추지 못하면서도, 시즈코가 자기처럼 오빠의 죽음을 슬퍼하기보다 본인의 행동이 발각될까 봐 걱정한다는 것에 안도했다. 하지만.

"가마쿠라에 간다고 들었는데. 취소한 거야?"

"뭐? 무슨 소리야? 그런 말 한 적 없어. 못 들었어."

"아니, 오늘 왔을 때 말했는데."

예상도 못 했던 가능성이 갑자기 부각돼 두 사람은 암담한 심정으로 서로를 바라보았다. 지금까지 우쓰기의 둔감한 성격이 두 사람의 밀회에 큰 도움을 주었다.

그런데……, 그냥 우쓰기의 변덕이었을까? 아니면 미야오가 들으라고 일부러 가짜 일정을 알려준 걸까.

"하지만 눈치챘다면 시즈코에게도 오늘 못 들어온다고 말하지 않았을까? 그래놓고 실은 근처에서 상황을 살피지 않겠어?"

"나도 몰라! 당신한테만 알려줬다면, 어슬렁어슬렁 집까지 찾아오는 모습을 이불 속에서 관찰할 수 있어서 편하겠다고 생각한 걸 수도 있겠지."

"잔다면서?"

"아닐 수도 있어. 깨어 있었을지도……, 그리고 내가 어떻게 행동하는지 보고 있었는지도 몰라."

시즈코는 몸을 움츠리고 주변을 둘러보며 아무 소리도 나지 않는 것을 확인했다. 미야오도 우쓰기의 집이 신경 쓰여서 죽을 맛이었다.

"나, 빨리 돌아가야 해. 지금이라면 둘러댈 수 있어. 정원에 너구리가 있었다든가, 그런 식으로 말하면 될 거야."

"아니, 잠깐만. 상의하고 싶은 일이 있어."

"뭔데. 상의하고 자시고 할 게 뭐 있어? 난 친구 집에 있었고 당신은 집에 있었어. 그거면 되잖아.”

“그런 게 아니야. 그러니까 그게⋯⋯.”

미야오는 말이 꼬였다. 시즈코만 만나면 가슴속의 걱정이 전부 녹아내릴 것이라는 예상은 빗나갔다. 더구나 우쓰기가 없을 때 찾아가면, 혼란스러운 사건으로 마음이 피폐해진 시즈코가 자신에게 매달릴 테니 그냥 상담만 하고 돌아오지는 않으리라는 기대도 품고 있었다.

하지만 우쓰기는 집에 있었다. 그리고 시즈코의 태도를 보건대, 혹시 우쓰기가 없었더라도 미야오가 기대했던 일은 분명 일어나지 않았을 것이다. 미야오는 자신이 차지했다고 믿었던 시즈코의 마음속 영토의 크기를 완전히 착각했다. 더구나 미야오가 상상 이상으로 궁지에 몰렸을지도 모른다는 사실이 느닷없이 판명됐다.

“그날 밤, 누가 우리를 보지는 않았겠지?”

“대합찻집의 여급은 봤지. 그래도 이름을 대지는 않았으니 괜찮아. 당신, 경찰과 무슨 일 있었어?”

미야오는 시험하듯 시즈코의 옆구리 쪽으로 오른쪽 손바닥을 내밀었다. 성욕에 자극받아 끌어안으려는 것이 아니라 시즈코에게 의지하려 한다는 것이 분명히 느껴지는 손짓이었다. 시즈코는 말투와는 딴판으로 냉정하게 그 손을 피했다.

미야오의 가슴속에 비참함이 퍼져나갔다. 상담할 사람이 시즈코뿐이라는 사실을 말할 결심이 서지 않았다.

미야오의 고민거리는 사건 당일 밤에 그가 목격한 일이었다.

바로 이쿠시마다. 미야오는 사건 당일, 시즈코와 만나러 가는 도중에 이쿠시마가 남의 눈을 피하듯 무코지마의 대합찻집 거리를 걸어가는 모습을 보았다.

이쿠시마는 현재 경찰에게 의심받고 있다.

사건이 발생한 밤에는 밤새 산책했다고 주장한다는 모양이다. 대합찻집 거리를 지나갔던 건 산책의 일환이었을까? 늘어선 대합찻집 중 한 곳에 들어가는 현장을 목격한 것은 아니다. 하지만 산책하러 다닐 만큼 넓은 길도 아닌데 그런 곳을 걸어갔으니, 분명 어딘가에 볼일이 있었을 것 같았다. 미야오는 자신이 이쿠시마를 본 것처럼, 이쿠시마도 자신을 본 것 아닐까 싶어 겁이 났다.

미야오는 시간을 맞추기 위해, 대합찻집에 들어가기 전에 주변을 아무렇게나 돌아다녔다. 그때 이쿠시마와 한 번 눈이 마주친 것처럼 느껴졌다. 밤이라 이쿠시마는 그 사람이 미야오인 줄 몰랐을 수도 있지만…….

이쿠시마가 사실 뭘 하고 있었는지는 모른다. 하지만 경찰이 이쿠시마를 더욱 의심하면 자기가 실은 그날 대합찻집 거리에서 미야오를 봤다고 백일하에 폭로할지도 모르는 일이다.

시즈코는 재촉하듯 미야오와 바깥 길을 번갈아 보았다. 시즈코에게 말해본들 아무것도 해결되지는 않으리라.

시즈코에게 괜한 걱정을 끼치면 자신을 경멸하는 마음만 커질 것이다. 하지만 잠자코 있으려니 미야오는 마음이 너무 무거웠다.

"실은 그날 밤에 남의 눈에 띄었을지도 몰라. 거기까지 가는 도중이긴 하지만."

"뭐? 어쩌다가? 누구한테?"

소리가 났다.

돌멩이를 차는 소리였다. 담장 밖에서 들렸다. 두 사람은 깜짝 놀라서 입을 다물었다.

인기척이 났다.

언제부터일까? 두 사람의 대화가 들렸을까?

미야오와 시즈코에게 담장 밖으로 나가서 소리를 낸 사람이 누구인지 확인할 용기는 없었다. 땅을 긁는 그 소리는 한가로이 걸음을 옮기면서 생긴 잡음이 아니라 뭔가 감정이 담긴 듯한 소리였다. 잠시 후 발소리가 들리고, 바깥에 있던 누군가는 어디론가 간 것 같았다. 미야오는 시즈코의 재촉에 못 이겨 담장을 손으로 짚고 길을 살그머니 내다보았다.

아무도 없는 듯했다. 그렇다고 알려주자 시즈코는 미야오에게 눈길 한 번 주지 않고 대문을 나서서 쏜살같이 집으로 달려갔다.

주변은 다시 고요해졌다. 미야오는 우두커니 홀로 남겨졌다.

6

조사

10시경에 방문한 요코하마 거리는 약간 따스했다. 나는 사쿠라 기초역에서 전철을 내려 벤텐바시 다리 쪽으로 걸었다.

하루미 사장님을 만나러 왔다. 오늘 아침에 전화하자 오전이라면 시간이 난다고 했다.

다리 위에서는 항구와 빨간 등대가 보인다. 다리를 지나 혼마치 길로 들어서서 조금 더 가면, 마찻길과 교차한다. 마찻길을 가로지를 때 오른쪽을 보자 요코하마 쇼킨 은행의 돔 지붕이 눈에 들어왔다.

혼마치 길에는 기와지붕 상점과 더불어 은행이며 보험회사의 석조건물이 늘어서 있다. 인력거가 전신주 및 가로수와 나란히 서서 손님을 기다린다. 잠시 걸으면 개항 기념 회관 근처에 하루미 상사가 보인다.

메이지 시대 말엽에 지은 4층짜리 석조건물이다. 서반아(스페인) 건축가가 곡선미를 띠게 설계한 건물로, 하루미 사장님은 지은 건 좋지만 마음에 안 든다고 볼 때마다 투덜거린다. 내 생각에는 아주 설계를 잘한 것 같다.

들어가자 나를 싫어하는 안내 담당 직원이 접수처 안쪽에 양복 차림으로 앉아 있었다.

나뿐만 아니라 하루미 사장님의 지원을 바라고 드나드는 화가를 모두 싫어한다. 싫어할 뿐만 아니라 종종 심술궂은 짓을 한다. 심할 때는 전해달라고 부탁한 편지를 깜빡한 척할 때도 있다. 한 친구가 그런 일로 하루미 사장님에게 고충을 토로하자, 화가들이 미움받지 않는다면 애당초 지원할 필요가 없으니까 당연하게 생각하라는 대답이 돌아왔다고 한다.

사장님은 사장실에 계신다는 이야기만 듣고서 현관 홀을 통과해 여러 응접실 사이로 뻗은 복도를 지나 승강기를 타고 4층으로 올라갔다. 사장실은 승강기에서 내리면 바로 정면에 있다.

모과나무문을 두드리자 누구냐고 묻거나 들어오라는 말도 없이 문이 철컥 열렸다. 예의 없다고 할 수도 있겠지만, 하루미 사장님 본인이 열어주니까 불만은 없다.

"자넨가."

오랜만에 찾아왔다. 하지만 하루미 사장님은 여러 번 봐서 싫증 난 것 같은 투로 말했다.

일흔 살이 넘은 나이, 머리털과 수염이 하얗게 세었고 얼굴은 음영이 진하다. 요즘은 뺨이 쑥 들어가서 초췌해 보이지만, 특별히 아픈 곳은 없으며 나란히 걸어도 내게 뒤처지지 않는다.

"들어와."

"네, 실례하겠습니다."

하루미 사장님은 감색 하카마[1]에 오시마쓰무기[2]차림이었다. 평소에도 대개는 전통 의상을 입지만, 사장실은 융단 위에 대리석 책상과 아미리가제 가죽 안락의자를 놓고 천장까지 닿는 서가를 설치한 서양식이다. 한편 아자부에 있는 자택은 무가 저택 같은 구조다. 하루미 사장님은 복장 외에는 공적 영역과 사적 영역에서 서양식과 일본식을 구분해서 생활한다.

권하지도 않았는데 마음대로 안락의자에 앉았다. 하루미 사장님은 내 맞은편으로 오지 않고, 책상 뒤편 회전의자에 앉았다. 비서는 자리를 비운 듯했다.

"이구치. 업무 시간에 찾아온 만큼 용건이 업무 이상으로 시시해서는 못 써."

"아, 네."

"일보다 시시한 건 좀처럼 없을 테지만. 그런데 자네는 신기하게도 어처구니없는 이야기를 찾아내서 들고 온단 말이야."

문서를 작성하는지 하루미 사장님은 나를 쳐다보지도 않고 뭔가 적어나갔다. 책상 위에는 읽다 만 듯한 편지와 안경이 아무렇게나 놓여 있었다.

---

1 기모노 겉에 입는 아래옷. 주름을 잡은 바지나 치마 형태다.

2 가고시마현 오시마의 고급 비단, 또는 그것으로 만든 기모노.

"분명 오늘은 괜찮을 겁니다. 그렇게 시시한 이야기가 아니에요. 어쩌면 사람 목숨이 달렸을지도 모르는 일입니다."

뭔가 단서를 얻을 수 있으리라는 생각으로 찾아왔다.

하루미 상사는 종합 상사다. 그것만으로도 각 방면에 연줄이 많은 데다, 토지를 취급하고 호텔도 운영하므로 내가 아는 사람 중에 하루미 사장님만큼 발이 넓은 사람은 또 없다. 나와 안면을 트고 얼마 지나지 않아, 륜돈의 골동품상이었던 우리 할아버지와도 아는 사이였다고 알려주었다.

용의자 중 대부분이 회사에 다닌다. 게다가 모두 지위가 낮지 않다. 하루미 사장님이라면 우쓰기 씨, 시라키 씨, 이쿠시마 씨와 친분이 있을지도 모른다. 그렇지 않더라도 뭔가 소문을 알든지, 쓸 만한 조사 방법을 알려줄 것이다.

하루미 사장님은 당장은 내 이야기를 듣지 않고, 최근에 수입하기 시작한 그림물감을 사용해보았느냐는 둥 일을 하면서 10분 남짓이나 무뚝뚝하게 잡담을 늘어놓았다.

"그러고 보니 자네, 조만간 노서아 선교사와 만난다고 하지 않았던가?"

"아, 그렇습니다. 노서아인 주교래요. 하스노와 함께 만나고 올 겁니다. 다다음주에 만나기로 약속했는데……, 실은 그 일로도 상담하고 싶었는데, 뒤로 미뤄도 괜찮습니다."

"자네는 늘 돈이 되지 않는 일로 바쁘군."

하루미 사장님이 만년필을 내려놓았다. 편지를 다 쓴 듯했다.

"이제 상담하고 싶은 일이 뭔지 말해보게."

사장님이 책상 너머에서 고개를 들고 시선을 던졌다.

미나카미 부인이 하스노를 방문했을 때부터 어제까지 있었던 일을 설명했다. 미나카미 부인이 하루미 사장님에게 한번 전화를 걸어 하스노의 거처를 문의했으므로, 이야기의 진도가 빨랐다.

하루미 사장님은 산들바람에도 흔들리지 않는 버드나무처럼 시종일관 무표정한 얼굴로 이야기를 들었다. 하스노가 예상치 못하게 무라야마 고도 박사 살해사건에 관련됐다는 부분과 미네코가 습격당한 부분에서만 흰 수염에 숨겨진 입매가 딱딱하게 굳었다.

"자네 조카는 지금 어떤가?"

"전화로 듣기로는 오늘 안에 집으로 데려갈 모양입니다. 피를 흘리고 가슴을 찢었을 뿐, 심하게 다친 곳은 없다는군요. 수혈 부작용이 일어날 징조도 없고, 연구소에 있으면 미네코가 편히 쉬질 못한대요. 예전에 고도 박사의 수상한 대화를 들었던 곳이고, 도둑도 들었으니까요."

연구소도 사건의 영역에 포함되는 듯해서 마음을 놓을 수 없었다. 한편 처갓집은 올해 1월에 하스노가 방문했을 때, 아주 침입하기 어려운 집이라고 높은 평가를 받았다.

"데려가서는 어쩌는데?"

"한동안 집에 틀어박혀 있을 거랍니다. 분명 가족이 한시도 빼놓지 않고 꼬박 붙어서 보호하겠죠."

"정치가에게 폭탄을 던지는 비밀 결사가 관여했다면서? 경찰이 대문을 지켜주지는 않는 건가?"

경찰 말로는 누가 왜 습격했는지는 모르지만, 미네코가 혼자 있을 때를 노려서 둔기로 때리는 수단을 택한 이상, 집에서 나가지 않고 충분히 경계하면 괜찮을 거라고 했다.

"아무 도움도 안 된다고 장인어른이 화를 내셨죠. 그렇다고 순사를 배치해달라고 부탁할 수도 없는 노릇입니다. 사건의 경위가 확실치 않아서 언제까지 뭘 경계해야 하는지 모르거든요. 그래서 사건을 서둘러 해결해야 합니다만."

"흠, 그런가."

"뭔가 아시는 바는 없으십니까? 소문이든 뭐든지요."

하루미 사장님은 질문에는 대답하지 않고, 거기 앉아서 기다리라고 말하더니 사장실을 나갔다. 5분쯤 지나자 회사 어딘가에서 표지가 가죽으로 된 장부인지 일지인지를 몇 권 끌어안고 돌아왔다. 하루미 사장님은 복잡한 표정으로 그것들을 팔락팔락 넘기며 천천히 말을 꺼냈다.

"우쓰기라는 사람은 몰라. 하타 제지라는 회사도 들어본 적 없고. 아니, 없지는 않겠지만 기억이 안 나는군. 나와는 전혀 인연이 없는 곳이야."

"아아, 그렇군요."

"히나세 제분이라는 회사는 사업상 관계는 없지만 사장과 중역 몇 명과 안면이 있어. 이쿠시마라는 사람은 모르지만. 그런데 말이야."

찾던 걸 발견했는지 하루미 사장님이 손을 멈췄다.

"미카와 고무 공업의 시라키 전무이사와는 만난 적이 있어. 회계 업무를 주관한다고 들었지. 얼굴을 한 번 봤을 뿐 친하지는 않지만. 머리가 희끗희끗하고 검은 민달팽이 같은 수염을 길렀지?"

"맞습니다."

"미카와 고무 공업은 우리와 20년이나 함께 일하고 있는 거래처야. 고무를 수입해서 전선이며 자전거 바퀴며 이것저것 만들어내지."

하루미 상사의 관련 회사가 동남아에서 운영 중인 고무 농장에서 고무를 매입한다고 한다.

"그런데 요 반년쯤 대금 지급이 늦어질 때가 많았어. 너무 심하길래 자꾸 이러면 우리도 거래에 신중해질 수밖에 없다고 으름장을 놓았더니 미카와의 사장이 울며 매달리더군."

나이는 62세, 동그란 얼굴에 금테 안경을 꼈으며, 옆머리와 뒤통수에 백발이 남은 걸 제외하면 대머리고, 이태리(이탈리아)에서 맞춘 양복을 늘 자랑스럽게 입고 다닌다고 하루미 사장님은 어째선지 미카와 고무 공업 사장의 풍모를 자세하게 설명했다.

"예순두 살이나 먹은 사내가 지금 자네가 앉아 있는 안락의자에 앉아서 하루미 씨, 하루미 씨, 하고 징그러운 목소리로 부르면서 꺼이꺼이 울었지. 조금만 기다려 주면 반드시 어떻게든 하겠다, 사내로서 약속은 꼭 지키겠다고 부르짖더군. 요컨대 경영 상태가 아주 악화된 거야."

어디에 무슨 문제가 있는 거냐고 하루미 사장님이 물었지만,

미카와 고무 공업의 사장은 자세하게 대답하지 않았다고 한다.

"하지만 말이야. 오래 거래한 만큼 미카와에 대해서는 나도 잘 알거든. 제품은 잘 팔려. 그렇게 장사가 잘되는데 회사가 기울어지는 건, 어지간한 멍청이가 아니고서는 못 해낼 일이지. 혹시 외부 사람과 거래를 하다가 자금을 잘못 운용했다면 내게도 소문이 들릴 텐데."

"흠, 그렇군요."

"분명 회사 안에서 돈이 분실되는 거야. 내 생각에는 미카와 고무 공업 내부에 공금을 횡령하는 놈이 있는 게 아닐까 싶어."

그렇구나. 시라키 씨의 직함과 직무가 새삼 떠올랐다.

하루미 사장님은 책상에서 거래 기록을 확인하고 있는 듯했다. 아까부터 입으로는 나와 이야기를 하면서도, 몸으로는 나를 완전히 무시하고 있다.

"미카와는 돈 계산보다는 고무 세공 기술로 사장이 된 사람이거든. 회계 감사고 뭐고 제대로 안 되는 것 아닐까? 그런 일은 전부 남에게 떠맡긴 듯하니 좀처럼 눈치를 채기 힘들겠지. 우리 회사 일도 아니니 내버려둘까 했는데……, 흠."

"어떻게 하시려고요?"

"난 손 안 댈 걸세. 할 거면 자네가 해. 액수가 큰 횡령은 돈의 출납에 관여하는 곳에 있어야 가능하지. 시라키는 중역이 부족해서 다른 곳에서 데려온 놈이었을 거야. 덧붙여 시라키를 한 번 만났을 때, 수염을 기른 꼴이 그야말로 횡령이라도 할 법하게 생겼더라고."

"……그런가요? 허. 제가 보기에 꼭 그런 것 같지는 않았는데요."

자네는 사람 보는 눈이 없다고 하루미 사장님은 딱 잘라 말했다.

"경찰이라면 용납이 안 되겠지만, 장사꾼은 그런 걸로 인물을 판단해도 상관없어. 하스노처럼 겉모습만 봐서는 도둑인 줄 전혀 모르겠는 녀석도 있지만. 도둑이라면 도둑같이 생겼어도 일에 지장은 없을 텐데 말이야. 마찬가지로 횡령범은 횡령범같이 생겨야 하지 않겠나."

하루미 사장님은 뭔가에 화난 것처럼 투덜투덜 중얼거렸다.

"자, 어떻게 할 텐가? 자네는 무라야마 고도 박사가 살해된 일에 비밀 결사와는 무관한 동기가 있는 것 아니냐고 의심한댔지? 나는 그 박사에 관해 아는 바가 없으니까, 시라키의 횡령 행위에 박사가 방해됐는지 어땠는지는 몰라. 하지만 폭탄으로 사람을 죽이는 데는 돈이 들겠지. 몸을 숨기거나 국외로 도주하는 등 수고가 많은 일이야. 횡령이 비밀 결사의 다양한 자금원 중 하나였다고 볼 수도 있을 것 같은데."

시라키 씨는 정말로 횡령을 하는 걸까. 만약 그렇더라도 고도 박사 살해사건과 관계가 있는 걸까. 근거는 희박하지만 흘려들을 수 없는 이야기이기는 했다.

"……나라고 미카와가 망하길 바라겠나?"

"저어, 그래서, 어떻게 하실 겁니까?"

"내가 자네한테 물었잖나. 어떻게 할 건가? 완전히 허탕을 칠 지도 모르지만, 미카와의 회사에 가서 조사하고 올 수는 있겠지. 사장이 곤경에 빠진 건 반년쯤 전부터야. 최근에 많은 돈이 빠져나간 건지도 몰라. 되찾을 수 있을지 없을지, 서둘러 대처해야겠지. 하지만 사장에게 맡겨두면 언제 해결될지 모를 일이야. 그렇다고 증거도 없이 섣부른 짓을 했다가는 죄다 은폐될지도 모르고 말이야."

"조사하고 온다는 건……, 제가요?"

"그래. 난 손대지 않겠다고 했을 텐데. 게다가 내가 아는 사람 중에 평일 대낮부터 이런 시시한 용건으로 남의 회사를 찾아올 만큼 한가한 녀석은 많지 않아."

그리고 의외로 자네가 적임자일지도 몰라, 하고 하루미 사장님은 사장실에 어울리지 않게 구질구질한 내 기모노를 노려보며 퉁명스럽게 말했다. 나야말로 섣부른 짓을 할 것 같은데…….

"제가 양복이라도 입고, 사원이나 감사인 같은 흉내를 내며 회사를 탐색하라고요?"

"그런 셈이지. 저쪽은 화가 따위에게 볼일이 없을 테니까. 만약 자네가 밤중에 숨어들 생각이라면 상담할 사람을 잘못 찾아왔어. 미리 조사할 수 있는 일은 조사해둠세. 할 텐가?"

딱히 시간을 그렇게 많이 낭비하는 일도 아니다. 분명 한나절이면 된다. 가만히 있다가는 사건 해결이 늦어질까 봐 두려웠다.

나는 하기로 결심했다. 이것저것 논의한 후 저녁녘에 하루미 상사 건물을 나섰다.

2

이틀 후 월요일. 미카와 고무 공업은 센다가야에 있다.

생각했던 것보다 일렀지만, 미카와 사장에게 물어보니 마침 시라키가 회사를 비웠다고 했다. 그러니 갈 거면 오늘 오후에 가라고 하루미 사장님에게 전화로 지시를 받았다. 시라키 씨는 고문을 맡고 있는 다른 회사에 볼일이 생겨서 오늘은 그쪽에 갔다고 한다.

오가는 사람들이 내게 미지근한 웃음이 담긴 눈빛을 던지는 것만 같았다. 나는 평소 양복을 입지 않는 데다 양복 자체가 없다. 그저께 하루미 사장님이 나와 체격이 비슷한 사원을 골라서 양복을 빌려주라고 했다.

평소 환히 웃는 일이 잘 없는 사에코가 오늘 집을 나서는 나를 배웅할 때는 웃음을 참지 못했다. 소맷자락으로 입가를 가린 채 "무사히 다녀와" 하고 진심인 건지 놀리는 건지 모를 말을 던졌다. 양복 차림으로 재주를 부리는 원숭이가 된 것 같은 기분이었다.

미카와 고무 공업의 부지는 4천 평쯤 되고, 뭐가 뭔지는 모르지만 편조 공장, 도료 공장, 연선 공장 등의 건물이 각자 따로 자리를 잡고 있다. 한편 공장 직원 기숙사와 창고는 보자마자 알 수 있었다. 창고 옆 3층짜리 목조 건물이 내 목적지인 사옥이었다.

무미건조하게 가동 중인 공장 옆을 빠져나와 사옥 입구로 들어갔다. 초인종을 눌러 방문했음을 알리지 않고, 복도 안쪽 의자에 앉아 헝겊에 자수를 놓고 있는 소녀 사환에게 말을 걸었다. 이 소녀가 출근부 내용을 꿰고 있으므로 몰래 안내를 받기에는 제일 좋다고, 평소 미카와 고무 공업에 드나드는 하루미 상사의 사원에게 들었다.

"어, 시라키 씨를 뵙고 싶은데요."

"어머, 시라키 씨는 오늘 안 계시는데요. 약속하고 오셨어요?"

"그런 건 아니고요. 회계 업무를 맡은 분과 이야기를 하고 싶어서요."

"네, 전달해드릴게요. 성함을 말씀해주세요."

"아, ⋯⋯오쓰키라고 합니다."

나는 가방 속 명함을 더듬더듬 찾아서 내밀었다. 근시인지 사환은 부릅뜬 눈으로 명함을 들여다보고 나서 안쪽 계단을 올라갔다. 나는 흐르지도 않은 관자놀이의 식은땀을 닦았다.

그저께 하루미 상사에 있는 일문 타자기[3]를 사용해 급히 만든 명함에는 오쓰키 아키라라는 내 가명이 박혀 있다. 자세히 비교해

3　영어, 한자 및 일본 고유의 글자인 가나를 칠 수 있는 타자기. 1915년에 개발됐다.

보면 하루미 상사의 정식 명함과 다르다는 걸 알 수 있는데, 하루미 사장님이 나중에 이번 일을 마무리할 때 내가 사장님의 정식 밀정이었음을 밝혀도 되고, 무단으로 하루미 상사의 명함을 베꼈다고 둘러대도 되도록 배려한 것이다.

소녀 사환이 돌아왔다.

"저어, 시마자키라는 사원이 뵙겠다는데요."

"아, 그런가요. 감사합니다. 그럼 그분을 만나도록 할까요."

맹한 내 대답에도 의심하는 낌새 하나 없이 사환은 나를 2층으로 안내했다.

응접실에라도 데려갈 줄 알았는데 빈 곳이 없는 걸까? 사환은 복도 제일 안쪽, '회계'라는 종이가 붙어 있는 문을 두드렸다.

"시마자키 씨, 그, 오쓰키 씨를 모셔왔습니다."

삐쩍 마른 몸에 표고버섯의 갓처럼 머리를 이발했고, 15세 때의 얼굴 그대로 어른이 된 듯한 남자가 문을 열고 나왔다.

"오쓰키 씨? 하루미 상사의? 들어오시죠."

"네, 반갑습니다."

시마자키가 아주 저자세로 나오길래 나는 배짱이 조금 생겼다.

지금까지는 딱히 용건이 없었으므로, 회계실이라는 이름이 붙은 곳에는 처음 들어와 봤다. 하지만 커다란 주판을 놓아둔 책상과 서류로 가득한 서가는 그야말로 상상 그대로였다.

우리는 수수한 사무의자에 마주 앉았다. 시마자키는 하도 봐서 질렸을 실내를 둘러보았다. 나와 눈을 마주치지 못하겠는 듯했다.

"저어, 오늘은 어떤 용무가 있으셔서……."

"그게 말이죠."

무슨 이야기를 하는 거였더라? 나도 긴장했다.

"……시라키 씨는 어디 계십니까? 뵙고 싶었는데요."

"그게, 시라키 전무님은 오늘 자리를 비우셨습니다."

"그건 들었습니다. 어디서 뭘 하고 계신 거죠?"

"어, 모르겠습니다. 어딘가에 계시겠죠."

"흠, 어딘가에 계신 거로군요. 오, 꽤 좋은 만년필이군요. 만년 필은 저도 제법 잘 아는데, 이거 아미리가의 콘클린이죠? 잡지에서 본 적 있습니다. 좀 보여주십시오.

아아, 역시 그거군. 이거 마루젠에서 몇십 엔에 판매하는 걸 봤 습니다. 좋네요. 제 급료로는 도저히 못 살 물건이거든요. 시마자키 씨 거죠? 이런 걸 어디서 구하셨습니까?"

"아, 이건, 제가, 아니, 시라키 전무님 것인데……, 어쨌더라, 그 렇지, 주웠습니다."

"주웠다고요? 시라키 씨가요? 이걸? 어디서요?"

"분명 어딘가의 큰길이겠죠. 만년필을 떨어뜨려도 모르고 갈 만한."

아무리 그래도 너무 설설 기는 것 아닌가? 내 대답도 어정쩡하 기는 하지만, 시마자키는 건드리면 경기라도 일으킬 것처럼 겁에 질린 눈으로 나를 바라보았다.

"그런 길이 있다고요? 몇십 엔짜리 만년필을 주울 수 있는 길이? 이야."

나는 크레센트 필러[4]가 달린 정교한 만년필을 책상에 탁 내려놓았다. 긴장이 풀리고, 너무 익어서 문드러지기 시작한 감처럼 마음이 심술궂게 변색해 간다는 걸 스스로도 알 수 있었다.

"뭐, 워낙 비싼 물건이니까요. 소중히 간직하시면 좋겠군요. 시라키 씨가요.

어쨌거나 귀사의 회계실은 돈을 잘 변통하고 계신다는 거겠죠? 이런 물건을 구매하실 정도니까요. 그런데 너무 주제넘는 소리라 죄송하지만, 미카와 고무 공업은 실적이 시원찮다고 들었습니다. 저희 사장님도 걱정하시면서 어떻게 된 일인지 사정을 물어보라고 지시하시더군요."

"그, 그러니까 회계실에 가서 이야기를 들어보라고, 하루미 상사의 사장님이 말씀하셨다는 겁니까?"

"네, 그렇습니다. 어째서일까. 저희 사장님이 귀사의 사장님께 직접 물어보는 게 훨씬 빠를 텐데 말이죠. 아무튼 저도 지시받고 온 이상, 아무 성과도 없이 돌아갈 수는 없어서요."

"요컨대, 그, 감사 비슷한 겁니까? 뭘 하실 생각이세요? 어, 어쩌라는 거예요?"

4　만년필 옆에 달린 초승달 모양의 단추. 잉크에 펜촉을 넣고 이 단추를 누르면 잉크가 충전된다.

"그러니까 뭐, 이런저런 이야기를 들려주시거나, 상식에 좀 어긋나기는 하지만 장부를 보여주셨으면 하는데요. 그럼 이야기가 빠르겠죠?"

"장부? 그건 안 되겠는데요. 외부인에게 장부를 보여줄 수는 없습니다."

"그렇겠죠. 이해합니다. 하루미 사장님도 일단 미카와 사장님께 이야기를 하시려다가 귀찮아서 그만두셨어요. 하지만 보여주실 수 없다면 미카와 사장님께 양해를 구하는 수밖에 없겠네요."

시마자키는 머리를 긁적이거나 목을 쓰다듬는 등, 언뜻 보기에도 안절부절못하는 태도로 다시 회계실을 두리번두리번 둘러보았다. 아무도 없지만 누군가에게 도움을 요청하는 듯한 모습이었다.

어디서 어떻게 봐도 유죄다.

이렇게 간단할 줄은 꿈에도 몰랐다. 이자는 횡령을 하고 있다.

시마자키는 잠겨 있던 서가의 유리문을 열고 연호가 적힌 장부를 여러 권 꺼냈다.

"이게 최근 4년간의 장부인데요……."

"아아, 감사합니다. 그럼 살펴보겠습니다."

장부가 네 종류나 돼서 나는 내심 기가 죽었다. 자리에서 일어나 책상에 쌓인 장부에서 막 한 달 분이 채워진 다이쇼 9년(1920년)도 일기장[5]을 골라서 펼쳤다.

"우와, 굉장하군요. 숫자가 가득해요."

과장과 거짓이 일절 없는 내 본심이었다.

회사에 다닌 적이 한 번도 없어서 일기장이니 대차대조표가 뭔지도 제대로 모른다. 게다가 나는 계산에 몹시 서투르다.

나는 속수무책이라 힘이 쭉 빠진 얼굴에 억지로 대담한 웃음을 지으며 시마자키를 쳐다보았다. 그는 불안한 표정으로 나를 마주 보았다.

어떻게든 이 장부들에서 횡령 사실을 간파해낼 수 있는 것처럼 꾸며내야 한다. 적어도 내가 외국의 전화번호부라도 들여다보는 것 같은 심정으로 장부를 넘기고 있다는 사실을 들켜서는 안 된다. 너무 느려도 수상쩍고 너무 빨라도 내용을 전혀 이해하지 못한다는 것이 들통난다.

나는 가끔 장부를 들어 올려 앞으로 팔락팔락 넘기거나 뒤로 되돌아갔고, 수첩에 뭔가 적는 척했다. 때때로 흠, 호오 하고 뭐에 감탄하는 건지 모를 소리를 내기도 했다.

공허함을 견디지 못하면 동작이 완만해진다. 언제까지 이 짓을 해야 할지 모르겠다. 전부 다 볼 필요는 없을까, 서가에 있는 옛날 장부도 보여달라고 해야 할까. 어느덧 나는 30분도 넘게 장부를 상대로 머리를 공회전시키고 있었다. 다행히 시마자키가 수상쩍게 여기는 낌새는 없었다.

"저기……, 어, 어떤가요? 뭔가 문제라도……."

---

5   날마다 발생하는 거래 내용을 순서대로 기록하는 장부.

"아아, 뭐, 과연 생각한 대로구나 싶군요."

뭐가 과연 생각한 대로인지는 모르겠지만. 경영 사정에 정통한 사람이 살펴봐도 장부만으로 파악할 수 있는 사항은 별로 없고, 있더라도 자세히 조사하려면 시간이 걸린다. 하지만 장부를 가지고 나와서 다른 회사에 남아 있는 실제 거래 기록 등과 비교하는 건 절대로 싫어할 테니 허세를 부려서 뒤흔드는 것이 제일 쉬운 방법이다. 하루미 사장님 말로는 그렇다고 한다.

"하루미 사장님께 분명히 전달하겠습니다. 사장님은 다른 회사 사정에도 훤하시니까요. 여러모로 유익한 조언을 해주실 겁니다."

시마자키는 말없이 고개를 떨구었다.

시마자키는 아무래도 상관없다. 내가 분명하게 밝히고 싶은 것은 시라키가 횡령에 관여했는지, 관여했다면 그 돈을 어떻게 했는지다. 시마자키의 태도로 보건대 혼자 횡령한 것 같지는 않지만, 좀 더 확실하게 사정을 듣고 싶었다.

"아참. 하루미 사장님께서 꼭 물어보라고 하셨는데요. 이나다 철강과 관련된 일입니다. 최근에 아주 불리한 거래를 한 게 아닐까 몹시 걱정하셨는데, 괜찮으십니까?"

하루미 사장님이 꼭 떠보라고 시켰다.

이나다 철강은 미카와 고무 공업이 금속 제품을 매입하는 회사로, 손실 금액이 큰 데다 특히 최근 들어 단숨에 경영 상태가 악화된 점으로 미루어 보아 이나다 철강과 거래할 때 어딘가 속임수를 쓴 것 아닐까 하루미 사장님은 추측했다.

당장 효과가 나타났다. 시마자키의 얼굴이 점토 세공품을 찌부러뜨리는 것처럼 일그러졌다. 이제 끝났다 싶어 마음을 진정시키려는 참에 내가 폭죽을 던져 넣은 듯했다.

"뭐, 뭐가요. 전혀 불리한 것 없이 평소대로 거래했습니다. 여러모로 융통성 있게 대해주거든요."

시마자키는 여전히 잡아떼려 했다.

"그럼 다행이지만요. 이것저것 살펴봤으니 여기저기 조회하면 확실해지겠죠. 하지만 무슨 일이든 사전에 알아두는 편이 낫다는 게 하루미 사장님 생각이시거든요. 덧붙여 정직하면 정직한 만큼 우리로서도 친절을 베풀 보람이 있다고요. 뭐, 세상 돌아가는 이치가 다 그런 법 아니겠습니까."

시마자키는 입을 떡 벌린 채 부릅뜬 눈으로 매달리듯 나를 쳐다보았다.

"저는……, 돈을 꽤 많이 써서 절반도 안 남았습니다……."

자백했다. 양손으로 퍼올린 쓰레기에서 구정물이 뚝뚝 떨어진 것 같은 기분이었다.

"아아, 그렇습니까. 그거 안 좋은데요. 정말 안 좋아요. 얼마 정도입니까?"

"9천 엔 정도 남았습니다. 그게……, 자동차를 사거나 해서……."

1만 엔쯤 쓴 건가.

내 그림을 몇백 장은 살 수 있는 돈이다. 굴복한 그의 모습을 보고 있자니 경멸감과 함께 묘한 죄악감이 솟구쳤다. 나는 죄악감을 무시하고 말을 이었다.

"그럼 시라키 씨는 어떻습니까? 시라키 씨도 돈을 썼을까요?"

시마자키는 남의 이야기라서 주저했지만 결국은 말했다.

"시라키 전무님이 어쨌는지는 잘 모릅니다……, 하지만 뭔가 거창한 일을 안 하는 걸 보면, 안 썼을지도 모르죠. 집에 모아뒀을 수도 있고요."

역시 비밀 결사인가? 활동 자금으로 넘겨주는 걸까.

"잘 수습할 방법이 있을까요? 어떻게 잘 해결될까요?"

어떻게 잘 해결될 리 없다.

하루미 사장님께는 대단한 돈이 아니겠죠, 하고 나는 무책임한 소리를 했다.

"참고 삼아 묻겠는데, 뭘 어떻게 해서 눈속임한 겁니까?"

"어, 그게, 눈속임이랄까……."

이야기를 들어보니 이나다 철강 내부에 시라키 일당과 결탁한 자들이 있다고 한다.

그들은 회계 담당이 아니지만, 회사의 인감을 멋대로 사용해 시라키 일당에게 영수증을 제공함으로써 거래가 이루어진 것처럼 위장했다. 하지만 요즘 인력 배치전환과 함께 인감 관리가 엄중해 져서 그들은 지금까지처럼 서류를 위조할 수 없어졌다. 현재 존재 한다고 사장에게 보고한 영수증을 어떻게든 한 장 더 위조하지 않으면, 그들의 악행이 미카와 고무 공업 내부에서 발각되는 것도 시간문제다. 시마자키는 잔뜩 겁을 먹었고, 이나다 철강의 가담자들도 몹시 초조해하는 상태다.

그 후 시라키 씨가 수상한 사람들과 연관된 것 아니냐고 물어보려 했을 때, 갑자기 문을 두드리는 소리가 나더니 아까 그 사환이 고개를 디밀었다.

"저어, 이나다 철강의 이시카와 씨와 고야마 씨가 오셨는데요."

한순간 나는 생각이 정지됐다. 호랑이 그림 뒤쪽에서 진짜 호랑이가 나타났다.

시마자키가 지시를 바라는 것처럼 나를 쳐다보았다. 무슨 용건으로 온 건지 설명하라고 시마자키를 윽박지르고 싶었지만, 사환 앞에서 그럴 수는 없었다.

"음, 지금 이야기와 관계있는 손님인가요?"

"네, 아……, 그렇습니다."

"그렇다면 실례지만, 저도 이야기에 끼는 게 좋겠군요. 괜찮으시겠습니까?"

이쯤에서 물러가는 편이 나을지도 모른다. 하지만 감사하러 와놓고서 그들을 무시할 핑계가 떠오르지 않았다. 정황상 이야기를 듣는 것이 자연스러울 듯해서 내가 먼저 그렇게 말했다.

시마자키는 내 말을 듣고 안심한 표정이었다. 내 가슴속에 부풀어 오른 시마자키에 대한 죄악감이 안개 걷히듯 사라졌다.

무사히 넘어갈 수 있을까?

내가 더 불안해졌다.

시마자키는 30대 중반 정도였지만, 이나다 철강에서 온 두 사람은 마흔 살이 넘어 보였다.

그래서 두려웠다. 그들에게는 시마자키에게는 없는 위세가 있었다. 이시카와라고 소개된 남자는 몸통이 바라지고 팔다리도 굵은 것이 폭력적인 느낌을 풍겼고, 고야마는 여우같이 쭉 올라간 눈으로 말없이 내 값어치를 평가했다. 나는 두 사람의 손목시계며 커프스단추를 보고 이 두 사람도 한패가 틀림없다고 확신했다.

달리 할 말이 떠오르지 않았으므로 나는 횡령 사건에 관해 이야기하러 왔다고 단도직입적으로 말했다. 그들은 놀랐지만 각오하고 있었던 것 같기도 했다. 미카와 고무 공업의 사장이 꾸물대고 있을 뿐, 언제 들통날지 모르는 지경까지 사태는 진전된 것이다.

의자가 모자라서 모두 함께 앉을 수 없기에, 아무도 앉지 않고 넷이서 서로 노려보았다. 나는 하스노가 그러듯이 미소를 지으려고 했지만 아무래도 잘되지 않았다.

"이봐, 오쓰키라고 했나. 댁은 하루미 상사의 뭐야? 무슨 담당인데?"

고야마가 얼버무리고 넘어가는 걸 용납하지 않겠다는 어조로 물었다.

"아아, 음……, 하루미 사장님의 비서 같은 사람입니다."

"같은? 무슨 말이 그래? 비서가 아닌 건가?"

"……비서입니다."

어딘가 비서답지 않은 구석이 있었을까 싶어서 내 몸차림을 다시 살펴보고 싶어졌다.

"회계사도 아닌 것 같은데, 목적이 뭐야? 뭣 때문에 남의 일에 참견하는 건데?"

"저는 하루미 사장님의 지시로 왔을 뿐입니다."

"댁 같은 사람에게 일을 맡겼다는 건가. 하루미 씨는 이번 일을 어떻게 처리할 생각이지?"

"글쎄요, 저도 확실히 듣지는 못했습니다. 이런 일의 뒤처리에는 익숙하실 테니, 경찰을 개입시키지 않고 원만하게 마무리해주실지도 모르죠."

"왜 그렇게 배려해주는 건데? 하루미 씨가 그렇게 관대한 사람이라는 말은 못 들어봤는걸."

그 말이 옳다. 하루미 사장님이 횡령범을 위해 그렇게 수고해줄 리 없다.

"신중해야 할 상황이야. 어쩌지? 예상외로군. 이런 식으로 이야기가 새어나갈 줄이야."

"그러게, 인감만 어떻게 하면 될 거라고 생각했는데……."

"어이, 말조심해."

"하지만 시라키 씨가 그랬잖아. 슬슬 위험하다고. 더 이상은 안 돼."

"뭘 잘난 척이야? 넌 아무 생각도 없었잖아……시마자키, 시라키 씨는 없나?"

"네, 그, 오늘은 쉬는 날입니다."

"운이 안 좋군."

그들은 내가 시야 구석에 있는데도, 관심 없는 방문판매원을 무시하듯 자기들끼리 이야기를 진행했다.

"시마자키, 너무 부주의했어. 이런 자와 함부로 이야기해서는 안 돼."

그들은 조금씩 자리를 이동해 이제는 출입문을 막듯이 서 있었다. 나는 독 안에 든 쥐 신세가 되고 말았다.

고야마가 나를 힐끔 돌아보고 입을 열었다.

"이봐, 오쓰키. 댁은 어디까지 알고 있나. 우리가 뭘 어떻게 하는지 알아? 말해봐."

"……뭔가, 그, 이를테면 회사의 저금 같은 걸 몰래 꺼내서, 뭔가 산 것처럼 위장했겠죠?"

"무슨 소학생도 아니고 말투가 뭐 그래? 무슨 명목으로 공금을 유용했다고 생각하나?"

"아……, 글쎄요? 뭔가 부품 대금이겠죠?"

나사 같은 것 아니겠느냐고 나는 쓸데없는 말을 덧붙였다.

고야마는 책상 위에 내팽개쳐둔 내 명함에 시선을 주었다. 그는 명함을 집어서 코끝에 갖다 대다시피 들여다보았다.

다른 두 사람은 나를 감시했다. 안색이 변한 걸 눈치챘을까.

"난 하루미 씨와 안면은 없어. 하지만 유명인이라 이것저것 주워들은 게 있지. 오쓰키, 작년에 댁네 회사가 고무를 얼마나 수입했는지 아나?"

"어……, 아주 많이 수입한 것 같더군요."

"흥. 그럼 하루미 씨는 평소에 무슨 담배를 피우지?"

"아, 그건 압니다. 파르타가스 여송연요."

"2년 전에 하루미 상사가 큰 손실을 입은 이유는?"

"그러니까……, 분명 어딘가에서 창고가 불탔을 텐데. 아미리가였나? 양털이 보관된 창고요."

목화였던가?

잘 기억이 안 난다.

"하루미 씨가 사용하는 회중시계는 어느 회사의 뭐지?"

"서서의 제니스요. 회중시계가 아니라 손목시계일 텐데요. 품명은 모릅니다."

고야마가 하루미 상사에 관해 알고 있는 사실이 빨리 동나기를 바라며 나는 창문 쪽을 곁눈질했다. 자물쇠는 잠겨 있지 않았다. 2층인데 뛰어내릴 수 있을까? 요전에 미네코에게 있었던 일이 떠올랐다.

이시카와가 책상 위를 뒤져서 무슨 서류를 끄집어냈다. 고야마가 그걸 받아들고 내 눈앞에 들이댔다.

"이걸 읽어봐."

그것은 서양 종이에 타자기로 작성한 상거래상 서류였다. Export가 있으니까 수출에 얽힌 내용이겠지만, 그 이상은 알아볼 수 없었다.

아무 대답도 하지 못하고 뻣뻣하게 굳어 있자 고야마는 내게 발길질이라도 할 것 같은 표정을 지었다. 그는 만족한 듯 이시카와와 시마자키를 보았다.

"어때? 이런데도 하루미 상사의 사장 비서 노릇을 할 수 있겠나? 이자는 가짜야. 무슨 속셈인지는 모르지만 하루미 씨에 대해 좀 안답시고 겁도 없이 찾아온 거겠지."

"그, 그야 돈 때문이겠지? 우리를 등쳐먹을 작정이었을 거야."

"그럴 거야. 회계 업무에 문외한이라도 시마자키 혼자라면 구슬릴 수 있을 거라 생각했겠지, 우리가 찾아와서 아깝게 됐네."

그건 아니다.

너희들 돈은 아무래도 상관없다.

하지만.

이제 정말로 위험해졌다. 나를 어떻게 처리할지를 놓고 최악의 방법을 생각하고 있는지도 모른다. 나는 다짜고짜 창가로 달려가 아래를 내려다보았지만, 금속 부품이 어질러져 있어서 도저히 뛰어내릴 수 있는 상황이 아니었다.

당황한 나를 보고 세 사람은 웃음을 흘렸다. 그 모습에 나는 마음을 굳혔다.

고개를 들고 세 사람과 마주 섰다. 얼굴은 똑바로 그쪽을 향하면서도, 목부터 아래쪽은 안절부절못하며 다른 데 정신이 팔린 척했다.

"저기, 죄송합니다만 뒷간 좀 쓸 수 있을까요? 배가 아파서요. 옛날부터 야단맞으면 복통이 찾아오거든요……."

"뭐?"

"그러니까, 뒷간에 좀 보내달라고요. 배가 아프다고 했잖습니까. 보셨다시피 저는 세상사에 어둡습니다만, 회사에서는 정해진 곳을 사용하지 않고 아무 데나 싸면 안 되죠? 그렇다고 아는데요."

나는 익숙지 않은 바지 허리께에 두 엄지손가락을 끼워 넣고 위협하듯 세 사람을 응시했다.

시마자키가 오물 그 자체를 보는 것 같은 눈으로 나를 바라보았다.

"안내하지. 같이 가자고."

비밀 결사원이 신입을 은신처로 안내하는 듯한 어조로 고야마가 말하자, 다른 두 사람도 졸래졸래 따라왔다. 셋이서 나를 변소까지 호송했다.

뒷간의 창문은 작아서 밖으로는 못 나간다. 그래서 안심했는지 그들은 칸의 입구까지는 따라오지 않았다. 요행이다.

칸은 좁지 않았다. 바닥보다 한 단 높게 설치된 수세식 변기에는 꼭 맞는 뚜껑이 덮여 있었다. 이것도 작은 행운이었다.

나는 호주머니에 숨겨두었던 종잇조각 두 개를 변기 뚜껑 위에 펼쳤다.

하나는 이나다 철강의 도장이 찍힌 영수증, 또 하나는 도장이 찍히지 않은 영수증이다. 그리고 아주 가느다란 붓과 인주도 꺼냈다. 손님이 찾아와서 시마자키가 허둥대는 사이에 회계실 책상에 있던 걸 슬쩍해두었다.

내가 적임자일지도 모른다던 하루미 사장님은 정말 혜안이 있구나, 하고 원망스럽게 생각하며 인주 뚜껑을 열었다.

나는 우에노의 미술학교에 다니던 시절, 장난삼아 교사의 낙관을 그림붓으로 흉내 냈다가 몹시 혼난 적이 있다. 교사는 무엇보다, 스스로도 자신의 낙관을 구별해내지 못한 것에 화가 났다.

자세가 안 좋은 데다 백지 영수증은 한 장뿐이다. 평소 그림을 그릴 때는 느끼지 못했던 중압감이 몰려왔다. 신중하게 두 장을 비교해보고, 붓에 인주를 묻혀 손등에 한 번 그려본 후 나는 위조에 나섰다.

완성도 높은 그림이 나왔다.

4분쯤 만에 나는 이나다 철강의 회사 인감을 똑같이 그려냈다. 위조한 영수증을 재빨리 양복 안주머니에 넣은 후, 휴지를 뜯고 물을 내렸다. 위조 작업을 하는 동안 나는 밖에 있는 세 사람을 속이기 위해 가끔 뺨을 부풀려 그럴싸한 소리를 냈다. 나는 볼일을 마친 표정으로 칸에서 나왔다.

"아아, 감사합니다. 오래 기다리셨죠. 돌아가서 마저 이야기하실까요."

어쩌면 변소에서 할 일만 마친 것치고는 내 표정이 부자연스럽게 상쾌해 보였는지도 모르겠다. 그릇이 작은 악당에게 저항하기 위해 내가 준비한 사소한 대응책이 묘하게 유쾌하게 느껴져서 상황에 맞지 않게 웃음이 새어 나왔다.

나는 그들의 선두에 서서 회계실로 돌아갔다.

"어, 말씀대로 저는 하루미 상사의 사장 비서가 아닙니다. 하지만 등쳐먹으러 온 것도 아니에요. 자."

나는 최대한 아무렇게나 다루는 느낌이 들게끔 안주머니에서 영수증을 꺼내서 보여주었다. 수령인 부분은 공백이지만 틀림없이 이나다 강철의 인감이 찍혀 있는 것처럼 보이는 영수증이다.

세 사람의 눈빛이 달라졌다.

"뭐야? 어떻게 이걸……."

"말씀드릴 수 없습니다. 하지만 필요하시면 더 준비할게요."

그들이 꼭 원했던 물건이다. 세 사람은 이마를 맞대고 절하듯이 영수증을 들여다보았다. 너무 빤히 보지는 말았으면. 그 틈에 나는 슬쩍한 영수증을 몰래 책상에 돌려놓았다.

"어떻습니까? 저는 전기 선풍기를 살 만큼만 받으면 충분합니다. 그 외에는 아무것도 필요 없어요."

그들이 이번에는 욕심이 고스란히 드러난 눈빛으로 나를 보았다. 아까와는 다른 공포가 밀려왔다.

"아무튼 오늘은 인사나 할 겸해서 온 겁니다. 그럼 이만……."

"뭐? 어디 가?"

"집에 가야죠. 또 배가 살살 아파서요. 기울어가고 있는 회사의 변기를 여러 번 더럽히는 것도 미안하잖습니까. 자, 생각이 결정되면 연락주십시오. 이게 제 진짜 연락처입니다."

나는 다른 명함을 한 장 꺼내서 고야마에게 내밀었다.

그들은 나를 붙잡지 않았다. 정문을 나서서 사옥이 보이지 않을 때까지 빠르게 걸어간 후에야 나는 가슴을 쓸어내렸다.

아직 저녁이 되기까지는 시간이 있었다. 시영전철로 무라야마 저택에 가서 이웃들에게 탐문을 하기로 했다.

（３）

"여보, 오쓰키 씨가 옳은 거 아니야? 잘도 그런 천박하고 대담한 짓을 했네."

사에코가 말했다.

나는 6시 전에 귀가했다. 사에코는 또 부엌에서 냄비로 저녁 식사를 준비하며 내 이야기를 들었다.

"응. 뭐, 계속 오쓰키라고 불렸으니 말이야. 그럴지도 모르지."

오쓰키는 실제로 존재하는 내 화가 친구의 이름이다. 세상일에 아무 관심도 없다고 사에코가 꼽는 사람 중 한 명이고, 나처럼 하루미 사장님과 친분이 있다.

"하지만 오쓰키는 그런 도장을 못 그려. 나니까 가능했지. 내가 훨씬 실력이 좋다고."

"아아, 그래? 그런데 여보, 횡령을 도와주기로 한 오쓰키 씨의 연락처로는 어디를 가르쳐준 거야? 설마 우리 집은 아니겠지?"

"아니야, 걱정하지 마. 오쓰키의 진짜 명함을 줬으니까."

사에코는 어이없다는 듯 내게서 시선을 돌렸다.

지금 오다와라에서 그림을 그리거나 놀고 있을 오쓰키에게, 횡령범이 상담하러 갈지도 모르니까 주의하라고 일찌감치 경고해줄 필요가 있었다.

"그런데 미네 짱은 어때?"

오늘 연구소에서 집으로 돌아갔을 것이다. 사에코가 오후에 가서 보고 왔다고 들었다.

"무리하면 걸을 수 있는 것 같더라고. 하지만 의사 선생님이 무리하지 말라고 했어. 당연한 소리지만."

"아아, 그래? 뭔가 별다른 점은 없었고?"

"집안 분위기가 완전히 달라졌지. 낮에도 덧문을 꼭 닫아놔. 아버지는 군도를 곁에 두고, 가족이 다 함께 침대에 누운 미네코를 지키고 있어."

"그렇게까지는 안 해도 될 것 같은데. 지킬 거면 집 주변을 지켜야 하지 않을까?"

"미네코도 정말 싫어했어. 평소랑 똑같이. 그리고 하스노 씨는 어떻게 지내느냐고 몹시 걱정하던데. 미네코뿐만 아니라 가족들 전부."

오늘 오후에 나는 하스노에게 '괜찮나' 하고 전보를 쳤다. 하지만 답장은 없었다. 힘들면 억지로 답장할 필요는 없다고 전해두었다. 정말로 힘들면 당연히 전보를 칠 수 없을 테니 그야말로 무의미한 전보였다.

"괜찮다고 말해두면 돼. 조만간 내가 가서 보고 올게."

사에코는 받아들이지 못하는 눈치였지만, 이의를 제기하지는 않았다.

"응. 그러고 보니 낮에 전보가 왔어. 법의학 연구소에서."

사에코는 냉장 상자[6] 위를 가리켰다. 확인하자 아시하라 씨가 잊지 않고 보낸 전보로, '사환은 3년 전에 온 손님을 전혀 기억하지 못했으므로, 미네코가 엿들은 대화의 상대가 누군지는 알 수 없다'라는 내용이었다.

"그, 오쓰키 씨 같은 짓을 한 후에는 어떻게 했어? 사건이 일어난 곳 근처에서 탐문을 했잖아. 뭔가 알아낸 것 없어?"

미네코가 습격당해 사에코도 제삼자라고는 할 수 없는 처지가 됐으므로, 사건의 경과를 전부 설명해주고 있다.

평일 저녁 시간이 되기 전이라, 미나카미 부인 외에 다른 용의자와 맞닥뜨릴 위험성은 낮았다. 그래도 용의자들의 집을 직접 찾아가지는 않고, 주변 다른 집의 고용인들에게 이야기를 들었다.

"음, 없지는 않지만 도움이 될지 말지 모를 이야기뿐이었어.

실은 용의자 중 한 명인 우쓰기 씨의 아내가 무라야마 고도 박사의 여동생이라는 건 말했었지? 증거가 없어서 미심쩍지만, 우쓰기 부인이 불륜 중이라는 이야기를 들었어. 게다가 불륜 상대가 무

---

6 문이 두 개 달린 나무 상자에 단열재로 감싼 금속 상자를 넣고, 윗단에는 얼음, 아랫단에는 식재료를 넣어 보관하는 도구.

라야마 저택의 서생인 미야오래.”

“어머나.”

우쓰기네의 대각선 맞은편 집에서 하녀로 일하는 야노에게 들었다. 심부름하러 가는 야노를 붙잡아 우쓰기 씨의 평판 등에 대해 이것저것 질문하자, 내가 근처 사람이 아니라서 입방정을 떨어도 들킬 걱정 없겠다고 생각했는지 기꺼이 말해주었다.

―네, 제가 보기에 나리가 남편으로 나쁜 사람은 아닌 것 같은데 말이죠. 좀 맹하다면 맹하지만요. 반년쯤 전까지는 나리가 외출하신 날 저녁께에 그 댁 서생이 집에 숨어들었죠. 근처 창문으로 훤히 다 보이는데 허술하기 짝이 없다니까요. 다들 봤어요. 요즘은 조심성이 늘었는지 상황을 잘 모르겠지만, 무코지마의 환락가에서 우쓰기 부인을 봤다는 사람도 있어요. 귀여운 소학생 아들도 있으면서 참나. 집에서는 어쩌는지 엿보고 싶을 만큼 찜찜한 기분이 들어요. 늘 괴괴하니 이상한 집이에요.

다른 집에서 일하는 하녀에게도 거의 똑같은 이야기를 들었다.

“그게 사건과 관련이 있을까?”

사에코는 진지하게, 다른 집의 그런 추문은 듣기도 싫다는 표정을 지었다.

“글쎄. 어떻게 연결될지 짐작도 가지 않지만…….”

무라야마 고도 박사의 여동생이 불륜을 했다고 쳐도, 남편인 우쓰기 씨가 손위처남을 죽여야 할 직접적인 이유는 떠오르지 않았다. 하지만 이 소문이 사실이라면 일전에 무라야마 저택에서 미야오를 봤을 때, 그가 당혹스러워한 것에는 뭔가 명백한 이유가 있을 듯했다.

"그리고 근처에서 물어보니 이쿠시마 씨에게 빌려준 돈을 못 받았다는 사람이 몇 명 있었어. 정말 근처야. 바로 이웃집 사람한테도 돈을 빌렸대. 보통 돈은 최대한 멀리서 빌리고 싶지 않나? 그것도 히나세 제분의 중역이면서."

"몹시 쪼들리는 거겠지?"

"그런가. 뭐, 그럴지도 모르지."

그건 그렇다 치더라도, 뭐에 그렇게 쪼들리는 걸까?

음식이 다 준비됐다길래 둘이서 식탁에 앉았다. 사에코는 더 이상 사건에 관해 물어보지 않았다.

조사할수록 수상하다면 수상하다 할 만한, 단서라면 단서라고 할 만한 정보가 나오기는 한다. 하지만 그 정보들은 서로 연결될 낌새 없이, 그저 확산될 뿐이다. 전부 사건과는 무관한 일이고, 당초 예상했던 대로 교수상회의 범행일까? 내가 하고 있는 일은 전부 헛수고일까.

내일은 하루미 상사에 다녀오겠다고 했다. 사에코는 당신은 늘 돈 안 되는 일로 바쁘네, 하고 하루미 사장님과 똑같은 소리를 했다.

4

"집 근처에서도 빌린단 말인가. 흠."

"네, 그런가 봅니다."

사흘 전과 똑같이 하루미 사장님은 책상 뒤편의 회전의자에, 나는 안락의자에 앉았다. 어제 사장님이 많이 바빠서, 미카미 공업에서 있었던 일을 오늘 다시 보고하러 왔다.

"처지가 몹시 곤란한 거겠지. 내가 조사한 것만 해도 3천 엔은 빌렸어."

"앗! 그렇습니까."

하루미 사장님은 직접 손을 써서 시라키 씨 이외의 용의자에 대해서도 조사했다.

우쓰기 씨는 사업상 관계가 없어서 당장은 조사할 방도가 없었다. 하지만 이쿠시마 씨의 금전적인 사정은 꽤 많이 알아냈다.

"힘써 조사해야 할 정도도 아니었지만. 회사 중역들에게 닥치는 대로 빌릴 수 있는 만큼 빌렸어. 오타케라는 부하 직원에게까지도.

알려고만 하면 누구나 알 수 있는 일이야. 아무래도 밤에 유흥을 즐기는 것 같더군. 회사에서 지위는 높아졌지만 돈에 대해서는 잘 모르는 사람이 무절제하게 돈을 쓰다가 빚더미에 앉은 것 같아.”

직급이 높은 사람들에게 돈을 빌려서인지 중역들 사이에서만 소문이 났을 뿐, 이쿠시마 씨에게는 다행스럽게도 회사 전체에 소문이 퍼지지는 않았다.

“이쿠시마 씨가 유흥을 즐기기 위해 돈을 썼다고요?”

“소문이야. 환락가에서 그자를 봤다는 이야기를 들었네.”

비밀 결사를 위해 돈을 쓴 게 아닌가?

“그런데 말이야, 이구치. 이쿠시마는 무라야마 고도 박사에게도 돈을 빌렸다나 봐.”

“고도 박사에게요?”

“정확한 액수는 모르지만, 적은 돈은 아니지 않을까? 한 번은 고도 박사가 회사로 이쿠시마를 찾아가서 작작 하고 돈 좀 갚으라고 응접실에서 담판을 지은 적이 있다는군. 사환이 기억하고 있었어.”

빨리 돈을 갚도록 압박을 가하기 위해 직장을 찾아가서 독촉한 걸까. 채무가 고액이었을지도 모른다. 이건 고도 박사를 살해할 직접적인 동기라고 할 수 있을까?

“물론 경찰은 이미 그 사실을 알고 있었지만 말이야. 연구소에 있는 고도 박사의 개인 물품을 압수했잖아? 그중에 개인 장부라도 있었던 거겠지. 지난달에 회사에도 경찰이 몇 번 갔었나 보더군.”

경찰이 이쿠시마 씨에게 특별히 짙은 혐의를 둔 건, 사건에 연관된 증거뿐만 아니라 빚 때문일지도 모른다.

그때 경찰에 한 번 구류됐다고 한다. 자기가 안 그랬다, 무슨 짓이냐고 난리를 치며 연행됐던 4월 28일의 일이다. 지금 회사에서 이쿠시마 씨의 소문을 듣기는 아주 쉽다는 모양이다.

"그리고 시라키는 고도 박사가 살해당하기 전주에 아미리가로 출국하기 위해 여권을 신청했어."

"네? 아미리가요?"

"목적은 여행이었는데 회사 측은 몰랐다는군."

"그건……."

줄행랑치려 했다고밖에 볼 수 없다.

공금 횡령이 유력한 상황이었으므로 하루미 사장님은 그 가능성을 고려해 외무성의 지인에게 문의해보았다고 한다.

"경찰도 그 사실을 알죠?"

"물론이지. 박사가 살해당해서 여권 발행은 중단됐어. 용의자잖나. 사건이 해결된 후로 출발을 미루라고 경찰이 시라키에게 요청했을 걸세."

시라키 씨에게 그런 이야기는 한마디도 못 들었지만, 물론 나와 하스노에게 알려주고 싶지는 않으리라.

"……저어, 그렇다면 적어도 시라키 씨에게는 범인을 빨리 찾아내야 할 이유가 있는 거겠군요?"

사건이 빨리 해결돼야 여권을 받을 수 있다. 꾸물대다가는 횡령 혐의가 굳어져서 못 달아나게 된다.

"그럴까? 그렇다면 시라키는 경찰에 최대한 협력해야겠지. 경찰이 범인을 체포해야 여권을 받을 수 있을 테니 말이야. 그렇지만 시라키는 경찰을 제쳐놓고 범인을 찾아내려고 하잖는가."

그 말이 옳다. 수수께끼는 여전히 풀리지 않는다.

"그런데 그, 미카와 고무 공업 쪽은 괜찮을까요?"

하루미 사장님은 나를 노려보았다.

"이보게, 너무 지나쳤어."

기업인의 관행은 모르지만 너무 지나쳤던 듯하다.

"그쪽 사장과 상의해서 결말을 지을 거야. 하지만 미카와는 시라키가 비밀 결사와 관련됐을지도 모른다는 사실에 겁먹었어. 확실하게 밝혀진다면 좋겠지만, 마냥 기다리고 있을 수도 없겠지. 경우에 따라서는 자네가 한 번 더 양복을 입고 오쓰키 행세를 하며 고야마 패거리와 만나야 할지도 모르니까 그렇게 알게."

나는 고개를 돌리고 침울한 목소리로 알겠습니다, 하고 대답했다.

하루미 사장님은 시끄러운 소리를 내며 사무 작업을 시작했다. 아무래도 이야기는 이걸로 끝난 듯했다.

나는 그 모습을 곁눈질하며 이만 물러갈까 했지만, 편안한 안락의자의 감촉에 그만 마음을 빼앗겼다. 그때 하루미 사장님이 갑자기 고개를 들고 물었다.

"이봐. 하스노는 어떻게 지내나?"

"네? 글쎄요. 녀석이 혼자 있을 때 어떻게 지내는지는 저도 의문입니다만. 오늘 세타가야에 가서 보고 올 겁니다."

내 대답에 하루미 사장님은 말없이 회전의자를 뒤로 물리더니 책상 밑으로 몸을 구부렸다. 그리고 유리병이 든 갈색 선물용 상자를 두 개 꺼내서, 아무 말도 없이 내 앞의 탁자에 탁 내려놓았다.

"어엇? 아아, 이거 물에 타서 마시는 유산균 음료죠? 건강에 좋다고 하던데요."

작년 7월에 발매된 유산균 음료다. 나는 마셔본 적 없지만, 신문 광고를 그렸을 때 우연히 제조회사 사람과 알게 되어 이야기는 많이 들었다.

"이건 어쩐 겁니까?"

"오늘 오전에 미카와를 만나고 왔지. 얼마 전에 돈을 제때 맞춰줄 수 없겠다고 상담하러 왔을 때 아주 비싼 술을 선물하길래, 그럴 돈이 있으면 네 녀석의 회사나 어떻게 하라고 혼꾸명을 냈더니 무슨 생각인지 모르지만 오늘은 이걸 주더군."

나는 사흘 전에 들었던 미카와 사장님의 풍모를 떠올리고, 선물용 상자를 내미는 그의 모습을 상상했다. 유쾌한 광경이었다.

"오늘은 좀 더 싼 거라면서 말이야. 아무래도 상관없지만 난 이런 걸 안 먹어. 자네에게 줘도 되겠지만, 기왕이면 하스노에게 가져가게. 아니면 둘이서 한 병씩 나눠 가져."

그렇게 한마디 하고서 하스노 사장님은 회전의자로 돌아갔다.

이번에야말로 퇴실을 재촉받았다. 나는 보자기에 싼 빌린 양복을 탁자 위에 내려놓았다. 대신에 선물용 상자를 끌어안고 감사 인사를 올린 후 사장실을 나섰다.

5

　요코하마에서 세타가야까지 한 시간 반쯤 걸린다. 전철을 한 시간도 넘게 탄 후에, 정거장에서 하스노의 집까지 20분쯤 더 걸어가야 한다. 승합마차가 있기는 하지만 시각표를 모르므로 애초에 탈 생각이 없었다. 나는 저녁녘에야 하스노의 집에 도착했다.

　현관으로 다가가자 이야기 소리가 새어 나왔다. 지금까지 하스노에게 선객이 있었던 적은 한 번도 없었다. 나는 의아한 기분으로 문을 두드렸다.

　"아아, 이구치 군 왔나."

　평소처럼 발소리 없이 저절로 열리는 것처럼 하스노는 현관문을 열었지만, 얼핏 보기에도 몸 상태가 회복되지 않은 것이 분명했다. 시선이 흔들렸고, 자기 머리가 거추장스러운 듯한 표정이었다. 목소리는 회전이 느려진 레코드처럼 무겁게 늘어졌다. 아무튼 나도 안으로 들어갔다.

　"누가 왔어?"

　"미나카미 씨와 시라키 씨."

시라키?

나는 겁이 났지만 이미 하스노의 서재 앞까지 왔다. 태연한 얼굴로 대하는 것이 제일이다.

들어가자 두 사람이 있었다. 시라키 씨는 안락의자에 떡 버티고 앉아 있었다. 그는 이제 단순히 불쾌한 아저씨가 아니라 횡령범이다.

그 옆 동그란 의자에 앉은 미나카미 부인이 나를 올려다보았다.

"실례했습니다. 어쩐 일인지 이구치 군이 왔습니다만, 여기에 앉게 해도 괜찮을까요?"

의자가 모자라서 나는 복도에 널브러져 있던 사과 상자를 세로로 세워서 앉고, 선물용 상자는 옆에 내려놓았다.

시라키 씨와 미나카미 부인 둘 다 차분하지 못해 보였지만, 내 탓이 아니라 어스름한 서재에 용의자끼리만 앉아 있어서 마음이 불편했기 때문인 듯했다. 하스노가 그들 맞은편에 앉자 긴장감이 누그러들었다.

"……그렇지, 부적 이야기였습니다."

"네. 고도 박사가 늘 부적을 가지고 다녔다는 건 저도 알고 있었지만, 어느 신사에서 받은 물건인지는 몰라요. 하지만 아기 때부터 지녔던 부적이라고 고도 박사에게 들었어요."

"아기 때부터요? 흠. 그 이상은 모르시는군요. 아는 사람도 없고요?"

"네, 제가 알기로는요. 벌써 반세기나 예전 일이잖아요? 박사의 부모님도 돌아가셨어요."

박사가 가지고 있던 부적의 출처에 관한 이야기가 다시 시작됐다. 고도 박사는 신사에 친한 사람이 있는지 중요한 물건을 거기 맡겼다. 그래서 어느 신사인지 알아내고 싶지만 아무도 모른다.

"그 부적은 경찰이 보관 중이잖아? 분실한 것도 아니니 경찰에 부탁해서 실물을 자세히 보면 알 수 있지 않겠나?"

"글쎄요. 보여줄 것 같지 않은데요. 게다가 다시 본들 그냥 나뭇조각처럼 생긴걸요. 경찰도 분명 어느 신사의 부적인지 알아내지 못했겠죠."

그나저나 미나카미 부인은 둘째치고, 시라키 씨는 뭘 하러 온 걸까? 요전에 무라야마 저택의 식당에서 하스노를 업신여기던 태도로 보건대, 하스노와 이야기를 하기 위해 일부러 찾아오지는 않을 것 같았는데.

"뭔가 생각나면 알려드릴게요. 괜찮으실까요, 하스노 씨?"

"네, 부탁드립니다."

5시가 지났다. 창밖의 풀밭에 석양이 비쳤고, 이미 천장의 전등도 켜놓았다.

날이 저물면 잡목림과 뽕밭에 둘러싸인 하스노의 집은 완전히 고립된다. 미나카미 부인은 이만 돌아갈 채비를 하기 시작했다.

"아참, 미나카미 씨."

"네?"

하스노는 뒤쪽 책상에 있던 갈색 봉투를 집어 들었다. 하스노는 마지막으로 주저하듯 봉투를 바라보았지만, 결국 다른 행동 없이 일어서 있던 부인에게 내밀었다.

"약속했던 그겁니다. 받으시죠."

"아아, 네. 감사합니다."

미나카미 부인은 봉투를 소중한 물건 다루듯 손가방에 넣었다.

"그게 뭔데?"

시라키 씨가 대놓고 물었다. 미나카미 부인은 대답하지 않았다.

봉투입니다, 하고 하스노는 미소 지으며 말했다. 시라키 씨는 머쓱해했지만, 더는 캐묻지 않았다.

"이보게, 밥은 제대로 먹나? 정원의 이끼 같은 걸 먹으면 안 돼."

두 사람이 돌아가자 하스노의 수척해진 몸이 축 늘어지고 눈빛도 흐리멍덩해졌다. 나는 시라키 씨의 체온이 남은 안락의자에 앉자마자 물어보았다.

"챙겨 먹고 있어."

"뭐, 그럼 다행이지만. 자."

나는 병문안 선물로 요코하마에서 사 온 바나나며 만주[7]를 탁자 위에 늘어놓았다. 하스노는 순순히 고맙다고 인사했다.

---

7   밀가루, 쌀가루, 메밀가루 등으로 만든 반죽에 팥앙금을 넣고 쪄서 만든 과자.

"그리고 이건 하루미 사장님이 보내시는 거야. 먹어본 적 있나?"

"응? 아니."

하스노는 선물용 상자를 하나 열고 갈색 유리병을 꺼내서 빙글빙글 돌리며 상표를 확인했다.

"자네는 필요 없나?"

"응, 괜찮아. 무거워서 가지고 가기 귀찮아."

흐음, 하며 하스노는 유리병을 상자에 도로 넣었다. 그리고 상자를 자기 회전의자 옆에 놔두었다.

"미네코 씨는 어때?"

"뭐, 다친 데는 괜찮은가 봐. 마음은 많이 힘든 것 같지만."

꼭 하스노를 만나게 해달라고 조른다는 둥, 그런 소식은 전하지 않았다.

"그런데 그 두 사람은 뭘 하러 왔지? 사건 이야기만 했나?"

"뭐, 그렇지. 미나카미 씨는 문병할 겸 왔다고 했지만. 저기."

하스노가 가리키는 책상을 보자 다카시마야[8]의 물양갱 꾸러미가 놓여 있었다.

"참고로 시라키 씨는 아무것도 안 가져왔어."

"어? 둘이 같이 온 거 아니었나?"

---

8   1831년에 미곡상으로 창업해 1919년부터 백화점 사업에 나선 일본 기업.

"아니야. 두 시간쯤 전에 미나카미 씨가 먼저 와서 요전에 연구소에서 애썼다고 들었는데 괜찮냐고 안부를 묻고, 미나카미 씨의 옛날이야기를 하고 있는데 시라키 씨가 왔지."

잘 생각해보면 용의자가 둘이서 함께 찾아올 리는 없다. 시라키 씨는 미나카미 부인이 있는 걸 알고 당황했지만, 그대로 들어와서 사건 조사는 어떻게 진행되고 있느냐고 물었다고 한다.

"어쩐지 뻔뻔스럽군."

"시라키 씨뿐만이 아니야. 어제는 이쿠시마 씨와 우쓰기 씨도 왔어."

"그래?"

어제 오후에 이쿠시마 씨가, 저녁에 우쓰기 씨가 각각 방문했다고 한다.

이쿠시마 씨는 범인이 누군지 아는지, 알아내면 최대한 빨리 알려달라는 식으로 부탁하러 왔고, 우쓰기 씨도 데이코쿠 대학 연구소는 어땠는지, 지인이 습격당했다던데 괜찮은지, 뭔가 새로운 사실은 알아냈는지, 정세를 물어보러 왔다.

"대체 어떻게 돌아가고 있는 거야? 그중에 범인이 있는 거잖아?"

"뭐, 범인은 용의자가 다들 내 집에 다녀오는데 자기만 빠지면 의심받을 거라 생각했는지도 모르지만."

"아니, 아무리 그래도 이상한데. 너나없이 그렇게까지 하려나?"

하스노는 의견을 내놓지 않고 내 의문을 흘려넘겼다.

"그리고 30일에 있었던 용의자 집회는, 내가 경찰에 연행된 탓에 분위기가 깨져서 바로 자리를 파했대. 따라서 그중에 미네코 씨를 습격하려고 획책한 사람이 있었던들 알리바이는 아무도 없지."

"뭐야, 그런가."

뭐, 애당초 습격 사건이 꼭 용의자 네 명 중 누군가의 범행이라는 보장은 없다.

"그런데 하스노, 아까 미나카미 씨에게 준 건……."

"그거? 응. 3년 전에 내가 무라야마 가지타로 박사의 서재에서 읽은 편지야. 사건 현장에서 발견된 가방 속에 들어 있었던 편지의 다음 내용이지. 그걸 최대한 기억나는 만큼 써본 거야. 뭐, 보여줘도 상관없겠지. 읽을 텐가?"

하스노는 책상 위에 사전으로 눌러둔 갱지를 끄집어내서 건넸다.

필기체로 휘갈겨 쓴 영어 문장으로, 군데군데 두 줄을 그어 수정한 부분이 있었다. 정서해서 부인에게 건넨 문서의 초안인 듯, 국판[9] 정도 크기의 갱지 앞뒷면에 글씨가 빼곡하게 적혀 있었다. 나로서는 뜻을 잘 모르겠는 부분이 많았고, 무엇보다 글씨가 지저분해서 읽을 수가 없었다. 결국 하스노가 번역해서 읽어주었다.

---

9 가로 148밀리미터, 세로 210밀리미터 크기.

(전략)

─그건 정말 멋진 일이야.

나는 당신이 왔을 때와 변함없이 지내고 있어. 평소처럼 내객도 많지만, 다른 점이 있다면 사업차 일본에 온 영국인 부부의 여덟 살 난 아들을 맡은 거겠지. 그들이 한 달간 일정을 진행하는 동안, 도시 코가 아들을 봐주기로 했어. 도시코는 그쪽 나라의 습관을 잘 아니까 부부도 안심했지. 일을 도와달라고 할 수 없어서 나로서는 곤란하지 만, 아무튼 도시코가 아이 돌보기를 즐거워하길래 의외였어. 도시코도 자기 아이를 외국에 맡겨뒀으니까, 기꺼이 아이를 돌봐주겠다고 한 거겠지. 그래서인지 도시코도 현재 유럽에서 벌어지고 있는 전쟁 때문에 많이 불안해해.

(후략)

긴 편지였다. 그 후로도 신변잡기부터 가지타로 박사의 최근 연구와 일본의 정치 근황 등 다양한 내용이 줄줄이 이어졌다.

"뭐, 틀린 곳은 그렇게 없을 거야."

어처구니없을 만큼 대단한 기억력이다.

"뭐랄까……, 평범하네. 이런 편지에 암호 같은 게 숨겨져 있을 까?"

"그런 느낌은 안 들어. 역시 바클리 씨라는 사람은 교수상회와 무관한 것 같군."

"그럼 본문에 미나카미 씨가 꼭 알고 싶은 내용이 섞여 있는 건

가. 과연 뭘까? 설마 범인의 정체를 알 수 있다거나 그런 건 아니겠지? 이보게, 정말로 이걸 미나카미 씨에게 보여줘도 괜찮겠나?"

그렇게 물어보자 하스노의 표정이 흐려졌다.

"모르겠지만 어쩔 수 없지. 생각나면 알려주겠다고 약속했으니까. 약속을 지키는 수밖에."

하스노는 갱지를 다시 사전 밑에 넣었다.

미나카미 부인에게 아이가 있는 줄은 몰랐다. 부인은 주변의 인간관계에서 완전히 동떨어져 있어서인지, 아이를 가진 부모 같은 인상이 전혀 없었다.

"미나카미 씨는 독일에서 산 지 7년 차 정도 되었을 때 아이를 낳아. 전쟁이 터져서 불란서로 도주했고, 거기서 일본으로 돌아왔다는군. 아까 들었어."

"이야, 그랬군. 맡겨놨다는 아이는 어떻게 됐을까."

"글쎄. 그 후의 일은 물어보지 않았어."

일부러 물어보지 않은 듯한 말투였다.

"그런데 이구치 군은 어때. 뭔가 알아냈나?"

"그게, 알아냈다고 할까, 음……."

나로서는 조사할수록 알쏭달쏭해지는 기분이다. 하루미 사장님과 만난 이후로 있었던 어수선한 일들을 어수선한 상태로 들려주었다.

하스노는 시라키 씨가 횡령범이라는 사실에는 크게 놀라지 않았다. 대신에 내가 미카와 고무 공업에서 한 일을 듣고, 정원에서 낯선 풀을 발견한 것 같은 느낌을 담아서 말했다.

"자네는 거짓말에 서툴다고 생각했는데. 그렇지도 않은 건가? 대단하군."

"아니, 그러니까 거짓말은 들통났어. 무참하게 들통났지. 간신히 얼버무리고 넘어가서 무사히 돌아올 수 있었다, 그런 이야기야."

"그렇더라도 자네는 여전히 그들에게 인장[10]을 조달해주는 오쓰키잖아? 그걸로 충분해. 그리고 일이 막상 그렇게 됐으니, 하루미 사장님의 비서로서 미카와 고무 공업을 떠나기보다는 인장 조달꾼으로 떠나는 편이 그들의 경계심을 풀 수 있어서 좋아.

즉, 허수아비에 연미복을 입힌 듯한 자네의 첫 번째 거짓말이, 두 번째 거짓말을 뒤에서 지켜주는 셈이지. 상대는 가짜 비서라는 가면을 벗긴 데 만족해서 자네가 인장 조달꾼이라는 거짓말을 곧이곧대로 믿을 거야. 아주 잘했어."

"딱히 그런 의도로 그랬던 건 아닌데. 그냥 어쩌다 보니……."

"이제 거짓말을 하겠다고 잔뜩 벼르다가 꺼내놓는 거짓말은 그렇게 뛰어나지 못해. 속여 넘겨야 할 순간에, 주변에서 필요한 재료를 모아서 냉큼 거짓말을 만들어내는 게 거짓말쟁이의 법식이지. 그것도 필사적으로 머리를 굴리는 게 아니라, 자신의 의사가 뭔지

---

[10] 도장이 찍힌 형적.

스스로도 모르는 채 거짓말의 길을 선택하는 게 진짜 거짓말쟁이야."

"그야 뭐, 이번에는 마침 내가 화가였으니까. 만약 인감 위조가 직업인 사람이 있다면, 화가와 겹치는 부분이 없지는 않겠지."

"그런 말로 자네의 동업자들을 끌어들일 필요는 없어. 자네가 천재적으로 뛰어난 재주를 가진 것도 거짓말을 할 수단이 있다는 뜻일 뿐, 거짓말쟁이의 재능과 비교하면 큰 문제는 아니지. 거짓말쟁이는 자네고, 자네야말로 거짓말쟁이야. 당당하게 가슴을 펴도 돼."

하스노의 말을 듣자 어째선지 아버지 생전에 내 그림을 칭찬해 주셨을 때가 떠올랐다.

"……뭐, 거짓말쟁이든 뭐든 상관없지만, 이제 그런 짓은 사양하겠어. 자네라면 좀 더 좋은 방법을 떠올렸겠지?"

"아니. 숨어들어서 조사하는 일이 아니면 적성에 안 맞아. 나는 거짓말에 서툴거든. 거짓말 재능과 예술적 재능은 뿌리가 같은지도 모르겠군."

하스노는 단박에 그렇게 말한 후, 내가 사건 현장 근처와 하루미 사장님에게 들은 이야기를 마저 하라고 재촉했다.

이쿠시마 씨의 채무에 관해 나는 짚이는 점이 있었다.

"그러고 보니 무라야마 고도 박사의 시체가 발견된 날, 저녁이 가까워졌을 때 이쿠시마 씨가 휴일인데도 묘하게 예의를 차린 복장으로 찾아왔다고 미나카미 씨가 그랬잖아? 어딘가 돈을 빌리러 갔었던 것 아닐까?"

이쿠시마 씨는 사건 당일 아침, 자택 근처 무라야마 저택 앞에 경찰 오토바이가 있는 모습을 보고 사건이 발생했음을 알아차렸을 것이다. 그런데도 완전히 무시하고 어딘가로 외출했으니, 채무 관련 상담이라도 있었던 게 아니라면 앞뒤가 맞지 않는다.

하스노는 내 추측에 고개를 끄덕였다.

"그렇다면 밤새 산책을 했다는 이쿠시마 씨의 증언은 더더욱 믿을 수 없는 셈이로군. 아침에 느닷없이 돈을 빌리러 가겠다고 마음먹지는 않을 테니까. 분명 미리 약속했겠지.

돈을 빌릴 약속을 해놓고서, 그 전날 밤 무턱대고 일곱 시간이나 산책을 하지는 않을 거야. 좀 더 중요한 일이나, 즐거운 일이 있어야겠지."

고도 박사가 살해된 밤이다. 이쿠시마 씨는 뭘 했을까.

"잘 모르겠지만 듣고 보니 이쿠시마 씨에게서 채무자 같은 낌새가 느껴지는 것 같기도 해. 그밖에는?"

그밖에는 우쓰기 씨의 부인 시즈코 씨가 불륜을 저지르는 듯하다는 이야기지만, 이건 소문에 불과하다.

하스노의 생각은 모르겠지만 내 머릿속에서는 지금까지 보고 들은 용의자들의 인물상을 바탕으로 막연하게나마 추론이 도출됐다.

"하스노, 내 생각에 이 중에서 가지타로 박사가 교수상회의 후임자를 선택한다면 역시 미나카미 씨 아닐까? 오랫동안 함께 행동한 데다 다른 사람들은."

다른 사람들은 믿을 만할까. 시라키 씨는 횡령을 저질렀고, 이쿠시마 씨는 빚더미에 올라앉았고, 우쓰기 씨는 자기 아내가 부정을 저지르는 것도 모를 만큼 둔한 사람인 듯하다. 일을 잘 수행할 만한 사람은 미나카미 부인밖에 없지 않을까.

"글쎄. 반대로 생각하면 각자 특색 있는 네 명이 어떤 연유인지 가지타로 박사 주변에 모인 거잖아? 우연일지도 있지만 아닐 수도 있지. 가지타로 박사가 의도적으로 모은 걸지도 몰라."

내가 바로 지금까지 상상도 하지 못했던 의견이었다.

"음, 가지타로 박사가 일부러 횡령범 등등을 친구로 골랐다는 건가?"

"어쩌면. 무라야마 저택 주변에 독특하고 별난 사람들이 너무 밀집돼 있어. 가지타로 박사 입장에서는 성격이 평범한 사람만 모아본들 바람직하지 않았을 거야. 장래에 맡기려는 임무는 보통 사람이 해낼 수 있는 일이 아니지. 따라서 가지타로 박사가 후임자에게 원한 범상치 않은 요소는 사상이기도 하지만, 동시에 행동력일 거야."

"행동력?……고도 박사를 살해하는 것 말인가."

실제로 사상과 행동에는 고저 차가 있으므로, 둘 사이가 매끄럽게 이어지지는 않는다. 교수상회에 동조하는 사상이 교수상회의 적인 고도 박사를 살해하는 행동으로 승화되려면, 집행인의 정신은 수많은 장벽을 뛰어넘어야 할 터였다.

"그래서 가지타로 박사는 자신의 신조를 일단 제쳐놓고, 휴지 대신 낡은 잡지를 사서 사용하는 것처럼, 절조 없이 남에게 돈을 빌리거나 자기 회사에서 거액의 돈을 횡령하는 그들의 행동력 있는 자질을 높이 평가한 것 아닐까? 여차하면 자신의 양심을 짓밟고서 사람을 죽이는 행동에 나설 수 있는 사람이어야겠지."

"그렇군. 아내의 불륜을 오랫동안 알아차리지 못하는 것도 자질이려나."

"어쩌면 알면서도 오랫동안 못 본 척하는 게 자질일지도."

집행인에게서 살인이라는 행위만 빼내면, 그걸 보통 사람에게 맡기기는 아주 불안하다.

하지만 결국 행위만으로 그들을 가늠할 수는 없었을 테니, 가지타로 박사는 행위에 사상을 부여해야 했을 것이다. 집행인을 준비하려 한 가지타로 박사의 계획은 낡은 옷의 단추를 활용해 가방을 만드는 것처럼 마침맞게 진행됐을까? 어쩌면 타자기가 망가졌을 때처럼 수리를 시도하기보다 새것을 구하는 편이 수고가 덜 들어갈지도 모른다.

"역시 제일 무정부주의자다운 면을 갖춘 사람은 미나카미 씨 아닐까?"

"자기는 무정부주의자가 아니라고 미나카미 씨가 말했잖아?"

하지만 그건 본인이 본인을 보증한 것에 지나지 않는다.

하스노는 납득하지 못하는 내 얼굴을 보고 말했다.

"미나카미 씨가 무정부주의자임을 감추기 위해 무정부주의자인 척한다는 소설 이야기를 했었지. 그런 식으로 따지면 무정부주의자가 아니라는 사실을 감추려고 무정부주의자가 아닌 척할 수도 있잖아. 진실을 말하는 게 제일 좋아."

"하지만 적어도 범인은 범인이면서 범인이 아닌 척하잖나."

"그야 그렇지. 자네가 조사한 건 그 정도인가? 애당초 자네는 고도 박사 살해사건이 교수상회와는 무관할지도 모른다는 입장 아니었나?"

분명 연구소에서 돌아오는 길에 그런 생각을 늘어놓았다.

"그건 문득 떠오른 착상에 지나지 않아. 나로서는 그렇다, 아니다, 어느 쪽으로도 생각을 진전시킬 방도가 없군. 내가 조사한 건 그게 다야. 나도 내가 뭘 하는 건지 모르겠더라고. 아무튼 정보라고 할 만한 건 싹싹 긁어 왔어. 뭔가 도움이 됐나?"

청과물 가게에 가서 오이를 사 오라고 부탁받았지만, 오이를 못 찾아서 대신 여주와 바나나를 사 온 심정이었다. 하지만 하스노는 내가 예상했던 것보다 명확하게 대답했다.

"도움이 됐지. 크게 됐어. 분명."

"……그래? 어디가?"

"뭐, 거의 전부. 탐정 일에는 자네가 훨씬 잘 맞는군."

이렇게 되면 놀린다고밖에 생각할 수 없다.

"그럼 범인을 알아낸 건가? 이런 정보로?"

"그건 아직이야. 범인은 모르겠어. 냄새의 출처가 어느 정도 짐작 가는 정도지. 그나저나 범인이 누구인지도 문제인데 그보다 더 난감한 점이 있어. 내가 이 사건에 얼마나 간섭해야 하느냐야. 교수 상회를 별개로 치자면, 그게 무엇보다 큰 문제지. 범인을 지목하는 걸로 전부 다 마무리된다면 탐정 흉내를 내도 상관없지만."

"어, 하지만 미나카미 씨에게 부탁받은 일은 그것뿐이잖아?"

"뭘 부탁받았는지는 문제가 아니야. 그리고 미나카미 씨가 뭘 어쩔 생각이든 난 탐정이 아니야. 그런 무책임한 짓은 안 해."

하스노는 미나카미 부인도, 나도, 그 자신도 아니라 허공을 향해 그렇게 선언했다.

"뭐, 알았어. 난 자네가 탐정이든 도둑이든 상관없어. 하지만 내가 탐정같이 행동한 건 얼마쯤이나마 도움이 됐지? 그리고 아직 사건이 해결되지 않았으니 당분간은 그런 짓을 계속하는 수밖에 없겠군. 지금의 자네 몸 상태로는 아직 돌아다닐 수 없을 테니까."

"무리겠지."

앉아서 이야기할 때는 완전히 정상으로 보이지만, 5분만 일어서 있어도 현기증이 난다고 했다.

"역시 사람이 있는 곳에서 몸조리를 하는 편이 좋지 않겠나? 그런데 돌아다닐 수 없는 자네 대신 내가 뭘 하면 될까? 뭘 조사하면 되겠어?"

"뭘 좀 더 알아야 할지 아직은 감이 안 잡히는군. 예를 들어 우쓰기 부인이 불륜을 한다는 소문에 대해 좀 더 자세히 알고 싶긴 하지만, 관계자에게 직접 파고들었다가는 돌이킬 수 없는 일이 벌어질지도 모르니까 자중하도록 해. 자네도 알겠지만 말이야. 그리고……, 결국은 지인망식[11]처럼, 자네가 지금까지 닥치는 대로 해 왔던 탐정 행세를 계속하는 게 제일 낫겠지."

사건의 수수께끼 자체는 하스노가 지금 직면한 문제가 아닌 게 확실했다. 분명 사건을 구성한 뭔가가 그에게 무슨 선택을 강요하고 있다. 하스노는 뭔가를 고민하기보다 망설이고 있었다.

"뭐, 그게 낫겠다면 그렇게 할게. 달리 좋은 생각도 없고 말이야. 아참, 부적은?"

사건과 관련이 있는지도 불확실하거니와, 미나카미 부인의 태도로 보건대 진전은 없는 듯했다.

"여기에 온 네 사람은 아무도 부적의 출처를 몰랐어. 분명 경찰도 아직 밝혀내지 못한 것 아닐까. 넷 다 경찰에게 부적에 관한 질문은 안 받았대."

경찰은 부적에 대해 아시하라 씨에게 물어보기를 잊어버린 걸까, 아니면 아시하라 씨가 깜박하고 말하지 않은 걸까. 어쩌면 단순히 증거 능력이 부족하다는 이유로 그들이 부적을 경시하고 있는 건지도 모른다.

"자네는 조사하는 편이 좋겠다고 생각하는 거지?"

미나카미 부인에게 물어봤을 정도니까 그럴 것이다. 하스노는 고개를 끄덕였다.

---

[11] 물가에 둘러친 긴 그물을 육지에서 끌어당겨 어획하는 방식.

＊

"네? 부적이요?"

"네. 어떠신가요? 우쓰기 씨라면 뭔가 아시지 않을까 싶어서 요."

"아니, 저도 사건이 발생할 때까지는 고도 군이 부적을 가지고 다녔다는 사실조차 몰랐는걸요. 좀 의외였습니다."

미나카미 부인은 괜히 물어봤다고 후회하는 듯한 기색이었다. 우쓰기는 부인의 이야기를 듣고 뭔가 생각에 잠겼다.

미야오는 바늘방석에 앉은 기분이었다. 저녁 식사가 끝나고 식당에는 세 명만 남아 있었다. 우쓰기가 저녁에 찾아와서 같이 식사했으므로, 미야오도 자연스레 자리를 함께하게 됐다.

닷새 전 밤, 자신과 시즈코의 대화를 누군가가 엿들어서 미야오는 벌벌 떨며 집으로 돌아왔다. 그 후로 미야오는 동요를 감추지 못하고 지내왔다. 미나카미 부인과 손님의 동태를 노골적으로 살폈고, 하는 일 없이 자기 방에 틀어박히는 시간이 많아졌으므로 저택 사람들 모두 수상하게 여겼다.

그때 담장 밖에서 이야기를 훔쳐 들었을 가능성이 제일 큰 사람은 아무리 생각해도 우쓰기다. 당시 집에서 자고 있었다고 했으니, 어쩌면 시즈코가 집을 나서는 걸 눈치챘을지도 모른다. 하지만 미야오는 그 사람이 지나가던 취객이고, 지금쯤은 거기 있었다는 사실조차 잊어버렸을 것이라는 희망을 버리지 않았다.

우쓰기의 방문은 무서웠지만 기다려지기도 했다. 일이 어떻게 진전되고 있는 건지, 아니면 진전이 없는 건지 뭔가 알 수 있을 듯했다.

식사는 아무 일도 없이 끝났다. 하지만 미야오는 우쓰기가 이유도 없이 자신에게 웃음을 짓는 것만 같았다.

하녀가 준비한 식후 커피를 마시며 사건에 관한 화제로 옮겨가려고 했을 때였다. 미나카미 부인이 평소처럼 미야오를 쫓아내려고 했다. 그런데 우쓰기가 끼어들어서 말렸다.

"미야오 군에게 그렇게 매몰차게 굴 것 없잖습니까, 도시코 씨. 미야오 군도 사건 때문에 마음이 뒤숭숭할 테니까요! 그렇지?"

무심한 말투였다. 무슨 꿍꿍이인지 미야오로서는 알 수가 없었다. 그때부터는 자신이 우쓰기를 관찰하는 것이 아니라, 오로지 우쓰기가 자신을 관찰하는 기분이었다.

"미야오 군은 어때? 고도 군이 그런 부적을 가지고 다녔다는 걸 알고 있었나?"

"그, 그게, 알고는 있었지만 그냥 나뭇조각이라고 생각했습니다. 왜 그런 걸 가지고 다니는지 신기했을 정도라……."

"그래? 뭐, 그렇겠지. 그나저나 의외로 관찰력이 좋군. 나는 전혀 몰랐어."

우쓰기는 용케도 알았다는 듯이 과장되게 고개를 끄덕인 후, 미나카미 부인에게 물었다.

"하스노 씨는 아무 말도 없던가요? 어땠어요?"

"뭔가 알아차리신 것처럼 보이기도 했지만, 확실한 말씀은 없으셨어요."

"도시코 씨, 정말로 하스노 씨에게 보수를 치를 생각입니까? 여유가 없을 텐데요. 그도 받을 마음이 없는 것처럼 말했잖아요?"

"뭐, 제 쪽에서 그러기로 약속을 했으니까요."

미야오는 과거에 가지타로 박사의 노여움을 샀던 도둑이, 왜 박사의 친구 네 명에게 상담을 받기에 이르렀는지 전혀 짐작이 가지 않았다.

"그러고 보니 이쿠시마 씨가 어떻게 지내는지 압니까? 그날 이후로 만났어요? 하스노 씨 말로는 그저께 자기 집에 찾아왔다던데요."

그날이란 이 식당에서 용의자 집회가 열렸던 닷새 전을 가리키는 듯했다.

"저는 못 봤어요. 어떻게 지내시는지 듣지도 못했고요."

미야오에게는 이쿠시마도 큰 걱정거리였다.

역시 그에게 목격당한 것 같은 기분을 지울 수 없었다. 경찰에게 크게 의심받고 있는 이쿠시마가 더욱 궁지에 몰린다면 자신에게 무슨 일이 일어날까?

"결국 경찰은 이쿠시마 씨를 얼마나 의심하는 걸까요? 경찰이 이쿠시마 씨에게 돈을 빌려주지 않았느냐고 나한테 묻더군요. 사건과 관계가 있다고 보는 거겠죠? 그게 비밀 결사와 연결되는 걸까요?"

"글쎄요. 저한테도 물어봤어요. 돈을 빌려줄 만한 여유는 없다고 대답했지만요."

"그렇습니까? 사실 나는 빌려줬어요. 그렇게 많이는 아니지만요. 1백 엔 정도입니다. 어디에 썼으려나."

우쓰기는 이쿠시마에게 빌려준 돈만 걱정되는 게 아닌 듯했다.

"이쿠시마 씨에 대한 소문이 이것저것 들리는데……, 경찰에게 말해도 될지 망설여지는군요. 그 사람, 직위가 높아져서 시간이 많아지자 늦바람이 들었는지, 밤에 놀러 다니는 버릇이 생겼나 봅니다. 대합찻집에서 진탕 놀거나, 돈을 써서 카페 여급을 꾀어내기도 하고…….

자백하자면 두 달쯤 전에 나도 아사쿠사에서 이쿠시마 씨를 봤어요."

미나카미 부인은 불쾌한 듯 옷의 무릎 언저리를 꽉 움켜잡으면서도 열심히 이야기를 들었다.

"부인에게는 생각할 일이 있어서 밤새 산책한다고 설명하는 것 같더군요. 변명도 참 어설프구나 싶었죠. 하지만 경찰에게도 똑같이 말했잖아요? 의외로 변명이 아니었던 건가?"

부인이 긍정이고 부정이고 아무 대답도 하지 않자 우쓰기는 소문의 대상을 바꾸었다.

"시라키 씨는 어떻습니까? 어제 하스노 씨 집에서 만났다면서요?"

"네. 평소와 다름없어 보였어요."

"그렇습니까? 흠. 그저께 시라키 씨 댁에 갔었는데 안 계시길래, 하녀한테 요즘 시라키 씨는 어떻게 지내느냐고 물어봤어요. 그러자 어쩐지 이상하다는 겁니다. 사건이 발생한 날 이후로 방 하나를 꽉 잠가놓고 아무도 들어가지 말라고 명령했다나."

"뭣 때문에요?"

"그게, 전혀 모르겠습니다. 1층에 있는 다다미[12] 넉 장 반짜리 방 알죠? 거기를 폐쇄해버렸어요. 어쩐지 사건 이후로 어디나 톱니바퀴가 하나 빠진 것 같은 느낌이 듭니다."

대체 왜 그러는 걸까?

두 사람은 그 후로도 사건에 관한 소문을 이야기했지만, 당연하다면 당연하달까, 우쓰기와 미나카미 부인 서로에 대한 의혹은 일절 입에 담지 않았다.

다음 날 미야오는 우쓰기 저택으로 향했다.

해가 막 떨어진 참이라 지나다니는 사람의 얼굴도 구별하지 못할 만큼 어둡지는 않았다. 하지만 길 양쪽에 있는 집들은 이미 전등을 켜서 창문에 불빛이 비쳤다. 미야오는 저녁을 먹은 후, 저택 사람들이 수상쩍어하는 것도 개의치 않고 집을 나섰다.

오늘뿐만이 아니라 누군가 자신과 시즈코의 대화를 훔쳐 들은

---

[12] 다다미 한 장의 크기는 약 0.5평, 1.6제곱미터 크기다.

후로 미야오는 저녁마다 몰래 우쓰기 저택 앞까지 가서 동태를 살폈다. 우쓰기가 무라야마 저택에 와서 못 갔던 어제를 제외하면, 매일 그랬다. 어떻게든 시즈코와 연락을 하고 싶었다.

미야오는 사건이 발생한 후로 뱀이 탈피한 것처럼 별안간 세상이 휙 뒤집힌 느낌을 받았다. 지금까지 기분 좋게 경멸하며 내려다보고 있던 세상이, 실은 다 함께 짜고서 자신을 속이고 있는 것만 같았다. 아니면 누구 하나 손톱만 한 관심도 없이 미야오를 내버려둔 채, 미야오가 모르는 새로운 법칙에 따라 세상이 돌아가고 있는건지도 몰랐다.

집집에서 창문으로 단란한 기척이 새어 나와서 미야오는 마음이 더 허전해졌다. 요전에 시즈코가 어떻게 나왔는지 봤는데도, 미야오가 매달릴 수 있는 사람은 시즈코밖에 없었다.

대문 앞까지 왔다. 담장 틈새로 안쪽을 들여다보았다.

평소와 다름없이 1층에 불이 켜져 있었다. 대개 밤 10시 전까지는 불을 켜놓는다.

미야오는 귀를 기울였다. 말소리가 들렸다.

—엄마, 내 잠옷 어디 있어?
—몰라. 네가 치웠잖니.

아들 세이타와 시즈코의 목소리였다. 이미 저녁은 먹었을까? 쉬고 있는 것 같지는 않았다. 발소리가 바쁘게 계단을 오르내리는 등 차분하지 못한 기척이 느껴졌다.

미야오는 세이타의 얼굴을 모른다. 체격, 성격, 자주 하는 놀이를 미야오가 직접 본 적은 없다. 미야오의 머릿속에서 세이타는 여덟아홉 살 먹은 소학생이고, 그 이상의 윤곽은 상상 속에도 나타난 적이 없었다.

손목시계를 보자 오후 7시였다. 뒤쪽 집들도 잠자리에 들기는 이른 시간이었다. 몇 년 전에는 무턱대고 저녁녘부터 찾아가기도 했다. 요즘은 신중해져서 그런 짓은 하지 않는다.

미야오는 뒷모습이 남의 눈에 훤히 띈다는 걸 신경 쓰면서 우쓰기 저택의 동태에 주의를 기울였다.

대화가 띄엄띄엄 들려서 못 알아들은 부분도 많았다. 하지만 우쓰기의 목소리는 안 들리는 것 아닌가? 지금까지 우쓰기의 목소리가 귀에 들어오면, 잠시 엿들으려다가 잘 들리지 않아서 포기하고 돌아가는 것이 보통이었다.

혹시 오늘 우쓰기는 집에 없나?

그렇다면 시즈코를 불러낼 수 있다.

왼쪽에서 메밀국수집 자전거의 불빛이 다가왔다. 미야오는 허둥지둥 지나가는 사람인 척했다.

그 후로 두 시간 남짓이나 미야오는 저택 앞을 오가며 안쪽 상황을 알아내려고 애썼다.

역시 우쓰기의 목소리는 들리지 않았다. 그렇다고 집을 비웠다는 확신은 없었다. 지난번 같은 실수를 할 수는 없었다.

며칠간 우쓰기 저택을 엿보는 동안, 미야오가 시즈코에게 품었던 우월감은 변질됐다. 여차하면 가족이 있는 시즈코를 버리고 언제든지 달아날 수 있다고 생각했건만, 실제로 일이 터지자 미야오가 훨씬 추하게 허둥댔다. 부도덕한 남녀관계 속에서 자신이 좀 더 냉정하다고 믿었던 자신감은 완전히 박살 났다. 시즈코에게는 남편이 있는데, 자신에게는 아내가 없다는 사실이 불안하고 한심하게 느껴졌다. 시즈코보다 훨씬 어리다는 점에서 자신감을 느꼈지만, 이제는 오히려 그것 때문에 주눅이 들었다.

어느덧 뒤쪽 집의 전등이 꺼졌다.

알고 보니 오른쪽에 누군가 있었다. 담장에 바싹 붙어 있던 미야오는 깜짝 놀라, 그쪽으로 얼굴을 돌리지 않도록 조심하며 그 사람과 같은 방향으로 걸음을 옮겼다. 어딘가에서 길을 꺾어서 지나가게 할 생각이었다.

그런데 한 발짝 내디딘 순간 미야오는 등골이 오싹했다. 그 사람은 너무 가까이 있었다. 왜 알아차리지 못했을까? 미야오가 눈치채지 못하도록 다가온 것이 틀림없었다. 전신주 뒤편에라도 숨어 있었던 걸까? 그러다 지금 나타난 걸까.

왜?

인기척이 바로 뒤까지 다가왔다. 이미 늦었다. 미야오가 정체를 확인하려고 돌아섰을 때, 묵직하고 단단한 뭔가가 그의 머리를 내리쳤다. 인정사정없는 일격에 미야오의 의식은 산산이 흩어져서 사라졌다.

7

다시 살인사건

1

무라야마 저택의 서생 살해됨. 자세한 사정은 모름.

조간신문에는 기사가 실리지 않았으므로, 나는 하스노의 전보를 받고 어젯밤에 일어난 사건을 알았다. 괜한 상상의 여지가 없는 문장에서는 뜻밖이라는 느낌이 두드러졌다. 하스노는 어떻게 알았을까. 분명 미나카미 부인에게 연락을 받았을 것이다.

하스노는 전보만 쳤을 뿐 뭘 어떻게 하라고는 하지 않았지만, 소식을 들었으니 사건의 자세한 사정을 확인하러 가야 할 듯했다. 우리 집에서 무라야마 저택까지 걸어가도 그렇게 멀지는 않다. 저택 식당에서 아주 잠깐 내 앞에 모습을 드러낸 청년의 죽음은 아직 바람이 느닷없이 등 뒤에서 낙엽을 휩쓸어 간 것 정도의 작은 감흥밖에 불러일으키지 않았다.

용의자들이 사는 거리에 들어서자 저 안쪽에 제복 순사와 신문기자 같은 사람이 이야기를 나누는 모습이 보였다. 그들이 길바닥한 곳을 둘러싸듯 서 있어서 사건 현장이 거기임을 알았다. 다른 흔적은 없고, 끔찍한 살인사건의 여운만 남아 있었다.

미나카미 부인을 방문하자 기대가 조금 빗나갔다는 표정을 지었다. 하지만 하스노를 들쑤시면 내가 나타난다는 것에 슬슬 익숙해진 듯 현관 홀에 서서 경위를 자세하게 설명해주었다.

"어젯밤에 미야오 씨는 저녁을 먹고 나서 어딜 가는지도 말하지 않고 외출했어요. 요 며칠간 그게 미야오 씨의 습관이었죠. 제가 보기에도 수상쩍기는 했지만 캐묻지는 않았어요."

그 후로 한동안은 행적이 확실치 않다. 하지만 그 시간대에 누군가 우쓰기 저택 앞을 어슬렁거리는 모습을 맞은편 집 하녀와 지나가던 메밀국수 장수가 목격했다. 증거는 없지만 미야오였을 것으로 추정된다.

오후 10시경, 지나가던 사람이 우쓰기 저택에서 조금 떨어진 길바닥에서 시체를 발견했다.

우쓰기 씨는 기분이 별로라면서 가족들보다 먼저 침실에서 쉬고 있었다고 한다. 그러다 사람이 죽었다느니 뭐니 시끌벅적한 소리가 들리길래 밖으로 나가보자, 미야오가 죽어 있길래 그가 경찰에 피해자의 신원을 증언했다.

늦은 밤이었지만 조사가 시작됐다. 무라야마 저택에도 경찰이 찾아왔다.

"시간은 많이 안 빼앗겼어요. 제가 아는 바는 별로 없었으니까요."

무라야마 고도 박사 때와 비교하면 경찰 조사 결과는 단순했다.

사건 현장에 흉기인 문진이 떨어져 있었다고 한다. 때린 후 버려두고 갔으니 상황은 명백했다. 미야오가 늘 차고 다니던 손목시계가 사라졌는데, 강도의 소행이거나 강도의 소행으로 위장한 것으로 추정됐다.

다만 상황이 명백하다고 한들, 무라야마 고도 박사 살해사건과의 연관성을 제외했을 때나 그렇다. 물론 뭔가가 연관돼 있을 터였다. 조사가 끝난 후 시라키 씨와 이쿠시마 씨가 무라야마 저택을 찾아와서 사건에 관해 의논하는 등 이것저것 하느라, 내가 오후에 이야기를 들으러 갔을 때까지 부인은 한숨도 자지 못했다고 했다.

"저기, 어떤 이야기를 하셨습니까?"

"이런 경우에 당연히 해야 할 이야기요. 경찰이 뭘 물어봤는지, 서로 특별히 알고 있는 사실은 없는지 확인하러 오셨어요."

하지만 무라야마 고도 박사 때처럼 범인을 찾는 논의에 진전은 없었고, 둘 다 얼마 지나지 않아 집으로 돌아갔다. 아무래도 우쓰기 씨가 없었던 탓이리라.

사건이 발생한 후로 미나카미 부인은 우쓰기 씨를 보지 못했다. 오전에 동태를 살피러 저택에 가자 아직 경찰이 진술을 청취하고 있는 듯했다고 한다. 그야 시체가 발견된 장소에서 가까운 탓도 있겠지만…….

"저어, 미나마키 씨. 아실지 모르겠지만, 그리고 제가 들은 건 어디까지나 소문이지만……, 실은 미야오 군과 우쓰기 씨 부인 사이에 뭔가……."

"알아요."

부인은 내가 저속한 말을 꺼낼까 봐 걱정되는 듯 말허리를 끊었다.

"그렇지만 제가 들은 것도 근처 하녀들이 수군댈 만한 소문뿐이에요. 이구치 씨도 그 이상 아시는 건 아니죠?"

"네, 그렇습니다."

"저는 아무것도 몰라요. 하지만 이번 사건은 우쓰기 씨가 그러셨다기에는 너무 간단하고 너무 노골적이라는 생각도 드네요."

불륜에 관한 소문의 진위를 의심하는 게 아니라 거의 진실이 틀림없기에 미나카미 부인은 신중한 모습을 보이는 듯했다. 우쓰기 씨에 대한 발언은 미나카미 부인의 인생관에 바탕을 두었을 뿐 다른 근거는 전혀 없었다. 그래서인지 조심스러운 말투였지만, 부인은 내게 똑똑히 말해둬야겠다고 생각한 모양이었다.

미야오가 살해된 일에 대해서는 더 이상 아무것도 듣지 못했다. 미야오의 불륜 의혹과 죽음은 무라야마 저택과 사건 관계자들에게 마치 큰 나무를 뒤덮고 있던 덩굴이 말라버린 것과도 같은 작용을 했다. 미나카미 부인의 초췌해진 얼굴을 보고 나는 미야오가 진짜로 죽었다는 사실을 드디어 실감했다.

"이구치 씨, 하스노 씨는 어떻게 되신 건가요? 뭔가 다른 용건이라도 있으신 건가요, 아니면 몸이 안 좋으신 건가요?"

몸이 좋지 않다고 나는 대답했다.

"그러셨군요. 몸조리 잘 하시라고 전해주세요."

부인은 하스노에게 전하는 안부 인사를, 입에서 조용히 넘쳐서

뚝뚝 떨어지는 것을 받아내듯 말했다.

미나카미 부인이 평소와 달라 보이는 건 그저 피로 때문만이 아니었다. 하스노를 배려하는 말에서 오히려 부인이 도움을 요청하는 듯한 연약함이 느껴졌다.

열흘쯤 전에 하스노의 집에서 보았던 것과는 대조적인 모습이었다. 그때는 동거인의 죽음과 관련해 무리한 부탁을 하러 왔음에도 불구하고 부인 자신의 의지가 똑똑히 배어났다. 지금은 그 예리한 칼 같은 의지가 담긴 칼집을 잃어버려서 어쩔 줄 모르는 것 같았다.

미야오가 죽은 탓일까?

그건 당연하다. 그런데 미나카미 부인에게 이번 사건은 어떤 종류의 비극일까. 그저 동거인의 죽음이라고 해도 고도 박사의 죽음과는 다른 의미가 있는 걸까?

부인이 머리를 살짝 흔들었다. 하얀 얼굴에 굳센 마음씨가 되살아났다.

"그리고 고도 박사의 부적 말씀인데요. 하녀 말로는 단서가 될 만한 일이 생각났대요."

부인은 저택 안쪽에 있는 하녀를 불렀다.

몇 년 전에 지바현 아리노라는 마을에 사는 고령의 여인 닛타 시게가 고도 박사를 찾아왔다. 닛타 시게는 고도 박사의 먼 친척으로, 박사가 어릴 적에 한동안 그 마을에 맡겨졌다는 이야기를 그때 들었다고 하녀는 말했다.

부적은 고도 박사가 어릴 때 받은 물건이라고 들었다. 먼 친척이고, 박사가 어릴 적에 지냈던 마을에 산다니까 닛타 시게를 만나면 부적을 만든 신사가 어디인지, 신관에게 박사가 뭘 맡겼는지 알아낼 수 있을지도 모른다.

무라야마 저택을 나서자 순사와 기자는 없었다. 거리를 둘러본 후, 나는 시라키 씨의 저택 앞으로 가보았다.

미나카미 부인이 시라키 씨가 자택에서 의도를 모를 묘한 짓을 하고 있다는 소문을 들려주었다. 부인은 우쓰기 씨에게 들었고 우쓰기 씨는 시라키 씨네의 하녀에게 들었다고 하니까, 나도 만약 하녀를 만나면 이야기를 들을 수 있을지도 모른다.

시라키 씨의 집은 갈색 지붕을 인 양식과 일식의 절충형이었다. 대문으로 다가가 보았지만 내부 상황이 어떤지는 확실치 않았다. 미나카미 부인 말에 따르면 시라키 씨는 이른 아침에 무라야마 저택을 찾아와 사건에 관해 의논한 후 회사에 갔다니까 지금은 분명 집에 없을 것이다. 횡령을 하느라 바쁜지도 모르겠다.

5분쯤 지나도 아무 일도 없길래 물러갈까 싶었을 때였다. 뒤에서 하녀 옷차림의 여자가 하부타에[1]로 만든 장 보따리를 들고 다가왔다.

---

[1] 얇고 부드러우며 윤이 나는 순백색 비단.

"어머, 기자세요?"

"아, 그, 실례했습니다. 시라키 씨는 지금 안 계시죠?"

"네. 무슨 일이세요?"

예상했던 대로 시라키 씨네 하녀인지 짐을 든 손을 뒤로 돌리고 그렇게 물었다. 내 말투가 정중해서 마음에 든 듯했다. 나는 기자라는 오해를 풀지 않기로 하고, 어젯밤 이 거리에서 살해당한 서생의 이야기를 꺼낸 후 소문에 대해 물어보았다.

"어, 왜, 어제 말고도 바로 근처에서 무서운 사건이 일어나지 않았습니까? 묘한 소문을 들어서 신경이 쓰였거든요. 지난달 요 근처에서 의학 박사님이 살해당했잖아요? 그날 이후로 시라키 씨가 자택의 방 하나를 잠가버렸다고 들었습니다. 대체 무슨 연유인지 궁금하더라고요."

"아이고, 소문이 났어요? 큰일이네. 제가 떠드는 바람에……."

아니요, 괜찮습니다, 하고 나는 무책임하게 보증했다.

"소문이 난들 대단한 일은 아니니까요. 하지만 대체 어떻게 된 거죠?"

"그……, 역시 너무 말을 퍼뜨리면 안 되겠지만, 부엌 옆에 저도 좀처럼 들어가 본 적 없는 방이 하나 있어요. 그런데 나리가 그 방 벽에 못을 박고 남경정[2]을 달더니, 절대로 열면 안 된다고 하시는

---

2   반타원형의 고리와 몸통으로 이루어진 서양식 자물쇠.

거예요. 왜 그러는 건지 의아하더라고요."

미나카미 부인에게 들은 이야기와 같았다.

"거기는 뭘 보관하는 방입니까?"

"그게, 대단한 물건은 분명 아무것도 없을 거예요."

"그 방은 박사님이 돌아가신 사건이 발생한 후에 폐쇄됐죠? 정확하게는 언제입니까?"

"글쎄요, 정확하게는 모르지만 사건 다음 날 아침에 어느새 큼지막한 남경정이 문에 달려 있었어요. 그래서 이게 뭐냐고 물었더니 요즘에 이 방에 들어간 적이 있느냐고 오히려 물어보시는 거예요. 최근에는 안 들어갔다고 대답하자, 그럼 됐다면서 절대 열지 말라고만 하시고, 제 질문에는 대답해주지 않으셨어요. 대체 뭘까요……."

나도 알고 싶었다. 그밖에 시라키 씨에게 뭔가 달라진 점은 없느냐고 물어보았지만, 하녀는 짚이는 구석이 없다고 했다. 고용주에 대한 불신감 때문에 말이 많아진 하녀가 집으로 들어갔으므로, 나도 그 자리를 떠났다.

그나저나 세포가 분열하는 것처럼 수수께끼는 증식을 멈출 낌새가 없었다.

나는 1정도 안 될 만큼을 걸어서 바로 근처에 있는 우쓰기 저택 앞까지 왔다.

경찰은 이미 떠난 듯했다. 낮이라 물론 전등은 켜져 있지 않다.

창문은 전부 어두웠다.

나는 갈색 뭔가가 정원에 웅크려 있는 것을 알아차렸다.

그것은 바들바들 떨면서 울고 있었다. 기모노 앞섶을 여민 채 정원의 잔디밭에 웅크려 앉아 오열을 꾹 참고 있는 사람이라는 것을 가까이 다가가고 나서야 알았다. 우쓰기 씨네의 외동아들 세이타가 틀림없었다.

나는 해변에 밀려 올라온 새끼 고래를 발견한 것 같은 심정이었다. 말을 걸어도 될지 망설여졌다. 하지만 세이타가 들어가려 하지 않는 집, 의혹의 소용돌이 속에서 미야오 살해사건의 진술 청취를 마쳤을 부부가 있는 집은 으스스하게 고요했다. 내 목소리가 집 안에 들리면 무슨 일이 벌어질지 상상도 되지 않았다. 게다가 잔디에 얼굴을 묻은 세이타는 자신 말고 다른 현실을 완전히 차단했다.

나는 눈을 감고 얼굴을 돌렸다. 그리고 발소리가 세이타의 마음에 파문을 일으키지 않도록 조심해서 큰길 쪽으로 걸어갔다.

저녁 식사 시간에 귀가했다. 나를 기다릴 사람은 아내뿐이지만, 우편함에 든 석간신문을 꺼내 현관으로 들어가자 신발장에 넣지 않은 구두가 한 켤레 있었다. 금장식이 달린 화려한 불란서제 구두를 보고 나는 손님이 누구인지 깨달았다. 불안해져서 얼른 거실로 향했다.

"오, 돌아왔나! 자, 아무 사고도 안 쳤죠? 그러니까 사람 말을 믿고 얼른 들여보내 주셨어야지."

오쓰키는 내가 문을 열자마자 큰소리로 말했다.

오쓰키는 평소처럼 여자용 기모노 옷감으로 만든 화려한 셔츠 차림이었다. 탁자에는 모양이 다른 술병이 네 개 놓여 있었다. 탁자 맞은편의 사에코는 의자에 앉지 않고 벽에 등을 기댄 채 오쓰키를 내려다보고 있었다.

오쓰키를 향해 인상을 찡그리고 있던 사에코가 얼굴을 천천히 내 쪽으로 돌렸다.

"3시쯤에 오셔서 계속 술을 드셨어. 어쩔 수 없이 내가 쭉 여기서 감시하고 있었지.”

“아아……, 그것참 고생이었겠네.”

드디어 교대라는 듯 사에코는 몸을 구부렸다 폈다 했다. 그리고 발을 쿵쿵 구르며 거실에서 나갔다. 나는 오쓰키 맞은편에 앉았다.

“왜 날 저렇게 싫어하는 거람?”

“취해서 기억이 안 나나? 아니면 애초에 실례라고 생각지 않을 지도 모르지만, 자네는 우리 집에 올 때마다 갖가지 실례되는 짓을 했어.”

감탄한 듯 오쓰키가 호오, 하고 소리를 냈다.

“정말이라니까? 그릇을 깨질 않나, 술을 엎지르질 않나. 그건 그나마 낫지. 탁자를 핥질 않나, 옷을 벗고 털이 많다고 자랑하질 않나, 사에코에게 상스러운 소리를 하질 않나, 머리꼭지까지 술에 취하면 반드시 뭔가 저질러. 그때마다 출입 금지를 선고하는데도 자네는 아무 기억도 못 하지. 술이 깨고 나서는 그런 적 없다고 발 뺌할 뿐이야. 분명히 잊어버렸을 테지만 요즘 사에코는 자네가 뭔가 저지를 때마다 사형을 선고해.”

“이구치네는 참 엄격하다니까.”

오쓰키는 천장을 올려다보더니 위스키병을 집어 병나발을 불었다.

“뭘 하러 왔나?”

“재워줘.”

뭘 물어볼 필요가 있느냐는 듯 오쓰키는 뜻밖이라는 표정으로 대꾸했다.

"엉?"

"엉은 무슨 엉이야. 당연히 재워줘야지. 오늘 낮에 하루미 사장님께 다녀왔어."

"어……, 아아! 그랬군."

"집에 돌아가면 횡령범이 기다리고 있을지도 모르잖아. 그리고 인장을 조달하라고 하겠지? 난 못 해. 부탁받아도 곤란해."

"그렇지? 나밖에 못 하는 일이야."

"잘난 척하기는. 네 그림은 그게 문제잖아. 미의 수렴을 목표로 그려나가지만, 어느새 항문의 털까지 빽빽이 그려 넣어서 결국은 이상에도 현실에도 초점을 맞추지 못하는 게 이구치의 그림이지."

"자네는 처음부터 항문의 털밖에 안 그리잖나. 그것도 아주 서투르게. 난 더러운 걸 그려야 할 때를 알지만, 자네는 그것밖에 그릴 줄 몰라. 하지만 항문의 털밖에 그리지 않으니까 어쩌면 이것도 아름다운 게 아닐까, 하고 사람들이 착각할 뿐일 텐데."

"이구치 넌, 더러운 건 어디에 있어도 더럽다는 관념에 사로잡혀 있어. 궁전 정면에 꾸며놓으면 더러워 보이는 것이, 소똥 거름에 섞어놓으면 아름다워 보일 수도 있다는 미적 감각을 이해하지 못해."

"그럴 리가. 무엇보다 내가 그리는 항문의 털은 더럽지 않아. 아니, 그것보다 하루미 사장님은 뭐라고 하셨어? 조사에는 진전이 있었을까?"

"미카와 고무 공업의 사장과 힘을 합쳐 증거를 모아서 조만간 범인을 붙잡을 거라던데? 하지만 당장 내일 어떻게 할 수 있는 건 아니고. 증거가 어중간하면 돈도 어중간한 액수밖에 되찾을 수가 없잖아? 유죄를 입증하기는 간단한 듯하지만. 아무튼 시라키랬나? 그자가 관련된 건 틀림없지?"

"상황을 보건대 그렇겠지."

"어쩔 작정이야?"

"하루미 사장님께 맡겨두는 수밖에 없지 않겠나. 부탁하시면 나도 행동에 나서겠지만."

"그럼 내가 언제 돌아갈 수 있을지 모르잖아. 어떻게 할 거야? 왜 남의 이름을 멋대로 사용하는 건데?"

"그야, 없는 이름과 가짜 주소를 사용하면 그자들이 속았다는 걸 금세 알아차리지 않겠어? 이왕이면 자네가 하숙집에 있기를 바랐는데. 횡령범이 찾아오면 오쓰키가 아닌 척하면서 나한테 연결해주면 되니까."

오쓰키는 입을 다물었다. 눈썹과 입술이 희미하게 떨렸다. 내 제안이 얼마나 재미있을지 검토하는 표정이었다.

"……아무튼 오늘은 재워줘. 집에 돌아가기 귀찮아."

"알았어. 어쩔 수 없지. 그런데 하필이면 밖에서 잠글 수 있는 방이 없군. 할아버지가 감옥 같은 방을 만들어두셨으면 좋았을 텐데. 잊어버리셨나 봐."

쟁반을 든 사에코가 문을 열고 들어왔다. 쟁반에는 주전자와 찻잔이 두 개 얹혀 있었다. 사에코는 시선으로 나와 오쓰키를 위협하며 말없이 쟁반을 탁자에 내려놓고 말없이 나갔다.

나는 차를 따라서 오쓰키 앞으로 밀어주고, 술병 네 개를 탁자 가장자리로 치웠다. 오쓰키는 술에 미련이 남은 눈치였지만 저항은 하지 않았다.

"이구치, 그런데 넌 뭘 하는 거야? 왜 횡령사건에 개입한 거지? 하루미 사장님은 자신은 설명하기 귀찮다고 너한테 물어보라더군."

이제는 식상해진, 무라야마 고도 박사 살해사건에서부터 출발하는 이야기를 들려주었다. 이야기가 끝나자 나는 아직 펼치지 않았던 석간신문을 집어 들었다.

"아아, 실렸네. 보게."

새로운 정보는 없었지만 드디어 미야오 살해사건의 기사가 실렸길래 오쓰키에게 보여주었다.

"이게 그 간통남 살해사건인가?"

"아니, 아직 그렇다고 확정된 건 아니야."

하지만 우쓰기 씨의 진술 청취가 특별히 오래 걸렸던 듯하니, 경찰도 분명 그 점을 염두에 두고 있을 것이다.

"간통한 결과, 살해당한 건 맞잖아?"

"아니, 아직 확실한 증거가 있는지는 몰라. 내가 보기에 불륜관계는 있었겠지만 불륜관계가 사건과 연관됐는지는 불확실해. 무라야마 고도 박사 살해사건과 이어지는지도 모르지. 미야오는 비밀 결사에 불리한 뭔가를 보거나 들어서 처단당한 걸 수도 있어."

"그 네 명 중 누군가가 전임 비밀 결사원에게 임무를 물려받은 거지? 그 사람들은 미야오가 살해당했을 때 알리바이가 있나?"

"건너 들은 이야기라 확실치는 않지만 아무도 알리바이가 없는가 보더군. 우쓰기 씨는 혼자 침실에 가서 쉬었대. 시라키 씨와 이쿠시마 씨도 집에 있었고. 경찰에 뭐라고 진술했는지는 모르지만, 뒷받침해줄 건 가족의 증언뿐이겠지."

무라야마 저택에도 미나카미 부인과 하녀밖에 없었다. 부인도 그 시간에는 쉬고 있었다고 했다.

"그 외에는 몰라. 참 증거가 적은 사건이지. 그리고 단순한 간통남 살해사건이라면 나나 하스노가 나설 자리는 없어."

"흠, 그런가. 그런데 무라야마 고도 박사 쪽은 어때? 하스노 군 말로는 이상한 냄새가 난다면서? 용의자 네 명 중에 방귀를 뀌어놓고 시치미를 뚝 떼는 자가 있다고."

"하스노가 말했던 비유와는 의미가 다른걸. 하지만 뭐, 그런 셈이겠지."

"그자들, 자칫했다가는 자기가 범인으로 몰릴 거라는 생각에 필사적으로 사건을 탐색하고 있지? 게다가 용의자도 네 명으로 좁혀졌잖아. 그런데도 모르는 건가? 나라면 분명 알아낼 텐데."

"뭐, 자네가 사건 용의자 중 한 명이라면 분명 자네 짓일 테니까. 당연히 범인이 누군지 알겠지. 하지만 이번에는 모두 다 수상해. 우쓰기 씨는 아내 일이 있고, 미나카미 부인은 교수상회 소속이었던 가지타로 박사의 조카지. 이쿠시마 씨는 빚이 있고, 시라키 씨는 횡령을 저질렀어. 이렇게 되면 서로 견제하느라 누군가 한 명을 정해서 깊이 파고들 수도 없을 거 같아. 그렇다고 경찰은 개입시키기 싫다니 원."

오쓰키는 술기운이 돌아서 부은 얼굴을 양손으로 문질렀다. 그리고 혀 꼬인 목소리로 말했다.

"이봐, 실은 그자들 전부 무정부주의자인 거 아니야? 그리고 실은 무라야마 고도 박사를 죽이면 안 됐던 거지."

"응? 무슨 소리야? 왜 무라야마 고도 박사를 죽이면 안 되는데?"

"모르나? 사람은 사람을 죽이면 안 돼. 그래서 그들은 무정부주의자의 체면을 걸고 범인을 찾아내려 하는 거야."

그들은 교수상회와 무관하지만 무정부주의자이기는 하다는 뜻일까?

"그렇다면 그들은 범인을 찾아내서 어떻게 할 생각일까?"

"모르지. 사적으로 제재한다든가?"

오쓰키가 술김에 늘어놓은 추론은 가지타로 박사의 존재와 실제로 드러난 수많은 증거를 무시했지만, 그 추론이 암시하는 결론은 으스스했다. 나도 그 무정부주의적인 수사에 가담한 셈이기 때문이다.

"그런데 본인이 범죄자가 되면서까지 범죄자를 밝혀내야 할까? 범죄라는 건 애당초 정부가 정한 개념이지? 그리고 무정부주의자는 정부를 없애버리려고 하고? 무정부주의는 그렇게 뒤죽박죽인 사상인가?

무슨 일이 일어나고 있는지 나도 모르겠어. 전혀 모르는 채 돌아다니며 조사하고 있지. 하스노는 뭔가 생각이 있는 모양이지만. 그밖에도 묘한 일은 얼마든지 있어. 예를 들어 시라키 씨는 어째선 지 사건이 발생한 후에 자기 집의 방 하나를 폐쇄해버렸다는군."

"그건 또 무슨 소리야?"

나는 시라키 저택 앞에서 들은 이야기를 말해주었다.

"시라키 씨네 하녀는 몹시 수상쩍어하더군. 사건 다음 날에는 이미 그 방을 남경정으로 잠가버렸대."

"호오? 뭔가 숨겨놓은 건가."

"뭐, 그럴지도 모르지만 어지간한 물건은 방을 통째로 폐쇄하 지 않아도 어딘가에 숨길 수 있잖아? 서재도 있고 말이야. 뭔가 아 주 큰 물건일까?"

"사건 다음 날부터랬지? 사건의 증거인가?"

정말로 시라키 씨가 범인이라 사건의 증거를 숨겼다고 치기에 는 너무 형편없는 방법이다.

"아니면 횡령 쪽과 관계가 있으려나? 횡령하는 건 확실하잖 아?"

"하지만 횡령을 위한 물건이야말로 서재에 숨길 수 있을 것 같 은데. 아니면 방에 꽉 찰 만큼 많은 돈다발? 아니면 영수증?"

이야기가 벽에 부딪혔을 때 사에코가 식칼을 든 채 저녁이 준 비됐다고 알리러 왔다.

3

다음 날 아침. 나는 평소보다 이른 시간인 7시경에 일어났다. 별 채의 침실을 나서서 안채로 가자 사에코가 이미 아침을 준비하고 있었다.

"녀석은?"

"아직 자고 있지 않을까?"

오쓰키는 2층 방에 처박아두었다. 나와 사에코는 2층의 기척에 신경 쓰며 아침을 먹었다.

"오늘은 뭘 하려고?"

"어제 무라야마 저택의 하녀에게 들은 이야기를 확인해봐야겠어. 무라야마 고도 박사의 먼 친척을 만나고 올게. 어쩌면 오늘 못 들어올지도 몰라."

"어머, 그래?"

9시가 지나자 나는 오쓰키를 깨우러 갔다. 아버지가 건강했던 시절에 사용했던 방이다. 나는 주먹으로 거칠게 문을 두드렸다.

"이봐, 일어나."

"어엉?"

생각 외로 빨리 대답이 돌아왔다. 나는 천천히 문을 열었다. 침대에서 상반신을 일으킨 오쓰키는 덴시로라는 상표의 발염한 유카타를 입고 있었다.

"뭐야 그건. 어디서 슬쩍해 온 건가?"

"응? 아니야. 내가 하스노 군 같은 짓을 하겠나. 내 데생과 교환한 거야."

"도둑질보다 악랄하잖나. 그나저나 미안하지만 짐을 챙기게. 오늘 외출할 거야."

사에코 혼자 있는 집에 오쓰키를 남겨두면 골치 아프므로, 내가 나갈 때 내쫓아야 한다.

"어디 가는데?"

"지바."

"그럼 나도 갈게."

지바의 어디에 뭘 하러 가는지는 묻지도 않고 오쓰키는 대뜸 그렇게 말했다.

기분파가 따로 없다. 평소 같으면 잠이 덜 깨서 이불에 들러붙어 있을 테니 손쉽게 데리고 나갈 수 있다면 그것도 괜찮겠다 싶었다.

기차 시간이 잘 맞아떨어져서 오전 중에 쇼센 호조선의 고이역에 도착했다. 개찰구를 빠져나와 눈에 들어온 메밀국수집에서 점심을 먹은 후, 목적지인 마을 쪽으로 향하는 행상을 찾아 돈을 치르고 마차를 얻어 탔다.

"이구치, 어디의 누굴 찾는 거야?"

"아리노 마을의 닛타라는 사람이라고만 들었어. 나이든 여자라
는군."

마차에 실린 짐에서 바다 냄새가 풍겼다. 마차가 역 앞을 떠나
고 얼마 지나지 않아 길이 탁 트였다. 마차는 저 멀리까지 논밭이
보이는 풍경 속을, 하늘을 바다 삼아 거꾸로 뒤집힌 행상의 배처럼
유유자적하게 나아갔다. 반 시간쯤 후에 아리노 마을에 도착했다.
작은 마을을 상상했지만, 농지 사이에 있는 집들은 수가 그렇게 적
지 않았다.

마부에게 닛타라는 사람의 집을 아느냐고 물어보자 세 집이라
고 했다.

한 집씩 돌아다녔는데, 결국 세 번째 집이었다. 강 건너 마을 제
일 외곽에 있는 억새지붕 집으로 가자, 틈새가 많은 산울타리 너머
에 몸뻬³를 입은 예순 살 정도의 여자가 툇마루에 앉아 멍하니 하
늘을 바라보고 있었다.

"저기, 닛타 씨 맞으십니까?"

"아이고, 남편은 안에 있는데요."

집 안에 대고 부르려 하길래 나는 얼른 말했다.

3　주로 여자가 방한용이나 작업용으로 입는 바지 모양의 아랫도리.

"앗, 그게 아닙니다. 무라야마 고도 박사라는 분을 아십니까? 아시는 분께 용건이 있어서요."

"이봐, 좀 더 가까이에서 말해."

오쓰키가 산울타리 밖에서 소리 높여 말하는 나를 보고 웬일로 아주 지당한 말을 했다. 우리는 마당을 지나 어리둥절한 표정으로 쳐다보는 여자 쪽으로 향했다.

"어, 누구세요? 음, 도쿄에서 오셨나요?"

이상하게 여길 만도 하다. 나는 가스리를 약식으로 입었지만, 오쓰키는 수련 무늬가 들어간 셔츠를 입었으니 뭘 하러 온 2인조인지 짐작도 가지 않을 것이다. 아무튼 자기소개를 하고 나서 다시 물었다.

"닛타 씨 맞으시죠?"

"네, 닛타 시게인데요."

"무라야마 고도 씨를 아신다고 하길래 왔는데요. 먼 친척이시라면서요."

"아아, 뭐, 네."

시게는 여전히 누가 보냈는지 모를 큰 짐을 우체부가 배달해준 것 같은 표정이었다.

보아하니 고도 박사가 살해당한 줄 모르는 걸까? 망설인 끝에 나는 가방에서 신문을 꺼내 놀라면 안 되시겠지만, 하며 사건을 다룬 기사를 보여주었다.

"아니, 이건……."

시게는 휘둥그레진 눈으로 표제를 들여다보았다. 그리고 받아든 신문을 덮을 듯이 등을 웅크리더니 가늘어진 눈으로 핥듯이 기사를 읽으려 했지만, 전부 다 확인하기는 일찌감치 포기했다.

"몰랐네요. 깜짝 놀랐네……."

시게는 내 신문을 자기 것처럼 툇마루에 내려놓고 말했다. 사건이 의외였을 뿐 비탄에 젖는 기색은 없어서 나는 불경스럽게도 안심했다.

집 안에서 시게의 남편이라는 노인이 나왔다. 시게는 우리가 누군지 설명도 하지 않고 무라야마 댁 선생님이 살해당했어, 무서워라, 하며 남편에게 신문을 보여주었다. 남편은 눈을 가늘게 뜨고 신문을 읽더니 끙, 하는 앓는 소리와 함께 다시 안으로 들어갔다.

"어찌 된 일일까. 아주 훌륭하게도 대학교 선생님이 됐는데 말이야."

"저어, 시게 씨. 무라야마 고도 박사님과는 어떤 관계십니까?"

확인해보자 면 친척이라는 이야기는 오해였다.

무라야마 고도 박사는 태어나고 몇 년간 이 마을에 사는 작은할아버지 집에 맡겨졌다. 당시 그 옆집에 살던 시게는 어린 고도 박사를 돌봐주기도 했다. 몇 년 전에 무라야마 저택을 방문한 건, 그 인연으로 심부름을 부탁받았기 때문이라고 했다.

"그, 작은할아버님의 가족은요?"

"이제 안 계세요. 겐키치 씨 부부는 오래전에 돌아가셨고, 신타 씨도 작년에 갑자기 쓰러져서 세상을 떴죠."

겐키치가 작은할아버지고 신타는 그의 아들이다. 며느리와 손자는 본가로 돌아가서, 이제 마을에 무라야마 성씨를 쓰는 사람은 아무도 없다고 한다.

나는 고도 박사가 아기 때부터 가지고 있었다는, 신목으로 만든 부적에 대해 물어보았다.

"어, 아아! 네, 이런 걸 가지고 있었죠."

시게는 양손으로 한 치 반쯤 되는 모양을 만들어서 보여주었다.

"그거, 어느 신사의 신목인지 기억나십니까?"

"으음, 어디였더라. 저는 모르겠네요."

기억나지 않는 것이 아니라 모르겠다고 한다. 하지만 부적을 가지게 된 사정은 기억난다고 했다. 시게는 툇마루에 앉으라고 나와 오쓰키에게 권한 후 이야기를 시작했다.

무라야마 고도 박사가 태어난 지 얼마 지나지 않아 이 마을에 맡겨진 건, 그의 부모님이 홋카이도로 건너가게 됐기 때문이라고 한다. 정부의 명령으로 3년간 개척을 하러 떠났다는 모양이다[4]. 메이지 5년(1872년)의 일로, 지금이야 도쿄와 연결되는 철도가 개통됐고 인구도 늘었지만 당시는 집이 서른 채밖에 안 되는 작은 촌락

---

[4] 일본은 개척사라는 관청을 설치해, 메이지 2년인 1869년부터 본격적으로 홋카이도 개척에 나선다.

이었다.

"겐키치 씨네가 아이를 맡았다고 들은 지 닷새가 지났을 무렵이었어요. 엄청난 폭풍이 휘몰아쳤죠."

9월이라 태풍이 온 걸까? 요즘은 신문에 예보가 실리지만 약 50년 전 일이다. 비바람이 거세지자 사람들은 집이 날아갈 것 같다는 둥, 떠내려갈 것 같다는 둥 불안해하며 촌장의 저택에 모였다.

"저도 무서웠답니다. 그렇게 심한 폭풍은 지금까지 딱 한 번 겪어봤어요. 사방이 컴컴한 와중에 저는 어머니와 함께 도망쳤어요. 어머니만 함께 있었죠. 남자들은 전부 폭풍 피해를 막기 위해 동원됐거든요."

시게의 집은 강에 가까웠다. 도망쳐야겠다고 결정했을 때는 이미 날이 저문 뒤였다. 폭풍 때문에 등롱을 사용할 수 없어서 5정 가까이나 하류에 있는 촌장의 저택에 겨우 도착했다.

저택도 곳곳에 촛불을 켜두었을 뿐이라 몹시 어두웠다. 촌장의 저택에는 여자, 아이, 노인밖에 없었다. 남자들은 전부 논밭을 정비하고 집을 보강하기 위해 나갔다.

아기였던 무라야마 고도 박사와 그의 작은할머니도 있었다. 시게는 그때 처음으로 아기를 보았다.

"하지만 불빛이 침침해서 잘 안 보였어요. 아기를 꼭 끌어안고 이렇게 고개를 숙이고 계시더군요."

시게는 작은할머니의 모습을 흉내 냈다.

고도 박사가 신목으로 만든 부적을 받은 건 이때였다.

아키라는 사람이 시계보다 조금 늦게 저택으로 도망쳐 왔다. 30년 넘게 과부로 살아온 70대 백발 노파다. 젖은 머리를 닦은 아키는 아기를 보자마자 작은할머니에게 다가가 소맷자락 속에서 뭔가를 꺼냈다.

"이걸 아기에게 주도록 해."

"네?"

"뭐가 좋겠나?"

시계도 촛불빛에 비친 그것을 무심코 바라보았다. 아키는 깨끗하게 닦아서 구멍을 뚫고 끈을 꿴, 한 치 반 크기의 나뭇조각을 들고 있었다. 어느 신사의 신목에서 떨어진 나뭇가지를 모아서 자기 나름대로 만든 부적이다. 아키는 그 부적을 툭하면 다른 사람들에게 나눠주었다.

아키가 내민 부적 두 개는 그게 그거였지만, 작은할머니는 약간 큰 쪽을 골라서 아기의 목에 걸었다. 아키는 남은 부적 하나를 나누어줄 상대를 찾다가, 또 다른 아기에게 주었다고 한다.

다들 말수가 적었다. 폭풍에 날아온 물건이 외벽에 부딪히는 소리가 날 때마다 모두 겁을 먹고 움찔했다. 덧문을 전부 꽉 닫아놔서, 바깥 사정은 소리로밖에 알 수가 없었다. 비바람은 전혀 잦아들 낌새를 보이지 않았고 밤이 깊어질수록 더욱 맹위를 떨쳤다.

시계가 도망쳐 온 지 두 각**5**쯤 지났을 때였다. 바람 소리에 섞여 남자들의 절규가 들린 것 같았다.

도망치라고 한 걸까?

똑똑히 알아듣지는 못했다. 하지만 동시에 다른 소리가 들려와서 무슨 일이 일어난 건지 다들 내번에 이해했다.

물소리가 저택을 감쌌다. 그리고 바로 바닥과 벽으로 물이 새어들었다.

강둑이 무너진 것이다. 모두 일어나서 미친 듯 날뛰었지만, 이미 어쩔 도리도 없었다. 밖으로 나가기에는 늦었고, 촛불도 곧 꺼졌다. 사람들은 비명을 지르며 어둠에 잠긴 저택 여기저기로 도망쳐 다녔다.

"저는 뭘 붙잡고 있었는지 기억이 안 나네요. 물이 허리보다 높게 차올랐죠. 당황해서 덧문을 연 사람은 순식간에 물살에 휩쓸렸고요. 어찌하면 좋을지 몰라 벌벌 떨기만 했답니다."

저택이 거센 물살에 비명을 지르며 점차 기울어지는 것 같았다. 그리고 물살이 기둥에 들러붙은 14세의 시계를 거기서 떼어낼 정도까지 강해졌을 때, 마침내 촌장의 저택이 무너져서 물에 삼켜졌다.

시계는 천장널을 붙든 채 한동안 떠내려갔다. 상류 쪽에서 남자들이 든 횃불의 불빛이 보였다고 한다. 시계는 운 좋게도 하류에 있는 집의 지붕에 기어 올라가, 밤새도록 폭풍 속에서 물이 빠지기

---

5 1각은 약 15분이다.

를 기다렸다.

"해가 뜨자 난리가 났더군요. 아무것도 남은 게 없이 싹 쓸려 갔고, 어머니도 발견되지 않았어요."

결국 상류에 있던 시게의 집은 무사했다고 한다.

촌장의 저택으로 도망친 사람 가운데 살아남은 사람은 몇 명 되지 않았다. 아기였던 무라야마 고도 박사도 그중 한 명이었다. 촌장의 저택 근처에 사는 아낙네가 통에 담긴 채 가라앉던 그를 건져 냈다. 작은할머니는 저 멀리 강 하류에서 시신으로 발견됐다.

"영험 있는 부적 덕분에 용케 살아남았다며 시끌벅적했던 모양 이에요. 하지만 영험이 있어 본들 아키 할머니는 돌아가셨는걸요."

시게는 홍수 바로 후에 무슨 일이 있었는지는 잘 모른다고 했 다. 시게의 아버지도 그날 밤 강에 빠져 죽는 바람에, 어쩌면 좋을 지 몰라서 이웃 마을에 사는 친척 집에 갔기 때문이다. 한 달쯤 거 기서 지내다가 시게를 돌봐줄 집이 결정돼서 아리노 마을로 돌아 왔다.

그 집은 무라야마 고도 박사의 작은할아버지와 이웃사촌이었 다. 아내를 잃고 쩔쩔매는 작은할아버지의 부탁을 받고 시게는 종 종 아기를 돌봐주었다. 3년 후 박사의 부모님이 돌아와서 박사를 데려갔지만, 그 후로도 작은할아버지 일가와는 자주 연락을 주고 받았다. 2년 전에 시게가 무라야마 저택에 갔던 것도, 그때는 아직 살아 있었던 작은할아버지 일가의 신타가 도쿄에 가는 김에 고도 박사에게 선물을 전해달라고 부탁했기 때문이라고 한다.

부적의 내력은 알았다. 무라야마 고도 박사가 왜 그 부적을 품에 지니고 다닌 걸까 신기했는데, 이야기를 듣고 보니 납득이 갔다. 그렇지만.

"부적의 주인은 아키라는 할머님이셨군요. 어느 신사의 신목을 사용하셨을까요?"

"글쎄요, 그게……."

시게도 몰랐다. 아키는 방랑벽이 있어서 여기저기 돌아다녔으므로, 아리노 마을 근처라는 보장은 없었다. 2, 30년 전이라면 어느 신사인지 기억하는 사람이 있었겠지만, 이제는 아무도 모르지 않겠느냐고 시게는 말했다.

"아참, 그렇지. 하지만 어디서 어떻게 지내는지 모르는구나."

"무슨 말씀이십니까?"

"다른 아기요. 그 아기도 부적을 받고 살아남았거든요. 어떻게 됐으려나……."

그날 밤, 촌장의 저택에 한 명 더 있었다는 아기다. 작은할머니가 부적을 고른 후, 남은 부적을 아키가 그 아기에게 주었다고 시게는 말했다. 그 아기도 살아남았지만 시게는 홍수 후에 잠깐 마을을 떠났기 때문에 어떻게 됐는지는 모르고, 어느 집 아기였는지도 기억이 모호했다.

하지만 부적의 영험이 대단하다고 칭찬이 자자했으니, 그 아기는 부적의 출처를 전해 들었을 것이다. 무라야마 고도 박사도 알고 있었을 정도니까.

어느 집 아기일까. 시게가 모르는 걸 보면, 그 아기도 다른 지역에서 맡겼다가 어느덧 다시 데려갔다고 판단해야 자연스러울까.

"누군가 기억하고 있을 만한 사람은 없습니까?"

"글쎄요……."

시게는 오른손을 뺨에 찰싹 갖다 붙였다.

"전에도 누가 그걸 물어본 것 같은데……."

"조사할 가치가 있을까, 이구치?"

"하스노는 있을 거라고 했어. 어째선지는 모르겠지만."

또 한참 걸어야 한다.

시게는 10정쯤 떨어진 곳에 사는 스가야 간다라는 목공 직인이 뭔가 알 수도 있을 거라고 했다. 홍수에 관해 아는 사람은 이제 얼마 없으니, 기억한다면 요 부근에서 제일 나이가 많은 그 사람 아니겠느냐는 이야기였다.

"기억을 못 할 수도 있잖아? 근처 신사를 이 잡듯이 뒤지는 편이 빠르지 않겠어? 요컨대 박사가 물건을 맡긴 신관이 누구인지 알아내면 되는 거잖아?"

"꼭 근처라는 보장은 없잖나. 이야기를 들어본 바로는 아키라는 할머니가 꽤 멀리서 가져왔을지도 몰라. 근처라면 시게 씨도 알 것 같고 말이야. 덧붙여 신관과 이야기를 하기 전에 되도록 사정을 파악하는 편이 좋지 않을까? 일단 돌아다니면서 물어보자고."

잡목림이 펼쳐진 붕긋한 언덕 곁의 오두막에 도착했다. 여든 살이 넘은 스가야 간다는 왜소한 체격이었지만, 햇볕에 탄 몸이 탄탄하니 건강해 보였다. 그는 혼자 산다고 했다.

시게 씨에게 듣고 왔다고 하자 안으로 들여보내 주었다. 다다미가 깔린 방은 방석 한 장 없고, 지저깨비로 지저분했다. 나는 고도 박사가 살해당한 사건은 언급하지 않고, 부적의 출처를 알고 싶다는 뜻을 전했다.

"그런데 아키 씨라는 분은 기억하십니까?"

"응, 그런 사람이 있었지. 목에 걸 수 있도록 나뭇조각에 구멍을 뚫어 달라고 나한테 부탁했어."

"그 신목을 어디서 모았는지는 아십니까?"

"모르는데."

뭐, 그럴 것 같았다.

"그럼, 그, 홍수 때 살아남았다는 또 한 명의 아기는요?"

"어떻게 됐으려나. 아기한테는 신경을 안 써서 말이야."

하지만 노인은 그 아기도 이 마을 사람에게 맡겨졌다는 사실을 기억하고 있었다.

"와다네야. 어디서 맡겼는지는 모르지만."

"와다 씨 댁은 어디죠?"

"신타네 근처. 하지만 이제는 아무것도 모르지 않으려나. 다들 죽고 지금 남아 있는 건 얼간이 손자뿐이야."

"그럼 그 외에 아실 만한 분은요?"

"무라야마네는 알 것 같은데. 와다와 제일 친하게 지냈으니까."

그쪽은 어떻게 손쓸 방도가 없다. 무라야마 고도 박사의 작은 할아버지 일가는 망했다.

"그러고는 히노네나 오시마네……."

와다와 친했다는 사람들이 누구인지 들은 후, 우리는 스가야 노인의 오두막을 떠났다.

얼간이인지 아닌지는 모르겠지만, 와다의 손자라는 사람은 조부모님이 맡은 아기에 대해서도, 아키에 대해서도 몰랐다. 내친김에 그의 소개로 마을 부근 신사도 조사해보았다. 무라야마 고도 박사가 뭔가 맡긴 신사는 역시 마을 근처가 아닌 듯했다.

히노라는 사람도 사정은 마찬가지였고, 마지막으로 오시마라는 사람을 찾아 논두렁길을 걸어 강 하류의 촌락으로 향했다. 오후 4시가 지난 시간이었다.

"오늘 중으로 돌아가고 싶었는데."

"이구치, 아직도 그런 소릴 하는 건가. 아기가 어떻게 됐는지는 모르겠지만, 여기에는 없겠지. 그 아기를 아는 사람을 찾아서 어쩌자는 거야."

"아기와 조금이라도 관련됐던 사람이 있다면, 어느 신사의 영험 있는 신목 덕분에 아기가 살아남았는지 전해 들었을 가능성이 있잖나. 아키라는 할머니가 어느 신사를 신봉했는지 기억하는 사람은 없을 것 같아. 애당초 모두 세상을 떠난 것 같아."

오시마네는 쌀 농가였다. 집에 있던 덩치가 큰 안주인은 저녁을 짓다 말고 우리를 봉당에 들였다.

"모르겠는데. 들어본 적도 없어."

와다네에 맡겨진 아기에 관한 대답이었다. 거기서부터 더듬어 나가는 건 역시 무리일까?

"그럼 아키라는 할머님은요? 부적을 만드셨다는 분인데요."

안주인은 모른다고 하려다가 뭔가 생각났는지 아아, 하고 탁한 목소리를 내더니 쌀가루로 더러워진 손을 털고 집 안쪽으로 들어갔다. 5분쯤 후에 돌아온 안주인이 내 앞에 손바닥을 펼쳤다.

"이걸 아키라는 할머니가 만들었다고 들었는데."

손바닥에는 부적이 얹혀 있었다. 안주인의 할머니가 아키에게 받은 부적이라고 한다.

"이거, 어느 신사의 신목일까요?"

"그건 몰라. 아무도 모르지 않으려나."

일단 살펴나 보려고 안주인에게 부적을 받으려는데, 오쓰키가 옆에서 부적을 낚아챘다.

"이봐."

오쓰키는 부적을 손가락으로 문지르고 나뭇결을 자세히 들여다보았다.

"이거 분명 호두나무야."

"뭐라고! 정말인가?"

뜻밖이었다. 오쓰키가 나무 종류를 알아볼 줄은 몰랐다.

"그럼. 어, 이구치 모르나? 내가 하루미 사장님에게 증정한 조각상 있잖아. 그거 호두나무로 만든 거야."

기억났다. 몇 년 전에 오쓰키는 하루미 상사가 설치한 지사의 신사옥이 낙성된 기념으로, 그의 실력치고는 아주 정교하게 하루미 사장님을 본뜬 한 척 크기의 조각상을 만들어서 돈뭉치용 문진이라며 하루미 사장님에게 선물했다.

오쓰키가 예의 없이 손가락으로 부적을 탁탁 튕기길래, 나는 당황해서 의아한 표정의 안주인에게 부적을 돌려주었다. 우리는 감사 인사를 하고 봉당을 나섰다.

4

우리는 다시 돌아다니면서 호두나무가 신목인 신사를 모르느냐고 물어보았다. 다행히도 오래 지나지 않아 옆옆 마을의 마쓰바라 신사가 그렇다는 답변을 얻었다.

승합마차를 타고 그 마을로 향했다. 마차에서 내리자마자 눈에 들어온 집을 방문해 마쓰바라 신사의 신관을 아느냐고 묻자 대번에 알려주었다. 그래도 그 기와지붕 집에 도착했을 무렵에는 이미 날이 저물었다. 그 집에는 오하라라는 문패가 달려 있었다.

실례합니다, 하고 불렀다. 저녁을 먹는 중인지도 몰라서 신경 쓰였다.

"누구시오?"

40대 중반으로 보이는 남자가 나왔다. 제사를 올리는 복장은 아니었지만 몸가짐을 보고 나는 그가 신관이라고 직감했다.

"저기, 저는 이구치고, 이쪽은 오쓰키입니다. 좀 여쭤보고 싶은 게 있어서 도쿄에서 왔습니다. 그, 무라야마 고도 박사님에 대해서요."

오하라 씨는 박사의 이름을 듣고 의외라는 얼굴이었지만 바로 표정을 지웠다. 그 반응으로 판단컨대 고도 박사가 뭔가를 맡긴 사람은 오하라 씨가 틀림없었다.

"무슨 일입니까?"

"박사님이 돌아가신 건 아십니까? 그, 아주 부자연스러운 형태로요. 오하라 씨는 박사님과 어떤 관계이신지요?"

"친구입니다. 친하게 지냈었죠."

생각하는 기색도 없이 단박에 대답이 나왔다. 고도 박사에 대해 함부로 파고들지 말라고 충고하는 눈치였다.

어쨌거나 고도 박사와 친하게 지냈다고 분명히 인정하는 사람을 처음으로 찾아냈다.

알고 지내게 된 경위를 들었다. 유아기에 부모와 함께 아리노 마을을 떠난 고도 박사는 소년으로 성장한 후에도 마을을 방문해 마쓰바라 신사에 참배하러 왔고, 진조소학교 시절에 오하라 씨와 만났다. 훗날 오하라 씨가 대학에 들어가기 위해 상경했을 때 고도 박사를 의지했고, 지바로 돌아와 신관직을 물려받은 후에도 교우 관계가 이어졌다. 재야의 식물학자이기도 한 오하라 씨는 마을 주변에서 조사와 연구를 하며 논문을 집필하고 있다고 했다.

"용건은 뭡니까?"

"실은 박사님이 여기에 중요한 물건을 맡기셨다고 듣고 왔습니다. 어쩌면 사건과 관련 있을지도 모르겠다 싶어서요."

내가 고도 박사 살해사건을 조사하는 이유를 뭐라고 설명할까.

아무래도 미네코가 어떤 형태로 사건에 말려들어 습격당했는지 이야기해야 할 것 같았다. 하지만 그 전에 오하라 씨가 나를 제지했다.

"그 사건에는 복잡한 사정이 있는 것 아닙니까? 선불리 관여해서는 안 될 텐데요."

교수상회에 관해 아는 걸까. 신문에는 나지 않은 일이다. 이미 어디서 들은 걸까?

"네, 그렇습니다. 가만히 있을 수도 없어서……, 그, 이쪽에도 응당한 사정이 있습니다. 서둘러 해결해야 해요. 박사님은 뭘 맡기셨습니까? 지장이 없는 정도만이라도 말씀해주시면."

"말씀드릴 수 없습니다."

나는 이번에야말로 사건에 관여하게 된 경위를 설명하려 했지만, 오하라 씨는 들으려 하지 않았다.

"아니요, 설명하지 않으셔도 됩니다. 필요 없으니까요. 무라야마는 자신이 맡긴 물건을 남에게 보여줄지 말지 제가 알아서 판단하라고 했습니다. 꼭 공개해야 할 것 같으면 하라고요. 하지만 지금 당신들께 보여줘야 할 이유가 있는 것 같지는 않군요."

"그런데 그건 사건과는 상관없는 물건입니까? 그저께도 한 명이 살해당했습니다. 그 물건을 공개하지 않아서 해결이 늦어진다면."

"글쎄요. 그건 경찰이 알아서 할 일이겠죠."

내 생각도 그랬다.

미야오가 살해당한 사건을 언급한 것이 방편에 불과하다는 사실을, 그리고 내가 실은 미야오의 죽음을 애도하지 않는다는 사실을 나는 완벽하게 감추지 못했다. 결국 오하라 씨가 금방 눈치챌 거짓말을 한 것이나 다름없는 효과가 나타났다. 설득할 여지도 없이 나와 오쓰키를 시골길에 남겨둔 채 문이 닫혔다.

"이만 갈까."

이미 5월의 하루가 완전히 저물어서, 바닥이 보이지 않는 어둠이 주변의 밭에 가득 드리웠다.

"이게 끝이야? 아무것도 못 알아냈잖아! 숙박하지 않을 건가?"

"안 해. 아직 기차를 탈 수 있어."

뭐야 시시하게, 하고 오쓰키는 투덜댔다.

요 부근은 기복이 적은 지형이라 잠시 걷자 역의 불빛이 저 멀리 보였다.

"탐정답지 못하게 뭐 그러나? 조금만 더 잘 구슬렸으면 고도 박사가 뭘 맡겼는지 알아낼 수 있었을 텐데. 다음부터는 나한테 맡겨."

미카와 고무 공업에 다녀왔을 때 하스노에게 들은 말과는 반대다. 그때 나는 거짓말쟁이로서 충분히 면목을 세웠건만.

"……되도록 정직한 편이 좋아."

하스노가 종종 하는 소리를 멋대로 빌렸다.

내가 무작정 시작한 조사는 헛수고로 끝났다. 아무튼 밤이 너무 깊어지기 전에는 돌아갈 수 있으리라.

*

3월에 접어들자 엑상프로방스는 이미 따스해졌다. 쌀쌀한 파리와는 비교도 안 될 정도이며, 나무, 건물, 풍경, 여기 남은 사람들은 대부분 아무 피해도 입지 않았다. 주코프스키는 시가지에서 조금 떨어진 언덕 기슭의 호텔에서 닷새쯤 지내고 있었다.

혼자였다. 여기까지 오는 길에도 혼자였고, 앞으로 목적지에 도착할 때까지도 동행은 없다.

날씨가 좋은 날이었다. 저녁에 산책을 마치고 돌아오자 호텔의 여주인이 기다리고 있었다.

"주교님, 내일 마차는 몇 시가 좋으실까요?"

"오후 1시로 부탁드립니다."

주코프스키는 반세기도 넘게 옛날에 태어나 혁명이 일어나기 전에 러시아를 떠나 외국에서 공부했으므로 영어와 프랑스어 교육을 충분히 받았다. 망명한 후 파리에도 한동안 머물렀으므로 프랑스어가 아주 유창했지만, 남부 억양은 가끔 알아듣기 힘들었다.

방으로 돌아와 짐을 꾸렸다. 내일은 호텔을 출발해 마르세유로 가서 배를 탄다.

짐을 꾸린다고 해도 할 일은 별로 없었다. 하나만 들고 온 트렁크를 거의 다 채웠다. 4할은 책, 3할은 의류, 나머지는 자잘한 여행 물품으로, 있어야 할 것이 제대로 있는지만 확인하면 그만이었다.

주코프스키는 식사를 마친 후 방에서 혼자 성서를 읽었다. 오후 9시 반에 이만 쉬려는데 여급이 찾아왔다.

"주교님, 주교님, 뵙고 싶다는 사람이 있는데요."

호텔 사람들은 정교회 신자가 아니었지만, 주코프스키가 러시아의 한 교구에서 주교로 봉직했었다는 사실을 알고부터 모두 그를 주교님이라고 불렀다.

"안내해도 괜찮을까요?"

"네. 그러십시오."

누구일지 전혀 짐작이 가지 않았지만 주코프스키는 꼬치꼬치 캐묻지 않고 종교적인 웃음을 띤 채 그렇게 대답했다. 이 여급과는 자세한 이야기를 나누기가 힘들었고, 어차피 누가 왔든 만날 수밖에 없다고 결심했다. 동란 속에 남은 친구를 생각하면 이 여정을 출애굽기 같은 탈출극에 비교하기는 꺼려졌으며 아직 조국에 대한 희망도 버리지 않았다. 주코프스키에게 이번 여행은 순례의 여행이 되어야 했다.

"아아, 아아, 댁이 러시아 사람이군요? 기독교 사제님?"

어느 농가의 일꾼인 듯한 쉰 살가량의 여자가 방으로 들어왔다.

"일본에 간다면서요. 맞나요?"

"네, 도쿄로 갈 예정입니다."

"아아, 역시. 내일 떠난다고 들었어요. 늦지 않아서 다행이네."

여자는 치마 호주머니에서 갈색 봉투를 꺼내 주코프스키에게 건넸다. 주코프스키는 봉투를 받아들었지만 여전히 짚이는 구석이 없었다.

"저어, 이건 뭔가요?"

"저는 루이스 씨 댁에서 일하는데요."

주코프스키의 어리둥절한 표정을 보고, 여자는 루이스 일가가 옆 마을에서 치즈를 만드는 집이라고 설명해주었다.

"루이스 씨의 제수씨가 파리에서 돌아왔어요. 대전쟁이 한창이었던 2년 전에요. 봄에 독일이 파리에다 대포를 마구 쐈을 때였죠. 파리는 엉망진창이 됐대요. 저는 몇십 년 넘게 안 가봤지만요. 남편은 그때 세상을 떴고요.

그래서 부인만 이쪽으로 도망쳤는데, 병에 걸린 일본인 사내아이를 데려왔더라고요. 이름은 유키오랬어요."

파리에서 일본 여자가 맡긴 아이라고 했다. 아이가 간질성 폐렴에 걸리는 바람에 여자는 아이를 일본으로 데려갈 수 없었다.

"그 후로 쭉 돌봐왔지만 결국 지난달에 죽고 말았죠. 곤란하게 됐어요. 어디에 알려야 할지 모르거든요. 파리에 살던 시절에는 편지가 왔는데 부인이 이쪽으로 도망칠 때 연락처고 뭐고 다 잃어버렸대요."

부부가 살았던 곳은 엉망진창으로 망가졌다. 급하게 도망치느라 연락처와 편지는 전부 분실했다.

아이를 맡긴 여자의 이름은 도시코 미나카미라고 했다. 어쩌면 일본에서 편지가 왔을지도 모르지만, 전쟁이 끝난 후에 우체국에 문의해도 확실한 사실은 알 수 없었다. 부서진 예전 거주지는 지인의 이름으로 빌린 곳이라 수취인 불명으로 처리됐을지도 모르고, 아니면 우편망에 혼란이 생긴 탓일지도 모른다.

"아이 엄마가 도쿄 사람이라는 건 부인도 기억하고 있었지만요. 어떻게 하면 좋을까 고민하는데, 마침 일본에 간다는 사람이 있다지 뭐예요? 기독교 사제님이니까 괜찮지 않겠느냐고 다들 생각했죠."

주코프스키는 건네받은 봉투를 뒤집었다. 받는 사람의 주소와 성명은 적혀 있지 않았다.

"제가 이걸 전해드리면 되겠습니까? 그런데 대체 어떻게요?"

"그야 어떻게든 꼭 전해달라고 강요하는 건 아니에요. 저는 모르지만 도쿄는 파리보다 훨씬 넓다면서요? 그래도 그쪽에 가면 아는 사람을 만날 수도 있으니까요. 아니면 일본 사람에게 부탁해서 신문에 광고를 낸다든가? 극동 지방에도 분명 신문 정도는 있지 않겠어요?

아무튼 일단 찾는 시늉이라도 하면 이쪽 책임은 다한 셈이겠죠?"

"그, 아이 어머님의 성함은 도시코 미나카미입니까?"

"네, 그렇게 들었어요."

일본에서는 자신처럼 망명한 지인을 만나거나, 러시아에서 일본인에게 맡긴 물건을 받을 예정이었다. 그밖에는 아직 일정을 정한 바 없었다.

편지를 배달하는 일이 기쁨으로 넘치지는 않겠지만, 이 또한 주코프스키가 전란 속에서 살아남은 것과 마찬가지로 그가 믿는 신의 인도에 따라 당연히 수행해야 할 일이었다.

"알겠습니다. 편지를 맡겠습니다."

"아아, 다행이다. 잘 부탁할게요, 사제님."

여자는 꽤 늦었는데도 어디서 태어났느냐는 둥, 부인은 없느냐는 둥 아주 신기한 듯 이것저것 물어보다가 겨우 돌아갔다.

주코프스키는 인생의 휴일을 얻은 기분으로 엑상프로방스에서 며칠을 보냈다. 짐을 다 싼 트렁크에 여자에게 받은 편지를 넣자, 휴일이 끝났음을 부드럽게 통보받은 것 같아서 기분이 좋았다. 배는 나흘 후 이른 아침에 마르세유를 떠난다. 도중에 뭄바이와 상하이에 기항하고, 요코하마에는 5월 5일에 도착할 예정이었다.

다시 습격사건

1

"정말 괜찮겠니?"

택시 옆자리에 앉은 이모부 이구치가 미네코의 발목을 걱정스럽게 바라보며 말했다.

"네."

미네코는 몸을 구부려 보란 듯이 오른쪽 발목의 흉터를 문질렀다. 독충의 배같이 피부가 부풀어 올랐지만 완전히 아물었고, 뛰어오르거나 달려도 아무 문제 없다.

젊어서 그런가 빨리 낫는군, 하며 이모부는 좌석에 몸을 기댔다.

어제, 가족들은 다리가 다 나았다는 미네코의 말을 받아들였다. 그래서 미네코는 하스노에게 인사를 하러 가야 한다고 주장했다. 부모님과 할아버지는 처음에 절대로 외출하면 안 된다고 반대했고, 다음에는 자기들도 따라가겠다고 우겼다. 사건이 아직 해결되지 않았으니 혼자 내보낼 수는 없다면서.

그럼 이모부와 같이 가겠다고 미네코는 대답했다. 아버지가 자동전화[1]로 이모부와 협의해, 결국 그 의견이 채택됐다. 가족 네 명이 우르르 찾아가면 하스노는 반드시 싫어할 것이라고 이모부는 말했다.

이모부는 어제 지바에 다녀온 일로 하스노에게 보고하러 가야 한다니까 마침 잘됐다. 이모부는 올해 1월에 하스노와 함께 유괴된 미네코를 구해낸 전력이 있으므로, 결국은 가족들도 이모부 혼자 미네코를 데려가는 데 동의했다.

택시가 세타가야에 들어섰다. 해는 이미 졌다.

좀 더 일찍 가려고 했지만, 오후에나 이모부 집에 갔다. 그러자 이모부는 미네코를 즉시 1층 방에 밀어 넣었다. 이모부는 집에 머물고 있는 친구에게 미네코를 보여주기 싫은 듯했다. 오쓰키라는 그 친구를 쫓아내느라 애를 먹는 바람에 늦어지고 말았다.

"하스노 씨에게 간다고 했어요?"

"아니, 말 안 했어. 말하면 거절할지도 모르니까."

그래서 기별도 없이 찾아간다고 했다. 미네코는 자신이 바라는 대로 될까 불안해졌다. 이모부는 미네코의 가슴에 뿌려진 걱정의 씨앗이 뭔지, 정말로 아는지 모르는지 걱정하지 말라고 했다.

잡목림과 뽕밭 사이의 길로 들어가자 전조등 불빛 앞쪽에 작은 양옥집이 보였다. 창문 하나에서 불빛이 새어 나왔다. 미네코는 처

---

1 공중전화의 예전 명칭. 일본에서는 1925년부터 공중전화라는 명칭을 사용하기 시작했다.

음으로 하스노의 집에 와봤다.

택시가 집 앞에 멈췄다. 이모부는 두 시간 후에 다시 와 달라고 운전수에게 부탁했다.

택시가 떠나자 이모부는 문을 두드리기 위해 현관으로 다가갔다.

"어?"

"왜요?"

이모부가 줄지은 징검돌 중간쯤에 멈춰서 집 좌우를 번갈아 보더니 뭔가 이상하다고 했다. 늘 켜놓는 서재의 전등이 꺼졌고, 대신에 평소 거의 사용하지 않는 안쪽 방에서 불빛이 새어 나온다는 것이다.

이모부는 어쨌든 문을 두드리려고 다시 걸음을 옮겼다.

그런데.

갑자기 집 안에서 뺑, 하고 굉음이 들렸다.

미네코는 이 소리를 들어봤다. 총소리다. 화들짝 놀란 미네코는 이모부 옆구리 쪽에서 팔을 쭉 내밀어 문고리를 잡았다. 문을 활짝 여는 것과 동시에 이모부가 외쳤다.

"이봐, 하스노! 무슨 일이야!"

미네코도 하스노 씨, 하고 동굴 안쪽을 향해 외치듯 큰소리를 질렀다.

"으아! 자네들인가! 야단났군, 도망쳐! 숲을 가로질러 가도록 해."

벽 몇 개 너머에서 하스노의 목소리가 들렸다.

거칠게 바닥을 내딛는 발소리와 뭔가 깨지는 소리도 들려왔다.

뒤이어 집 안쪽에서 새어 나오는 불빛을 받으며 하스노 말고 다른 사람이 복도에 나타났다.

그 괴한은 권총을 들고 있었다. 얼굴이 보이지 않는 것은 역광 때문이 아니라 복면을 썼기 때문이다. 괴한이 미네코와 이모부를 보고 놀라 이쪽으로 총구를 돌리려고 했다. 미네코는 뒤주 속에서 꿈틀거리는 바퀴벌레를 보았을 때처럼 민첩하게 문을 쾅 닫았다.

얼떨떨한 기분이 삽시간에 온몸을 감쌌다. 썰물 빠지듯 그 기분이 가시자, 냉정함이 결여된 절박한 심정만이 남았다. 하스노는 위기에 처했고, 미네코는 지금 당장 그를 구해줄 수 없는 상황이었다.

미네코는 이모부와 얼굴을 마주 보았다. 이모부가 말없이 집 서쪽을 가리키길래 미네코가 앞장섰다. 두 사람은 벽 너머로 들리는 소리를 따라 외벽을 빙 돌았다.

서쪽 제일 안쪽 방이었다. 미네코는 이모부와 함께 녹은 사탕처럼 찌그러진 창문으로 실내를 들여다보았다. 불빛은 없었지만 시선을 모으자 문가의 어둠이 흔들렸고, 곧 그것이 하스노임을 알아차렸다.

하스노는 도끼로 보이는 무기를 들고 문가에 서 있었다. 집 안에서는 습격자가 문에 부딪는 둔중한 소리가 울려 퍼졌다. 하스노는 창밖에 미네코와 이모부가 있는 걸 알아차리고, 왼손으로 살짝 입을 덮어서 조용히 하라고 신호를 보냈다.

이상했다.

왜 창문으로 도망치지 않는 걸까?

눈이 어둠에 익숙해지자 고통을 참는 하스노의 얼굴이 점차 똑똑히 보여서 미네코는 무슨 사태인지 이해했다.

다친 것이다. 아마도 다리일까?

그래서 습격자를 뿌리칠 수 없는 것이리라.

미네코는 발돋움해서 다시 실내를 살폈다. 하스노는 문 앞에 놓인 의자에 체중을 실어 습격자가 들어오지 못하도록 막고 있었다. 미네코는 갈고리처럼 구부린 손가락으로 창살을 잡아당겨 조용히 창문을 열었다.

그 모습을 보고 하스노는 바지 호주머니에서 뭔가를 꺼내 창밖으로 던졌다.

이모부가 받아서 확인하자 회중전등이었다. 역시 도망치라고 재촉하는 것이다.

하스노는 다시 문 너머의 습격자에게 정신을 집중했다. 여기에 이러고 있어 본들 아무 의미도 없다. 미네코는 회중전등을 들고 이모부를 재촉해 집을 90도 더 돌아갔다.

뒷문을 지나쳐 외벽을 더 돌아가자 창문이 깨져 있었다.

"여기로 들어간 건가. 하스노의 서재야."

이모부가 그렇게 속삭였다. 미네코는 창틀에 남은 유리 조각에 소맷자락이 걸리지 않도록 조심하며 회중전등을 내밀어 서재를 비추었다. 회전의자와 서가가 넘어져서 발 디딜 틈도 없었고, 복도로 통하는 문은 활짝 열려 있었다.

창틀을 밟고 안으로 들어갔다. 이모부는 망설였지만, 미네코를 말리지 않고 뒤따라왔다. 좋은 방법도 없이 무작정 습격자의 뒤쪽을 노리기로 했다.

주변을 재빨리 확인해 재떨이, 커다란 유리 조각, 컵을 주웠다. 미네코는 복도로 살며시 고개를 내밀었다.

문을 사이에 두고 하스노와 대치하고 있던 습격자도 미네코와 이모부가 집으로 들어온 걸 눈치챘다. 이쪽에 권총을 겨누려 하길래 미네코는 들고 있던 물건을 내던지고 바로 고개를 집어넣었다.

"어쩌면 좋죠!"

"몰라! 젠장."

무엇보다 하스노에게서 습격자를 떼어내야 한다. 습격자는 하스노가 틀어박힌 방에 주의를 기울이느라 움직이려야 움직일 수 없는 듯했다. 벽을 두드리거나 문고리를 난폭하게 잡아당기는 소리가 났다.

미네코는 무기를 찾았다. 촛대, 쓰레기통, 의자 다리. 총을 든 습격자를 상대하기에는 너무 미덥지 못했다. 미네코는 쪼그려 앉아 탁자 아래를 들여다보았다.

라이터가 떨어져 있었다. 더 안쪽으로 손을 뻗자 빈 갈색 병 두 개가 손끝에 닿아서 굴러 나왔다.

병 부리에 코를 대자 달콤새콤한 냄새가 났다. 미네코는 먹어 본 적이 없지만 뭔지 알고 있었다. 작년부터 판매 중인 유산균 음료다.

익숙지 않은 냄새에 이끌려 좋은 생각이 번쩍 떠올랐다. 미네코는 작은 목소리로 물었다.

"이모부, 이 집에 등유는 있나요?"

"……있어."

이모부는 미네코의 의도를 바로 이해했다. 두 사람은 라이터와 유리병을 들고 서재 창문을 넘어, 정원에 있는 작은 광 뒤쪽에 몸을 숨겼다. 어쩌면 습격자가 하스노보다 다른 두 사람이 위험하다고 판단해 쫓아올지도 모른다는 기대감과 긴장감을 품고 집 쪽을 살폈다. 하지만 습격자가 하스노가 있는 방 앞을 떠나는 낌새는 없었다.

미네코는 야음에 노출된 등 뒤가 신경 쓰여서 문득 돌아보았다. 저 멀리 공터에 자동차가 있었다. 2인승 같아 보였다.

습격자는 저걸 타고 온 걸까?

미네코는 이모부에게 감시를 부탁한 후, 광의 창문을 열고 안으로 들어갔다. 등유 깡통과 그 위에 덮인 깔때기가 바로 눈에 들어왔다.

습격자는 이쪽으로 오지 않는다. 대신에 총소리가 잇달아 두 번 울려 퍼졌다. 문을 부수고 들어가는 소리는 나지 않았으니, 분명 위치를 짐작해서 문에 대고 쏜 것이다. 굉음을 듣자 무거운 깡통을 든 팔이 떨려서, 미네코는 흙바닥에 등유를 질질 흘리며 유리병 두 개에 등유를 채웠다. 손수건을 찢어서 병 부리를 막았다.

광을 뛰쳐나가서 이모부와 함께 집 뒤쪽에 있는 부엌 쪽으로 향했다.

"미네코, 아무리 그래도 위험해. 내가."

"제가 할게요. 던지는 실력은 제가 낮지 않겠어요?"

미네코는 이모부에게 그렇게 말하고 창문에 손을 댔다.

잠겨 있었다. 돌을 주워 망설임 없이 유리를 깨고 걸쇠를 벗겼다. 창문을 넘어 안으로 들어가서 유리병을 받아들었다. 쪼그려 앉아 병 부리를 막은 손수건에 불을 붙였다.

코를 찌르는 등유 냄새와 함께 불길이 솟아올랐다.

"……뜨거운 첫사랑의 맛[2]이로군."

뒤이어 창문으로 들어온 이모부가 미네코의 손에서 불길을 뿜어내는 흉기를 보고 그렇게 말했다. 미네코는 무슨 뜻인지 못 알아들었다.

처음 오는 집이지만, 크지는 않아서 바깥쪽을 한 바퀴 돌자 대강 구조가 파악되었다. 부엌문을 열면 바로 습격자가 있는 복도다.

미네코는 마음을 단단히 먹은 다음 복도로 이어지는 문을 확 열었다.

손을 꼼지락거리고 있던 습격자가 미네코 쪽을 보았다. 총알을 보충하고 있던 걸까? 더할 나위 없이 적절한 순간이었다.

타오르는 불길 때문에 화염병을 양손에 든 미네코의 얼굴이 똑똑

---

2 '첫사랑의 맛'은 일본 최초의 유산균 음료인 '칼피스'가 출시됐을 당시 사용된 광고 문구다.

히 보였을 것이다. 복면에 가려서 표정은 보이지 않았지만, 습격자는 움츠러든 것 같았다. 그 모습을 보자 미네코는 두려움이 완전히 사라졌다. 솟구친 증오를 담아 불길에 비치는 습격자를 조준했다.

망설임 없이 습격자의 발밑을 향해 화염병을 하나 던졌다.

유리병이 쨍그랑 깨지고 습격자의 발치에 화염이 번졌다. 복도가 확 밝아졌다.

화염 너머로 습격자의 가죽구두가 보였다. 미네코도 신발을 신고 들어왔지만, 그 예의 없는 모습을 보자 분노에 더 불이 붙었다.

뒤로 물러난 습격자는 총알을 보충한 후, 권총으로 미네코를 겨누었다. 미네코는 남은 화염병을 얼른 내던지고 문 안쪽으로 몸을 피했다. 바짓자락에라도 불이 붙었는지 복도에서 끄악, 하고 비명이 들렸다.

미네코는 이모부에게 소리쳤다.

"이모부, 화염병 두 개 더 주세요!"

굳이 연기하려고 애쓸 것도 없이, 원했던 대로 긴박한 목소리가 튀어나와서 미네코는 놀랐다. 이모부도 바로 장단을 맞춰주었다.

"엇! 하나밖에 없어. 나머지는 전부 수류탄이야!"

너무 지나치게 허풍을 떤 것 아닐까?

하지만 효과가 있었다. 복도를 뛰어가는 소리가 나길래 문틈으로 내다보자, 습격자는 불붙은 두 발을 동동거리며 현관으로 향하고 있었다.

미네코는 문가에서 물러나 반대편에 있는 부엌 창문으로 자동차가 있는 빈터를 확인했다.

다리에 불이 붙은 채 달려온 습격자가 땅바닥을 마구 굴러서 불을 껐다.

자동차 전조등이 켜졌다. 차종은 알 수 없었다. 자동차가 저 멀리 달려갔다.

위기를 넘겼지만 한숨 돌릴 때가 아니었다. 미네코는 이모부와 함께 하스노가 있는 방으로 달려갔다. 복도에 번진 불을 뛰어넘어 간신히 문을 열었다.

"하스노 씨!"

하스노는 문 옆에 웅크려 앉아 오른쪽 다리를 끌어안고 있었다. 그는 미네코의 목소리를 듣고 천천히 고개를 들었다.

"아아, 미네코 씨……안녕."

하스노는 힘이 쭉 빠진 표정으로 살짝 웃었다.

"이보게, 괜찮나? 어디를 다친 거야?"

이모부가 끼어들어서 물었다.

"두 발 맞았어. 두 발 다 오른쪽 다리에. 지혈했으니 일단 괜찮을 거야."

또 데이코쿠 대학교 의학부에 신세를 질 판이었다.

하스노가 문밖을 보았다.

"미안하지만, 저걸 어떻게 할 수 없을까? 이러다 집이 없어지겠어."

불길이 점점 벽을 태우기 시작했다.

2

광에 지붕용 함석판이 있었다. 미네코와 이모부는 함석판 외에도 냄비 뚜껑과 양철 양동이 등 덮을 수 있는 걸 전부 덮어서 다다미 반 장 크기로 번진 불을 겨우 껐다.

아까 타고 왔던 택시가 데리러 오기로 한 시간까지 40분 남짓 남았다. 우체국은 이미 닫았고, 전화가 있는 곳까지 가서 신고하려면 8정은 걸어야 한다. 하스노가 움직이지 못할 정도로 크게 다쳤으므로, 돌아다니는 건 위험했다.

하스노는 유리 조각 천지라 사용할 수 없는 의자 대신, 침실의 침대에 걸터앉았다.

"그자한테서 겨된장 냄새가 좀 나던데."

"허, 그랬나?"

가까이 다가가지 않아서 몰랐다. 하지만.

"저를 습격했을 때와 똑같은 복장이었을 거예요."

미네코는 습격자의 모습이 낯익었다. 경찰서에서 돌아오는 미네코를 습격했던 자와 동일인물인 듯했다. 어차피 더러운 일을 해야 하니까 상한 겨된장을 뒤집어쓴 옷을 또 입은 걸까.

습격당했을 때 하스노는 서재에 있었다. 저 멀리서 차를 세우는 소리를 못 듣고, 습격자가 권총을 겨눌 때까지 안락의자에 가만히 앉아 있었다. 총을 쏘기 직전에 습격자가 있다는 걸 알아차렸지만, 여전히 몸 상태가 좋지 못했던 탓에 미처 피하지 못하고 오른쪽 장딴지에 관통상을 입었다. 하스노는 전등을 끄고 서재 밖으로 도망쳤다. 그 후로는 손도끼를 들고 권총을 상대하며 버텼다.

"미네 짱을 덮친 놈이 여기에도 온 거지? 역시 비밀 결사인가. 미네 짱 때 실패했는데도 잘리지 않은 건가? 이번에도 실패했지만……."

지난번 일을 교훈 삼아 만에 하나 얼굴을 들킬 위험을 피하기 위해 복면을 쓴 걸까. 이번에는 이웃과 멀리 떨어진 하스노의 집을 습격했으므로 권총을 사용해도 주변에 들릴 걱정 없다.

왜 습격한 걸까?

원래 하스노는 교수상회에 눈엣가시 같은 존재였다. 하지만 이제 와서 노린 건 어째서일까. 하스노가 사건과 관련해 아주 중요한 뭔가를 알아냈기 때문에 입막음을 해야 했던 걸까.

미네코는 그동안 집에 갇혀 있었으므로, 아흐레 전에 자신이 습격당한 후로 사건이 어떻게 진행됐는지 아는 바가 거의 없었다. 그래서 침대 옆 방바닥에 깔아둔 이불 위에 꿇어앉아 이모부와 하스노의 대화에 얌전히 귀를 기울였다.

"이보게, 사건에 관해서는 얼마나 알고 있나?"

"짐작 가는 점은 있어. 하지만 조사해야 할 일이 남았고, 자네 이야기도 아직 못 들었지."

"음, 내 이야기는 도움이 안 될 것 같은데. 나중에 들려는 주겠지만······.

그럼 자네가 살해당할 뻔한 이유는 아나? 덧붙여 미네 짱도 말이야. 그 후로는 아무 흉계도 꾸미지 않는 것 같은데, 이제 안전한 걸까?"

"안전하다고 장담은 못 해. 혼자 있지 않도록 조심하면 그렇게 위험하지는 않겠지만. 그래, 빨리 결판을 내긴 해야겠군."

"그렇다면."

"이모부, 하스노 씨가 힘들어 보여요."

그 말에 이모부는 입을 다물었다. 하스노가 미네코에게 웃음을 지었다. 그 후로는 다들 아무 말 없이 택시가 오기를 기다렸다.

무사히 이모부 집에 도착했다. 이모부는 하스노를 오쓰키가 사용했다는 2층 방에 눕히고, 경찰과 의사를 불렀다. 경찰에게 사정을 설명한 후, 하스노의 집 위치를 알려주고 현장 검증을 일임했다. 다들 미네코가 밖을 돌아다니는 걸 원치 않았고, 이모부도 집을 비우기가 불안하다고 했다.

하스노를 진찰한 의사 말로는 총알이 뼈에 맞지 않아서 회복이 빠를 것 같다고 했다.

이모부가 미네코의 집에 연락해서 하스노가 습격당했지만, 미

네코가 테러범 뺨치게 대활약한 덕분에 무사히 위기를 넘겼다고
전했다. 가족은 미네코를 데려가고 싶어 했지만, 아직 혼란스러운
상황이 수습되지 않았으므로 얼마간 이모부가 미네코를 데리고 있
기로 했다.

한밤중에야 뒤처리가 대충 끝났다. 하스노는 2층에서 쉬고 있
었다. 이모부 부부와 미네코는 거실에서 드디어 한숨 돌렸다.

"집은 괜찮을까요?"

마음이 진정되자 미네코는 하스노의 집을 불태운 것이 영 찜찜
했다.

"하스노는 지붕과 외벽만 있으면 신경 쓰지 않을 거야."

정말일까?

이모부 집에 온 후로 미네코는 그냥 곁다리였다. 친척, 경찰, 의
사 등등 나이 많은 어른들의 다양한 활동을 묵묵히 바라만 보았다.
가족도 만나지 못할뿐더러 아무도 자신이 한 일의 선악을 평가하
지 않아서 마음이 불편했다.

"미네코, 오늘 어디서 쉴래? 조심해야 하지?"

"사에코, 당신이 이불을 들고 가서 미네 짱과 같은 방에 자는
편이 좋겠어. 만약을 위해."

"응, 그렇게. 하스노 씨는?"

"뭐, 그 녀석은 됐어."

하스노는 만약을 위해 이모부가 같은 방에 있겠다고 하면, 다
친 다리를 끌고 억지로 돌아갈지도 모른다고 했다.

"사에코, 문단속 잘 부탁할게."

"알았어."

이모 사에코가 주전자를 들고 저녁에 끓여놔서 이미 식어버린 차를 자기 찻잔에 따랐다. 미네코는 자신이 한 일은 제쳐놓고서, 남편의 친구가 느닷없이 업혀 왔는데도 참 침착하게 대응한다고 속으로 이모를 칭찬했다.

"그나저나 좀 다른 이야기인데, 14일에 노서아 사람 주코프스키 씨를 만난다고 하지 않았나?"

나흘 후다. 이 일의 사정은 미네코도 알고 있었다. 올해 2월에 나라사키라는 사람의 집에서 일어난 사건이 원인으로, 미네코도 그 사건에 연관됐다.

망명한 노서아 정교의 주교인 주코프스키 씨가 나라사키네에 맡긴 물품을 받으러 올 예정이지만, 물품이 파손되는 바람에 뭐라고 설명해야 할지 난감한 상황이다. 하스노가 통역과 교섭 역할을 겸해 주코프스키 씨를 만나기로 했다.

"정말이지 하필이면 이럴 때. 하스노 씨한테 어쩌라는 거야? 총에 맞고 고작 나흘 후잖아?"

"아니, 물론 하스노가 안 되겠다고 하면 그만두는 수밖에 없겠지. 하지만 하스노는 분명 만나려고 할 거야. 그렇다면 생각을 좀 해봐야겠군. 주코프스키 씨가 묵는 호텔에 편지를 보내서……, 하스노에게 써달라고 해야 하나. 아무튼 약속 장소를 바꿔 달라고 부탁하는 거야."

하스노가 움직일 수 없으니, 여기로 초청해서 이야기를 나누는 거지. 어쩔 수 없잖아? 딱히 실례되는 일도 아닐 테지."

"청소를 해둬야겠네."

"응."

이모는 입을 한일자로 꾹 다문 채 허공에 시선을 던지며 콧김을 세게 내뿜었다.

"괜찮겠어?"

"당신이야말로 괜찮겠어? 묘한 일에 끼어들어서 여기저기 돌아다니고 요란한 사건만 계속 일어나잖아."

이모는 오히려 이모부를 야단치는 투로 말했다. 이럴 때면 어릴 적부터 알고 지내던 이모가 남 같아 보인다.

"걱정할 것 없어. 난 결국 아무것도 안 했으니까. 보고 있었을 뿐이야. 그렇지?"

이모부가 미네코에게 시선을 주었다. 이모는 어이없다는 듯 고개를 내젓더니 이만 쉬겠다고 했다.

미네코도 이모를 따라갔다. 이것저것 생각할 일은 많았지만 너무 졸렸다.

그날 아침, 미네코는 늦잠을 잤다. 이모부는 서생 살해사건의 수사에 진전이 있는지 확인하기 위해 낮에 다시 탐문을 하러 나갔다가 저녁녘에야 돌아왔다.

이모는 저녁을 준비하는 중이었다. 이모부는 목발을 짚고 내려온 하스노와 거실 탁자에서 이야기를 나누었다. 미네코는 부엌을 신경 쓰면서도 탁자 구석에 슬며시 앉아 있었다.

"우쓰기 씨의 아내 시즈코 씨가 무라야마 저택의 서생 미야오와 불륜관계였음을 인정했대."

대부분 미나카미 부인에게 들은 이야기라고 했다.

사건이 발생한 후, 경찰과 남편은 물론 집으로 찾아온 용의자 시라키와 이쿠시마까지 합세해서 추궁하자 시즈코는 더 이상 버티지 못했다. 소문은 공식적인 사실이 되었다.

"미나카미 씨는 추궁하러 가지 않았지만, 자기 집에 있을 수 없어진 시즈코 씨가 무라야마 저택을 찾아와 울면서 미나카미 씨에게 다 말했다는군."

미나카미 부인 말고는 상담할 만한 사람이 없었던 것이다. 3년 전부터 쭉 관계를 이어왔다는 것, 무라야마 고도 박사가 살해당한 후에 미야오가 집요하게 자신을 찾아오려 했다는 것 등 시즈코는 숨김없이 다 털어놓았다. 이모부는 미나카미 부인이 그 이야기를 어떤 감정과 태도로 들었는지는 모른다고 했다. 어쨌든 미나카미 부인은 집으로 돌아가서 남편과 잘 이야기를 해보라고 시즈코를 설득했고, 시즈코는 그 말에 따랐다.

"이구치 군, 자네 생각은 어때? 미나카미 씨는 우쓰기 씨를 신뢰하나? 적어도 부정을 저지른 아내를 집으로 다시 돌려보내도 문제없을 사람이라고 생각한 건가?"

"음……, 확실히 말하자면 전혀 모르겠어. 하지만 미나카미 씨가 다른 용의자보다 우쓰기 씨에게 좀 더 마음을 여는 것 같기는 해."

"흠, 그런가."

"아무튼 미야오가 살해당한 날 시즈코 씨의 알리바이가 문제시됐는데, 불륜 사실이 드러난 데다 고도 박사가 살해당한 밤에 친구 집에 묵었다고 위증한 사실도 들통나서 심증이 몹시 안 좋았어."

고도 박사가 살해당했을 때, 경찰은 소학교 교원이라는 그 독신 친구에게 시즈코의 알리바이를 확인했다. 친구는 사전에 부탁받은 대로 시즈코가 그날 밤 자기 하숙집에 묵었다고 증언했으므로 지금까지 그 거짓말은 발각되지 않았다.

미야오가 살해당하기 전에 그와 시즈코가 불륜관계라는 소문이 경찰에까지 알려졌는지는 모르겠지만, 어쨌거나 경찰은 교수상회가 무라야마 고도 박사 살해사건에 관여했을 것이라고 깊이 의심하고 있었기 때문에 지금까지 그 소문이 문제시된 적은 없었던 듯하다. 하지만 이번 사건 수사에서는 그 소문이 당연히 중대한 단서로 취급됐다.

"그런데 결국 경찰은 시즈코 씨가 미야오를 죽인 게 아니라고 판단한 모양이야. 우쓰기 씨 집의 하녀가 사건이 발생한 날, 시즈코가 밤새 집에 있었다고 증언했거든."

최근에 고용된 하녀라 위증을 부탁받아도 응할 리 없다고 판단했다고 한다.

대합찻집에서 4월 25일의 알리바이를 확인한 결과, 시즈코는 무라야마 고도 박사 살해사건과도 무관하다고 판단됐다.

"그래서 우쓰기 씨가 미야오 살해사건의 제일 유력한 용의자로 여겨지고 있는 실정이야. 2층에서 혼자 자고 있었던 우쓰기 씨는 다른 사람들 몰래 빠져나가서 미야오를 죽일 수도 있었으니까."

"그렇군."

하스노는 손바닥에 턱을 괸 채 명상하듯 눈을 감았다. 이러한 모습은 몸이 회복되지 않은 상태에서 습격당한 후유증인 듯했다. 다시는 눈을 뜨지 않는 것 아닐까 싶을 만큼 눈꺼풀의 움직임이 둔하고 무거워서 미네코는 가슴이 조마조마했다.

잠시 후 하스노가 말했다.

"아참, 이구치 군. 결국 자네의 당일치기 지바 여행은 의의가 있었어."

"뭐? 그래?"

미네코도 의외였다. 아까 고생만 하고 허탕을 쳤다며 이모부가 그 이야기를 하는 걸 옆에서 들었기 때문이다.

"그리고 시라키 씨가 자택의 방 하나를 폐쇄했다면서?"

"아아, 응. 그런가 봐. 뭘 숨겼는지는 모르겠어. 역시 사건과 관계가 있을까?"

"무슨 짓을 하는 건지 확인하는 편이 좋을지도 모르겠군. 들키지 않게 말이야."

횡령범의 자택에서 일어나는 일이니, 들키지 않게 확인하기는 쉽지 않을 듯했다.

"뭐, 방법을 생각해볼게. 그건 그렇고……."

생각에 잠긴 끝에 하스노는 무슨 맥락인지 모를 말을 꺼냈다.

"이구치 군, 집에 사진기 있나?"

"응? 없는데. 할아버지 것이 있었는데 팔았어. 아아, 하지만 하루미 사장님은 사모님이 쓰던 걸 가지고 계실 테니, 부탁하면 빌려주실지도 몰라."

"사진기를 다룰 줄 아나?"

"아니. 만져본 적도 거의 없어. 어디에 쓰려고?"

"초상肖像이 좀 필요해서. ……꼭 찍을 필요 없나? 자네가 그려줄 수 있겠어?"

"그건 괜찮지만, 누구 초상을 뭣 때문에?"

그때 앞치마를 걸친 이모가 음식 냄새를 풍기며 문가에 나타나서, 미네코는 하스노와 이모부, 이모 사이에서 멋쩍은 기분을 맛보았다.

"미네코, 괜찮니? 피곤하지는 않고?"

"응, 괜찮아."

이모는 식사 준비를 도우라고 하지 않았다. 하스노와 고모부도 미네코를 물러가라고 하지 않고, 이번 일과 무관하다 할 수 없는 미네코의 호기심에 응해 모르는 부분을 전부 설명해주었다.

가족과 지낼 때 미네코는 외동딸이라는 명확한 역할을 부여받는다. 가족이 들려줘서는 안 된다고 정한 이야기는 결코 들을 수 없었고, 해야 한다고 정한 일은 반드시 해야 했다.

이모부 집에서는 아무도 그러지 않는다. 하지만 그렇다면 자신이 맡은 역할은 뭘까. 외동딸로서 그저 얌전하게 있어야 하는 게 아니라면, 뭘 해야 할까. 미네코는 아직 모른다.

일단은 평소 해 버릇하던 일을 하기로 마음먹었다. 미네코는 탁자에서 일어나 이모를 도우러 부엌에 갔다.

3

그다음 날이었다. 아직 저녁을 짓기에는 이른 오후 4시경에 미네코가 2층 이모 방에서 혼자 기모노를 펼쳐놓고 바라보고 있자니, 갑자기 아래층에서 모르는 남자의 목소리가 울려 퍼졌다.

—어이, 이구치! 있나! 네가 저지른 짓을 뒷수습해야 할 때가 왔다!

현관 홀에서 고함을 지르는 그 남자는 초인종도 누르지 않고 멋대로 들어온 것이 틀림없었다.

지난번에 일어난 몇몇 사건 때문에 포악한 습격자가 연상돼서 미네코는 몸을 움츠렸다. 하지만 바로 대답하는 목소리가 들려서 상상이 빗나갔음을 알아차렸다.

—으아, 오쓰키! 골치 아프군.
—골치 아프다니 뭐가? 자꾸 투덜대면 자고 갈 거야. 일단 들어

가자. 인장 조달꾼 오쓰키 님께 의뢰가 들어왔어.

아래층에 무슨 일이 있는 건지 어렴풋하게나마 짐작이 갔으므로 미네코는 조용히 복도로 나가서 현관 홀로 이어지는 계단을 내려갔다.

"어어, 안 돼! 미네 짱, 이 녀석을 보면 못 써."

기척을 느낀 이모부가 오른손으로 미네코의 두 눈을 가렸지만, 화려한 셔츠 차림에 눈썹과 입술이 두툼한 남자의 모습은 이미 확인했다.

"뭐 하는 거야? 그 아가씨가 네 두 번째 아내고, 나랑 네가 불륜 관계인 건가? 아니면 내 미모가 너무 과해서 보면 눈이 문드러진다거나?"

"아니. 미네 짱에게 오쓰키는 아직 일러."

이모부가 미네코를 어린아이 취급한 건 이번이 처음이었다. 왜 그러는지 이유는 모르겠지만 미네코는 눈을 가린 이모부의 손을 문손잡이처럼 내리고, 쳐들어온 이상한 남자를 보았다. 일단 초면이므로 여학교에서 배운 대로 인사했다.

"처음 뵙겠습니다. 저는 야나에 미네코라고 해요. 이구치 씨는 제 이모부세요."

미네코가 고개를 숙이자 오쓰키의 눈이 동그래졌다.

"응? 아아! 올해 1월에 유괴당했다는 조카가 애야?"

"맞아. 덧붙여 열흘쯤 전에 골목길에서 괴한에게 습격당했고,

이틀 전에는 하스노 집에서 괴한을 습격한 미네 짱이지."

이모부가 마지못해 인정하자 오쓰키는 우와, 잘 부탁해 미네 짱, 나도 권총을 쏴보고 싶네, 하고 인사했다.

"그런데 의뢰가 들어왔다고? 횡령범 중 누군가가 접촉했다는 건가?"

"응. 어, 그러니까……."

그때 계단 위에 사람이 나타났다.

"오쓰키 군 왔나."

목발을 짚은 하스노는 자신의 몸을 인형 조종하듯 다루어서 계단을 조용히 내려왔다. 하스노는 오쓰키를 무표정하게 바라보았고, 오쓰키는 하스노를 머리부터 발끝까지 조각상 감상하듯 훑어보았다.

"우와, 다쳤잖아! 미남자인데 다쳤어. 재미있군. 오랜만이야, 미쓰카와마루호에서 사건이 벌어진 후로 처음인가. 그 사건은 참 유쾌했었지."

미네코가 듣기로 올해 3월에 미쓰카와마루호라는 배에서 발생한 사건은 아주 처참했던지라 유쾌한 구석은 없었을 것이다.

안쪽 부엌에서 소리가 났다.

마지막 한 명이 나타났다. 청소 중이었는지 이모는 머리에 두건을 쓰고, 삼각건으로 입을 가린 모습이었다. 이쪽으로 걸어오던 이모는 오쓰키를 알아보고 딱 멈춰 섰다. 잠시 후 냄새나는 쓰레기라도 처리하듯 코를 움켜쥐고 천천히 다가왔다.

"문단속을 잘 하라고 한 게 누구더라? 어떻게 할 거야. 봐, 간단히 침입당하고 말았잖아."

이모는 오른손 검지로 오쓰키를 가리키며 이모부를 보고 말했다.

"아니……, 그러게. 내 잘못이야. 낮에도 문을 꼭 잠가야 했어."

낮에 이모부가 외출하고 돌아왔을 때 현관문을 열어둔 것이다.

다섯 명은 거실에 모여 탁자를 둘러싸고 있었다. 오쓰키의 방문으로 이구치네에 갑자기 회의 분위기가 조성됐다.

"이봐, 나는 말하면 안 되나? 성질나니까 술이나 마셔야겠어."

"아니, 말해도 돼. 무슨 일이 있었는지 알려주게."

이모는 권총처럼 오쓰키를 향해 쳐들었던 손가락을 드디어 내렸다.

오쓰키가 여행을 떠나서 하숙집은 한동안 비어 있었다. 오쓰키는 이모부와 함께 지바에 갔다가 이모부네에서 하룻밤 더 묵은 후드디어 돌아갔다. 오쓰키의 말에 따르면 그가 집을 비운 사이에도 고야마라는 자가 오쓰키에게 볼일이 있다며 몇 번 찾아왔다고 한다. 그리고 어제, 드디어 오쓰키가 있을 때 고야마가 찾아왔다.

"나는 일단 쇼지 하루오라고 이름을 댔어. 느닷없이 찾아오는 바람에 그보다 더 그럴싸한 이름은 떠오르지 않더군. 아무튼 부탁을 받고 오쓰키의 집을 봐주는 사람이라고 했지. 그런 부탁은 받은 적이 없지만 말이야. 그러하니 오쓰키에게 볼일이 있거든 나한테 말하라고 했더니, 인장이 필요하다고 하더라고."

모처의 어떤 도장이 찍힌 영수증이 몇 장 필요하다고, 아무 견본도 없이 요구했다고 한다.

"놈들은 날 어떻게 생각하는 거지? 부탁만 하면 어떤 인장이라도 손에 넣을 수 있는 신통력을 지닌 사람?"

"네가 그런 모습을 보여줬으니 어쩔 수 없잖아. 걱정하지 마라, 식은 죽 먹기다, 오쓰키 님이 반드시 구해다 줄 테니 마음 푹 놓고 기다리라며 의뢰를 받아들였지. 그리고 하루미 사장님에게 보고했더니, 증거 확보에 시간이 좀 더 걸리니까 시간을 벌라고 하더군. 횡령범들의 정신을 딴 데로 돌리라고."

"그렇군. 정신을 딴 데로 돌리라는 거지? 어떻게 할 건가?"

"또 가짜 영수증을 쥐여주면 되겠지. 놈들이 요구한 인장의 현물을 하루미 사장님에게 받아왔어. 사장님이 손을 써서 구한 거야. 아무리 그래도 인감 자체를 빌릴 수는 없잖아."

오쓰키는 그렇게 말한 후 가방에서 회사 인감과 개인 인감이 찍힌 영수증과 백지 영수증을 세 종류씩 꺼냈다.

"나보고 이걸 위조하라는 거야? 어쩐지 점점 더 범죄 같아지는걸."

"빌린 곳에는 본인이 직접 설명할 테니 걱정하지 말라고 하루미 사장님이 그러던데? 놈들, 널 써먹으면 돈을 좀 더 횡령할 수 있겠다는 생각에 욕심이 생긴 거야. 하루미 사장님이 증거를 수집하기가 쉬워지겠지."

"뭐, 그런가. 하여튼 난 이걸 만들면 되는 거지? 위조품을 자네가 전해주는 거고?”

그렇게 방침이 정해졌다.

술을 먹지 않은 맨정신이라 그런지, 미네코가 보기에 오쓰키의 성격은 듣던 것보다 훨씬 멀쩡했다. 하지만 이모가 오쓰키에 대한 경계심을 절대 풀지 않는다는 것을, 탁자 위에 움켜쥔 두 주먹을 보고 알았다.

논의에 열심히 끼지 않고 뭔가 생각하던 하스노가 갑자기 입을 열었다.

“오쓰키 군. 그 위조 영수증을 며칠에 어디서 누구에게 건네겠다고 약속했나?”

“아니? 안 했는데. 구하면 이쪽에서 연락하겠다고 했어.”

“그런가……흠.”

하스노는 기대가 빗나간 건지, 생각에 진전이 있었던 건지 모를 표정을 지었다.

“……역시 그만둘까.”

“뭘? 말해보게.”

이모부의 재촉에 하스노는 이모처럼 오쓰키를 시선으로 경계하며 말을 꺼냈다.

“자네가 조사한 내용 중에, 고도 박사가 살해된 후 시라키 씨가 자택의 방 하나를 폐쇄하고 아무도 들어가지 말라고 명령했다는 이야기가 있었잖아?”

“아아! 그렇지.”

"어떻게든 그 폐쇄된 방을 들여다볼 수 없을까 싶어서 말이야."

"그게 중요한 일인가? 고도 박사 살해사건을 해결할 실마리야?"

"응. 고도 박사 살해사건에 관련된 일이야. 역시 확인하는 편이 좋겠지. 그런데 오쓰키 군이 가짜 영수증을 전달하기 위해 시라키 씨 집으로 간다면, 폐쇄된 방을 엿볼 기회가 없지도 않을 것 같거든. 뭐, 내 생각에 그렇다는 것뿐이야."

"할게."

오쓰키가 즉시 답했다. 하스노는 미리 정해져 있던 동작을 따라 하는 것처럼 인상을 찌푸렸다.

"횡령범의 집이잖아? 구경해보고 싶군. 어쩌면 살인범의 집일지도 모르잖나."

"아니, 아니, 잠깐만. 시라키 씨 집에 간다고 해도 문제가 많을 텐데. 하녀 말로는 남경정을 채워놨다는데, 방을 어떻게 엿보려고? 집에 들어가서 남경정을 비집어 열 수도 없는 노릇이잖나."

"뭐, 남경정은 따기 쉬우니까 못 할 것도 없지만. 그래도 이구치 군 말처럼 문제가 많아. 어떻게든 시라키 씨의 관심을 돌려야 해. 혼자 있을 시간을 만들어서 남경정을 따고 방을 들여다보는 거지."

"자네가 다치지만 않았다면 말이야. 그럼 시라키 씨가 집을 비운 사이에 잠깐 가서 남경정을 재빨리 따고 확인할 수 있을 텐데."

이모부의 말에 하스노는 미소만 지을 뿐 아무 대답도 하지 않았다.

"인장 조달꾼으로 방문하는 수밖에 없을까? 다른 구실로 방문하는 건 안 되겠나?"

"인장 조달꾼이 좋겠지. 제일 경계하지 않을 거야. 고도 박사나 서생이 살해된 일을 조사한다는 핑계는 안 통할 테고, 부르지도 않은 손님은 어차피 들여보내 주지 않을걸. 가짜 영수증을 가지고 간다면, 오쓰키 군이 아까 말했듯이 그쪽도 욕심이 날 테지.

하지만 가더라도 오쓰키 군 혼자서는 안 돼. 무슨 일이 생겼을 때 위험한 데다, 시라키 씨의 관심을 끄는 역할과 남경정을 따는 역할로 두 명은 필요해."

"그런가. 두 명이라. 난 안 되겠지?"

"물론 안 되지. 왜 이구치 군이 인장 조달꾼과 아는 사이인지 설명할 방도가 없고, 애당초 자네는 적어도 횡령 사건이 해결되기까지는 시라키 씨에게 되도록 접근하지 않는 편이 좋아. 일단 오쓰키라는 이름으로 다른 횡령범을 만났으니 무슨 일을 계기로 정체가 탄로 날지 모르거든.

나도 시라키 씨와 여러 번 만났으니 안 돼. 습격자가 아직 노리고 있을지도 모르니까 미네코 씨도 안 되고."

"그렇지. 어쩌면 좋을까……."

이모부의 말을 끝으로 거실이 조용해졌다.

미네코는 말뿐이라고는 하나, 하스노가 자신을 이야기의 당사자로 끼워줘서 기뻤다. 그래서 분위기를 탄 나머지 어릴 적에 이모와 이모 친구들과 함께 놀았을 때의 기분으로, 이모부와 하스노도 당연히 생각했겠지만 굳이 꺼내지 않았을 말을 꺼내고 말았다.

"사에코 이모는 안 될까요?"

세 시간이 지났다.

거실 탁자 구석에 배달시켜 먹은 음식의 빈 그릇을 쌓아놓았고, 다른 한쪽 구석에는 크기와 형태가 다양한 남경정 아홉 개를 늘어놓았다. 이모는 왼손에 쥔 남경정의 열쇠 구멍에 구부린 철사를 집어넣고 잘칵잘칵 움직였다.

남경정은 전부 집에 있던 물건으로, 나중에 심으려고 일단 정원에 놓아둔 나무를 훔쳐 가지 못하도록 쇠사슬을 두르고 채워놓은 것, 혹은 이모가 혼수품을 담아둔 궤짝에 채워놓은 것 등등이다.

몇십 초 후 이모가 느슨해진 고리를 비틀어서 남경정을 풀었다. 동시에 길게 숨을 토해냈다.

"이모, 손놀림이 예사롭지 않네. 뜨개질을 자주 해서 그런가."

"솜씨가 좋으시군요. 소질이 있으십니다."

양옆에 앉은 미네코와 하스노가 한마디씩 했다. 이모는 눈을 감고 한 번 더 미지근한 숨을 내쉬었다.

화실에 갔던 이모부와 오쓰키가 거실로 돌아왔다. 이모는 오쓰키를 완전히 무시하고, 전부 풀어서 탁자에 올려둔 남경정을 이모부에게 보여주며 말했다.

"어때? 나, 결혼하지 말고 도둑이 될 걸 그랬나 봐."

"이야, 대단한걸. 정말 자랑스러워."

이모부는 들고 온 종이 다발을 탁자에 내려놓고 말했다.

"주문한 대로 가짜 영수증 다 만들었어."

"나도 여기 있을 걸 그랬네! 남경정 따는 기술을 배울 수 있는 좋은 기회였는데."

오쓰키가 탁자로 몸을 내밀어 이모의 손 언저리를 들여다보았다.

"영수증은 완성됐어! 그리고 부인도 남정경을 딸 수 있지? 준비가 다 됐군!"

"준비가 되고 말았군."

가짜 영수증을 바라보던 하스노가 애도를 표하듯 눈을 감고 그렇게 말했다.

이모부는 배치가 잘못된 것 아닌가 의심하듯 이모와 오쓰키를 번갈아 보았다.

"사에코가 오쓰키와 함께 시라키 씨 집에 간다고 치고, 그럼 사에코는 누구 행세를 하는 거지?"

"엉? 쇼지 하루오의 아내면 되겠지."

"되긴 뭐가. 누가 그런 거래에 아내를 데려간단 말인가? 그리고 사에코는 연기력이 출중하지 못하니까, 속마음과 너무 동떨어진 역할을 맡기면 들통날 거야."

이모가 고개를 끄덕였다.

"그럼 어쩌라고? 내 제자?"

"인장 조달꾼의 집을 봐주는 자의 제자라니, 세상에 그런 게 어디 있나? 그런 것 말고, 시라키 씨 집 내부까지 들어갈 수 있는 역할이어야 해. 그래도 어색하지 않고, 사에코도 충분히 연기할 수 있는 역할……."

그런 역할이 있을까?

미네코는 이모 옆에 있는 하스노를 보았다. 마침 명상에서 깨어난 하스노가 탁자를 둘러보더니, 아무도 말을 꺼내지 않는 걸 확인한 후 입을 열었다.

"뭐, 그런 역할은 있을 리 없을 테고 애당초 오쓰키 군의 존재가 부자연스러운 만큼 부자연스러움은 지울 수 없겠지만, 달리 좋은 생각이 없다면 사에코 씨는 오쓰키 군처럼 인장 조달꾼 조합에 소속된 자의 아내이고, 오쓰키 군에게 큰돈을 빌려준 걸로 하지. 돈을 갚으라는데도 오쓰키 군이 이 핑계 저 핑계를 대며 미루기만 해서 더는 참지 못하고, 오늘 오쓰키 군이 거래 대금을 받자마자 수금하기 위해 동행했다는 설정이야. 그럼 함께 시라키 씨 집에 들어갈 수 있겠지? 어떻습니까, 사에코 씨? 이 역할이라면 하실 수 있겠습니까?"

"네. 할 수 있어요."

반나절 만에 이모 얼굴에 웃음이 피었다.

"이보게, 거짓말에 서툴다는 말은 거짓말이지? 잘도 즉석에서 그런 설정을 지어내는군."

이모부가 핀잔을 주었지만 전혀 그렇지 않다고 하스노는 받아넘겼다.

"자, 사에코 씨의 임무는 방을 확인하는 거지만 여기저기 뒤지지는 않아도 됩니다. 분명 들어갈 필요도 없을 겁니다. 그냥 문가에서 방을 들여다보고 눈에 띄게 이상한 점이 없는지 찾아보십시오. 바로 눈에 띄는 게 없다면 그걸로 충분합니다."

"어머. 그래도 되나요?"

시라키가 숨긴 물건은 몹시 눈에 띄는 물건이라는 뜻일까?

"네. 방법을 제안해놓고 이런 말씀을 드리기는 그렇습니다만 위험하면 물러나십시오. 무리하실 필요 없습니다."

"네. 무리는 하지 않을게요. 그런데 사건 해결에 도움은 되는 거죠?"

"그럼요. 분명 이걸로 범인이 확실하게 드러날 겁니다."

4

다음 날, 오후 3시 15분 전. 사에코는 남편과 오쓰키 사이에 서서 와세다 대학교로 이어지는 커다란 시영전철 길을 걷고 있었다.

오늘은 서양식 옷차림이었다. 오전에 재봉을 가르치는 친구에게 가서 빌려왔다.

무슨 일이 있을지 모르므로 몸이 가뿐한 편이 낫다는 생각이었다. 그리고 횡령범 앞에서는 평소 자신의 모습과 최대한 동떨어진 모습으로 있고 싶었다. 그런데.

"잘 어울리네."

남편 이구치가 긴장감을 잊고서 웃음 띤 얼굴로 말했다. 사에코도 걸으면 걸을수록, 먼지투성이 바닥에 떨어진 떡처럼 창피함이 온몸에 들러붙었다. 재봉을 가르치는 친구는 여배우 등에게 의상을 만들어주기도 하는데, 오늘 사에코에게 빌려준 옷은 『인형의 집』[3]에 등장하는 노라의 의상이었다.

"이런 차림으로 빚을 독촉하는 사람이 어디 있겠어? 그리고 노라는 굳이 따지자면 돈을 빌린 쪽이잖아?"

"에이, 괜찮습니다! 무슨 일이든 즐겁게 하는 게 최고죠! 하스노 군이 애당초 부자연스러운 건 감수하라고 했잖습니까."

오쓰키 혼자 횡령범의 집을 찾아간다는 긴장감을 즐기고 있었다.

오늘 점심때 오쓰키가 미카와 고무 공업에 전화를 걸어 영수증을 마련했으니 전달하겠다고 했다. 일시는 오늘 오후 3시, 장소는 시라키의 자택을 희망했고, 만약을 위해 다른 사람은 물려달라고 요구했다. 오쓰키가 자기에게 연락할 줄은 몰랐는지 시라키는 당황했지만, 요구를 받아들였다. 시라키가 폐쇄한 방을 엿보는 계획은 차질 없이 진행됐다.

길을 한 번 꺾어서 드디어 용의자들이 사는 거리에 들어섰다.

"아아, 봐, 저기가 무라야마 저택이야. 저 커다란 상자 같은 집. 그 맞은편, 다섯 집 안쪽에 있는 갈색 지붕 건물이 시라키 씨 집이고."

이제 자칫하면 시라키에게 들킬 우려가 있다. 남편은 일단 거리를 두었다가, 사에코와 오쓰키가 시라키의 집에 들어간 후 만일의 사태에 대비해 대문 근처에 대기하기로 했다.

"자, 한낱 횡령범이라도 범죄자는 범죄자니까 부디 무사히 나오도록 해."

사에코와 오쓰키는 남편을 모퉁이에 남겨두고 길을 나아갔다.

---

3 헨리크 입센이 1879년에 쓴 희곡.

마음의 준비를 하기에는 시라키의 집이 너무 가까웠다.

"자네가 오쓰키의 심부름꾼인 쇼지인가? 그런데."

사에코와 오쓰키를 맞아들인 시라키는 현관문을 닫자마자 그렇게 말했다. 듣던 대로 반지르르한 콧수염을 기른 남자였다.

"지난 세기의 구라파에서 나타난 듯한 이 여자는 누군가?"

"이 여자요! 제 지인인 화가에게 받은 그림을 걸어놨더니, 그림 속의 부인이 제게 반해서 기적처럼 밖으로 튀어나왔지 뭡니까. 그 후로 제게 들러붙어 떨어지질 않습니다."

"오……, 쇼지 씨. 농담은 그만둬요. 오늘이야말로 제게 빌린 돈을 받아내서, 다시는 쇼지 씨와 만날 필요가 없도록 할 테니까요."

"무, 무슨 소리야?"

남자 복장을 한두 사람이 저마다 말을 꺼내놓자, 시라키는 옷장 위에 장식한 고케시⁴가 느닷없이 노래라도 부른 것 같은 반응을 보였다. 오쓰키는 웃으며 말했다.

"아이고, 실례했습니다! 저는 돈을 빌리는 건 취미지만, 갚는 건 취미가 아니라서요. 그러니 오늘 제가 시라키 씨께 드리는 물품의 대금은 이 부인에게 주십시오. 괜찮죠? 부인도 원래부터 사정을 잘 알고 있으니 비밀은 꼭 지킬 겁니다."

4　손발이 없는 원통형의 몸통에 둥근 머리가 붙어 있는 목각 인형.

시라키는 쇼지라고 사칭한 오쓰키를 의심스럽게 바라보았다.

"자네는 오쓰키의 심부름꾼에 불과하잖나. 그 돈은 오쓰키에게 전달해야 하는 것 아닌가?"

"무슨 말씀을! 그야 꼭 전달해야 할 때까지 버티면서 방법을 궁리하면 됩니다. 시라키 씨 일당이 하는 일과 똑같은 일이니까 걱정하지 마시길!"

아무튼 두 사람은 2층 서재로 안내받았다.

"난 금액이고 뭐고, 자네들이 바라는 바를 전혀 못 들었어. 지금 당장 큰돈을 내놓을 수는 없지만, 내 친구가 하는 일이 빨리 진행되면."

"아니, 그건 제가 관여할 바가 아니고요. 뭐, 돈 이야기도 해야겠지만, 일단 물품을 확인해주시죠. 이겁니다."

서재는 일본식 방이었다. 오쓰키는 어제 남편이 만든 가짜 영수증을 마주 앉은 시라키 앞에 가루타[5]처럼 늘어놓았다. 시라키가 한 장씩 확인하는 동안, 사에코는 남편의 그림이 전시회의 심사를 받는 것처럼 긴장돼서 부아가 치밀었다.

끈적거리는 침을 삼키며 사에코는 계획을 실행할지 말지 검토했다.

---

5   놀이나 도박 등에 사용되는 한 벌의 종이 패.

만날 때 사람들을 물려달라는 오쓰키의 요구에 따랐는지, 집에서 다른 사람의 기척은 느껴지지 않았다. 하녀가 있다고 들었지만 밖에 내보낸 모양이다.

서재는 2층이고 문제의 방은 1층이다. 뒷간은 당연히 1층에 있을 테니 아주 지당한 핑계를 대고 이 자리를 떠나, 오쓰키가 거래를 진행하는 동안 임무를 달성할 수 있을지도 모른다.

"흠, 괜찮군. 그런데."

"돈 이야기군요."

마주 앉은 오쓰키와 시라키가 몸을 앞으로 내밀자 사에코는 말을 꺼냈다.

"저기, 죄송하지만 측실을 좀 빌릴 수 있을까요?"

최대한 아무렇지도 않게 말하려 애썼지만, 시라키는 이야기를 멈추고 의혹에 찬 눈으로 사에코를 보았다.

"……그럼 나도 같이 가지."

"이런! 시라키 씨는 여인네의 볼일에 흥미가 있으십니까! 저도 있습니다."

호의를 품고 듣는다면, 시라키를 이 자리에 잡아두기 위해 꺼냈을 오쓰키의 그 말은 효과가 없었다. 시라키는 앓는 듯한 소리로 대답했다.

"아니야. 낯선 사람이 내 집을 돌아다니는 게 싫어서 그래. 쇼지, 자네도 따라오게."

어쨌든 두 사람을 문밖에 세워둔 채 뒷간에 들어갔다 나와서, 다시 서재로 돌아가는 촌극을 벌여야 했다. 그리고 다다미에 원래대로 앉았다.

시라키는 경계하고 있다.

뭘 경계하는 걸까?

그가 횡령범인 이상 당연한 걸까, 아니면 1층 방에 숨긴 비밀이 원인일까.

대체 뭘 숨겨둔 걸까?

하스노는 무리하지 말라고 했다.

더 이상은 나서지 않는 편이 좋을까?

곤혹스러워하는 사에코를 내버려둔 채, 오쓰키와 시라키는 영수증을 사이에 두고 교섭을 벌였다.

"그래서 말인데, 쇼지. 일단 50엔을 준비해놨어. 뭐, 이 정도가 적당하겠지. 어떤가?"

"말도 안 되는 소리 하지 마십시오! 이만한 물건을 고작 50엔에 사겠다고요? 제가 이 부인에게 얼마나 빌렸다고 생각하는 겁니까?"

오쓰키가 사에코를 가리켰다. 사에코는 생각이 정리되지 않았지만, 어쩔 수 없이 장단을 맞춰주었다.

"그걸로는 한참 모자라죠."

시라키는 돼지 배를 갈라서 내장이 튀어나온 것처럼 추악한 표정으로 위협했다.

"말해두겠는데, 이 이야기를 너무 귀찮게 질질 끌지 않는 편이 좋아. 내게도 자네들에게도 절대로 득이 안 될 테니까. 우리는 급하거든. 돼먹지 않은 교섭으로 시간을 낭비할 생각 없어. 알겠나?"

사에코는 겁을 먹었다. 하지만 오쓰키는 멈추지 않았다.

"협박해도 소용없습니다! 기껏 빚을 탕감할 수 있는 기회가 왔는데, 시라키 씨라면 그런 미적지근한 이야기로 만족하겠습니까? 할 리가 없죠! 이봐요, 부인도 이 사람에게 한마디 해주십시오! 날 위해서!"

오쓰키는 그렇게 말하고 사에코의 등을 철썩 때렸다. 사에코는 충격으로 몸이 떨렸다.

오쓰키는 당초 계획을 포기하고 강아지풀로 고양이를 놀리듯 시라키를 가지고 놀려는 걸까, 아니면 1층 방을 엿볼 무슨 방책을 찾으려고 이러는 걸까? 사에코는 알 수가 없었다.

하지만 어쩌면 돌파구로 이어질지도 모르는 방법이 떠올라서 말을 꺼냈다.

"쇼지 씨 말이 옳아요. 그럼 모자란 금액은 현물로 받도록 할까요?"

"뭐라고?"

시라키는 사에코의 말을 바로 이해하지 못했다.

"현물? 그게 무슨 소리야?"

"그러니까 댁을 한 바퀴 둘러보고, 뭔가 제게 어울리는 물건이 있으면 그걸로 대금을 충당할까 싶어서요. 기모노 같은 거라도 없나요?"

"아아! 그거 묘안이군. 아주 묘안이야! 돈으로 받는 것보다 나아. 부인, 뭐든지 원하는 만큼 가지고 가십시오!"

오쓰키는 손뼉을 치며 그렇게 말하고 재빨리 일어섰다. 시라키는 당혹감을 감추지 못하면서도 제안을 받아들였다.

시라키에게 아내가 없어서인지 집에 기모노는 없었다. 일단 셋이서 1층으로 내려가 거실부터 부엌까지 방을 하나씩 살펴보았지만, 세간살이 중에 특별히 비싸 보이는 물건은 눈에 띄지 않았다. 하기야 시라키는 아미리가로 줄행랑칠 계획이었다는 이야기도 있으니 가치 있는 물건은 전부 팔아치웠는지도 모른다.

사실 물건의 가치는 아무래도 상관없었다. 어떻게든 시라키의 발을 묶어놓고 폐쇄된 방을 엿볼 계기를 찾는 중이었다.

식기를 살펴보러 부엌에 갈 때, 문에 남경정이 채워진 문제의 방 앞을 지나갔다. 못까지 쳐서 억지로 달아놓은 남경정의 이질적인 모습이 다 함께 사용하는 거실 탁자에 아무렇게나 놓아둔 비밀 일기처럼 눈길을 끌었지만 시라키는 아무 언급도 하지 않았고 사에코와 오쓰키도 무시했다.

세 사람은 다시 2층으로 이어지는 계단을 올라갔다.

"어떻습니까! 제 빚을 대신하고도 남을 만큼 뭔가 멋진 물품이 있었습니까!"

"아직은 못 찾았네요."

못 찾은 것은 자연스럽게 시라키의 발을 묶어놓고 1층 방을 엿볼 기회였다.

하지만 이제는 시라키도 고민하며 집을 여기저기 살펴보는 사에코를 금품에 집착이 강한 욕심쟁이로 판단한 듯했다.

"여자는 이거니 저거니 따지면서 고르는 데 시간이 참 많이 걸린단 말이지."

사에코는 모욕감에 뺨이 굳어지는 걸 느끼고 고개를 숙였다. 횡령범인 시라키에게 그딴 소리를 들을 이유는 없었다.

"과연, 그래서 시라키 씨는 결혼을 하지 않은 거로군요! 확실히 여자는 대체로 결단이 느리죠. 그래도 조금만 더 기다려 주십시오. 이런 곳이라도 건질 만한 게 뭔가 하나쯤은 있겠죠."

"흥. 대체 뭘 찾는 건가? 어떤 물품을 원하는 거야?"

"뭐랄까, 그, 예쁜……."

사에코가 간신히 대답을 쥐어짜자 예쁜 물건이라, 하고 시라키가 내뱉듯이 말했다.

"예쁘면서도 충분히 가치 있는 물건이어야 한다는 거로군."

"시라키 씨, 이 부인의 심미안은 아주 독특합니다. 이 차림새를 보면 알잖아요?"

오쓰키는 히죽히죽 웃는 얼굴로 무람없이 사에코의 어깨를 두드리며 시라키에게 말했다. 시라키는 사에코를 훑어보며 신원을 위장하기 위한 그녀의 옷차림과 실제로는 존재하지 않는 허영심을 말없이 비웃었다. 이미 커다랗게 부푼 사에코의 수치심과 분노가 한순간 뻥 터질 뻔했다.

세 사람은 2층 서재의 옆방으로 들어갔다.

아무도 쓰지 않는 방인 듯했고 넓이도 다다미 세 장 크기밖에 안 됐다. 장롱이 하나, 그리고 천장 근처의 신단처럼 튀어나온 선반 위에 세공한 유리로 만든 꽃병이 다섯 개 놓여 있었다.

사에코는 선반을 가리키며 말했다.

"저 꽃병은 뭔가요?"

"아아, 맞아, 그렇지. 저게 있었지. 좋은 물건이야. 사쓰마기리코[6]인데."

거짓말하지 마! 저건 요즘 만들어진 물품이 틀림없다. 모를 줄 알고? 이래 보여도 화가의, 예술가의 아내다. 지금까지 남에게 자랑해본 적 없는 긍지가 상처를 입었다.

그때였다. 부싯돌을 딱 맞부딪친 것처럼 분노가 사에코의 머릿속에 불꽃을 튀겼고, 짚단에 옮겨붙은 것처럼 불길이 확 번졌다. 그러자 지금까지 자신이 받은 불합리한 처사에 앙갚음하는 한편으로 원래 목적을 달성할 방법이 떠올랐다.

사에코는 선반 밑바닥을 응시했다. 아무래도 고정되지 않은 듯했다. 사건은 조속히 해결돼야 하고, 그 또는 그들의 행위에 대한 해결책은 약간 폭력적이어야 오히려 바람직하다. 사에코는 생각을

6　사쓰마번에서 에도 시대 말기부터 메이지 시대 초기까지 생산한 유리 세공품.

그치고 자신이 떠올린 방법을 실행하기로 결심했다. 사에코치고는 아주 신속한 판단이었다.

사에코는 다시 선반을 가리켰다.

"저 꽃병을 살펴보고 싶은데, 손이 안 닿겠네요."

"제가 목말을 태워드립죠!"

사에코는 오쓰키를 무시하고 좀 빌릴게요, 하며 방에 있던 의자를 선반 아래로 옮겼다. 그리고 위태로운 발놀림으로 의자에 올라갔다.

꽃병에 손을 뻗을 때, 사에코는 노라의 의상 덕분에 자신이 냉정하고 명민해졌음을 의식했다. 의상이 사에코를 다른 사람으로 만들었다. 평소의 기모노 차림이었다면 이렇게는 못 한다.

그러므로 사에코가 손이 미끄러져서 떨어뜨린 꽃병을 다시 잡으려다 선반을 쳐올린 것이 실수가 아니었음을, 시라키는 물론 원래 목적을 아는 오쓰키조차 알아차리지 못했으리라.

꽃병 다섯 개가 공중에 떴다. 사에코는 거기서 손을 멈추지 않고, 꽃병이 떨어지는 걸 막는 척하며 꽃병 두 개를 뒤쪽으로 힘껏 쳐냈다.

쨍그랑, 쨍그랑 깨지는 소리가 이어졌고, 꽃병 조각이 온 방에 흩어져서 반짝거렸다. 중심을 잃은 척 비명을 지르며 의자에서 떨어진 사에코는 참상이 벌어진 방바닥에 정신이 팔린 오쓰키에게 등을 부딪쳤다.

"어이쿠!"

"앗, 따가워라!"

사에코가 예상했던 대로 연쇄 추돌이 일어났다. 떠밀린 오쓰키는 시라키에게 부딪혔고, 두 사람은 아무 각오도 없이 맨발로 유리 조각을 밟았다. 통증 때문에 엉덩방아를 찧은 두 사람은 다시 비명을 질렀다. 사에코는 비틀거리면서도 유리 조각이 없는 곳을 잘 확인해 두툼한 양말 앞부분으로 방바닥을 디뎠다.

"어머나! 다치셨어요?"

오쓰키는 이번에야말로 사에코의 천연덕스러운 말투를 알아차렸겠지만, 그런 걸 따질 상황이 아닌 시라키는 일어서려다가 윽, 하고 비명을 질렀고 넘어져서 또 비명을 질렀다.

"아아, 움직이시면 안 돼요. 시라키 씨, 구급상자는 어디 있나요? 그리고 빗자루는요?"

"……구급상자는 거실에 있어. 빗자루는 부엌에 있겠지."

제가 가져올게요, 하며 사에코는 방을 나서서 1층으로 내려갔다.

자, 시라키는 남경정을 채운 방에 뭘 숨겼을까?

사에코는 전혀 짐작이 가지 않았다. 아무 근거도 없지만, 동서고금의 고문 도구로 가득한 방이 제멋대로 머릿속에 떠올랐다. 끔찍한 상상에 종지부를 찍고 싶다는 심정으로 으스스한 남경정에 달려들었다.

연습한 보람이 있었는지 사에코는 30초 만에 남경정을 풀었다.

신중하게 문고리를 돌렸다. 그리고 부디 삐걱거리는 소리가 2

층에 들리지 않도록, 천천히 어깨너비도 안 될 만큼만 문을 열고 조심조심 고개를 디밀었다. 안쪽은 다다미 넉 장 반짜리 방이었다. 벽장은 없었다. 오래돼 보이는 밥상과 작은 장롱이 있었다. 천장에는 알전등이 달려 있었다.

그것뿐이었다. 그저 평범한 일본식 방이라 눈길을 끌 만한 부분은 전혀 없었다.

어떻게 된 걸까?

시라키는 왜 이런 방을 남경정까지 채워서 폐쇄한 걸까?

고민할 틈은 없었다. 장롱 속을 확인해야 할까 싶었지만 하스노는 여기저기 뒤질 필요 없다고 했다. 사에코는 만약을 위해 실내의 광경을 머릿속에 단단히 새긴 후, 문을 닫고 원래대로 남경정을 채웠다. 약 1분여 만에 모든 일을 끝냈다.

사에코는 구급상자와 빗자루를 들고 뛰어서 2층으로 돌아갔다.

"괜찮았어? 오쓰키, 자네는 어떻게 된 거야?"

사에코는 오쓰키와 함께 시라키의 집 대문을 나서서 잠시 걸었다. 한 발짝 내디딜 때마다 호들갑스럽게 무릎을 구부리는 오쓰키를 보고 남편이 물었다.

"난 멀쩡해! 하지만 네 아내는 멀쩡하지 않아! 언젠가 널 죽일 거야."

"뭐? ……그나저나 잘 됐나? 방을 들여다봤어?"

"응. 하고자 했던 일은 전부 잘 해냈어. 이걸로 수수께끼를 풀

수 있을지는 모르겠지만."

흐음, 하고 남편은 알쏭달쏭하다는 반응을 보였다. 시라키의 집을 나서서 남편을 만난 사에코는 깜박하고 오쓰키와 시라키에게 사과하지 않았다는 것에 어렴풋한 만족감을 느꼈다.

5

오후 5시경에 이모부와 함께 돌아오자마자 이모는 재빨리 기모노로 갈아입었다. 언제 횡령범 일당에게 연락이 올지 모르므로, 오쓰키는 다친 발을 절룩거리며 자기 하숙집으로 돌아갔다. 현재 거실에 있는 사람은 미네코와 이모부 부부, 그리고 하스노까지 총 네 명이다. 하스노는 이모와 비스듬히 마주 보는 미네코의 옆자리에 앉았다.

"아무것도 없었죠?"

"네, 아무것도 없더라고요. 다다미가 깔린 방에 밥상이랑 작은 장롱, 그리고 전등뿐이었어요."

"묘한걸? 뭣 때문에 아무것도 없는 방을 폐쇄했을까? 장롱에 뭔가 숨겼더라도, 그 정도 크기라면 굳이 방 전체를 잠글 필요는 없을 텐데."

미네코도 이모부 의견에 동감이었다. 시라키는 무라야마 저택에서 사건이 발생한 직후에 방을 폐쇄했다는데 고도 박사가 살해된 일과 관련이 있는 걸까, 아니면 횡령과 관련이 있는 걸까?

"이구치 군, 그거면 됐어. 그걸 알고 싶었거든. 남경정을 채운 방에 아무것도 없다는 사실을."

정말일까?

그렇다면 뭔가 합리적인 이유가 있을 것이다.

"그런데 사에코 씨, 가짜 영수증의 대금은 어떻게 됐습니까?"

"상처 치료비와 깨진 꽃병 값으로 대신했어요."

"시라키 씨가 정체를 의심하지는 않던가요?"

"안 했을걸요. 물론 수전노에, 조심성 없고, 옷차림이 망측한 그 여자는 대체 누구냐고 생각하겠지만요. 하지만 영수증을 팔러 왔다는 건 의심하지 않을 거예요."

"그렇군요."

그렇다면 완벽하네요, 하고 하스노는 중얼거렸다.

"일이 잘 풀렸어요. 정말 고생하셨습니다. 이구치 군, 자네가 해 줘야 할 일이 또 있는데."

"응? 그래?"

이모부와 하스노는 의논을 하기 위해 침대가 있는 2층으로 올라갔다. 하스노는 총에 맞은 상처 때문에 아침부터 또 몸 상태가 안 좋았다.

거실에 둘만 남자, 이모가 어깨를 움츠리고 미네코의 얼굴을 들여다보았다. 눈이 마주치자 미네코는 이모가 어깨의 짐을 내려 놔서 안심했다는 걸 이심전심으로 알아차렸다.

"이모, 피곤해?"

"피곤하네. 미네코의 기분을 좀 알겠어."

이모는 자신과 미네코를 함께 위로하듯 그렇게 말했다.

그러고 나서 신기한 감개가 어린 말을 늘어놓았다.

"난 분명 그다지 인간답지 않고, 무슨 생각을 하는지 모르겠는 사람과 결혼하고 싶었던 걸 거야. 오늘 깨달았어. 그리고 가능하면 죽을 때까지 모르는 게 좋겠지. 그런 사람이라면 하늘의 별이라도 바라보며 사는 것처럼 질리지 않을 테니까."

"그게 이모부?"

"응."

미네코는 지금까지 집이 넓다는 것과 동거할 가족이 얼마 없다는 것밖에 이모가 이모부와 결혼한 이유를 듣지 못했다.

"난 죽기 전에는 알면 좋겠어."

미네코의 말에 이모는 언니 같은 얼굴로 웃었다.

다음 날 아침. 이모부는 하스노가 맡긴 일을 하기 위해 나간 듯했다.

2층 방에 있는 하스노는 아직 일어나지 않았다. 미네코는 이모와 함께 주코프스키라는 노서아인 손님을 맞이하기 위해 집을 청소했고, 여유가 생기자 헛간에 쌓여 있던 신문을 거실로 가져와서 읽었다.

야나에 일가는 여자가 신문을 읽는 걸 딱 질색해서 여학교에 다니던 시절, 친구 중에서 신문 읽기를 금지당한 사람은 미네코 정도였다. 실은 이모부의 할아버지가 사용한 방에 있는 소설책을 읽고 싶었지만, 이모부 집에 올 때면 늘 자신이 세상사에 뒤처져 있다는 생각이 가슴속에서 고개를 쳐들었다.

자신에게도 관계가 있을 법한 무라야마 고도 박사 살해사건부터 시작해서 거슬러 올라갔다. 지난달 하순부터 항간에서 화제에 오른 주가 폭락과 시영전철이 파업한 경위를 드디어 알았다.

3월 신문을 뒤적거리고 있자니 어떤 광고가 눈에 들어왔다. 『키다리 스미스』[7]가 뭔지는 몰랐지만, 자세히 보자 '웹스터 여사'라고 저자의 이름이 적혀 있었다. 소설책 광고다. 실로 형편없는 그림이 몇 개 실려 있길래 맞은편에 앉아 녹차를 마시는 이모에게 무심코 보여주었다.

"이거 삽화일까?"

"어머나, 못 그렸네. 그래도 재미있을 것 같아."

<이 책을 읽으면 아무리 화난 사람이라도 바로 웃음이 날 것이다. 아주 독창적이고 낙천적이며 아름다운 이야기다. 아미리가에서는 날개 돋친 듯이 몇십만 권이나 팔린 책이다>라고 광고 문구가 달려 있었다. 원제는 *Daddy-Long-Legs*였다.

"다리가 긴 아버지?"

그렇게 생각하고 있는데 갑자기 하스노가 거실에 들어왔다. 목발을 짚은 오른손 손가락 사이에 봉투가 끼워져 있었다.

---

7 진 웹스터의 『키다리 아저씨』가 일본에서 처음으로 번역 출판됐을 때 붙여진 제목.

"안녕히 주무셨어요? 답장을 썼는데, 이구치 군은 아직 안 돌아 왔죠?"

"네, 아직이요."

이모가 대답했다. 어제 주코프스키 씨에게 당일 마중을 나갈 테니 일정을 바꿔서 이구치네로 왕림해주시기 바란다는 뜻을 편지로 전했더니, 초대에 응하겠으며 안내인은 알아서 준비할 테니 마중 나오지 않아도 된다는 답장이 왔다. 그래서 하스노가 집까지 오는 길을 상세하게 안내하는 편지를 쓴 것이다.

"돌아오면 보내는 수밖에 없나. 이구치 군을 너무 부려먹는 것 같아서 좀 그렇습니다만."

"아니에요. 남편은 늘 뭘 그려야 좋을지 모르겠다고 투덜대니까, 가끔 남에게 명령이라도 받지 않으면 오히려 정신이 이상해지지 않을까 싶은걸요."

이모는 문득 생각났다는 듯이 말을 이었다.

"아참, 오늘 저녁은 가쓰레쓰[8]를 만들려고 하는데요."

가정의 냄새가 물씬 풍기는 가쓰레쓰라는 말이 한숨을 쉬고 싶을 만큼 하스노에게 어울리지 않는다고 미네코는 생각했다. 그래도 하스노는 맛있겠군요, 하고 웃었다. 그가 이모에게 감사를 표하

---

8 커틀릿의 일본어 발음. 메이지 시대에 서양 문물을 받아들이면서 전래된 커틀릿을 일본풍으로 바꾼 요리다.

고 식탁에 편지를 놓아둔 후 2층으로 돌아가려 했을 때, 미네코는 아무 의도도 없이 잠자코 신문 광고를 가리켰다.

"Daddy-Long-Legs는 키다리를 가리키는 말이지. ……내가 그린 그림 같은데."

하스노는 광고를 들여다보고 그렇게 말했다.

결국 미네코는 본가에 돌아가지 않고 다섯 밤이나 이모부 집에 묵었다.

원래는 하스노에게 구해줘서 고맙다고 인사를 할 작정이었지만, 어쩌다 보니 습격당한 하스노를 구해냈다. 이미 도움을 주거니 받거니 한 상황이라 하스노에게 뭐라고 할 말이 없어진 것만 같았다. 어쩐지 어중간한 기분이라 집에 돌아가야 할지 말지 판단이 서지 않았다. 하지만 본가에서는 침실 밖으로는 거의 내보내주지 않았으므로, 이모부 집에서 집안일만 하고 있어도 즐거웠다.

평소 혼자서는 하스노에게 다가가지 않고 생활했지만, 오늘 오후에 방문한 주코프스키 씨가 돌아가고 저녁을 먹은 후 2층에서 이모부와 하스노가 의논할 때 상황을 살피러 갔다.

"하스노 씨, 몸은 좀 괜찮으세요?"

하스노는 옆에 목발을 눕혀둔 채 침대에 걸터앉아 있었다. 그 맞은편에 책상다리를 하고 앉은 이모부의 표정을 보고 같이 있어도 괜찮다는 걸 확인한 후, 미네코는 하스노 옆에 꿇어앉았다.

"몸은 뭐, 보다시피."

보다시피라는 말만 들어서는 확실히 알 수 없다. 안색은 좋지 않고 표정도 어둡지만, 평소처럼 양복 차림에 넥타이까지 매고 곧은 자세로 앉아 있어서 별로 환자같이 보이지는 않았다. 실제로 하스노는 오늘 오후에 1층에서 주코프스키 씨와 문제없이 면담을 했다. 미네코는 동석하지 않았고 동석했더라도 영어로 나누는 대화를 거의 알아듣지 못했겠지만, 어쨌거나 면담이 우호적으로 끝났는지 주코프스키 씨는 조용한 웃음을 남기고 돌아갔다.

하지만 이모부도 하스노도 기뻐하지는 않았다. 두 사람은 협탁에 놓아둔 편지지와 풀칠하지 않은 봉투를 노려보고 있었다.

"이거, 오늘 그 손님이 가져온 건가요?"

"아아, 응."

주코프스키 씨가 일본에 전해달라는 부탁을 받고 불란서에서 가져온 편지다. 미네코도 편지지를 펼쳐보았지만, 불란서어라는 걸 알자마자 포기하고 도로 내려놓았다. 이모부가 그건 슬픈 소식이야, 하고 미네코에게 말했다.

"아, 그리고 며칠만 더 있으면 미네코 씨는 자유롭게 돌아다닐 수 있을 거야."

"어머, 정말요?"

그것은 미네코에게 제일 큰 관심사였고 이모부와 하스노도 신경 쓰지 않았을 리 없었지만, 이제는 어디까지나 다른 중대사의 덤에 불과하게 된 듯했다. 어쩔 수 없이 미네코도 전혀 기쁘지 않은 듯한 어조로 그렇게 대답했다.

"이보게, 진상을 알아냈나? 어떻게 할 거야? 일단 미나카미 씨에게 이야기할 수밖에 없겠지?"

"그렇지. ……응?"

하스노는 입을 다물고 어두운 바깥에 귀를 기울였다.

"손님인가?"

"뭐?"

창밖에서 발소리가 들렸다. 누군가 대문을 지나 정원을 걸어오는 듯했다. 어쩐지 수상했다. 누군가 숨죽이고 다가오는 기척이 가까워지더니, 초인종도 울리지 않고 현관문을 여는 소리가 났다.

1층에는 이모밖에 없다. 이모부가 허겁지겁 계단을 뛰어 내려갔다. 미네코는 하스노와 얼굴을 마주보았다.

잠시 후 1층에서 다투는 목소리가 들려왔다. 미네코도 방에서 뛰쳐나가려 했지만, 하스노가 어깨를 눌러서 제지했다.

이윽고 계단을 올라오는 발소리가 들리고 이모부와 이모가 방으로 들어왔다.

그런데.

뒤이어 새까만 봄 외투에 새까만 중산모 차림의 남자가 다락방에서 기어 나온 지네처럼 문가에 나타났다.

남자는 이모부와 이모에게 권총을 겨누고 있었다.

"무, 무슨."

"아아, 진짜로군. 있었어."

남자가 연령대를 알 수 없는 목소리로 말했다.

그는 아무래도 쓰레기를 버리러 정원에 나간 이모를 위협해 집으로 침입한 듯했다. 하스노는 목발을 짚고 일어서려 했지만, 남자의 목소리를 듣고 침대에 도로 앉았다.

"다친 데는 어떤가, 하스노 군?"

"보다시피요. 뭐 하러 왔습니까? 총을 들이대지 않으면 못 할 이야기입니까?"

"그게, 총이라도 들이대지 않으면 자네가 만나주지 않을 것 같아서 말이야. 음……딱히 필요 없을 것 같군. 치우도록 할까."

남자는 권총을 외투 호주머니에 넣었다. 이모부와 이모는 굳어버린 몸이 풀렸는지 구르다시피 하스노와 미네코 옆에 앉았다. 남자는 차분한 태도로 문 앞에 서서 네 사람을 내려다보았다. 전부 그의 생각대로 진행 중이라는 것을 그의 태도가 말해주었다.

"하스노! 이자는 누구야?"

하스노는 바로 대답하지 않고 남자를 빤히 쳐다보았다. 잠시 후 웬일로 기지가 느껴지지 않고 불쾌함을 노골적으로 드러낸 대답이 흘러나왔다.

"몰라. 딱히 알고 싶지도 않지만 분명 교수상회 사람이겠지."

미네코는 마침내 몸이 굳어버렸다.

역시! 드디어 온 건가.

남자가 중산모를 벗었다. 전등 불빛에 비친 얼굴은 연령대가 불확실했다.

남자는 하스노의 말을 인정하고, 하루카와라고 이름을 댔다.

6

남자는 아무 조짐도 없이 찾아왔지만, 미네코는 해류가 유목을 한곳에 모으듯이 일어날 일이 일어났을 뿐이라고 직감했다. 예상치 못하게 휘말린 이 사건은 하스노가 교수상회와 직접 대치하지 않고서는 해결되지 않는다. 어쩐지 그런 느낌이 들었다. 그런데도 문을 막고 서 있는 하루카와의 목적이 대체 뭘지 미네코는 짐작도 가지 않았다.

반대로 하루카와가 분명한 목적을 가진 사람이라는 것은 너무나 명백했다.

목적을 위해 살아가는 사람이다. 목적을 어둠 속에 촛불처럼 쳐들고, 그것이 꺼지지 않도록 방해물을 전부 쓰러뜨리며 살아온 것이다.

"자, 할 이야기가 많은데 말이야, 하스노 군. 일단 이것부터 물어볼까. 자네는 탐정 일을 부탁받았지? 상황은 어떤가? 진상을 알아냈나?"

하루카와가 야유하듯이 말했다. 하스노는 인상을 살짝 찡그린 채 남자의 목소리가 남긴 여운이 사라지기를 기다렸다.

"부탁받기는 했지만 저는 탐정이 아닙니다. 다만 하루카와 씨의 동지에게 폐를 끼친 것 같길래, 뒷수습이 필요한지 확인해야 했을 뿐입니다."

"호오."

"그리고 저로서는 하루카와 씨가 뭘 진상이라고 부르는 건지 모르겠군요. 제가 끄집어낸 건 저, 여기 미네코 씨, 그리고 사건 관계자 몇 명에게 필요한 진상입니다. 어쩌면 경찰도 필요로 하는 진상일지 모르지만, 그야 저하고는 상관없죠. 하루카와 씨가 어떤 진상을 원하는지는 더더욱 상관없고요."

역시 하스노는 진상을 알아낸 모양이다. 미네코가 보기에는 수수께끼가 늘어날 뿐이라, 앞뒤가 맞는 해답을 어떻게 찾아내야 할지 감도 오지 않았지만.

"의외로 오지랖이 넓군. 나도 그걸로 충분해. 흠. 그야말로 자네 때문에 큰 피해를 입었지. 자네가 돈을 훔쳤을 당시 구라파에서 전쟁이 한창이라, 국익을 꾀하는 비공식 회합이 열렸어. 황실 측근은 물론 군부와 정부의 요인들이 많이 모일 예정이었지. 그런 기회는 툭하면 찾아오는 게 아니야. 경계가 허술한 데다 내부자를 통해 내막을 미리 파악해서 우리가 거사를 치르기에 안성맞춤인 기회는 말이지. 자네가 그 기회를 망쳤지만……, 뭐, 무엇보다 그건 가지타로 씨의 실수겠지. 여러모로 대담한 사람이었어. 그래서 자기 주변 일에는 소홀해진 건지도 몰라.

어쨌거나 자네가 근심거리였어. 물론 돈을 훔친 게 누군지는 자네가 경찰에 붙잡힐 때까지 몰랐지만.

그런데 자네의 신원이 밝혀지고 나서 조사해보니 묘하더라고? 그냥 좀도둑질을 하는 것치고는 아무리 봐도 경력이 수상해. 어디의 누가 이유도 없이 은행을 그만두고 도둑이 된단 말인가? 그러려면 명확한 의지가 있어야 하지 않겠나? 변덕스러워서 하나로 갈무리되지 않는 세상의 형세를 거스르고 어딘가에 다다르려고 하는 의지가 말이야.

자네가 우리에 대해 큰 음모를 품고 있는 것 아닐까 싶더군."

"허어? 뭔가 오해가 있었던 걸까요. 저를 과대평가하셨나 보군요. 저는 당신 말씀대로 그냥 좀도둑입니다."

"물론 스스로는 그렇게 말하겠지. 하지만 우리는 자네가 출소한 후, 대체 뭘 하는지 감시하고 있었어. 몹시 바쁘게 움직였던데?"

옆에 있던 이모부가 숨을 살짝 들이마시더니 하스노를 보았다. 하루카와가 뭘 암시한 건지 짐작이 간 듯했다.

"이봐, 하스노. 미네 짱이 습격당한 날, 연구소에서 돌아오는 길에 뒤쪽에서 인기척을 느꼈다고 했잖아."

하루카와가 웃었다.

인기척을 느낀 것은 착각이 아니었다. 하스노는 분명 교수상회에 감시당하고 있었다.

"자네는 작년 가을부터 시계 도둑질을 획책하고, 보석 도둑을 붙잡고, 미쓰카와마루호의 살인귀를 밝혀내고, 요코하마에 있는 미노다 저택의 빗장이 걸린 방에서 발생한 살인사건을 해결하는 등 아주 많은 활약을 했지. 거기 그 아가씨를 유괴범의 손에서 구해낸 것도 자네지?"

하루카와는 미네코를 서슴없이 가리켰다.

하루카와 말대로 작년 10월부터 하스노는 묘하게 범죄사건과 자주 얽혔다. 전부 다 결국은 하스노가 행동에 나서서 결판이 났다.

"어처구니없게도 난 몹시 고민했어. 대체 자네가 뭘 하는 건지, 도둑이 갑자기 탐정으로 직업을 바꾼 이유가 뭔지."

"그럼 제가 왜 그런 일을 해야 했는지는 모르시는가 보군요.

그건 탐정으로서 한 일이 아닙니다. 그저 그래야 했기 때문에 그랬을 뿐이죠. 타자기를 사용하고 싶은데 사용법을 몰라서 설명서를 찾고, 설명서를 읽을 수 없어서 사전을 찾고, 사전 글씨가 작아서 안경을 찾아서 써야 하는 것처럼 빙 둘러 가는 방법을 택하는 수밖에 없었던 겁니다."

"그런가? 이유야 어떻든 하는 일만 보면 탐정이라고 불려도 별수 없을 것 같은데. 덧붙여 자네는 탐정 활동을 할 때도 딱히 법률을 준수하자는 방침은 아닌 것 같더군. 더구나 전직인 도둑은 두말할 것 없이 불법이잖나? 내가 알고 싶은 건 바로 그 점이야. 자네는 어떤 의지를 품고서 법률을 무시하는 건가? 의외로 재미있는 이야기를 할 수 있을 것도 같은데. 어떤가?"

미네코는 이야기가 어디로 흘러가는 건지 의심스러웠다. 옆에 있는 하스노의 얼굴을 보자 전혀 동요한 눈치가 아니었다.

"제 생각에는 재미있는 이야기를 할 수 있을 것 같지도, 저희끼리 상의해야 할 일이 있을 것 같지도 않습니다만."

"그야 모를 일이지. 자네는 왜 도둑이 됐나? 그리고 부잣집만 노린 이유는?"

"도둑이라면 부잣집을 노리는 게 당연하겠죠."

"하지만 자네의 행동 방식은 특이해. 부잣집에 침입해도 죄다 훔치지는 않아. 2할이나 3할, 아무튼 반 이상을 남겨놓지. 도둑질을 하는 주제에 너무 민폐는 끼치기 싫다 그건가."

"전혀 묘할 것 없습니다. 도둑은 부자가 가난해지면 곤란하니까요. 결국은 자기 목을 조르는 셈이죠. 어부와 마찬가지입니다. 남획해서는 안 돼요."

"무라야마 저택에서는 너무 많이 훔쳤지만 말이야."

"사용처를 몰랐으니까요. 알았다면 그걸 전부 훔칠지, 일절 손을 대지 않고 남겨놓을지를 두고 고민해야 했겠죠."

"호오, 그런가. 뭐, 알았네. 그렇다면 부자는 계속 부자로 존재해야 한다고 생각하는 건가? 그럼 부자를 부자로 허용해주는 사회를 인정하는 거로군. 그러면서 본인은 사회가 용납지 않는 도둑으로 지내도 된단 말인가. 그 당착에는 아무 고민도 없이, 아무 해결도 보지 않고 태평하게 도둑질을 한 거야?"

미네코는 하루카와를 쏘아보았다.

"하스노 씨는 해결을 봤어요. 붙잡혔을 때 전부 스스로 매듭을 지었잖아요. 그 누구도 거짓된 말로 속여넘기려 하지 않고 법정에

섰고, 감옥에 갔다 왔어요. 하스노 씨는 결국 스스로 매듭지을 수 있음을 알고서 도둑이 된 거예요. 그러니까."

물론 이모부가 변호사를 구하는 등 도움을 주었으니까 하스노 혼자서 매듭지은 건 아니었다. 미네코도 잘 알고 있었지만 잠자코 있을 수 없었다.

"그러니까 전 세계 여기저기서 폭탄을 터뜨려놓고 자기 혼자서는 절대로 매듭을 짓지 못하는 당신과는 달라요."

하루카와를 보고 온 힘을 다해 딱 잘라 말했다. 해변에 선을 긋는 것처럼 미네코는 하스노와 하루카와 사이에 반드시 존재해야 한다고 믿는, 두 정신을 구분하는 만조선을 찾으려 했다.

하루카와는 솜씨 없는 나무 조각 세공품같이 불쾌한 웃음을 지었다.

"아주 진지한 아가씨로군. 세상사에 관해서도, 나에 관해서도, 하스노 군에 관해서도 조금씩 오해하고 있는 것 같지만. 하스노 군, 난 자네에게 묻고 있어. 이 아가씨가 지금 이대로 유지돼야 한다고 믿어 의심치 않는 사회와 국가에 어떻게 의리를 지켰느냐가 아니라, 자네가 자네 자신을 어떻게 설득했는지를."

"일단 물어보겠습니다. 당신은 무정부공산주의[9]자가 아니죠?"

"물론 아니지. 내가 부자를 어떻게 생각하느냐는 이야기를 하

9　무정부주의 사조 중 하나. 부당한 지배 계급과 경제 격차가 없는 사회를 지향한다.

자는 게 아니야. 모든 것은 하스노 군 본인의 문제지.

자네는 인간을 싫어한다면서? 자네도 충분하다 못해 넘칠 만큼 인간이면서 말이지. 흠. 그러한 왜곡이 비겁함으로 변해서 성격에 나타난 것 같군.

강도든 사기꾼이든 될 수 있는 재능을 타고난 자네가 도둑이 된 건, 그 범죄의 피해자가 존재하지 않는다고 믿기 위해서 아닌가? 어쩌면 지금 외출하고 없는 이 집 사람들은 전부 증발했으므로, 돈을 가지고 가는 건 아무 죄에도 해당하지 않는다고 자기 자신을 납득시키기 위해서 말이야. 그러한 가능성에 어떻게든 매달리고 싶었던 거지?

그리고 돈을 전부 훔치지 않는 건, 만약 그 집 사람이 소멸하지 않고 돌아오더라도 돈을 충분히 남겨두면 그들이 곤란한 상황에 빠지지는 않을 것이라고 안심하기 위해서야. 그런 식으로 자기 죄를, 자기 눈에 띄지 않는 의식의 뒤편에 쑤셔 넣을 수 있는 만큼 쑤셔 넣은 거야. 그게 죄인 줄 알면서도. 그렇지? 자네는 도둑질이 나쁜 짓이라는 걸 알아!

어린아이가 싫어하는 음식을, 썩을 때까지 서랍에 숨겨놓는 것과 다를 바 없지. 자네는 철저하지 못한 인간 혐오 속에서 유치한 감상에 젖은 채, 자기는 인간이 아니라고 믿으려 애쓰는 인간에 지나지 않아. 그러면서 정신의 정합성은 나중에 갖춰도 상관없다고 게으른 변명을 하고 있지. 그렇지 않나? 변명해 볼 텐가?"

미네코는 하루카와가 문 앞에서 비눗방울처럼 터져서 사라지기를 바랐다. 하루카와가 사라지면 그가 늘어놓은 이야기도 함께 함께 사라질 것 같았다. 만약 어딘가에 흠 하나 없이 완벽한 관념이 존재하더라도, 그것이 하루카와의 정신에 깃들었을 때 완전무결한 형태를 유지할 리 없다. 반박할 말을 찾지 못한 미네코는 하루카와를 혐오하는 마음에 몸을 덜덜 떨면서 그렇게 믿었다.

"일단 이야기를 다 듣도록 하죠. 제 대답과는 상관없이 할 말을 전부 정하신 것 같으니까요."

하스노는 그렇게 말했다. 하루카와의 사상은 불쾌한 육체를 질질 끌며 사람들 앞으로 한 발짝 다가섰다.

"내가 용서할 수 없는 건 불철저야. 인간을 싫어한다면서 산속에 혼자 살지는 않는 불성실함이지."

"아, 아니, 혼자 살 겁니다, 이 녀석은. 그런데 제 일이나 미네 짱일을 부탁해서 명색만이라도 저희 같은 생활을 시키고 있는 거죠."

이모부가 미덥지 못한 목소리로 말했다.

하루카와는 경멸 어린 표정으로 미네코와 이모부를 보았다.

"그것 봐. 하스노 군의 정신에는 자네들 같은 인간에게 생각이고 행동이고 좌우되는 치명적인 빈틈이 있는 거야. 실로 한심한 일이지. 하스노 군, 자네는 전혀 자기 자신의 정합성을 갖추려 하지 않아. 정신을 수미일관시킬 마음이 없지. 그 자가당착을 알고, 충분히 해소할 능력이 있는데도 말이야. 그런 인물은 많지 않아.

자네는 서양의 탐정소설 속 탐정처럼 경찰보다 빨리 범죄자를 찾아내는 재주가 있는 것 같더군. 하지만 결국 범죄자를 경찰에 넘겨서야, 경찰 입장에서도 범죄자 입장에서도 이치에 맞지 않아. 체포하는 건 경찰, 체포되는 건 범죄자라고 흔들림 없이 정해져 있는 이상, 탐정이 끼어들 여지는 없지.

세상에 명탐정이 있을 곳은 없어. 현재로서는 말이야.

하지만.

예를 들어 세상에서 국가와 권력이 모조리 배제된다면 어떨까? 어쩌면 그때야말로 명탐정이 꼭 존재해야 하지 않겠나?"

하스노는 자동차 바퀴에서 공기가 빠지는 것처럼 쓴웃음을 흘렸다.

하루카와는 드디어 방문한 이유를 밝혔다. 하스노를 굴복시키고 싶은 것이다. 그것도 자신의 힘은 사용하지 않고, 하스노가 스스로 패배를 인정하기를 바란다.

하루카와도 하스노를 따라 웃음을 지었지만, 바로 진지한 표정을 되찾았다.

"아니, 웃을 이야기가 아니야. 그 세상에는 권력에 일절 의존하지 않는 탐정이 필요해. 자네의 불합리성을 해결할 수 있는 곳은 거기밖에 없지 않겠나? 자네는 우리 쪽으로 와야 해. 아니, 실은 오고 말고 할 것도 없지. 자네는 애초에 무정부주의자니까."

하루카와는 하스노를 꾀려는 것이다. 권총을 호주머니에 넣은 것도 그 때문이다. 그리고 권총을 쥐지 않은 손으로 손짓해서 부르고 있다.

그렇다면 권총을 사용해 이 집에 쳐들어온 일은 어떻게 변명할 작정일까? 엄연한 폭력인 그 행위에, 하루카와가 지금 하스노에게 요구하는 논리는 눈곱만큼도 포함되어 있지 않다. 하루카와는 그 자신의 행위를 통해, 여차하면 논리고 나발이고 다 짓밟고서 네 사람을 말살할 것이라 암시했다.

그리하여 하스노에게 자기 이야기를 듣도록 강요했다. 하스노가 다쳤을 때를 노려서……, 애당초 미네코와 하스노를 습격하라고 명령한 사람은 하루카와가 아닌 걸까?

"그렇지 않아요."

미네코는 하루카와에게 던질 말을 찾아냈다.

"제가 아무리 세상사를 몰라도 사람을 죽여서는 안 된다는 건 알고, 하스노 씨는 저보다 훨씬 잘 알아요. 그런 것도 모르는 당신이 아무리 훌륭하고 복잡한 사상을 품고 있어 본들, 하스노 씨를 어떻게 이해하겠어요? 하스노 씨는 당신이 꾸미는 일에 절대로 가담하지 않을 거예요."

"그래? 아가씨는 본인이 절대로 사람을 죽이지 않을 거라 믿는 건가? 하스노 군까지 그럴 거라고? 착각도 이만저만 아니군. 그래서는 오히려 불안해. 모든 인간은 태어나서 죽을 때까지 끊임없이 남을 죽일지 말지 시험받아. 대개는 일생을 통틀어 몹시 어려운 시험 문제에 직면하지는 않지만 말이야. 하지만 보아하니 아가씨는 평온하고 무사한 생애를 보낼 것 같지 않은데. 처음부터 단정했다가는 여차할 때 위험할걸?"

"그럴 일은."

"미네코 씨, 내게는 변호고 옹호고 일절 필요 없어. 그리고 지금 이 사람이 하는 말을 화제로 별로 다투고 싶지도 않아. 사람을 죽여서는 안 된다는 데는 동감이지만, 평생 절대로 교통사고를 당하지 않는다는 보장은 없는 것처럼 나도 절대로 살인을 하지 않을 거라 장담은 못 하거든."

하스노의 말투는 상냥했지만 안개를 뿜어내는 것처럼 암울하기도 했다. 미네코는 현기증을 느꼈다.

이모부가 떨리는 목소리로 느릿느릿 말했다.

"하루카와 씨, 당신은 혁명가시겠죠. 혁명가는 자신에 관련된 모든 걸 정당화하려 듭니다. 자신의 사상, 행위, 그리고 전 세계를 정당한 것으로 바로잡으려 해요. 이 세상이 얼마나 혼돈한지 전혀 알지도 못하고요.

당신에게 세계는 당신 자신의 일부에 지나지 않을 테니까요. 그래서 타인인 하스노에게까지, 하스노 자신을 정당화하라고 요구하는 겁니다. 정말이지 당신은 진짜배기 참견꾼이에요. 세계가 정당해야 한다고 증명한 사람은 아무도 없습니다."

"자네에게 그런 건 필요 없겠지. 그저 혼돈을 혼돈으로 둔 채 시시한 그림이나 그리면 돼.

자, 하스노 군. 자네도 이 아가씨처럼 내가 권총을 들고 온 걸 비난할 생각인가? 그렇다면 들어주지. 하지만 결국 그건 내게도 자네에게도 큰 문제가 아닐 거야. 자네는 내게 권총이 있든 없든 말을 바꿀 생각이 없을 테지."

하루카와는 그렇게 단정했다. 그 직감에 미네코도 공감했다. 그래서 소름이 끼쳤다.

"이구치 군, 미네코 씨, 미안해. 아주 재미없는 논쟁에 끌어들이고 말았군. 뭐라고 하면 돌아가 주려나, 이 사람은……."

하스노는 치뜬 눈으로 하루카와를 노려보았다. 하지만 그 시선은 바로 방 안 이곳저곳을 두서없이 떠돌았다.

그러던 하스노가 하루카와에게 말을 툭 던졌다.

"당신 사상의 앞뒤가 맞지 않는 부분을 들춰내거나, 현실과 대조해서 실효성을 검증해봤자 별 의미가 없을 것 같습니다. 굳이 다툴 마음은 없어요. 해야 할 말은 따로 있습니다.

당신은 저를 무정부주의자라고 불렀습니다. 저 자신은 무정부주의자로 행세할 생각이 없고 그렇게 부른들 성가시기만 합니다만, 짚이는 구석이 없는 것도 아니에요. 당신과 제 정신의 형태는 얼핏 보기에 비슷할지도 모르겠습니다. 뭔가 결정적으로 다른 점이 있다면, 제가 당신이 믿는 바와 달리 이론가도 아니거니와 당신 같은 박애주의자도 아니라는 거겠죠."

"뭐? 자네야말로 박애주의를 유치한 위악으로 덮어서 숨기고 있는 것처럼 보이는데."

"무슨 말씀을. 제가 아니라 바로 당신이 그렇죠. 당신은 당신에게 관련된 모든 것을, 아름다움과 추함에 관계없이 위악으로서 구제하려 합니다. 그 위악의 폐해가 얼마나 심대한지를 본인이 아는지는 모르겠지만요.

당신과의 대화를 빨리 끝내기 위해서는, 제 머릿속에 떠오른 하루카와 씨의 모습을 한 치의 오차도 없이 활동사진으로 만들어서 당신 머릿속에 투영하는 게 최고겠죠.

물론 그럴 수는 없습니다. 하다못해 이구치 군 같은 예술가라면 그나마 좋은 방법이 있겠지만, 제게 그런 재능은 없어요. 아참, 재능 없는 예술가가 어떤 존재인지 아십니까? 그 무엇에서도 아름다움은 찾아낼 줄 모르면서, 추악함에만 민감한 후각을 발휘하는 존재입니다. 하루카와 씨는 재능을 운운하기 이전에 예술가라는 마음가짐이 전혀 없으실 테니, 애초에 그런 생각은 안 해보셨겠지만요."

하스노는 숨을 크게 내쉬었다.

"저는 당신을 보고 놀랐습니다. 당신이 느닷없이 찾아와서 놀란 건 아니에요. 당신이 너무나 추악해서 놀란 겁니다.

당신의 이야기는 몹시 기분 나빴습니다. 당신은 논리를 희구하죠. 논리를 정련해서 순수하게 만들려고 애써요. 그런데도 당신의 정신에서 아름다운 결정체가 추출되는 낌새는 손톱만큼도 없고, 그저 썩은 생선조림 같은 악취만 풍길 뿐이죠. 왜일까요? 당신이 제 친구와 그의 부인을 권총으로 위협했기 때문일지도 모르고, 당신이 수많은 사람을 폭탄으로 죽였기 때문일지도 모릅니다.

이건 너무 상식에 치우친 설명일까요? 당신의 썩은 냄새는 그런 곳에서 나는 게 아닐지도 모르죠. 아, 어쩌면 당신 목소리가 끈적거려서 귀에 거슬리기 때문일까요? 당신 생김새가 어쩐지 불쾌하기 때문일까요? 그리고 당신 머리 모양은 세모난 생선묵을 닮았군요. 저는 음식을 거의 가리지 않지만, 생선묵은 싫어합니다.

물론 원인을 한 사람당 하나로 한정해야 한다는 법은 없습니다. 뭔가에 증오를 쏟을 때는 무한한 이유가 있어도 될 테고, 반대로 이유가 없어도 상관없겠죠. 제가 방금 언급한 하루카와 씨의 특징은 딱히 혐오감을 불러일으킬 정도는 아닐지도 모르겠군요.

아니면 그러한 특징이 그림물감을 잘못 배합한 것처럼 뒤섞여서 추악하기 짝이 없는 색채를 내뿜고 있는지도 모르고요. 그렇다면 원래 색깔이 뭐였는지 알아내려 해봤자 무의미합니다. 그 색깔을 칼로 화폭에서 긁어내든가, 성격이 급한 사람이라면 그림을 걷어차고 분노를 담아 찢어버리는 게 해결책일 겁니다. 저는 그렇게 처리하는 것조차 귀찮아하는 편이니까, 당신 말씀처럼 벽장에라도 처박아놓고 그 존재를 잊어버리려고 노력하겠죠. 뭐, 저는 웬만하면 **잊어버리지 않지만요.**

당신의 추악함을 떠올리지 않고 지내기는 쉬운 일이 아닙니다. 피부에 지독한 종기가 생겼을 때처럼, 양성인지 악성인지 따지지도 않고 송곳으로 터뜨려야 직성이 풀리겠죠. 환부를 통째로 절제해 땅바닥에 내팽개치고, 흙과 구분이 안 될 때까지 짓밟아야 직성이 풀릴 거예요."

논리의 고삐가 풀렸는지 하스노의 말투가 그에게 전혀 어울리지 않게 신경질적으로 변했다. 그런 하스노를 본 적이 없었던 미네코는 그와, 하루카와의 품속에 있는 권총이 걱정됐다.

"……이유는 남과 자신에게 설명하기 위한 것일 뿐 진실은 아닙니다. 저는 그저 사에코 씨가 바퀴벌레를 싫어하는 것처럼 당신이 싫을 뿐이에요. 뭘 어쩌더라도 호불호에 이치를 따질 수는 없습니다. 당신은 너무나 순진해요. 증오가 얼마나 불합리한 감정인지 전혀 모릅니다.

당신은 홀로 창문 없는 선실에 틀어박혀, 출렁임을 걱정하면서도 카드로 탑을 쌓아 올리려 하고 있습니다. 불합리함으로 가득한 바다는 탑을 무정하게 쓰러뜨리든지, 어쩌면 배를 통째로 집어삼킬지도 모릅니다. 그리고 바다는 카드 탑이 얼마나 정교하고 진실미 넘치는지, 하물며 그것이 얼마나 아름다운지는 일절 상관하지 않겠죠.

당신이 뭐라고 부르든 저는 탐정이 아닙니다. 인정할 생각 없어요. 저는 저 자신이 잘못을 저지를 걸 알기 때문입니다. 어떤 결론을 내려도 그게 틀렸을지도 모른다는 가능성에 겁이 나고요. 그런 자가 탐정일 리 없죠. 재능 없는 예술가가 할 수 있는 일은 진실 따위에는 아랑곳없이 아름다움이 뭔지도 모르고서 아름다움을 지향해야 한다는 충동에 사로잡혀 설치는 것뿐입니다. 저는 부득이한 사정이 있을 때, 부득이하게 해야만 할 일을, 어쩔 수 없이 할 뿐입니다."

그답지 않게 느껴지는 하스노의 장광설이 땅에 뿌려진 물처럼 방에 고였다가 조금씩 스며들어 사라질 때까지 아무도 입을 열지 않았다. 한편 미네코의 가슴속에서는 그의 장광설이 거의 넘쳐흐를 지경이었다.

드디어 하루카와가 입을 열었다.

"……흠. 그렇다면 자네는 어떻게 할 생각인가. 무라야마 저택에서 있었던 사건을."

"앞뒤를 맞춰서 결론을 내겠습니다. 할 수밖에 없겠죠. 그리고 결국 하루카와 씨는 선실에서 카드를 쌓아 올리는 것 같은 일일지언정, 그렇게 해야지만 납득하실 테니까요."

"흠, 그런가……."

"과연 인간이 정신의 정합성을 갖추기를 포기해도 될지는 모르겠습니다. 하루카와 씨 말씀처럼 분명 그래서는 안 될 겁니다. 수미일관할 수 있도록 노력해야겠죠. 저도 산속에서 지내고 싶지만, 싫어한다고 멀리하기만 해서는 영원히 극복하지 못할 거라는 이구치 군의 성화에 어쩔 수 없이 속세에서 지내고 있는 거예요.

그런데 당신의 동지가 되라니, 물에 얼굴도 못 담그는 어린아이를 수영선수로 발탁하러 온 것과 마찬가지입니다. 아무리 뭐래도 상대를 잘못 골랐어요. 이구치 군 쪽이 그나마 가망이 있습니다."

하루카와는 논쟁이 끝났음을 알아차린 듯했다.

"자네가 진심을 말했다고는 생각지 않아. 하지만 일단은 이 정도로 충분해. 마음이 달라지면 언제든지 말하게. 연락 방법은 알지? ……아니, 제니는 조만간 못 쓰게 될지도 몰라. 용건이 있으면 신문에 광고를 내게. 내 이야기는 이걸로 끝이야."

하루카와는 중산모를 썼다. 역시 하루카와는 축축한 응달의 돌멩이를 뒤집은 것같이 음습한 곳에서 살아가는 사람이라고 미네코는 느꼈다.

"저는 그렇게 빤한 거짓말을 하지 않습니다. 뭐, 연락 방법은 잘 알았습니다. 그리고 혁명의 황홀경 속에서 살아가는 당신에게 말해봤자 아무 소용 없겠지만……."

하스노는 발걸음을 돌려 방에서 나가려는 하루카와에게 나지막한 목소리로 말했다.

"당신의 이상은 제가 싫어하는 인간의, 인간적인 성질에 방해받아서 결코 실현되지 않을 겁니다. 어떤 의미에서 저와 당신은 확실히 비슷하군요."

미네코는 복도를 걸어가는 하루카와의 뒷모습을 가만히 보고 있을 수가 없어서 꽃병을 쳐들었지만, 그만두라는 하스노의 냉기 어린 속삭임을 듣고 꽃병을 내려놓았다. 하스노는 하루카와가 대문을 나설 때까지 창밖을 내다보다가 사람들 쪽으로 몸을 돌렸다. 이모는 여전히 털썩 주저앉아 있었다.

"정말 죄송합니다. 저 때문에 참으로 변변치 못한 일에 휘말리셨네요. 이구치 군."

"왜?"

"지금 당장 무라야마 저택에 갈 거야."

"뭐?"

시계를 보자 오후 9시 15분 전이었다.

"꼭 지금 가야 하나?"

"하루카와에게 결론을 내겠다고 말했어. 편지도 전해야 하고."

하스노는 협탁에 있는 봉투와 편지지를 집어 들었다.

이모부가 근처 자동전화로 운전수가 딸린 대여 자동차를 부른 후 나갈 채비를 하자 이모가 도왔다. 미네코는 앉아서 그 모습을 그저 바라보았다. 어쩐지 마음이 가라앉지 않았다.

하스노는 하루카와가 그에게 그러려고 했듯이, 하루카와 본인의 당착을 들춰내서 눈앞에 들이댈 수 있었을 것이다. 미네코는 못하더라도 하스노가 못 할 리는 없었다. 하지만 하스노는 하루카와 앞에서 논리를 내팽개쳤다.

하스노가 하루카와에게 쏟아낸 증오는 특별히 하루카와를 위해서만 잘 벼려놓은 것이 아니었다. 미네코는 이모부가 하스노에 대해 이야기할 때 사용하는 인간 혐오라는 말이 무슨 뜻인지 처음으로 직접 체감했다. 거기에 합리성이라고는 전혀 없었다. 하스노는 지금 그야말로 거친 바다처럼 물결치고 있었다. 하스노의 철두철미한 이지理智는 아까 본인이 말한 것처럼 거친 바다 위에 쌓아 올려져 있었다.

당혹스러워하는 미네코를 내버려둔 채 이모부와 하스노는 사건을 마무리 짓기 위해 채비하느라 여념이 없었다.

"놈은 어떻게 할 건가? 하루카와 말이야. 내버려둘 건가?"

"나는 무정부주의자가 아니니까 경찰에 맡겨야지."

물론 지금 당장 신고한다고 어떻게 할 수 있을 만큼 하루카와가 허술하게 대처하지는 않으리라. 결국 그는 이번 사건에 어떻게 연관된 걸까?

이모부가 하스노의 태도에 전혀 동요를 보이지 않아서 미네코는 약간 안심했다. 하지만 이모부도 미네코에게 주의를 기울이지는 않았다.

"이보게, 정말로 걸을 수 있겠어?"

"괜찮아. 뭐, 병아리처럼 걷는 게 고작이겠지만. 엇, 왔군."

밖에서 자동차가 멈추는 소리가 들렸다.

방을 나서려던 하스노가 미네코를 돌아보았다. 활동사진 속에서 관객에게 말을 걸려고 하는 것처럼 갑작스러운 그 행동에 미네코는 고개를 번쩍 들었다.

"미네코 씨, 요전에 실로 위험한 상황에서 구해줘서 정말 고마워."

그 말에도 일절 합리성은 없었지만, 결코 거짓말이 아니라는 건 분명했다. 미네코의 대답을 기다리지 않고, 설명을 요구할 틈도 없이 하스노와 이모부는 가버렸다.

9

해결

아침은 두 시간 전에 왔다. 장소는 빈 성냥갑처럼 생긴 무라야마 저택의 식당이었다.

지난달 말일에 용의자 집회를 열었을 때와 똑같이, 나와 목발을 짚은 하스노는 서 있고 미나카미 부인, 우쓰기 씨, 이쿠시마 씨, 시라키 씨는 앉아 있었다. 다만 앉은 순서는 달라져서 오늘은 부인이 우리 쪽에 가까웠다. 가지타로 박사가 만들고 교수상회 동지의 회합에도 사용됐을 이 식당은 지금, 어젯밤에 하루카와 대치했을 때와 마찬가지로 곡예사 여러 명이 한꺼번에 목말을 타고 재주를 부리는 것처럼 긴장된 분위기로 가득했다.

하스노는 등대처럼 네 사람을 둘러보았다. 그는 이제 조마조마하게 목말을 탄 곡예사들을 넘어뜨리려고 한다.

나는 이미 진상을 절반 정도는 들었다.

"하스노 군. 자네가 우리를 모은 거겠지?"

"그렇습니다."

시라키 씨의 말투에 하스노를 위협할 만한 힘은 없었다. 방문자들 사이에는 불안감이 넘쳐흐르고 있었다.

날이 밝자 나는 근처를 돌아다니며 세 사람을 불러왔다. 사건에 중대한 진전이 있었다고만 전했다.

"대체 무슨 일인가?"

"물론 사건에 관련된 일입니다. 무라야마 고도 박사님이 살해된 것으로 시작해서 이래저래 계속돼온 사건에 숨겨진 범인의 정체, 그리고 딱히 흥미 없으실지도 모르지만 사건에 얽힌 배경을 말씀드리고자 합니다."

미나카미 부인을 제외한 세 사람의 불안감은 당혹감으로 바뀌었다.

"꼭 지금 여기서 해야 하는 이야기입니까? 이런 자리를 만들어서 해야 하는 이야기예요?"

"그래, 맞아! 난 자네에게 탐정 노릇을 하라고 부탁한 적 없어."

하스노는 바로 대답하지 않고 네 사람을 천천히 둘러보았다.

"우쓰기 씨와 이쿠시마 씨 마음은 이해합니다. 이 자리에서 말씀드리면 문제가 없지는 않겠지만……, 몇몇 사정 때문에 이렇게 하는 것이 제일 무난합니다. 보시다시피 저도 사건 때문에 피해를 좀 입었습니다. 빨리 결판을 내고 싶군요."

하스노는 목발을 들어 올리며 그렇게 말했다.

"말씀대로 저는 이쿠시마 씨께 탐정 일을 의뢰받은 적이 없고 저 자신도 탐정 행세할 생각은 없지만, 잠시만 시간을 내주시기 바랍니다.

'따져보면 이쿠시마 씨도 범인이 누군지 알고 싶어 하셨잖습니까?"

그 말은 그 말에 직접적으로 담긴 의미를 넘어서 용의자들에게 작용했다. 이쿠시마는 굳은 얼굴로 입을 다물었다.

물론 그들은 알고 싶어 한다. 내가 용건을 알리지 않고 불러냈는데도 따라온 이상, 그들은 이야기를 듣는 수밖에 없었다.

"그럼 말씀드리겠습니다. 이번 사건에서 무라야마 고도 박사님이 대체 누구에게 살해당했는가? 뭐, 그건 확실히 큰 수수께끼입니다. 하지만 고도 박사님과 안면도 없었던 저로서는 꼭 알아내야 할 문제가 아니었어요. 오히려 제게는 왜 용의자 여러분이 이렇게까지 기를 써서 범인을 규명하려 했는가가 문제였습니다."

그렇다.

더구나 그들은 무정부주의자적인 방법으로 범인을 규명하려 했다. 다들 무정부주의자가 아니라는데도 불구하고.

"경찰을 신용할 수 없다고 말씀하시는 것치고, 여러분은 경시청 특고과장을 친구로 두고 계십니다. 경찰이 범인을 체포해서 질서를 회복하기를 바란다면, 경찰이 인정하는 절차에 따라 일을 진행해야겠죠. 하지만 여러분은 그 절차를 지킬 마음이 없는 것 같았습니다.

그리고 고도 박사님이 살해당한 사건에 이어, 크고 작은 사건이 여기저기서 두서없이 발생했죠. 박사님의 시신이 발견된 다음 날, 박사님이 근무하시는 법의학 연구소에 새삼스레 도둑이 들었고, 사건의 비밀일지도 모르는 사정을 알고 있던 이구치 군의 조카 미네코 씨가 경찰에 다녀오는 길에 습격당했습니다. 그리고 박사님이 살해당한 당일 밤, 대합찻집에 있었다는 사실이 판명된 미야오 군은 길거리에서 살해당했고, 마지막으로 제가 비밀 결사에 피해를 준 지 3년이나 지난 지금에야 누군가에게 목숨을 위협당했습니다.

이렇게만 보면 범죄사건의 벼룩시장 같은 느낌이 듭니다. 왜 그러한 사건들이 같은 판매대에 놓인 건지, 출처를 좀처럼 상상하기 어려웠죠.

더불어 범죄는 아니지만 기이한 일도 많이 일어났습니다. 여러분이 범인을 찾아내고 싶어 하는 것도 그렇고, 시라키 씨는 자택에서 수상한 일을 하고 계시죠. 이쪽 미나카미 씨는 저희 집까지 찾아와서 탐정을 맡으라고 말씀하셨고요. 그리하여 저는 언젠가 관여하지 않을 수 없었던 사건에 예정보다 일찍 뛰어들게 되었습니다."

하스노는 여전히 핵심을 언급하지 않았다. 미나카미 부인은 입을 꼭 다문 채 하스노와 다른 용의자 세 명을 찬찬히 번갈아 보았다. 어젯밤 하스노가 들려준 사건의 진상을 떠올리며 답안을 맞춰 보는 듯했다.

세 사람은 무슨 일이 일어날지 짐작이 되지 않는지, 아무 장식도 없는 식당 곳곳에 시선을 던지다가 가끔 안내판이라도 되는 것처럼 하스노를 보았다.

"저는 일단 여러분이 뭘 하려는 건지부터 알아내야 했습니다. 그걸 모르고서는 탐정이라는 미명 아래 제가 무슨 짓을 하게 될지 알 수가 없어서 무서웠거든요.

여기 그 해답이 있습니다. 이것은 제가 사건에 불려온 이유부터 시작해, 이어지는 모든 수수께끼에 실을 꿰어 결국에는 하나로 연결해주는 해답입니다.

여러분, 경찰보다 먼저 무라야마 고도 박사님을 살해한 범인을 알아내고 싶은 이상, 결국은 본인이 범인이 되고 싶으신 거죠? 여기에는 진범 한 명과 어떻게든 진범을 대신하려고 하는 세 명이 있습니다. **여러분은 진범의 자격을 얻기 위해 필사적으로 싸우고 있었던 겁니다.**"

하스노의 말에 제일 큰 충격을 받은 사람은, 진상에서 제일 거리가 멀었던 진범일 것이다. 너무나도 뜻밖의 진상이었다. 나도 어젯밤에 진상을 알았을 때는 말문이 턱 막혔다.

진범 말고 다른 사람들은 자신의 계획이 백일하에 드러났음을 알고 동요했으리라.

그들은 술렁거렸다. 하스노는 벌레 채집통 속에서 꿈틀거리는 애벌레 가운데 한 마리를 집어내듯이 말했다.

"그럼 일단 여기 계신 시라키 씨부터 가볼까요."

"뭣."

시라키 씨는 하스노를 향해 오른팔을 휘둘러서 뻗지도 않은 포박의 손길을 뿌리쳤다.

"뭐야! 무슨 소리야?"

"괜찮으시죠? 어쨌거나 저는 당신에게 제일 직접적인 피해를 입었으니까요.

자, 시라키 씨. 물론 본인이 제일 잘 아시겠지만, 근무하시는 회사에서 거액의 돈을 착복하셨죠? 그러다 마침내 발각될 위기에 처한 것도 알아차리신 듯하고요. 이구치 군이 시라키 씨의 일당에게 듣고 왔습니다만."

"뭐라고!"

"난감하게 됐군요. 기껏 거금을 횡령해도 체포되면 아무 소용도 없습니다. 그래서 해외로 도주하려고 여권까지 신청하신 거고요. 아미리가로 가려고 하셨죠? 그런데 사건이 발생했습니다.

무라야마 고도 박사님이 살해당한 거죠. 사건 때문에 여권 발급이 중단돼서 시라키 씨는 국외로 도주할 수 없게 됐어요."

"여, 여권? 무슨 소리야? 어떻게."

어떻게 아느냐는 말을 시라키 씨는 집어삼켰을 것이다. 모르는 새 물이 차오르듯, 아직 아무도 몰라야 할 진상이 하스노의 입에서 흘러나온 것이 틀림없었다. 당황한 표정으로 허둥대는 시라키 씨를 관찰하고, 시라키 씨에게 던져지는 하스노의 말을 들으며 나는 그가 저지른 범죄를 머릿속으로 되새겼다.

시라키 씨는 고도 박사의 시신이 발견된 아침에 자신의 진퇴가 걸린 경찰 수사의 진전을 탐색하기 위해 무라야마 저택을 찾아왔다. 수사가 길어지면 국외로 도망칠 수 없고, 언제 횡령 혐의로 붙잡힐지 모른다.

그뿐이었다면 시라키에게는 운 없는 사건이었다고 할 수 있었다.

하지만 고도 박사가 비밀 결사인 교수상회를 고발하려 했다는 걸 알았고, 이어서 두 달 전에 급사한 가지타로 박사가 남긴 편지도 발견됐다.

"서재에 남아 있던 그 편지 때문에 사건의 추세가 크게 변했습니다. 시라키 씨를 비롯한 여러분의 운명이 그 편지에 좌우된 셈이죠. 편지 내용에 따르면 교수상회는 예전부터 무라야마 고도 박사님을 살해할 것을 검토하고 있었습니다."

고도 박사가 배신할 것 같으면 처단해야 한다고 비밀 결사는 판단했다. 그리고 가지타로 박사는 필요할 때 살해 임무를 실행할 수 있도록 자신의 후임자를 정하려 했다.

용의자들에게 이 사실은 궁지 속에 비친 희미한 광명이었다. 다시 말해.

"다시 말해 만약 고도 박사님을 살해한 범인으로 위장하면, 그리고 경찰이 시라키 씨를 범인으로 점찍으면 **교수상회가 시라키 씨를 망명시켜 줄 겁니다.** 일본에서 달아나려면 그 방법밖에 없었을지도 모르죠. 사건이 해결된 후 여권을 발급받아서 정식으로 국외에 나가려 해도, 그사이에 횡령 혐의가 굳어질 우려가 있거든요. 시라키 씨는 그에 대비해 범인 자격을 획득할 필요가 있겠다고 생각한 겁니다."

모두의 눈빛이 한 곳을 향해 흘러내리는 모래처럼 시라키 씨에게 모였다. 시라키 씨는 아무 말도 하지 못하고 산사태가 일어나듯 의자를 뒤로 빼서 탁자에서 물러났다.

하스노는 개의치 않고 사건을 계속 설명했다.

"그러기 위해서는 해야 할 일이 두 가지 있습니다. 첫 번째로 자신이 범인이라는 가짜 증거를 준비해야 합니다. 물론 자백할 수는 없습니다. 그런 식으로 진범이 된들 체포되면 말짱 헛일이니까요. 그런 게 아니라 발견됐을 때 자신에게 의혹이 향할 증거를 만들어야 합니다.

두 번째로 경찰보다 먼저 진짜 범인을 찾아내야 합니다. 그러지 않고 함부로 범인을 사칭하면 위험합니다. 경찰이 다른 곳에서 증거를 발견해 진범을 체포할 수도 있고, 어쩌면 진범이 스스로 정체를 밝힐지도 모르죠. 어쨌거나 이 중에는 자신이 저지른 죄를 남이 뒤집어쓰는 건 절대로 용납할 수 없다는 분이 계시니까요."

하스노는 한 번 더 용의자들을 둘러보았다.

미나카미 부인과 우쓰기 씨가 눈빛을 교환했다. 지난번 용의자 집회 때 미나카미 부인이 '사람을 죽이는 데 그치지 않고, 그 죄를 아무렇지도 않게 남에게 덮어씌우는 비열함은 도저히 간과할 수 없다'라는 취지의 말을 했던 것이 기억났다.

"그런 사람이 범인이라면 곤란하겠죠. 자기가 범인이 아니라는 사실이 교수상회에 알려지면 끝장입니다. 따라서 진범과 교섭해 범인 자격을 양보받든지, 아니면 진범을 죽이든지 무슨 조치가 필요했을 겁니다. 진범을 꼭 찾아내야 했어요."

그것이 이 식당에서 진지하고도 우스꽝스러운 용의자 집회가 열린 이유였다. 경찰의 개입 없이 범인을 찾아내는 것이 그들에게는 무엇보다도 중요했다.

여기까지 밝혀지자 식당에 가득했던 긴장감도 그 성질이 달라졌다. 하스노의 분명한 말투 때문에, 시라키 씨 말고 다른 용의자들의 마음속에도 체념이 싹트고 있는 건지 몰랐다.

죄의 폭로가 계속됐다.

"진범을 찾아내고 싶었던 건 그렇다 치고, 또 다른 필수 조건인 가짜 증거가 문제입니다. 어떻게 자기가 범인이라는 의혹을 불러일으키느냐죠.

자, 경찰이 찾아내려 애썼지만 결국 찾아내지 못한 것이 있습니다.

바로 범행 현장입니다. 무라야마 고도 박사님은 피를 잔뜩 흘리고 돌아가셨습니다. 어딘가에 피로 물든 현장이 있었겠죠. 경찰이 찾아내길 포기한 것도 무리는 아닙니다. 흙이나 풀에 덮인 땅이라면 물로 씻어 내거나 파서 뒤엎음으로써 현장을 감출 수 있으니까요.

이쯤에서 좀 다른 이야기를 하겠습니다. 시라키 씨, 이건 이구치 군이 댁의 하녀에게 들은 이야기인데요. 우쓰기 씨도 같은 이야기를 들으셨다는데, 고도 박사님이 돌아가신 후 댁의 1층에 있는 방 하나를 폐쇄하셨다면서요? 그리고 아무도 들어가지 말라고 명령하셨다던가?"

"그건……."

시라키 씨는 다음 말을 잇지 못했다. 우쓰기 씨는 고개를 끄덕여 하스노의 말을 긍정했다.

"뭣 때문에 그러셨을까요? 실은 너무나 수상쩍은 나머지, 한 부인이 약간의 계략을 품고 댁을 방문해, 시라키 씨를 2층에 붙잡아 놓고 폐쇄된 방을 몰래 들여다봤습니다."

"……뭐라고?"

"정말이지 칭찬할 수 없는 방법이라 그런 계획을 세운 사람은 크게 반성해야겠지만, 아무튼 그 부인의 말에 따르면 다다미가 깔린 그 방은 아무 이변도 없이 정상적인 상태였다고 합니다."

"뭐야? 어떻게……, 아, 아아! 너, 그 묘한 여자의."

묘한 여자, 즉 내 아내가 그의 집에서 한 일, 그리고 그 일에 하스노가 연관돼 있다는 사실에 시라키가 생각이 미칠 때까지 시간이 좀 걸렸다.

"그렇습니다, 시라키 씨. 그 존경스러운 부인은 딱히 댁의 물건이 탐났던 게 아니에요.

자, 그렇다면 별다를 것도 없는 그 방을 왜 폐쇄했느냐가 수수께끼입니다. 딱히 그런 짓을 할 이유가 있을 것 같지는 않아요. 하지만 범행 현장이 발견되지 않았다는 방금 제 이야기를 떠올리면 한 가지 해석을 도출할 수 있습니다. 예를 들어 만약 자기가 소유한 부지에 피로 물든 현장을 만들어낸다면, 자기가 무라야마 고도 박사를 죽였다는 증거가 되지 않을까요?

시라키 씨는 가짜 살인 현장을 자택에 만들기 위해 그 방을 폐쇄한 겁니다."

놀라움과 수긍의 잔물결이 식당에 퍼져나갔다. 이미 이야기를 들은 나와 미나카미 부인도 시라키 앞에서 다시 들음으로써, 그 내용이 틀림없는 진실임을 확인했다. 우쓰기 씨는 과연, 하고 중얼거렸다.

"그러기 위해 꼭 손에 넣어야 할 것이 있습니다. 바로 피입니다. 그것도 무라야마 고도 박사님과 같은 혈액형이어야 하죠. 박사님 본인의 연구를 통해 고도 박사님의 혈액형이 O형이라는 사실은 이미 밝혀졌으니까요. 시라키 씨는 일단 연구소에 침입했습니다."

사건이 발각된 다음 날, 데이코쿠 대학 법의학 연구소에 도둑이 들었다.

비밀 결사에 관련된 증거를 회수하기에는 너무 늦었다고 여겨졌는데, 실은 그게 아니었다.

"연구소를 도둑질한 건 혈액형에 관한 정보를 얻기 위해서였습니다. 고도 박사님이 O형이라는 건 아시하라 씨에게 듣든지 해서 알고 있었겠죠. 사건 후에 연구소를 방문했다고 아시하라 씨가 그러더군요. 따라서 알아내야 하는 건 박사님과 혈액형이 같은 사람이 누구냐는 겁니다. 고도 박사님이 진행했던 유전 관련 연구 자료를 확인하면 누가 O형인지 확인할 수 있습니다. 몇백 명이나 되는 가족의 혈액형 표본을 수집했다니까요. 도둑은 고도 박사님이 사용한 방에 침입했는데, 오래된 자료는 그 방에 보관돼 있었습니다.

야간에 낡은 자료를 뒤진 끝에, 근처에 살고 힘이 약해서 습격하기 쉬우리라는 이유로 선택된 사람이 바로 3년 전에 연구소에서 채혈한 이구치 군의 조카 미네코 씨입니다."

미네코는 시라키 씨가 자택의 방을 그녀의 피로 칠갑하려 했기 때문에 살해당할 뻔한 것이다.

"하지만 미네코 씨가 예상외로 거세게 저항해서 실패했죠. 미네코 씨는 수혈로 목숨을 건진 후, 가족들의 엄중한 보호를 받았습니다. 더는 미네코 씨를 습격할 수가 없었죠.

그래서 제게 불똥이 튄 겁니다. **수혈을 했기 때문에 표적이 저로 바뀐 거죠.** O형은 O형에게만 수혈을 받을 수 있으니까, 미네코 씨에게 피를 제공한 저는 O형이 확실합니다.

더군다나 저는 세타가야의 인가가 별로 없는 곳에 혼자 사니까요. 권총으로 습격해도 무방하다고 예상한 거겠죠."

하스노는 목발을 다시 들어 올렸다.

미네코와 하스노가 잇달아 습격당한 건 그런 이유에서였다. 겨된장 냄새가 나는 검은 옷과 복면을 착용한 습격자는 바로 시라키 씨였다.

이미 알고 있었던 사실이기는 했다. 그래도 하스노가 탐정 같은 행동거지로 그 사실을 밝혔을 때, 시라키 씨의 인상이 확 바뀌었다. 마치 알몸으로 사람들 사이에 내팽개쳐진 것 같은 눈빛이었다.

시라키 씨는 심리적 압박감에 시달리고 있는 것이 분명했다. 그 모습만으로도 충분히 자백한 셈이었지만, 이윽고 시라키 씨는 추악함을 드러낸 범죄자가 백이면 백 꺼내놓는 한마디를 쥐어 짜냈다.

"증거는……, 증거를 내놓게."

"허어. 뭐, 바짓자락을 걷어 올려 정강이 털이 타지 않았는지 확인할 수도 있겠습니다만, 그만두겠습니다. 오쓰키 군이라면 재미있어할지도 모르지만요."

인장 조달꾼이라고 들었을 오쓰키의 이름이 하스노의 입에서 똑똑히 튀어나오자 시라키 씨는 동요를 감추지 못하고 치아가 보일 만큼 입을 떡 벌린 채 굳어버렸다.

"어차피 시라키 씨는 횡령 혐의로 감옥에 가실 테니, 뭐, 저로서는 아무래도 상관없습니다. 아무튼 O형 혈액을 구하기 위해 저든 미네코 씨든 습격하는 짓은 이제 그만두십시오. 민폐니까요."

시라키 씨가 또 이러쿵저러쿵 반론을 하려 했다. 하지만 내내 침묵을 지키고 있던 미나카미 부인이 말을 끊었다.

"시라키 씨, 변명은 경찰에 하시는 게 좋겠죠. 아무리 그렇게 받아들이려 해도 하스노 씨는 탐정이 아니에요. 그저 저희의 행동이 하스노 씨께 탐정 역할을 강요했을 뿐이죠. 진실이 꼭 필요하다고 조바심을 낸 건 시라키 씨 당신과 저지, 하스노 씨가 아니에요.

당신이 지금 해야 할 일은 얌전히 있으려고 노력하는 거예요. 그러면 하스노 씨가 당신이 바라는 걸 안겨주시겠죠. 이미 늦기는 했지만요. 어쨌든 당신 계획은 실패했어요.

무엇보다 저는 지금 듣기 거북한 이야기를 귀에 넣고 싶지 않아요. 그러니 자중해주시지 않겠어요?"

시라키 씨는 입을 다물었다. 그를 내치는 미나카미 부인의 손길이 몹시 냉엄했기 때문이리라.

시라키 씨의 저속함에 치를 떤 미나카미 부인은 다시 입을 한 일자로 꾹 다물고 인내하는 듯한 침묵에 잠겼다.

2

어젯밤 하루카와가 돌아간 후 우리는 무라야마 저택을 방문했다. 예의에 어긋난 시간이었지만, 미나카미 부인은 다친 하스노를 보고 아무 질문도 없이 응접실로 안내해 안락의자를 권했다. 평소 같으면 부인은 우리 맞은편에 허리를 쭉 편 자세로 앉아 흔들림 없는 시선을 던졌을 텐데, 오늘은 어쩐지 풀 죽어 보였다. 심적으로 피로한 듯했다.

즉시 결단을 내려 여기까지 왔는데도, 하스노는 아직 뭘 어떻게 말할지 망설이는 눈치였다.

그는 일단 이렇게 말했다.

"범인은 알아냈습니다."

"정말이세요?"

"그리고 미나카미 씨 입장에서는 제가 알 필요 없다고 여기셨을 진상도요."

부인은 자신의 결사적인 노력이 열매를 맺지 못했음을 바로 받아들이고 그저 조용히 고개를 끄덕였다.

"제가 뭘 어쩌려고 했는지 다 알고 계신다는 말씀이시죠?"

"그렇지 않을까 싶습니다. 상의드릴 일이 있는데요. 일단 제 생각에 틀린 부분이 없는지 확인할 필요가 있습니다만."

"하스노 씨께서 이야기해주시겠어요? 실은 제 입으로 말씀드려야 할지도 모르지만……, 아니, 물론 제가 말씀드려야 마땅하겠지만 너무 지쳐서요. 그리고 기껏 하스노 씨께 탐정 역할을 부탁드렸으니까요."

지난달에 처음으로 하스노를 찾아왔을 때와는 달리, 미나카미 부인은 이번에야말로 의심할 여지 없이 명백하게 하스노를 신뢰하는 모습을 보여주었다.

하스노는 밤이 깊어지고 있는 것을 창문으로 확인한 후 이야기를 시작했다.

"일단 순서는……, 지금 말씀하신 것처럼 미나카미 씨가 제게 탐정 일을 의뢰하신 이유입니다. 어떻게든 경찰보다 먼저 범인을 찾아내고 싶은 사정이 있으셨던 거겠죠.

그렇더라도 저를 탐정으로 내세우는 건 도가 지나친 일입니다. 교수상회가 저를 노리고 있을지도 모른다는 사실을 알려주신 건 친절한 행동이시고, 물론 미나카미 씨는 아주 친절하신 분입니다. 그러나 무슨 짓을 할지 모르는, 어쩌면 다시 도둑질을 할 수도 있는 저를 자택으로 불러 탐정을 맡기는 건 친절한 마음에서 비롯된 일이 아닙니다. 왜 그렇게 무모한 짓을 하셨을까요? 바클리 씨 앞으로 쓴 편지가 무라야마 고도 박사님의 가방 속에 들어 있었기 때문이겠죠. 아닙니까?"

"맞아요."

미나카미 부인은 분명 가지타로 박사가 썼다는 그 편지의 내용을 알고 싶어 했다. 전혀 특이할 것 없는 내용인데 부인이 왜 그렇게 집착한 건지 나로서는 전혀 이해가 되지 않았다.

"자네가 편지 전체의 내용을 정확하게 떠올리도록 기억을 자극하기 위해 3년 전에 편지를 읽었던 곳으로 다시 데려왔다는 건가?"

"그렇기도 하겠지. 그렇죠? 하지만 그때 중요했던 문제는 내용보다 정말로 그 편지를 가지타로 박사의 타자기로 작성했느냐였어.

그리고 더 중요한 문제가 있었어. 내가 가지타로 박사의 서재를 조사했을 때, 어질러진 서류 속에 백지가 몇 장 있었지? 그건 미나카미 씨가 섞어놓은 거야. 정리하면서 내가 만지도록 말이지. **미나카미 씨는 내 지문이 묻은 타자 용지가 꼭 필요했거든.**"

"뭐?"

나는 무슨 말인지 바로 이해하지 못했다.

"그러니까, 바클리 씨에게 쓴 편지는 첫째 장 빼고 전부 범인이 가져갔잖아? 현장에 남아 있던 첫째 장에는 내 지문이 묻어 있었고.

따라서 내 지문이 묻은 타자 용지가 있으면 편지의 나머지 내용을 위조할 수 있겠지. 편지를 작성한 타자기는 서재에 있으니까 말이야. 덧붙여 범인이 가져갔을 편지를 소지하고 있는 사람은 자연스레 범인으로 취급당할 거야."

"말씀하신 그대로예요. 저는 그 편지를 가지고 범인 행세를 하려고 했어요."

부인의 메마른 목소리에는 하스노가 틀리지 않아서 안심한 낌새가 희미하게 섞여 있었다.

나는 2주쯤 전을 돌이켜보았다.

하스노와 나를 서재에 들여보내 주었을 때, 내가 서류 정리를 도우려 하자 미나카미 부인은 엄하게 제지했다. 당연히 내가 서류를 건드려서는 안 되었기 때문이다. 타자 용지에 하스노의 지문 말고 다른 지문이 남아 있으면 이상하다.

"그리고 편지 내용을 생각해내라고 분부하셨는데, 정확한 내용을 반드시 알아야 할 필요는 없죠. 편지 첫째 장의 내용은 경찰에게 들어서 아니까, 거기에 그럴듯하게 연결되는 내용을 꾸며내도 상관없습니다. 진짜 편지를 읽은 사람은 저와 진범뿐이니까요.

하지만 내용을 모조리 꾸며내려면 고생이고 혹시나 경찰이 바클리 씨에게 문의한 결과, 내용이 부자연스럽다고 의심받으면 골치 아프죠. 최대한 안심하고 싶으셨을 테니, 제가 편지 내용을 기억하고 있다면 그걸 알아두는 게 최고입니다."

"네, 많이 망설였어요. 만약 계획을 실행했다면 하스노 씨는 제가 편지를 위조했다는 사실을 눈치채셨겠죠. 물론 그 정도로 머리가 잘 돌아가는 분이시라는 건 뵙기 전부터 알고 있었어요. 하지만 하스노 씨가 그 사실을 굳이 경찰에 말씀하실 것 같지는 않았고,

말씀하셔도 경찰은 분명 하스노 씨를 믿지 않을 거라고 안심했는데…….

그렇지만 적어도 제가 준비하는 동안에 발각돼서는 안 된다는 생각에 탐정 일을 부탁드리고, 은근슬쩍 타자 용지를 만지시도록 한 거예요. 하스노 씨가 제 생각보다 훨씬 영리하신 분인지라 아무것도 하기 전에 쉽사리 간파당하고 말았지만요.

그래서 망설인 거예요. 혹시 하스노 씨라면 정말로 경찰보다 먼저 범인을 밝혀낼지도 모른다 싶어서. 그리고 제가 계획을 밝히면 혹시 눈감아 주시거나, ……협력해주시지 않을까 싶어서.”

미나카미 부인은 자기 일기라도 보여주는 것처럼 부끄러워하는 눈치였다. 하스노는 미나카미 부인의 그런 모습을 보고도 일절 흐트러짐 없는 어조로 말했다.

“저도 망설였습니다. 과연 미나카미 씨의 계획을 방해해도 될까 싶었거든요. 하지만 미네코 씨가 습격당했고, 망설이는 사이에 서생 미야오 군이 살해당하고 말았죠.”

“네. 누가 뭣 때문에 그런 짓을 한 건지 전혀 모르겠지만, 혹시 제가 그런 임시방편 같은 계획을 바로 버렸다면…….”

부인은 만약 자신이 세운 계획을 용의자들에게 밝혔다면, 그런 변고가 일어나지 않았을지도 모른다고 생각한 듯했다.

“미나카미 씨, 알고 계셨습니까. 용의자들이 범인 자격을 얻고 싶어 한다는 걸요. 본인 말고도 범인 자격을 놓고 다투는 사람들이 있다는 걸요.”

"아니요. 저는 제 생각밖에 안 했어요. 왜 다른 사람들이 그렇게 나 범인을 알아내고 싶어 하는지 깊이 생각해보지도 않았는걸요."

"그렇다면 미나카미 씨 책임은 아니겠죠. 책임이 있다면 제게 있습니다. 저는 알고 있었고, 그 사실을 공표해 사건을 방지할 기회도 있었으니까요."

"아니에요. 그러지 않으신 건 저 때문이잖아요. 저를 배려해주신 거죠? 하스노 씨는 어디까지나 저 때문에 사건에 말려들었고, 설마 미야오 씨가 습격당할 거라고는 예상치 못하셨을 거예요. 그럴 가능성이 있었다는 건 사건이 발생한 후에 알아차리셨죠?"

"네, 그렇습니다."

"역시 책임져야 할 사람은 저예요. 하스노 씨도 습격당해서 구사일생하신걸요. 만약 살아남지 못하셨다면 그 또한 제 책임이었어요."

하스노는 더 이상 죄의 책임 소재에 연연하지 않았다.

아직 중요한 이야기를 확실하게 듣지 못했다. 나는 묵직한 침묵 속에 머뭇머뭇 끼어들었다.

"하스노, 그러니까, 미나카미 씨가 그렇게까지 해서 범인이 되어야 했던 이유는……."

"응. 이구치 군에게도 이야기했겠지만, 전쟁 중에 미나카미 씨는 부득이한 사정으로 불란서에 아이를 남겨두고 왔어. 그리고 맡긴 곳과는 연락이 두절됐죠?"

"네. 불란서는 피해가 막심했다니까, 혼란에 빠진 탓이겠죠."

"그런 것 같습니다. 병에 걸린 아이는 불란서에서 행방불명되고 말았지. 하지만 미나카미 씨는 찾으러 갈 수가 없었어."

"네, 맞아요. 그랬어요."

부인은 목소리에 섞인 울음을 토해내기 위해 몸을 앞으로 구부렸다. 불확실한 비극은 오랜 세월 무거운 대기처럼 미나카미 부인을 짓눌렀고, 무라야마 저택 어디에도 그 비극을 해결할 방법은 없었다.

"할 수만 있다면 돌아가고 싶었죠. 전쟁이 끝나면 당장이라도요. 원래 불란서를 떠나고 싶지 않았답니다. 하지만 숙부님은 그런 상담에는 응하지 않으셨어요. 일본에 돌아온 뒤로는 폭탄을 만들거나 하는 데 돈을 대부분 퍼부었거든요…….

파리의 신문에 사람 찾는 광고도 내봤지만, 어디에서도 연락은 없었어요. 게다가 직업이고 남편이고 없이 마흔 살이 돼버렸죠. 제 힘으로 불란서에 갈 돈을 버는 건 상상도 못 할 일이었어요. 결국 아들과 재회하기를 포기했답니다. 그만큼 몸이 안 좋았으니 덜컥 죽어버렸을지도 모른다며."

생이별한 지 곧 6년이다. 그런데 느닷없이 사건이 발생했다. 교수상회의 도움으로 불란서에 건너갈 수 있는 기회가 찾아온 것이다.

"아들은 살아 있을지도 몰라요."

부인은 눈물 섞인 목소리로 중얼거렸다.

나는 더 이상 견딜 수가 없었다. 물론 미나카미 부인은 하스노가 사건의 진상만 들고 오지 않았다는 걸 알 턱이 없었다. 하스노의 표정을 살폈지만 그는 망설이는 기색을 보이지 않았다.

"그 마음 이해합니다. 그런데 미나카미 씨."

하스노는 암울한 손놀림으로 가방에서 봉투를 꺼냈다. 하스노가 번역해준 덕분에 나도 어떤 내용인지 알고 있었다.

"이건 주코프스키 씨라는 노서아 분이 전해주신 편지입니다. 혁명을 피해 한동안 망명 생활을 하시다 불란서를 경유해 일본에 오셨죠."

하스노는 더 이상 설명하지 않았다. 나는 갈색 봉투를 받아서 편지지를 펼치는 미나카미 부인에게서 고개를 돌렸다.

　　미나카미 도시코 님. 레나 루이스가 연락드립니다. 불행한 전쟁 때문에 편지가 배달되지 않은 지 2년쯤 지났네요. 이 편지가 인편으로 무사히 전달된다면, 엄청난 행운이라고 감사를 드려야겠죠.

　　하지만 이 편지에 행복한 소식이 담겨 있다고는 할 수 없겠네요. 그러니 실은 무사히 전달되는 게 과연 행운일지 모르겠습니다. 하지만 이 소식이 전해지도록 최선을 다하는 것이 제 책임이라고 믿어요.

　　마지막으로 연락드린 후, 불행하게도 포격을 피하지 못해 제 남편은 사망했습니다. 저는 돌보고 있던 유키오와 함께 일단 남편의 고향으로 도망쳤고요.

　　유키오의 병증은 마지막에 알려드린 대로 불안정한 상태였습니다. 시골에 온 후로는 약간 좋아진 적도 있었지만, 역시 어쩔 방도가 없더군요. 결국 올해 겨울인 2월 13일 밤에 유키오는 숨을 거두었습니다.

　물론 유키오는 많이 힘들었을 거예요. 하지만 정말로 병석에 눕기 전까지는 건강한 보통 아이와 다를 바 없었습니다. 창밖을 날아가는 제비를 보고 재미있어했고, 일본에 있는 엄마도 마지막까지 똑똑히 기억했습니다. 사진을 드릴 수 있으면 정말 좋겠지만 그것도 쉽지가 않네요. 정말 죄송합니다.

　전쟁이 한창일 때 이 마을에서는 촌장님이 군인의 가족에게 전사 소식을 전했습니다. 저도 지금 그것과 똑같은 기분입니다.

　예전처럼 또 답장 주시면 감사하겠습니다.

　애정을 담아

미나카미 부인은 코를 크게 훌쩍이더니 봉투를 움켜쥔 채 일어섰다. 눈물이 줄줄 흐르는 얼굴을 감추지도 않고 하스노를 바라보며 물새같이 떨리지만 귀에 잘 들어오는 목소리로 말했다.

"죄송해요. 아직 용건이 안 끝나셨겠죠. 그래도 조금만 시간을 주시겠어요? 그동안 집 안 어디든, 무슨 물건이든 자유롭게 사용하셔도 괜찮아요."

부인은 마침내 소맷자락으로 얼굴을 살짝 가리고 응접실에서 나갔다.

긴 밤이었다. 어디를 사용해도 괜찮다고 했지만, 나와 하스노는 말없이 응접실에 머물렀다.

밤이 깊어지자 나는 부엌에서 바나나와 건과자를 꺼내고 홍차도 끓여서 쟁반에 담아 응접실로 돌아왔다.

"아아, 고마워."

하스노는 이제야 남이 먹을 것을 준비해주는 데 익숙해진 듯했다.

"괜찮을까?"

응접실로 돌아올 때 지나친 미나카미 부인의 방은 고요했다. 나는 동태를 살펴야 할지 몹시 고민했다.

"기다리는 게 좋겠지."

하스노는 바나나를 집어서 바라보며 말했다. 나는 안락의자에 앉은 채 잠들어버렸다.

나는 새벽녘에 깨어났다. 미나카미 부인은 외출복인 검은색 원피스로 갈아입고 응접실 문 앞에 서 있었다. 하스노는 내가 잠들기 전과 전혀 달라지지 않은 자세로 밤새 깨어 있었던 모양이었다.

"정말 실례가 많았어요. 자, 어떻게 할까요? 저는 뭘 해야 하나요?"

부인의 얼굴은 짓무른 것처럼 벌겠지만, 표정은 이성으로 충만했다.

"세 사람을 모아야겠죠. 그 자리에서 사정을 전부 밝히겠습니다. 경찰을 개입시키면 오히려 위험할지도 모릅니다. 그들의 움직임이 둔하면, 그 틈에 쓸데없는 사건이 일어날 우려도 있어요.

진범을 지적합시다. 이제 무슨 일을 꾸며도 헛수고임을 확실히 알려주는 겁니다. 증거가 없어서 조금 성가실지도 모르겠군요."

"괜찮아요. 부득이한 상황이니까요. 하스노 씨께는 아무 책임도 없어요."

"어쩌면 미나카미 씨가 맡아주시는 편이 좋을지도 모르겠습니다만."

"아니요. 역시 하스노 씨께 부탁드려도 될까요?"

알겠습니다, 하고 하스노는 조용히 말했다. 하스노는 자기가 탐정이 아니라고 한사코 부정하면서도, 어젯밤 여기 온 뒤로 미나카미 부인이 의지하려 하는 진실을 흔들림 없이 뒤에서 살짝 떠받쳤다. 그야말로 탐정같이 행동하며 결코 허술한 모습을 보이지 않았다.

미나카미 부인은 퉁퉁 부은 두 눈을 깜박였다.

3

"이어서 여기, 이쿠시마 씨 차례입니다."

하스노가 그렇게 선언하자 무라야마 저택의 식당에 긴장감이 되돌아왔다.

"돈 빌리기의 대가시더군요. 얼마인지 정확한 액수는 모르지만, 이구치 군의 후원자인 하루미 사장님이 조사하신 바로는 최소 3천 엔이라고 합니다. 그러니 국외로 도망치시는 수밖에 없었겠죠. 교수상회의 힘을 빌려 야반도주하는 수밖에 없었어요. 그래서 범인 자격 쟁탈전에 나서신 겁니다."

"아, 그게······."

이쿠시마 씨는 시라키 씨의 계획이 폭로되는 동안 도망칠 길을 찾듯 식당을 둘러보거나 어깨를 오므려 몸을 작게 움츠리는 등 다람쥐 같은 행동을 계속했다.

"이쿠시마 씨는 이번 범인 선거권에서 다른 분과는 입장이 조금 달랐습니다. 유리했죠. 다른 분들이 경찰의 관심을 끌기 위해 고생하는 와중에도 이쿠시마 씨는 그럴 필요가 없었습니다."

"그런가. 그렇군."

우쓰기 씨가 맞장구를 쳤다.

이쿠시마 씨는 경찰에게 몹시 의심받았다. 흉기가 든 양철 깡통이 이쿠시마 씨 집 물건이었기 때문이다. 그리고 그는 사건이 발생한 날 이른 아침에 양철 깡통이 투기된 아즈마바시 다리에서 목격됐다. 더군다나 지난 밤에는 밤새 산책했다고 증언했고, 경찰은 그의 알리바이를 확인하지 못했다. 한 번은 경찰서로 연행되기까지 했다.

"밤새 산책했다는 그 증언은 누가 어떻게 들어도 수상하죠. 사건이 일어났으니 아주 수상하지만, 사건이 일어나지 않았더라도 충분히 수상합니다. 들은 바에 따르면 이쿠시마 씨는 평소에도 야간에 외출하실 때면 부인께 종종 그런 핑계를 대시는 것 같더군요.

정말로 밤새 산책을 하셨을까요? 역시 들은 바에 따르면, 산책을 핑계로 주책맞게 여기저기 유흥을 즐기러 다닌다고 수군대는 사람도 있는 모양입니다."

이 자리에 있는 사람들 모두 아는 내용이었다. 당연하다는 듯 서로 고개를 끄덕이는 가운데, 이쿠시마 씨 혼자 작게 움츠러들었다.

"어쨌거나 이쿠시마 씨가 경찰에 그렇게 증언한 건 아주 지당한 처사입니다.

범인이 되고 싶으셨을 테니까요. 모처에 있었다고 자청해서 알리바이를 밝힐 수는 없는 노릇이죠. 그리고 저는 고도 박사님을 살해한 범인이 되고자 하는 이쿠시마 씨의 속셈이 서생 미야오 군이 살해당한 사건과 관계있지 않을까 생각합니다."

"뭐요? 그렇습니까?"

미야오 살해사건으로 제일 크게 의심받고 있던 우쓰기 씨가 의외라는 듯 목소리를 높였다.

"그렇습니다. 우쓰기 씨, 이 자리에서 사생활에 관한 이야기를 해도 괜찮겠습니까?"

"새삼스레 무슨 배려를."

우쓰기 씨는 쓴웃음 섞인 목소리로 말했다.

"상관없습니다. 난 이제 괜찮아요. 무슨 이야기든 하십시오."

"정말 죄송합니다."

하스노는 진지하게 사과했다.

"미야오 군은 고도 박사님의 여동생이자 우쓰기 씨의 부인인 시즈코 씨와 불륜관계였습니다. 따라서 현재는 우쓰기 씨가 그 사건의 가장 유력한 용의자인 것 같더군요. 누구나 그렇게 의심할 법하지만, 반대 의견을 가지신 분도 계십니다. 우쓰기 씨가 저질렀다기에는 너무 노골적인 범죄 아니냐고요."

"네, 맞아요."

미나카미 부인이 보증한다는 듯 그렇게 말하자 우쓰기 씨는 의외라는 표정을 지었다. 부인은 고개를 살짝 끄덕였다.

"물론 그런 인상을 일일이 진지하게 검토했다가는 한도 끝도 없겠죠. 하지만 얼마 전에 고도 박사님이 살해당한 사건이 해결되지도 않았는데, 자택 부근에서 간통남을 때려죽이는 건 너무 어리석은 짓입니다.

덧붙여 흉기가 문진이었습니다. 길바닥에 있는 물건도, 평소 가지고 다니는 물건도 아니니까 범인은 미야오 군을 죽이기 위해 문진을 가지고 온 거겠죠? 충동적인 범행이 아니라는 뜻입니다. 한편 미야오 군이 살해당한 시각에는 아직 지나다니는 사람도 있었고, 시체도 금방 발견됐으니 범인은 꽤 위험한 다리를 건넌 셈입니다. 그저 원한이 있어서 죽였다기보다 죽여야 할 만큼 절박한 사정이 있었다고 봐야겠죠."

하스노는 우쓰기 씨에게 향했던 시선을 이쿠시마 씨에게 되돌렸다.

"그럼 미야오 군을 서둘러 죽여야 할 만큼 절박한 사정이 있는 사람은 누구였을까요? 이와 관련해 우쓰기 씨의 부인이 중요한 증언을 하셨습니다."

무라야마 고도 박사가 살해되고 닷새가 지난 밤, 미야오가 몰래 시즈코를 찾아갔을 때다.

시즈코의 말에 따르면 미야오는 고도 박사가 살해당한 당일 밤, 밀회하러 무코지마에 있는 대합찻집에 올 때 누군가에게 목격당한 것 같다고 걱정했다고 한다.

"그게 누구였는지 부인은 못 들었습니다. 미야오 군이 말하려 했을 때 갑자기 인기척이 느껴져서 두 사람의 비밀 대화를 엿듣는 사람이 있다는 걸 알아차렸거든요.

이 또한 석연치 않습니다. 인기척을 낸 사람이 우쓰기 씨였다면 이왕 엿듣는 김에 목격자가 누구였는지 꼭 알고 싶지 않겠습니까? 누구인지 알면 증언을 부탁해서 밀통의 증거로 삼을 수 있을지도 모르니까요. 실수로 거기서 소리를 낸 거라면 운이 없어도 너무 없는 거죠."

"맞는 말입니다."

미야오의 이름이 나온 후로 우쓰기 씨는 이야기에 더 열심히 귀를 기울였다.

"그렇게 보면 이야기를 엿들은 그자에게는 그쯤에서 이야기를 방해해야 할 사정이 있었던 것 아닐까 싶습니다. 미야오 군이 누구를 봤는지 아무도 몰랐으면 했던 것 아닐까요? 더 나아가 그자는 자기가 목격됐다는 사실 자체를 은폐하기 위해 미야오 군을 죽인 것 아닐까요?

미야오 군이 죽었으니 그자가 누구였는지는 알 수 없습니다. 하지만, 이구치 군."

"어, 응."

드디어 내가 나설 차례다. 나는 스케치북에서 찢어낸 종이 한 장을 가방에서 꺼내 모두의 눈앞, 특히 이쿠시마 씨의 정면에 들이댔다.

모두 숨을 삼켰다. 우쓰기 씨는 무심코 실소를 흘릴 뻔했다. 미나카미 부인은 잘 그리셨네요, 하고 중얼거렸다.

이쿠시마 씨의 초상화였다. 하스노가 습격당한 다음 날, 그가 그려달라고 부탁한 것이다. 나는 중절모와 색안경으로 변장하고 히나세 제분의 사옥 앞을 감시했다. 이쿠시마 씨가 점심때 근처 양식집에 들어가자, 쫓아가서 세 자리쯤 떨어진 탁자에 앉아 차림표로 손을 가리고 초상화를 완성했다.

"이구치 군에게 이 초상화를 가지고 무코지마의 환락가를 돌아다니라고 했습니다. 무라야마 고도 박사님이 살해당한 밤에 이렇게 생긴 손님이 오지 않았느냐, 겉치레만 번지르르할 뿐 실은 돈이 없어 보이는 손님이다, 라는 식으로 탐문을 벌인 거죠. 그 결과 4월 24일 밤에 이렇게 생긴 손님이 <아유미>라는 대합찻집에서 밤새워 놀았다는 사실을 알아냈습니다."

"아, 아유미."

이쿠시마 씨가 드디어 말을 꺼냈다. 어린아이가 자신이 아는 말을 그저 되풀이하는 듯한 목소리였다.

"그렇습니다. 어딘지 아시죠? 자, 이쿠시마 씨는 사건이 발생한 밤에 밤새 유흥을 즐기셨습니다. 이 사실이 경찰에 알려지면 정말 난감해요. 밤새 대합찻집에 있었다면 고도 박사님을 살해할 시간은 전혀 없었던 셈이니까요. 알리바이가 성립되는 겁니다."

"그, 그런가. 하스노 씨, 미야오 군이 우리 집에 왔었다는 밤에 시즈코와 미야오 군의 대화를 엿들은 건 물론 내가 아닙니다. 나는 그럴 경황이 없었어요……, 그것도 이쿠시마 씨였다는 거죠?"

"그렇습니다, 우쓰기 씨. 미야오 군이 사건 당일 밤에 혹시 이쿠시마 씨에게 목격당한 것 아닐까 걱정했다면, 그 반대도 성립하겠죠. 이쿠시마 씨도 미야오 군에게 목격당한 것 아닐까 걱정했습니다. 그래서 미야오 군의 동태를 쭉 감시하셨죠?"

"이쿠시마 씨, 그렇습니까?"

너무나 순수한 우쓰기 씨의 그 질문에는 아무 대답도 돌아오지 않았다. 이쿠시마 씨는 우쓰기 씨를 똑바로 쳐다볼 수 없는 듯했다. 하스노는 무시하고 말을 이었다.

"이쿠시마 씨는 미야오 군과 시즈코 씨가 어떤 관계인지 알고 계셨죠? 원래부터 근처에 소문이 났을 정도니까요. 아니면 예전에 두 사람이 만나는 모습을 보신 적이 있으십니까? 어쨌거나 고도 박사님 살해사건의 범인이 되기로 결심한 이쿠시마 씨는 두 사람이 밀회할까 봐 걱정됐습니다.

만약 미야오 군이 이쿠시마 씨를 목격했다는 사실을 털어놓는 다면, 그 대상은 시즈코 씨밖에 없을 테니까요. 그래서 심야에 두 사람의 대화를 엿듣다가 역시 미야오 군에게 목격당한 듯하다는 사실을 알아냈죠.

범인이 되고 싶은 이쿠시마 씨 입장에서는 난처하기 짝이 없는 일입니다. 미야오 군이 언제 그 사실을 털어놓을지 모르니까요."

"그, 그럼, 그렇다면 **이쿠시마 씨가 자신의 알리바이를 없애기 위해 미야오 군을 살해했다**는 겁니까!"

우쓰기 씨가 진상을 외치자, 웅크린 자세로 고개를 푹 숙이고 있던 이쿠시마 씨가 몸을 움찔했다.

"그렇습니다. 모든 것이 미야오 군의 증언에 달려 있었으니까요. 미야오 군이 만약 무코지마에서 이쿠시마 씨를 봤다고 경찰에 말하면, 당연히 경찰은 주변에서 탐문을 벌일 겁니다. 아유미에 비슷한 남자가 있었다는 사실이 밝혀지면 대질해서 확인할 테고, 이쿠시마 씨는 대번에 범인 자격을 잃겠죠."

하지만 미야오만 처리하면 만사가 해결된다. 이쿠시마 씨는 대합찻집에 드나든다는 사실을 숨기고 있었으므로 물론 거기서 본명은 사용하지 않았다. 또한 주장하지도 않은 알리바이를 경찰이 조사할 리 없다. 따라서 미야오만 사라지면 그날 밤 대합찻집에 있었다는 사실이 드러날 걱정은 없다.

"즈, 증거는."

이쿠시마 씨는 머뭇머뭇 고개를 들고 시라키 씨와 똑같은 소리를 했다.

"그러니까, 이 자리에서 제가 그걸 증명해봤자 아무 의미도 없습니다. 그건 법원에서 할 일이고, 증거 수집은 경찰에 맡겨야겠죠. 그나저나 괜히 걱정이 되네요. 이쿠시마 씨, 미야오 군의 시체에서 시계를 가져가셨죠? 그건 처분하셨습니까? 돈이 없으신 모양이니까요. 일본에서 팔았다간 꼬리가 잡힐 수도 있으니 국외로 도주한 후 팔 생각으로 가지고 계신 것 아니에요?"

이쿠시마는 다시 몸을 움찔했다. 나는 어쩌면 그가 증거를 처분하기 위해 식당을 뛰쳐나가는 것 아닐까 싶어 대비했지만, 이쿠시마 씨는 그저 고개만 푹 떨구었다. 살인을 저질렀다는 사실이 폭로된 것보다, 빚에서 달아날 수 없다는 것이 더 큰 충격으로 다가왔는지도 모르겠다.

2주쯤 전에 하스노의 집에서 나누었던 이야기가 떠올랐다. 가지타로 박사는 집행인을 선정하기 위해 사상은 둘째치고, 인간을 죽인다는 극단적인 목표를 달성할 수 있을 만한 사람들을 모았다. 그것이 올바른 판단이라고 친다면 가지타로 박사의 안목은 아주 뛰어났던 셈이다. 어디까지나 자신의 의지로, 가지타로 박사가 모은 네 명 중 어떤 자는 그 목표에 한없이 근접했고 어떤 자는 그 목표에 도달했다.

하스노는 한 발짝 물러나서 다시 사람들을 둘러보았다.

"이것으로 제 용건은 일단 끝났습니다만, 우쓰기 씨?"

"응? 뭡니까?"

"우쓰기 씨의 의향을 여쭙는 게 도리일 듯해서요. 제가 이야기를 더 해야 할까요?"

"듣고 싶군요. 이야기해주십시오. 아니……, 지금 좀 혼란스러운데."

우쓰기 씨는 눈구석을 문질렀다.

"하스노 씨, 당신에게는 많은 폐를 끼쳤습니다. 그리고 거기, 이구치 씨의 조카랬나요? 무사해서 다행입니다. 그리고 미야오 군은 제 탓에 죽었어요. 이걸 어떻게 받아들여야 할지……."

그러고 나서 우쓰기 씨는 허탈한 표정으로 앉아 있는 시라키 씨와 이쿠시마 씨를 바라보았다.

"내가 방아쇠를 당긴 거군요. 내가 저지른 일이 모든 일의 원인을 만들었어요.

우스꽝스럽고 비참하군요. 하스노 씨. 난 딱히 도망쳐 숨을 생각은 없지만 어떻게 하면 좋을지 모르겠습니다. 당신은 어디까지 알고 있습니까? 말해봐요."

"제가 이러쿵저러쿵 추측을 늘어놓아 봤자 비효율적인 데다 우쓰기 씨께도 실례입니다. 직접 말씀하시는 게 어떨까요?"

그건 당신 생각보다 꽤 괴로운 일입니다, 하고 우쓰기 씨는 말했다.

"아니, 당신 입장에서 보면 그렇지도 않은가. 당신은 재판 때도 아주 당당했다고 들었습니다. 하지만 나로서는 당신이 이야기해주는 편이 좋을 것 같군요."

"……알겠습니다. 말씀대로 하겠습니다."

나는 약간 우둔하게 느껴지는 우쓰기 씨의 명랑한 성격이 결코 타고난 것이 아니었음을 드디어 깨달았다. 그 성격은 분명 그가 임시로 갖춰야 했던 것이었다. 우쓰기 씨가 맛보고 있는 괴로움이 그 성격을 뚫고 서서히 겉으로 드러나고 있었다.

우쓰기 씨는 분명 미로 속에 멈춰 선 채 하스노가 막다른 길을 가려서 진짜 통로를 보여주기를 기대하고 있다. 그러면 그의 은신처와 도주로가 막히는 것조차 아랑곳하지 않고.

나도 미나카미 부인도 여기서부터는 아직 못 들었다. 하스노는 목발을 고쳐 잡았다.

"아직 무라야마 고도 박사님을 살해한 진범에 관해 말씀드리지 않았죠. 이 사건은 당초 무정부주의 비밀 결사인 교수상회의 소행으로 추정됐고, 그 때문에 범인 자격을 두고 쟁탈전이 벌어졌습니다만 실은 어땠을까요? 저는 그렇지 않다고 생각합니다."

우쓰기 씨는 네, 하고 작게 동의했다.

"가지타로 박사님은 심부전으로 돌아가셨습니다. 갑작스러운 사태였죠? 정리되지 않고 남겨진 서재만 보더라도 고도 박사님을 감시하는 일은 인수인계가 제때 이루어지지 않은 것으로 추정됩니다. 교수상회의 집행인은 없었던 거예요."

"어? 그랬어?"

사건이 교수상회와 무관할 가능성은 원래 내가 언급했지만, 여러 가지 수수께끼가 정리되는 동안 그 사실을 까맣게 잊어버리고 있었다.

"응. 비밀 결사 사람에게 당한 것치고는 고도 박사님의 시체가 묘한 상태였던 모양이니까.

시체는 왜 무라야마 저택의 정원에 버려졌는가. 그리고 왜 흉기는 5킬로미터나 떨어진 아즈마바시 다리에 투기됐는가. 그 때문에 결과적으로 이쿠시마 씨가 의심을 받게 됐습니다만, 설마 사전에 계획한 일이었을 것 같지는 않군요. 이쿠시마 씨, 왜 거기 계셨습니까? 댁에 돌아가는 길이었습니까? 술이 깨도록 바람을 쐬러 가신 걸까요?"

이쿠시마는 대답하지 않았다. 그야 뭐, 밤새 산책하는 것이라고 둘러댔으니 적당한 시기에 귀가해야 했을지도 모른다.

"이구치 군의 말을 빌리자면 그건 무정부주의자답지 않은 방식입니다. 저도 동감이고요. 교수상회의 소행이라면 시체 처리에 좀 더 힘썼겠죠.

수수께끼는 또 있습니다. 왜 바클리 앞으로 쓴 편지가 한 장만 고도 박사님의 가방에 남아 있었는가. 제 생각에 이러한 의문들을 해소하려면 **우쓰기 씨가 메이지 5년에 아리노 마을에서 무라야마 고도 박사님과 함께 홍수 속에서 살아남았던 또 하나의 아기였다**고 보는 수밖에 없을 것 같습니다만."

"뭐?"

하스노의 이야기가 갑자기 붕 튀었다. 내가 지바에서 듣고 왔지만, 사건과는 관계없을 것이라 여겼던 이야기였다.

하지만 우쓰기 씨는 잠자코 고개를 끄덕였다.

"그게 무슨 소리야?"

"그래야 앞뒤가 맞아. 왜, 미네코 씨가 연구소에서 채혈했을 때 누군가가 다른 누군가에게 부탁이니까 뭔가 알려달라고 애원하는 소리를 들었다고 했잖아. 그 사람은 우쓰기 씨셨죠?"

우쓰기 씨는 놀란 표정으로 생각에 잠겼다.

"······꽤 오래전 일입니까?"

"벌써 3년이나 지났죠."

"아아······, 맞아요. 8월이었나? 담판하러 갔습니다. 그건 나였습니다."

"그랬군요. 무라야마 고도 박사님은 결코 알려주지 않았습니다. 이구치 군, 고도 박사가 계속 숨겨왔던 어떤 사실 때문에 우쓰기 씨는 그를 죽여야 했던 거야."

나는 여전히 알 수가 없었다.

"어떤 사실이라니?"

"흠. 사건에 대한 이야기부터 해야 자네도 감이 오겠군.

시체와 흉기가 어디서 어떤 상태로 발견됐는지 떠올려 봐. 일단 피투성이 시체가 무라야마 저택에서 발견됐지. 어딘가에 숨겨두면 될 텐데 일부러 쉽게 발견될 만한 곳으로 옮긴 거야. 그리고 흉기가 현장에서 5킬로미터나 떨어진 곳에 떨어져 있었지. 뭣 때문에 그렇게 멀리까지 옮긴 걸까. 이쿠시마 씨에게 죄를 덮어씌우려한 것처럼 보이기도 하지만, 사전에 계획하기는 불가능해.

그럼 뭣 때문일까? 그런 짓을 할 이유가 딱 하나 떠오르더군. 흉기가 그렇게 멀리서 발견된다면, 경찰은 그것이 진짜로 범죄에 관련된 물건인지 확인해야겠지? 그래서 고도 박사의 최신 연구를 활용해 혈액형을 감정했어. 감정 결과, 흉기에 묻은 피와 시체의 피가 같은 혈액형이었기에 살인에 사용된 흉기라고 판단한 거야. 혈액형은 총 네 종류인데, 일본인 중에 O형은 3할 정도라는군."

그렇다면 감정을 통해 신빙성이 대폭 상승한 셈이다. 재판에서는 어떻게 취급할지 모르지만 같은 날 밤에 5킬로미터나 떨어진 곳에서 혈액형이 같은 사람이 또 살해될 확률은 낮을 테니, 감정

결과에 따라 고도 박사를 살해한 흉기로 보고서 수사 방침을 정했을 것이라고 하스노는 말했다.

"시체 바로 옆에 칼이 떨어져 있었다면 굳이 혈액형을 조사하지는 않을지도 모르지. 그래서 흉기가 되도록 먼 곳에서 발견돼야 했던 거야. 그게 목적이었어. 고도 박사는 **혈액형을 밝혀내기 위해 살해당한 거야**. 고도 박사는 자신의 혈액형을 절대로 우쓰기 씨에게 알려주려 하지 않았지. 하지만 우쓰기 씨는 그걸 도저히 참을 수가 없었어."

"……왜?"

"고도 박사는 혈액형을 연구했어. 유전에 관련된 연구도 포함돼 있었다는군. 예를 들면 부모와 자식 사이의 혈연관계 등을 감정할 수 있는 연구지.

여기서 또 하나 중요한 것이 고도 박사의 여동생이자 우쓰기 씨의 부인인 시즈코 씨야.

아까 내가 한 말을 이해하겠어? 고도 박사가 어릴 적에 맡겨졌던 마을에 홍수가 났어. 그때 목숨을 건진 또 하나의 아기가 우쓰기 씨고. 그 후 두 사람은 마을에서 어떻게 됐을까? 분명 아기를 돌봐주던 사람들은 전부 죽어버렸을 거야."

"아, 아아!"

나는 드디어 이해했다.

시게의 이야기가 떠올랐다. 홍수가 물러간 후에는 어떤 혼란이 벌어져도 이상할 것 없었다. 살아남은 마을 사람들이 두 아기의 신원을 착각한들 누가 정정해주겠는가.

"그래, 두 사람은 뒤바뀌었을지도 몰라. 그리고 그대로 자랐지. 훗날 우쓰기 씨가 결혼한 사람이……."

미나카미 부인도 하스노의 말이 무슨 뜻인지 깨달았다.

"우쓰기 씨는 고도 박사의 여동생과 결혼했죠. **자신의 친동생일 지도 모르는 사람과.**"

4

"나는 고도 군과 지바의 신사에서 처음 만났습니다."

우쓰기 씨는 사실이 밝혀진 후 찾아온 침묵을 스스로 메워야 한다고 생각했는지, 자명금[1]의 태엽이 풀리듯 조금씩 천천히 말을 꺼내놓았다.

"홍수에서 살아남아 가족의 품으로 돌아간 후에는 마을에 거의 가지 않았지만, 부모님이 그 마을 신사에 참배를 하라고 해서 열다섯 살 때 갔습니다. 그때 경내에서 우연히 고도 군과 마주쳤고요.

고도 군은 마을을 떠난 후에도 자신을 맡아준 작은할아버지네와 왕래했으므로, 신사에도 자주 참배를 하러 왔죠. 우리는 둘 다 옛날에 아리노 마을에서 홍수 때문에 죽을 뻔한 적이 있다는 걸 알고 친해졌습니다. 설마 당시 혼란스러운 상황 속에서 서로 뒤바뀌었을지도 모른다는 생각은 꿈에도 해보지 않았죠. 부모님은 그저

---

1   태엽을 이용하여 저절로 소리가 나게 만든 악기.

홍수가 났지만 부적 덕분에 내가 살았다는 이야기를 마을 사람에게 들었을 뿐이에요. 나도 그 이상은 전혀 몰랐고요.

고도 군도 홍수가 났을 때 피신했던 촌장 집에 아기가 한 명 더 있었다는 사실까지는 누구에게도 못 들었을 겁니다. 무엇보다 나는 우쓰기 히데오로 키워졌고, 그는 무라야마 고도로 키워졌어요. 새삼스레 그 사실을 의심하기는 어렵습니다."

그대로 도쿄에서 고등학교에 진학한 후로도 친분을 이어나갔다고 한다.

우쓰기 씨는 스물네 살 때 결혼했지만, 아이 없이 아내와 사별했다.

"그리고 내가 서른일곱 살 때 시즈코와 재혼했죠. 고도 군보다 스무 살 가까이 어린 여동생하고요. 어쩐지 마음이 잘 통하는 것 같은 느낌이었습니다. 무슨 계기로 고도 군과 안면을 텄는지조차 거의 잊어버렸을 무렵이었죠."

"어릴 적에 고도 박사님과 서로 뒤바뀌었을지도 모른다는 사실은 언제 알아차리셨습니까?"

하스노가 물었다.

"결혼하고 2년은 지난 후에요. 시즈코의 이야기를 듣고 짐작이 갔죠. 이미 아이도 낳았는데⋯⋯."

연주가 중단될까 두려워하는 연주자처럼, 우쓰기 씨는 결국 스스로 전부 다 말하지 않고서는 견딜 수 없는 듯했다.

"10년쯤 전에 독일에서 혈액형은 유전된다는 가설이 발표됐습니다. 고도 군은 그 논문을 읽고 국내에서 연구에 착수했죠. 당연히 자신의 가족도 실험 대상으로 삼아 혈액형을 전부 조사했습니다.

그런데⋯⋯, 데이코쿠 대학 연구소에서 돌아온 시즈코 말로는 오빠의 낌새가 이상했다는 겁니다. 아버지가 A형, 어머니가 AB형, 시즈코가 A형이라고 알려줬는데, 자기 혈액형은 절대로 말해주지 않는다면서요. 나중에 고도 군을 만나 물어보니 동요하는 기색이 역력하더군요."

"그럼 그때 서로 뒤바뀌었을 가능성을 떠올리신 겁니까?"

내 말에 우쓰기 씨는 고개를 끄덕였다.

"그야, 뭔가 찜찜한 점이 있으니 말하지 않는 거겠죠? 자기 혈통에 의문이 생긴 게 분명했습니다. 나는 고도 군을 잘 알아요. 성장한 후에 남과 뒤바뀌는, 말도 안 되는 일이 생겼을 리 없습니다. 무슨 일이 생겼다면 아기 때겠죠. 어쩌면 나도 관계가 있을지도 모른다는 생각에 아리노 마을에 가서 홍수가 났을 당시의 상황을 자세하게 조사했죠. 그때까지만 해도 당시를 잘 아는 사람이 살아 있었으니까요. 그 결과, 고도 군과 함께 살아남은 아기가 나였다는 게 확실해졌습니다. 시게라는 사람에게도 이야기를 들었고, 부적의 내력도 알아냈죠."

"저어, 그리고 보니 제가 이야기를 들으러 갔을 때, 시게 씨는 전에도 누가 그걸 물어본 것 같다고 말씀하셨습니다."

"그건 나입니다. 고도 군도 가서 물어봤을 가능성이 있겠지만⋯⋯, 나는 신원을 숨겼어요. 이름을 대지 않았죠. 경계할 수도 있을 것 같아서요.

마을에서는 살아남은 두 아기 중 누가 누구인지를 아주 대충 판정했습니다. 아기를 직접 맡아서 돌본 사람은 죽었고, 남자들은 아기를 돌본 적이 없었거든요. 아마도 이쪽이 우쓰기일 거라고 누군가 불확실한 짐작을 꺼내놓자 두세 명이 동의했어요. 그렇게 결정되고 만 겁니다.

시골 마을이다 보니, 어느 쪽이라도 별 차이 없다고 생각한 거겠죠. 설마 수십 년 후에 부모 자식의 혈통을 과학적으로 감정할 수 있는 시대가 올 줄은 아무도 몰랐을 겁니다. 만약 뒤바뀌었다면 아기 때 나와 고도 군이 뒤바뀐 게 확실했어요······."

우쓰기 씨는 우리의 이해를 촉구하듯 핵심에 가까워질수록 말이 빨라졌다.

"나는 친동생을 범했을 수도 있다는 가능성 때문에 내내 두려워하며 지내왔습니다. 사실이 아니라 가능성이었죠. 무엇 하나 확실한 게 없었습니다. 어쩌면 좋을지 모르겠더군요. 품어야 할 각오고, 치러야 할 죗값이고 확실하지 않았어요. 아무것도 모르는 시즈코에게 나는 아무 말도 할 수가 없었습니다.

네, 미야오와 시즈코가 나를 뭐라고 부르며 비웃었을지 상상이 가는군요. 시즈코는 지금도 나를 그저 어리석은 남편이라고 생각하겠죠. 내가 모를 리 있겠습니까? 하지만 거기에 신경 쓸 형편이 아니었어요! 그런 걸 걱정할 상황이 아니었단 말입니다."

"알다마다요. 우쓰기 씨는 아주 총명하신 분이에요. 전혀 어리석지 않아요."

미나카미 부인은 물보라처럼 허공으로 덧없이 사라져가는 우쓰기 씨의 독백을 듣고 명쾌한 목소리로 그렇게 타일렀다.

의자에 앉아 있던 우쓰기 씨의 자세가 흐트러졌다. 범인이라는 사실을 지적당하면서도 유지했던, 그의 지위에 어울리는 예절은 점점 자취를 감추었다. 우쓰기 씨는 감정을 억누르지 못해 일그러진 얼굴로 부인을 보았다.

"네, 맞습니다. 나는 아무렇지도 않은 척하며 지내야 했어요. 줄곧……, 네, 나는 아무렇지도 않아야 합니다."

우쓰기 씨는 고개를 숙이고 개처럼 숨을 내뱉었다.

"……고도 군은 절대로 가르쳐주지 않았습니다. 그대로 무덤까지 가지고 가서 유야무야 덮어버릴 작정이었겠죠. 그게 제일 무난하고 행복한 길이라는 생각으로요.

물론 가르쳐주지 않는 이상, 우리가 서로 뒤바뀐 게 뻔합니다. 그래서 숨겨야 했던 거고요. 아니라면 그냥 가르쳐줄 테니까요. 하지만 어쩌면 고도 군이 일부러 나를 못살게 구는 건지도 모른다는 생각도 들었죠. 그렇게도 보였어요. 실은 우리가 서로 뒤바뀌지 않았고, 내게는 아무 책임도 없을지 모른다고…….

시즈코가 내 험담을 했고 고도 군이 그런 동생을 편들어주느라 나를 고생시키는 건지도 모른다는 생각에 매달린 겁니다."

데이코쿠 대학의 법의학 연구소에는 고도 박사가 남에게 수혈해 주기 싫어서 혈액형을 가르쳐주지 않는 것이라고 짐작한 사람도 있다고 한다. 분명 냉혹해 보이는 사람이기는 했으리라.

"시즈코는 저를 노골적으로 경멸하게 됐죠. 그리고 대담하게……. 하지만 이미 세이타가 있었습니다. 아무리 부모가 못됐고, 음란하고, 우울해도 아이는 자라는 법입니다.

세이타는 곧 열한 살이 돼요. 저는 더 이상 견딜 수 없었습니다. 결판을 낼 수밖에 없다고, 고도 군의 혈액형을 알아내기 위해서는 그 방법밖에 없다고……."

"결심하신 거군요. 고도 박사를 살해할 수밖에 없다고 마음을 굳히셨어요."

미나카미 부인의 말에 우쓰기 씨는 후우우, 하고 한숨으로 답했다.

우쓰기 씨는 온종일 굶주린 채 바다에서 햇볕에 시달린 사람처럼 초췌해졌다. 하스노는 그가 차분해지기를 기다렸다가 질문을 던졌다.

"무라야마 고도 박사님은 원래 교수상회의 관계자였다고 합니다. 그런데 교수상회를 배신하고 고발을 결심한 이유를 아십니까?"

하스노는 우쓰기 씨의 고백을 듣고도 덤덤한 태도를 유지했다. 그는 우쓰기 씨가 얽힌 사건의 모든 것을 정돈해서 눈앞에 늘어놓으려 할 뿐이었다. 그리고 거기에 본인의 자의는 먼지 한 톨만큼도 섞으려 하지 않았다.

"나는 잘 모릅니다. 하지만 우리 일과 관계가 있으려나. 고도 군도 마냥 속이 편했을 리는 없으니까, 이럴 때가 아니라는 생각에 마음이 떠났을지도 몰라요.

분명 고도 군이 품고 있던 순수한 원리주의가 흔들린 거겠죠. 추악한 현실이 추상적인 이상을 짓누르고 고개를 쳐든 거예요. 고도 군도 불확실한 현실이 두려웠던 겁니다. 그래서 고도 군은 필사적으로 혈액형과 혈통 관련 연구에 매달렸어요. 진실을 숨겨놓으려면 어떻게 해야 하는지 알아내기 위해 매진한 결과, 그의 연구는 최첨단에 도달한 거겠죠."

"그렇군요."

"그러다 고도 군이 특고과 사람과 만나려 한다는 이야기를 듣고, 마침내 교수상회를 고발할 작정이라는 걸 눈치챘습니다. 서둘러야 했어요. 고발하면 분명 교수상회에서 고도 군의 목숨을 노리겠죠. 교수상회가 먼저 고도 군을 살해하면, 우리가 서로 뒤바뀐 게 맞는지 알아낼 기회는 영원히 사라집니다. 그래서 그 전에 실행해야 한다는 생각에……."

사건이 고도 박사의 고발과 겹친 이유는 이것이었다. 그래서 특고과 사람과 만나기 직전에 고도 박사는 살해당한 것이다.

"그날 밤, 나는 집에서 창문으로 밖을 내다보며 고도 군이 연구소에서 돌아오기를 기다렸습니다. 시즈코는 친구 집에 간다고 나갔죠. 딱 좋은 상황이었습니다.

자정이 지나 고도 군의 모습이 보이자 길로 나가서 불러 세웠습니다. 세이타가 아픈 것 같으니 좀 봐달라고 했죠. 고도 군은 의심하지 않더군요. 한동안 다그치거나 닦달하지 않고 내버려둬서 방심한 거겠죠. 정원을 걸어갈 때 뒤에서 입을 막고, ……푹푹 찔렀습니다. 시체를 숨길 수는 없었습니다. 혈액형을 알기 위해 저지른 짓이니까요. 얼른 발견돼서 경찰이 감정에 나서야 했어요."

그래서 무라야마 저택에 유기한 것이다.

"그렇다고 길바닥에 내버려둬서는 안 되겠죠. 아즈마바시 다리에 흉기를 버리고, 정원의 핏자국을 청소하는 등 뒤처리를 해야 했으니까요. 뒤처리가 끝나기 전에 시체가 발견되면 곤란합니다.

그런 점에서는 이 댁 정원이 안성맞춤이었습니다. 나는 이 댁 사람들의 습관을 잘 알거든요. 도시코 씨는 밤에 절대로 외출하지 않죠. 하녀도 마찬가지고요. 미야오 군이 몰래 밖에 나갔다 올 때는 후문을 사용합니다. 정원은 지나가지 않아요."

미야오와 아내의 불륜 사실을 내내 알고 있었다는 것을 우쓰기 씨는 그 말로 한 번 더 증명했다.

우쓰기 저택은 무라야마 저택과 반 정 남짓 떨어져 있다. 우쓰기 씨는 시체를 거적으로 감싸서 일륜차로 옮겼다. 깊은 밤이라 남의 눈에 띄지 않고 재빨리 해치울 수 있었다.

"혹시 도시코 씨가 의심받지는 않을까 불안해서 일부러 철문에 피를 칠해두었습니다. 외부인의 소행으로 위장하고 싶었죠. 정원을 그렇게 만들어서 미안하지만……."

"그런 걸로 일일이 사과했다가는 한도 끝도 없어요."

미나카미 부인은 엄격한 목소리로 말했다. 그 말이 맞다며 우쓰기 씨는 고개를 떨구었다.

"그리고, ……한 가지 더 있습니다. 이쿠시마 씨."

"……뭐가?"

탁자에 고개를 숙이고 있던 이쿠시마 씨가 쭈그러든 무화과처럼 추하게 일그러진 얼굴을 들었다.

"내가 이쿠시마 씨 댁 정원에서 양철 깡통을 훔친 것 말입니다. 물론 이쿠시마 씨에게 죄를 덮어씌울 생각은 아니었어요. 이쿠시마 씨가 아즈마바시 다리에서 목격되리라는 걸 내가 어떻게 알겠습니까, 그렇죠? 그날은 날씨가 안 좋았어요. 비가 내려도 다리에 놔둔 칼의 피가 씻겨 나가지 않게 담아둘 물건이 필요해서, 준비하기는 했지만……."

물이 스며들어서는 안 된다. 그리고 강에 투기해도 부자연스럽지 않은 물건이어야 한다. 발견돼서 조사받을 테니, 집에 있는 물건을 적당히 썼다가는 나중에 아내 시즈코에게 들킬 수도 있다.

우쓰기 씨는 고도 박사가 히라노 씨에게 상담하려 한다는 걸 범행 이틀 전인 금요일 밤에 알았다. 계획을 세울 시간이 많지는 않았다. 우쓰기 씨는 흔해 빠진 작은 나무 상자를 구입했지만, 일용품 가게 사람이 얼굴을 기억하지는 않았을까 불안했다.

"그런데 그 깡통을 쓰면 딱 좋을 것 같더군요. 어디에나 있을 법한 물건이니 출처가 특정되지도 않을 테고요.

하지만 깡통에서 이쿠시마 씨의 지문이 발견됐다는 소식을 듣고 아차 싶었죠. 실수로 완전히 닦아내지 못한 겁니다. 다만 이쿠시마 씨에게 혐의가 적용될까 봐 걱정되지는 않았습니다. 그날 밤 이쿠시마 씨가 나가는 모습을 봤거든요. 고도 군이 돌아올 때까지 밖을 지켜봤으니까요. 오후 10시쯤에 댁을 나서는 모습이 창문으로 똑똑히 보였습니다.

이쿠시마 씨가 밤 산책을 하러 나간다는 핑계로 부인을 속이고 대합찻집에 드나든다는 건 알고 있었습니다. 여기저기서 돈을 빌리면서까지……

이쿠시마 씨에게는 알리바이가 있었어요. 따라서 경찰이 추궁하면 대합찻집에 있었다는 사실을 자백할 수밖에 없을 테니, 그러길 기다렸죠. 나는 자기 배우자를 기만하는 걸 좋게 생각하지 않습니다."

사죄는 도중에 규탄으로 바뀌었다.

"하지만 아무리 의심을 받아도 이쿠시마 씨는 알리바이를 밝히려 하지 않더군요. 내심 몹시 당황했습니다."

이쿠시마 씨가 앓는 소리를 냈다.

"하스노 씨. 정말로 내가 무라야마 씨 댁의 정원과 아즈마바시 다리에 시체와 흉기를 버렸다는 사실만 가지고 아까 그 추리를 펼친 겁니까?"

"한 가지 더 있습니다. 그, 무라야마 고도 박사님의 가방 속에 한 장만 남아 있던 편지요."

"어? 그걸로?"

나는 이 자리의 분위기에 어울리지 않게 괴상한 목소리로 외쳤다.

바클리 씨 앞으로 쓴 그 편지는 마지막으로 남은 수수께끼였다. 가방 속에는 피 묻은 편지지 한 장만 남아 있었다. 가져가서 차분히 읽으면 될 편지를 왜 그 자리에서 펼쳤을까. 무난한 내용의 편지라 추리에 써먹을 만한 재료는 전혀 없는 것처럼 보였다.

우쓰기 씨의 재촉을 받고 하스노는 나를 향해 설명했다.

"내용은 문제가 아니야. 타자기로 작성한 편지라는 사실이 중요했지. 그렇게까지 확실하다고 할 수는 없겠지만, 혈액형 말고도 아기 때 뒤바뀌었다는 증거가 될 만한 물건이 고도 박사의 소지품 가운데 있었잖아. 자네가 알아보고 온 일인데."

"응? 앗, 부적인가!"

시계의 이야기다. 아키라는 노파는 어린 고도 박사를 안고 있는 작은할머니에게 부적 두 개 중 하나를 고르라고 했다. 작은할머니가 약간 큰 쪽을 골랐다고 시계는 말했다.

"그래. 증언할 수 있는 사람은 시계 씨 한 명뿐이지만, 그 말을 믿는다면 더 큰 부적을 가진 사람이 진짜 무라야마 고도인 셈이야. 아기 때 서로 뒤바뀌었는지 궁금하다면 확인해보고 싶은 사항이겠지. 하지만 우쓰기 씨는 고도 박사님이 부적을 늘 가지고 다니는 줄 모르셨죠?"

"몰랐습니다. 젊은 시절에는 안 그랬으니까……, 분명 내가 의심하기 시작한 후로 생긴 습관이겠죠. 아무 데나 놔두면 내가 몰래 자기 부적과 비교할지도 모른다는 생각에."

하지만 그것과 바클리 씨 앞으로 쓴 편지가 무슨 상관일까?

"우쓰기 씨는 고도 박사를 살해한 후 뜻밖에도 시체의 가슴께에서 피에 젖은 부적을 발견한 거야. 기왕 발견했으니 자기 부적과 크기를 비교하고 싶지만, 고도 박사의 부적을 가져가고 싶지는 않았어.

일단 피가 묻었으니까. 당연히 그런 물건을 품에 넣거나 들고 다니고 싶지는 않을 거야. 그리고 고도 박사가 평소에 부적을 가지고 다닌다는 걸 아는 사람이 있다면, 부적이 분실된 게 문제시되겠지. 만약 부적의 내력을 아는 사람이 발견되면 아리노 마을까지 조사 대상이 될 테니 우쓰기 씨에게 의혹이 미치지 않는다는 보장이 없어. 실제로 우쓰기 씨가 그 마을에 맡겨졌었다는 사실을 기억하는 사람은 없는 듯하지만, 긁어 부스럼을 만들 일은 피하는 게 상책이지."

"음……, 그건 알겠는데, 편지는?"

"그러니까, 부적을 남겨두려면 그 자리에서 크기를 확인해야해. 하지만 크기를 측정할 만한 물건이 없잖아? 부적은 둘 다 고만고만한 크기니까 눈금이 있어야 확실하게 측정할 수 있어. 덧붙여 피가 묻으니까 자기 소지품은 사용하기 싫겠지.

그렇다면 **자의 대용품**으로 사용하기에 타자기로 작성한 편지보다 더 좋은 건 없어. 편지지에 부적을 대고 몇 줄을 차지하는지 헤아려보면 되겠지. 피 묻은 편지지를 굳이 가져갈 필요는 없어. 나머지 편지지 네 장도 줄 간격이 완전히 똑같을 테니까. 그걸 가지고 돌아가면 자기 부적과 비교할 수 있어. 그래서 한복판에 피가 묻은 편지지가 한 장만 가방에 남아 있었던 거야."

"정말 대단하군."

우쓰기 씨가 불쑥 중얼거렸다.

"맞습니다. 자 대신 사용한, 고도 군의 피가 묻은 편지지를 서재로 가져가서 내 부적과 비교해보기는 싫었습니다."

"그래서."

미나카미 부인이 우쓰기 씨에게 물어보지 않고는 넘어갈 수 없는 문제를 똑똑히 물었다.

"그래서 어떻게 됐나요? 우쓰기 씨가 살인까지 저지르면서 알고 싶었던 일의 진상은 뭐죠? ……당신은 누구신가요?"

"고도 군은 O형이었다고 합니다. 모친은 AB형이라고 들었고요.

나는 구라파와 아미리가의 논문을 조사했고, 연구소의 아시하라 군에게도 이야기를 들었습니다. 부모님 중 한 명이 AB형일 때 O형 아이가 태어난 사례는 없어요. 그리고 부적도 내 것이 더 컸습니다. 이제 확실히 말할 수 있습니다. 나는 무라야마 고도입니다. 시즈코는 내 친동생이고요."

모두 알고는 있었다. 번민에 찬 우쓰기 씨의 모습이 이미 말한 것이나 마찬가지였다.

미나카미 부인은 눈을 감고 숨을 푹 내쉬었다. 우쓰기 씨에게 절하듯 고개를 숙일 때 의자에서 덜커덕 소리가 났다. 그 후로는 완전히 조용해졌다.

5

각자 냄새가 다른 네 사람의 감정이 두툼한 구름처럼 식당을 가득 채웠다. 하스노가 그 습한 분위기 때문에 점점 답답해한다는 걸 나 혼자 알아차렸다. 마치 가스 중독 사고가 발생한 것 같은 광경이었다. 시라키 씨와 이쿠시마 씨는 고개를 숙인 채 미동도 없었고, 넋을 놓은 우쓰기 씨는 당장이라도 숨이 끊어질 것 같은 안색이었다. 미나카미 부인만 허리를 꼿꼿이 펴고 있었다.

나는 다친 들새에게 손을 뻗듯 조심조심 말을 꺼냈다.

"우쓰기 씨, 이건 불확실한 사실입니다. 그리고 이제 와서 말해 봤자 별수 없는 일이고요. 그렇지만 모르고 넘어가기를 원하지 않으실 테니 말씀드리겠습니다.

무라야마 고도 박사님은 마쓰바라 신사의 신관과 친했습니다. 몇 달 전에 박사님이 그 신관에게 뭔가 중요한 서류를 맡기셨죠. 그걸 남에게 보여줄지 말지는 신관의 판단에 맡겼다고 합니다. 완전히 제삼자인 저에게는 물론 보여주지 않았지만, 지금 생각하면 박사님은 그 일에 관련된 뭔가를 맡기셨을지도 모르겠네요. 박사님은 교수상회를 고발하면 목숨이 위험하다는 걸 알고 계셨죠? 자신이 사망했을 때에 대비해, 우쓰기 씨 댁에 만약 그 일을 명백하게 밝혀야 할 사태가 발생하면 공표한다고 약속했을지도……."

그것은 고도 박사 역시 단순한 심술 말고, 근심을 품고 있었음을 나타내는 증거일지도 모른다.

오히려 그런 증거가 있어야 마땅했다. 하스노를 보자 고개를 작게 끄덕여 내게 동의를 표했다. 이 사실은 우쓰기 씨에게 여진 같은 충격을 주었다. 더 이상 막다른 곳에 숨어 있을 수 없게 된 우쓰기 씨의 증오는 목적지를 잃은 채 그의 가슴속에서 넘실댈 뿐이었다.

"……하스노 씨, 나는 어떻게 되는 겁니까? 날 어떻게 할 생각이에요?"

"어떻게도 안 합니다. 어떻게 해야 한다면 그건 경찰의 역할이겠죠. 하지만 저나 이구치 군이 뭔가 해주기를 바라신다면 듣겠습니다."

"내가 만약 범인 자격을 사용해 불란서에라도 도망치려고 한다면?"

"글쎄요. 우쓰기 씨가 정말로 그러실 것 같지는 않은데요."

"그래요? 그렇게 생각합니까? 내가 그렇게 보여요? 당신은 가지타로 씨와 비슷하군요. 대체 나에 대해 뭘 안다고 그렇게 말하는 겁니까?"

하스노는 반론하지 않았다.

내가 생각하기에도 우쓰기 씨가 그런 짓을 할 것 같지는 않았다. 그렇게까지 연기하는 의미가 없을 만큼, 우쓰기 씨는 애처롭고 비참해 보였다. 하지만 나는 말했다.

"저, 저는 말릴 겁니다. 이제 와서 그게 해결책이 될 리 없어요. 도망치실 거면 고도 박사님을 죽이지 말고 그냥 진실에서 도망치는 편이 나았겠죠."

"저도 말릴 거예요."

미나카미 부인도 딱 잘라 말하자 우쓰기 씨는 구원을 요청하듯 하스노를 보았다.

하스노에게 뭔가 신탁을 받고 싶은 걸까, 아니면 죄상과 형벌을 선고하길 기다리는 걸까.

"저는 모르겠습니다."

하스노는 거의 협박하는 듯한 어조로 그 말을 우쓰기 씨에게 내던지더니, 이번 사건의 결말에 나타나야 할 광경을 확인하듯 한 번 더 식당을 둘러보았다. 그리고 학이 다리를 접는 것처럼 목발을 내려놓고 의자에 앉았다. 하스노가 탐정의 옷을 벗어 던졌다는 것이 느껴졌다.

하스노는 미나카미 부인에게 시선을 주었다.

이번 비극은 몇몇 한정된 사람들만이 공유하는 이야기였다. 나와 하스노는 물론, 세상을 떠난 무라야마 가지타로 박사도 소유권을 주장할 수는 없을 터였다. 미나카미 부인은 비극으로 빚은 소조에 손을 대서 형태를 가다듬을 자격과 능력을 갖춘 사람이 이 자리에 자신밖에 없다는 것을 알아차린 듯했다. 부인은 자세를 바꿔 우쓰기 씨를 정면으로 바라보고 말했다.

"우쓰기 씨. 저는 당신이 사람의 목숨을 함부로 했다고 규탄할 생각은 없어요. 어리석은 행동을 했다고 책망할 마음도 없고요. 그런 짓은 하고 싶지 않아요.

분명 누군가 규탄하기는 해야겠죠. 하지만 그건 제 역할이 아니에요. 권리를 따지자면 제게 그럴 권리는 없으니까요. 제가 우쓰기 씨를 나무라야 한다면, 그건 우쓰기 씨가 이번 일을 이런 사건으로 끝내기 전에 제게 마음속 번민을 밝히지 않았기 때문이에요. 제게 상담하셨어야 했어요."

"내, 내가 남에게 말할 수 있었을까요? 그것도 도시코 씨 같은 사람에게……."

"말씀하셨어야 했어요. 저 말고 또 누가 있어요? 제가 그 괴로움을 모를 것 같았나요? 진실을 알고 싶어도 알 방도가 없는 괴로움을. 사랑하는 가족이 당장이라도 부서져서 사라져버릴지도 모르는 괴로움을……."

미나카미 부인은 낙숫물 떨어지듯 눈물을 흘리면서도 우쓰기 씨를 똑바로 쳐다보았다.

"당신을 책망하지는 않겠어요. 하지만 당신은 역시 경찰에 자수해서 재판을 통해 심판받아야 해요. 우쓰기 씨가 얼마만이라도 구원받을 길은 그것밖에 없어요."

부인이 이런 말을 꺼낼 줄은 몰랐는지 우쓰기 씨의 입이 떡 벌어졌다.

"겨, 경찰? 경찰이 뭘 해주는데요……."

"어린아이 같은 말씀을 하시는군요. 경찰도, 법원도, 감옥도 우쓰기 씨에게 뭔가 해주는 곳이 아니에요. 그것들은 전부 사회를 위한 존재죠. 당신을 위해 뭔가 해줄 사람이 있다면, 그건 저예요. 저로서는 당신이 더 이상 비겁해져서는 안 된다고 말씀드리고 싶네요."

"비겁?"

느닷없이 날아든 그 말을 우쓰기 씨는 곰곰이 음미했다.

"……나는 비겁한가."

"네, 비겁해요. 아시죠? 우쓰기 씨뿐만이 아니에요. 다들 비겁하고 어리석었어요. 저도 포함해서요. 그저 우연히 범죄를 저지르지 않았기에 경찰이 제게는 상관하지 않는 것뿐이에요.

하지만 당신이나 저나 자기가 비겁하다는 사실을 태연하게 받아들일 수 있는 인간이 아니에요. 우쓰기 씨는 살인이 죄라는 것을 본인 스스로 잘 알고 계시죠."

나는 갑자기 청력이 좋아진 것 같은 신선한 감각을 맛보았다.

미나카미 부인이 꺼낸 이 말은 어젯밤에 하루카와가 하스노에게 요구한 논리와 일치했다. 나는 부인의 다음 말에 귀를 기울였다.

"정합성을 되찾아야 해요. 비겁함을 그대로 놔둬서는 안 되겠죠. 놔뒀다간 괴로움만 더 늘어날 뿐이니까요. 저는 알아요. 우쓰기 씨는 불행한 착오 때문에 한 가지 진실에 사로잡히고 말았어요.

진실은 고통스러운 법이죠. 모든 것이 백일하에 드러날 때까지 그 가치를 평가할 수 없어요. 그게 꼭 필요하다는 확증도 얻을 수 없고요. 진실이란 확신 그 자체니까요. 한번 사로잡히면 진실을 원하는 마음만 계속 부풀어 올라요.

우쓰기 씨는 진실에 미치셨어요. 사람을 죽여놓고 그 죄에서 달아나려 하셨죠. 그대로 놔둬서는 안 돼요. 우쓰기 씨라는 인간에게 타진 곳이 생겼다면 기워야 마땅하겠죠."

"……타진 곳이라."

"그래요. 몸에 맞지 않는 기모노를 입은 거나 마찬가지겠죠? 살면서 활동하다 보면 반드시 어딘가가 타져요. 기워도 기워도 또 다른 곳이 찢어지고요. 그렇다고 찢어진 채로 놔둬도 상관없다고 벋댄다면 볼꼴사납겠죠. 우쓰기 씨는 분명 본인의 죄를, 본인의 힘만으로는 극복할 수 없을 거예요. 아, 그렇지. 우쓰기 씨, 자신의 죄를 남에게 뒤집어씌우는 건 용납할 수 없는 짓임을 알고 계시죠?"

"물론, 알죠. 맞습니다. 그건 절대로 용납할 수 없는 짓이에요."

"하지만 우쓰기 씨는 교수상회라는 조직에 죄를 뒤집어씌울 작정이셨잖아요. 우쓰기 씨는 고도 박사가 소지했던 편지를 가져갔어요. 그럼으로써 경찰이 교수상회를 의심하길 바란 것 아닌가요?"

부인의 말은 하스노가 우쓰기 씨를 추궁했던 말보다 훨씬 엄격했고, 하루카와가 하스노에게 했던 말보다 훨씬 진지했다. 미나카미 부인은 우쓰기 씨에게 강요하는 논리가 자신에게 되돌아올 것을 두려워하지 않았다.

"아닌가요? 그밖에 이유가 있어요? 설령 있더라도 만약 교수상회의 범행이라면 집행인이 절대로 현장에 남겨둘 리 없는 그 증거를 가져가려 했을 때, 본인의 죄가 교수상회의 죄로 바뀔 것을 조금도 기대하지 않았다고 말할 수 있나요?"

우쓰기 씨는 필사적인 표정으로 생각에 잠겼다. 눈앞에 들이댄 선택지를 잘못 선택했을 때, 그가 한번 빠져들었던 고뇌를 다시 맛볼지도 모른다고 미나카미 부인은 무언의 경고를 하고 있었다.

"그래요. 분명 그런 기대를 품었습니다⋯⋯. 내 죄가 나를 떠나 어딘가로 멋대로 날아가 버리길 바랐어요."

"교수상회는 이미 악행을 많이 저질렀으니 죄를 하나쯤 더 짊어져도 괜찮다고 생각했기 때문은 아니겠죠. 교수상회 사람들이 우쓰기 씨와 아무 상관없는 타인이기 때문도 아닐 테고요. 아니, 그러하더라도 교수상회가 개인이었다면 우쓰기 씨는 그런 기대를 품지 않았을 거예요.

우쓰기 씨는 마치 독약을 바다에 버리는 것처럼, 자신의 죄가 교수상회라는 전모를 알 수 없는, 하지만 분명 거대할 권력 속에 추상화되어 녹아들기를 바란 것 아닐까요?

우쓰기 씨는 개인주의자도 무정부주의자도 아니에요. 그저 지금 존재하는 사회 속에서 지금 영유하는 삶을 받아들일 수밖에 없는 한낱 인간에 불과하죠. 이제 와서 경찰의 도움도 없이 어떻게 혼자 힘으로 마무리를 짓겠어요?"

나는 어젯밤에 우리 집에 쳐들어온 하루카와를 붙잡아 눈꺼풀을 크게 벌리고, 지금 식당에서 벌어지고 있는 일을 그 두 눈에 선명하게 새겨주고 싶었다. 그는 대체 뭐라고 변명할까? 권력을 철폐하겠다는 그들이, 비밀 결사의 중핵이었던 가지타로 박사가 지은 저택에서 권력으로 불리는 모순에 직면했다.

우쓰기 씨는 부인의 말을 이해한 건지 못한 건지 탁자에 얹은 자신의 손바닥을 가만히 들여다보았다.

"세이타는 어떻게 되는 겁니까? 녀석은……."

"우쓰기 씨가 붙잡히지 않는다고 해도, 지금 같은 상태로 세이타 군에게 뭘 해줄 수 있을까요?"

"아니, 그게 아닙니다. 녀석은 내 아이일까요? 모르겠어요. 시즈코는 믿을 수 없어요. 시즈코의 정조 관념은……. 나는 어쩌면 좋죠? 내 아이가 아니길 바라야 할까요? 세이타가 근친상간 끝에 태어난 아이가 아니기를……."

미나카미 부인은 크게 한숨을 쉬었다.

"그렇다면 더더욱 경찰에 출두해야죠. 이제 진실이라는 고통에서 해방되는 거예요. 감옥은 그런 것과 완전히 격리된 곳이잖아요. 아닌가요?"

"맞습니다."

하스노가 짤막하게 동의했다.

"우쓰기 씨의 죄가 감옥에 들어가는 것으로 끝날 일인지 아닌지는 모르겠지만요. 하지만 저로서는 그렇게 말씀드릴 수밖에 없겠네요."

"세이타는 어떻게 되는 겁니까?"

우쓰기 씨가 같은 말을 되풀이했다.

"시즈코가 이 일을 알면 어떻게 할까요? 분명 못 견딜 겁니다. 시즈코가 뒷수습을 잘할 리 없어요. 안 그래도 시즈코는 부모 역할을 감당할 만한 사람이 아닌데……."

미나카미 부인은 무서운 표정으로 우쓰기 씨를 노려보며 말했다.

"알았어요. 만약 시즈코 씨가 부모 역할을 감당하지 못한다면, 제가 대신할게요. 제가 책임지고 돌보면 되잖아요. 우쓰기 씨는 전혀 걱정하실 것 없어요."

아이의 마음을 꿰뚫어 보고 응석을 받아주거나, 또는 매정하게 뿌리치는 부모 같은 말이었다. 부인의 입에서 이런 말이 나오는 건 처음이었다. 기억력이 좋은 아이와 약속할 때처럼 진지한 태도였으므로, 분명 우쓰기 씨가 범인임을 알았을 때부터 그러기로 결심했을 것이다.

하지만 우쓰기 씨에게는 미나카미 부인의 그 말이 너무 갑작스럽고 막연하게 느껴진 듯했다.

"그건……, 당치도 않습니다."

"뭐가 당치 않은데요?"

"도시코 씨, 지금 냉정한 것 맞습니까? 그, 자기 아이를 잃어서……."

"대체 무슨 말씀이시죠?"

조용한 분노가 서린 목소리였다.

"저는 냉정해요. 여기 계신 하스노 씨와 이구치 씨처럼 더할 나위 없이 냉정하죠. 제 슬픔과 우쓰기 씨의 슬픔은 별개라서 섞일 수 없어요. 장부 내용을 결산하듯 서로 더하거나 뺄 수 있는 게 아니라고요. 저는 그저 우쓰기 씨와 세이타 군이 저처럼 슬픔을 맛보고 있다는 사실을 알고 있을 뿐이랍니다. ……네, 저는 지금 몹시 슬퍼요. 그뿐이에요."

우쓰기 씨는 멍한 표정으로 아무 대꾸도 하지 않았다. 미나카미 부인은 참을성 있게 말을 이었다.

"어쩔 수 없겠죠. 우쓰기 씨의 아드님은 진실이 어떻든 살아가야 하니까요."

식당 문을 두드리는 소리가 나더니, 대답도 하기 전에 문이 벌컥 열렸다. 누군지는 모르지만 형사였다.

"응?"

그는 죄인들이 모여 있는 줄도 모르고 사람들을 둘러보았다.

"저어, 이 형사님이 시라키 씨께 용건이 있으시다는데요."

뒤따라온 하녀가 당황한 목소리로 말했다.

"응, 맞소. 시라키라는 사람에게 물어봐야 할 게 있는데. 음, 누가 시라키 씨요?"

멈춰 있던 활동사진을 다시 돌리기 시작한 것처럼 소동이 벌어졌다.

시라키 씨가 의자를 넘어뜨리며 벌떡 일어나 등 뒤의 창문으로 돌진했다.

탁자를 사이에 두고 있어서 내게서는 멀었다. 행동에 나선 것은 우쓰기 씨였다. 우쓰기 씨는 피폐해진 정신을 그 자리에 내버려두고 재빨리 뛰어올라, 창틀에 손을 댄 시라키 씨의 목덜미를 꽉 붙잡았다.

"안 됩니다! 그만두십시오. 더 이상 사태를 악화시켜서는 안 됩니다."

시라키 씨는 짐승 같은 괴성을 질렀다. 우쓰기 씨는 팔을 떨면서도 시라키 씨의 목덜미를 붙잡은 손에서 힘을 풀지 않았다.

그리고 그대로 시라키 씨를 탁자까지 끌고 왔다.

엉거주춤한 자세로 도주하는 것이 이득일지 손해일지 가늠하던 이쿠시마 씨는 그 모습을 보고 기세를 잃었는지 기죽은 표정으로 다시 의자에 앉았다. 시라키 씨와 이쿠시마 씨는 죄상이 밝혀져서 망연자실했던 건지, 우쓰기 씨의 이야기에서 귀를 뗄 수 없었던 건지 모르겠지만, 아무튼 형사의 등장으로 정신이 번쩍 난 듯했다.

"뭐, 뭐야?"

"형사님, 분명 시라키 씨의 횡령 문제로 오신 거겠죠. 귀찮으실지도 모르지만 저희 셋을 함께 데려가 주시겠습니까?"

우쓰기 씨는 그렇게 말하고 미나카미 부인을 보았다.

"도시코 씨, 지금은 도시코 씨의 이야기를 곰곰이 생각해볼 여

9 해결

유가 없군요. 하지만 이렇게 된 이상, 도시코 씨의 친절을 받아들이지 않을 수 없겠죠. 받아들인다고 해서 제가 뭘 할 수 있는 건 아니지만……, 어쨌든 도시코 씨 말대로 하겠습니다. 세이타를 잘 부탁합니다."

"네, 알았어요."

"그리고 하스노 씨와 이구치 씨, 폐를 끼쳐서 미안합니다. 아니, 이 말은 아까도 했었나……."

"아니요. 감옥 생활이 쾌적하면 좋겠군요."

하스노는 전혀 비아냥거리는 낌새 없이 그렇게 말했다. 우쓰기 씨는 그러게 말입니다, 하고 희미하게 쓴웃음을 짓더니 그럼 갈까요, 하며 시라키 씨와 이쿠시마 씨를 일으켜 세웠다.

그리고 형사에게 자신이 무라야마 고도 박사를 살해한 범인이라고 자백했다.

종장

우쓰기 씨가 자수하고 사흘 후, 오후에 미나카미 부인이 하스노의 집을 방문했다.

하스노는 몸이 많이 회복돼서 이제 집 안에서 돌아다닐 때는 목발을 짚지 않는다. 앞장서서 미나카미 부인에게 미네코가 복도에 불을 낸 흔적을 보여주었고 홍차도 직접 끓였다. 부인이 처음 방문했을 때와 마찬가지로, 나는 하스노 옆에 있는 동그란 의자에 앉았다.

부인은 일단 루이스라는 사람에게 답례 편지를 쓴 이야기를 했다. 그리고 사흘 전 무라야마 저택에서 진상이 밝혀진 후, 일이 어떻게 진행됐는지 들려주었다.

"신문은 보셨을까요? 확실한 증거가 발견됐다는군요."

시라키 씨가 공금을 횡령한 건으로 하루미 사장님은 바쁘게 움직였다. 그리고 시라키 씨의 자택에서 권총이 압수된 사실과 이쿠시마 씨의 부인이 미야오의 시계를 경찰에 제출한 사실이 오늘 조간신문에 실렸다.

미나카미 부인은 신문에 실린 정보 외에 다른 정보도 특고과의 히라노에게 들어서 이것저것 알고 있었다.

체포된 이쿠시마 씨와 시라키 씨의 진술에 따르면, 두 사람은 양식집 제니에 자신 말고 다른 세 용의자가 방문한 적이 없는지 확인하러 갔었다고 한다. 가지타로 박사의 후임자가 된 진범이 이미 교수상회와 연락을 취했다면 진범 행세를 하기 힘들다. 가지타로 박사의 서재에서 발견된 편지 내용상 아직 연락을 취하지 않았을 가능성이 컸지만, 가능하면 확인해두고 싶었던 것이다.

시라키 씨는 사람을 썼고, 이쿠시마 씨는 변장하고 직접 제니를 방문했다. 다른 용의자의 인상을 설명하고 최근에 이런 손님이 가게에 오지 않았는지, 가게의 누군가에게 용건이 있다고 하지 않았는지, 혹시 하루카와라는 사람을 만나게 해달라고 하지는 않았는지 물어보았다고 한다.

"그리고 시라키 씨가 이구치 씨의 조카와 하스노 씨를 습격했을 때 사용한 자동차는 횡령범 동료에게 빌린 T형 포드였다고 해요. 이제 와서 차종이 뭔지 알아본들 별 소용 없겠지만요."

"아, 그랬군요. 미네 짱에게도 알려주겠습니다."

이야기를 다 마친 후 부인은 하스노에게 제법 두툼한 봉투를 내밀었다.

"사례금을 얼마나 드려야 할지는 모르겠지만."

필요 없습니다, 하고 하스노는 봉투를 거들떠보지도 않고 대답했다.

"정말로 필요 없어요. 그런 일로 돈을 받는 건 도둑보다 악질이죠. 생활에 여유가 없다고 하셨을 텐데요?"

"하스노 씨 정도는 아니에요. 그리고 결국 하스노 씨가 해결해주셨으니까요."

종장

"해결이란 미나카미 씨가 하신 일을 가리키는 거겠죠. 저는 제 형편에 맞춰 사람들을 모아놓고, 적당한 이야기를 늘어놨을 뿐입니다.

자, 이구치 군, 자네가 일당 정도는 받는 게 어때? 이구치 군이 저보다 훨씬 많이 고생했습니다. 저는 댁을 한 번 찾아뵙고 권총으로 습격당한 것 정도지만, 이구치 군은 여기저기 돌아다니며 탐문을 하거나 그리고 싶지도 않은 중년 남자의 초상화를 그렸고, 지바까지 다녀왔으니까요. 어떤가?"

나는 사양했다.

하스노 말처럼 나는 사건 해결을 위해 활동했고 그 활동이 결코 무익하지는 않았겠지만, 사흘 전 아침에 우쓰기 씨가 자수한 후 내 가슴속에 찾아온 건 방관자의 안도감이었다. 나는 그저 나 자신과 가족, 친구가 사건 외부에 있다는 사실을 확실히 하고 싶었을 뿐이었다. 그리고 하스노 사장님의 말씀에 따르면, 미카와 고무 공업의 사장님이 나, 사에코, 오쓰키에게 사례금을 얼마간 줄 모양이었다.

그런가요, 하며 부인은 결국 봉투를 손가방에 넣었다.

미야오가 살해당한 다음 날, 내가 그야말로 방관자로서 우쓰기 씨의 집 정원에 웅크려 앉아 있던 소년을 보았던 것이 생각났다. 구경꾼같이 수수방관했던 나 자신을 창피해하며 머뭇머뭇 부인에게 물어보았다.

"미나카미 씨, 그……."

"왜 그러시죠?"

"그, 우쓰기 씨의 가족은 어떻게 지내십니까?"

"아아."

부인은 눈을 감았다.

"……저도 걱정이에요. 물론 혼란스러워하는 것 같더군요. 제가 찾아갔을 때는 엄마도 아이도 울고 있었어요. 그래도 아직 우쓰기 씨가 시즈코 씨의 친오빠라는 사실은 전해지지 않았고요. 좀 더 그 집에 머물러야겠죠. 저도 좋은 부모였던 적은 한 번도 없지만."

내가 보기에 사흘 전에 사건이 해결된 후, 미나카미 부인은 성격이 바뀌었다. 이 근엄한 부인이 옛날에 아이의 손을 잡고 걸어가는 모습이 눈앞에 어른어른 떠오르는 듯했다.

원래는 다음 달에 무라야마 저택에서 퇴거할 예정이었지만, 저당권자와 교섭해 기한을 좀 더 연장했다고 한다. 그리고 예정대로 다음 달부터는 외국어 학교 선생님으로 일한다.

"제가 남을 잘 가르칠 수 있을지는 모르겠지만요. 아참, 이사할 거니까 괜찮으시면 주소를 드리고 싶은데요."

"이구치 군에게 주시죠. 그게 확실합니다."

하스노가 너무 간단히 그렇게 말해서 부인은 당황한 눈치였다. 석연치 않은 얼굴로 그럼, 하며 내게 주소를 쓴 종이를 내밀었다.

이런 일은 다반사다. 나는 어이없어하면서도 종이를 받아들었다.

"이만 실례할게요."

홍차를 다 마신 후 미나카미 부인은 자리에서 일어섰다.

안락의자에 앉은 지 그렇게 오래되지 않았다. 이대로 손님을 돌려보내는 건 실례로 느껴질 만큼 짧은 시간이었다. 내 손님이 아닌데도 용건을 다 마친 게 맞나 싶어 찜찜했지만, 하스노는 만류하지 않고 일어서서 안내하려 했다.

"아니요, 배웅해주시지 않으셔도 돼요. 나가기만 하면 되니까요."

부인은 그렇게 말해놓고 뭔가 아쉬워진 것처럼 다시 앉았다. 나와 하스노도 자리에 앉았다.

의자에 살짝 걸터앉은 순간, 하스노의 서재에 융화된 것처럼 보였던 미나카미 부인의 모습이 갑자기 생경하게 느껴졌다.

이번 재회가 인생만사의 한순간에 불과하다는 것을 깨닫고, 나는 부인과 하스노의 모습을 천장에서 부감하는 기분으로 바라보았다. 부인은 천천히 할 말을 골라서 입을 열었다.

"이번 일로 정말 큰 폐를 끼쳤네요. 자칫하면 목숨을 잃을 뻔하셨어요. 그런 일을 꾸며놓고 이런 말씀을 드려도 될지 모르겠지만, 저도 정말 괴로웠답니다. 그런 저를 하스노 씨께서 구해주셨어요.

저는 남에게 거짓말을 하는 게 몹시 괴로워요."

그 말을 듣고 하스노는 동백꽃 봉오리가 벌어지는 것처럼 웃음을 지었다.

"네. 거짓말을 하지 않고 살고 싶다면 도둑이라도 되는 수밖에 없겠죠. 하지만 미나카미 씨는 제게 아무 거짓말도 하지 않으셨습니다."

달빛을 반사하듯 부인은 하스노의 웃음에 웃음으로 답했다. 그리고 자리에서 일어섰다.

"그럼 이만. 이구치 씨도 정말 고마웠어요."

이번에야말로 미나카미 부인은 하스노의 집을 떠났다.

부인이 떠나자 탁상시계의 태엽부터 문의 경첩에 이르기까지 집에 있는 모든 것이 단숨에 느슨해진 것 같았다. 바깥은 따스한 5월 날씨였다.

하스노 맞은편으로 자리를 옮긴 나는 하스노에게 그럴 의도가 눈곱만큼도 없었다는 걸 알면서도, 고상한 예술가랍시고 젠체하는 나 자신이나 지인을 야유할 때의 기분으로 말했다.

"이보게, 사례금이 필요 없기는 왜 필요가 없어? 일감이 떨어지기 직전 아닌가. 허세를 부려서 어쩌자는 거야?"

"응? 그러고 보니 말하는 걸 깜박했군. 일단 일거리는 찾았어."

"뭐?"

"주코프스키 씨가 통역을 맡아달라더군. 아직 무슨 일인지는 못 들었지만, 여러모로 교섭해야 할 일이 있어서 심부름꾼이 필요하대."

사건 해결에 정신이 팔려서 그런 일이 있었던 줄도 몰랐다. 심부름꾼이라니 대체 무슨 일을 시키려는 걸까. 정교회는 현재 노서아에서 보내는 돈이 끊겨서 니콜라이당[1]의 존속이 위태롭다는 이야기도 들리는 실정이다. 하스노가 주코프스키 씨와 무슨 이야기를 했는지는 모르지만, 대체 주코프스키 씨가 하스노의 무슨 점을 높이 샀을지 궁금했다.

"수락했겠지?"

"뭐, 하기로 했어. 누구를 만날지는 모르지만."

"그야 어쩔 수 없지. 아니면 미나카미 씨에게 바꿔 달라고 하든가. 그리고 자네는 외국어 학교에서 선생님으로 일하는 거야."

그건 더 싫다고 하스노는 말했다.

"약속했으니 성실하게 일할 거야. 자네가 부탁한 다른 일감도 있고 말이지."

그렇다. 이번 달에 일본에 오는, 돌아가신 할아버지의 친구였던 화란(네덜란드)인의 아들과 만나기로 약속했으므로 그때도 하스노가 자리를 함께하기로 했다.

하스노는 탁자에 내던져두었던 신문을 집어 들었다. 오늘 아침에 내가 들고 온 것이다. 하스노가 신문을 읽는 동안 나는 멍하니 생각에 잠겼다.

어제 나는 결국 호기심을 이기지 못하고 신바시에 있는 양식집 제니의 동태를 확인하러 갔다.

---

1 정식 명칭은 도쿄 부활 대성당. 일본에서 가장 큰 정교회 대성당으로, 1891년에 준공됐다.

건물 1층에 위치한 제니는 그리 진기할 것도 없는 평범한 음식점이었다. 정기휴일을 알리는 표찰이 걸려 있고, 안쪽에서 인기척은 느껴지지 않았다. 이미 경찰이 수사에 들어간 건지, 단순히 휴일이라 평상시처럼 쉬는 건지는 알 수 없었다. 다만 나는 우리가 모르는 어딘가로 교수상회가 사라졌다는 사실에 비로소 안도했다. 교수상회는 원래 경찰이 상대해야 할 존재다. 이제는 교수상회가 지구 어딘가의 밤하늘에 펼쳐진 극광처럼 아득하게 느껴질 따름이었다.

"그러고 보니, 하스노. 그 하루카와라는 작자 말이야. 지금 생각해보면 그자는 자네에게 탐정을 시키려던 것 아닐까? 얼른 진상을 알아내도록 그런 이야기를 늘어놔서 부추긴 것 아니겠어?"

특고과가 움직였고, 경찰도 교수상회에 중점을 두고 수사에 나섰다. 하루카와는 무라야마 고도 박사를 살해했다는 누명을 얼른 벗고 싶었던 것 아닐까. 게다가 제니에 묘한 자들이 두 명이나 잇달아 나타나 하루카와를 찾아온 사람이 없느냐고 물었고, 명령한 적도 없는데 미네코와 하스노가 습격당했다. 자신들이 내건 교수상회의 깃발 아래에서 무슨 일이 일어나고 있는 건지 몰라서 하루카와는 답답했으리라. 얼마나 당혹스러웠을지 상상하자 조금 우스웠다.

"글쎄. 나로서는 앞으로 그자를 만나지 않아도 된다면 그게 어떤 의도였든 상관없어. 놈은 거짓말쟁이야."

하스노는 기지개를 쭉 켰다. 얼음으로 만든 조각품이 녹아내리는 것처럼, 느긋하고 긴장이 풀린 모습이었다.

"미네 짱은 어제 집으로 돌아갔어. 또 집에 갇히는 것 아닌가 걱정했지만 범인이 체포됐잖아. 처가 식구들도 일단 납득했나 봐. 시라키가 습격범이었다고 알려줬더니, 노라 역할은 자기가 맡을 걸 그랬다고 투덜대더군."

"그런가."

과연 미네코는 하스노라는 불합리한 인간에게 조금이나마 익숙해졌을까? 하스노는 정신의 정합성을 갖출 마음이 있을까?

나는 나른하게 하품을 했다. 하스노는 다 읽은 신문을 세로로 들었다 가로로 들었다 하며 희한하다는 듯 바라보았다.

"음……, 법률도 의외로 도움이 되는군."

하스노가 뜬금없이 그런 소리를 했다. 그 말은 잠기운으로 바뀌어 방에 차올랐다.

환상미를 띤 시대에
본격 미스터리를 접목하다

추리소설을 좋아하는 독자라면 애거사 크리스티, 존 딕슨 카, 엘러리 퀸 등으로 대변되는 황금기 고전 추리소설을 몇 권쯤은 접해보았을 것이다. 거의 백 년 전에 출간된 작품이지만 지금 읽어도 손색없을 만큼 재미있다. 하지만 내가 황금기 고전 추리소설을 좋아하는 이유가 한 가지 더 있다. 거의 백 년 전에 출간된 작품이기 때문이다.

고전에는 내가 경험하지 못한 시대의 생활과 풍습 등이 담겨 있다. 그 시대를 살아낸 사람들에게는 엄연한 현실이었겠지만, 현대 독자인 내게는 그러한 요소들이 환상미를 띠고 다가오므로 시간여행을 할 수 있다면 한 번쯤 다녀오고 싶기도 하다.

1920년의 도쿄를 무대로 한 『교수상회』도 그런 환상미가 느껴지는 작품이다.

컬트 종교를 신봉하는 가정에서 태어난 유키 하루오는 10대 때 가족들과 관계가 악화됐고, 남들이 중고등학교에 다닐 시기에 독서로 시간을 보냈다고 한다.

특히 공감하며 읽은 책은 다이쇼 시대(1912~1926)부터 제2차 세계대전 전후를 배경으로 한 소설이다. 손을 뻗으면 닿을 듯한 시대지만 현대인의 감각으로는 순수하게 이해하기 힘든 상식, 풍습, 그에 따른 고뇌가 그려져 있기 때문이라고 한다.

『교수상회』에도 그러한 시대적인 분위기가 잘 녹아 있다. 1868년 메이지 유신으로 일본이 근대화에 성공한 지 약 50년 후, 서양 문물이 나름대로 정착해 의식주에 큰 영향을 끼친다. 서양식과 일식을 섞은 건물과 의복이 유행하고, 커틀릿의 일본 버전인 가쓰레쓰가 저녁 식탁에 오른다. 승합마차와 함께 전철과 자동차가 사람들을 실어나르고, 크레센트 필러가 달린 만년필과 타자기 등 당시에는 고급품이었을 물건도 등장한다. 한편 노사 갈등에서 비롯된 파업, 사회주의, 무정부주의 운동 등 그 시대의 어두운 측면을 슬쩍 드러내 보이는 것도 잊지 않는다.

유키 하루오는 이러한 시대상에 본격 미스터리를 접목해 보고 싶었던 듯하다. 개성적인 캐릭터를 동원해 다이쇼 시대라는 무대를 풍부하게 그려내고, 그 시대가 아니면 성립되지 않을 아이디어를 바탕으로 복선과 단서를 흩뿌려 놓는다. 그리고 종반부의 추리 파트까지 천천히 나아간다. 유키 하루오의 출세작인 『방주』가 군더더기를 싹 제거하고 놀라움이 가득한 종착역을 향해 일직선으로 달려가는 초고속열차라면, 『교수상회』는 시대성이 가득한 볼거리를 제공하며 여유롭게 나아가는 관광열차라고 할 수 있겠다.

지금까지 출간된 다이쇼 시대물인 『교수상회』, 『서커스에서 온 집달리』, 『시계 도둑과 악인들』, 현대물인 『방주』와 『십계』를 비교해보건대, 유키 하루오는 이렇게 완급을 조절하며 작품을 써나가기로 노선을 잡은 것이 아닐까 싶기도 하다.

『시계 도둑과 악인들』이야기가 나왔으니 말인데,『교수상회』에서 언급되는 시계 도둑질, 미쓰카와마루호의 살인사건, 미노다 저택의 살인사건, 미네코 유괴사건은 전부『시계 도둑과 악인들』에 수록된 단편의 내용이다.『교수상회』가 출간되기도 전에 이미 내용을 구상해놓은 모양이니, 작가가 이 시리즈에 얼마나 애착이 있는지 알 수 있다. 앞으로도 시리즈가 꾸준히 이어지기를 바란다.

『교수상회』를 번역하면서 중요한 포인트인 1920년 당시의 시대상을 어떻게 살릴지 고민이 많았다. 국가 이름을 음차해서 썼고, 몇몇 영어 단어를 한자어로 바꾸었다. 다른 작품을 번역할 때는 풀어서 쓸 한자어도 그냥 놓아두었다. 옮긴이 주도 꽤 많이 달았다. 등장인물들의 말투가 너무 현대적으로 느껴지면 안 될 것 같아서 나쓰메 소세키의 작품을 조금 참고해보기도 했다. 번역가의 노력이 작품에 몰입하는 데 조금이라도 도움이 된다면 더 바랄 나위가 없겠다.

이제 유키 하루오가 운행하는 다이쇼 시대행 관광열차를 타고 즐거운 여행을 떠나보시길 바란다.

2024년

김은모

1판 1쇄 발행 2024년 3월 4일
1판 2쇄 발행 2024년 3월 14일

지은이 유키 하루오 옮긴이 김은모

편집장 민현주 디자인 알음알음
제작·마케팅 송승욱 총괄이사 황인용 발행인 송호준
발행처 블루홀식스 출판등록 2016년 4월 5일 제 2016-000100호
주소 경기도 파주시 회동길 483-1 전화 031-955-9777 팩스 031-955-9779
이메일 bluesholesix@naver.com

ISBN 979-11-93149-14-0 03830